VLADIMIR NABOKOV

Lectures on Don Quixote

《堂吉诃德》讲稿

弗拉基米尔·纳博科夫

金绍禹 译

上海译文出版社

图书在版编目(CIP)数据

《堂吉诃德》讲稿 /(美)纳博科夫(Vladimir Nabokov)著；
金绍禹译. —上海：上海译文出版社，2018.5(2023.4 重印)
(纳博科夫文学讲稿三种)
书名原文：Lectures on Don Quixote
ISBN 978-7-5327-7621-4

Ⅰ. ①堂… Ⅱ. ①纳… ②金… Ⅲ. ①长篇小说—小
说研究—西班牙—中世纪 Ⅳ. ①I551.074

中国版本图书馆CIP数据核字(2017)第206596号

Vladimir Nabokov
LECTURES ON DON QUIXOTE

图字：09-2015-042号

《堂吉诃德》讲稿

Lectures on Don Quixote

Vladimir Nabokov
弗拉基米尔·纳博科夫 著
金绍禹 译

出版统筹 赵武平
责任编辑 陈飞雪 邹 欢
装帧设计 @broussaille 私制

上海译文出版社有限公司出版、发行
网址：www.yiwen.com.cn
201101 上海市闵行区号景路159弄B座
上海信老印刷厂印刷

开本 890×1240 1/32 印张 9.75 插页 2 字数 214,000
2018年5月第1版 2023年4月第3次印刷

ISBN 978-7-5327-7621-4/I·4668
定价：58.00元

目　录

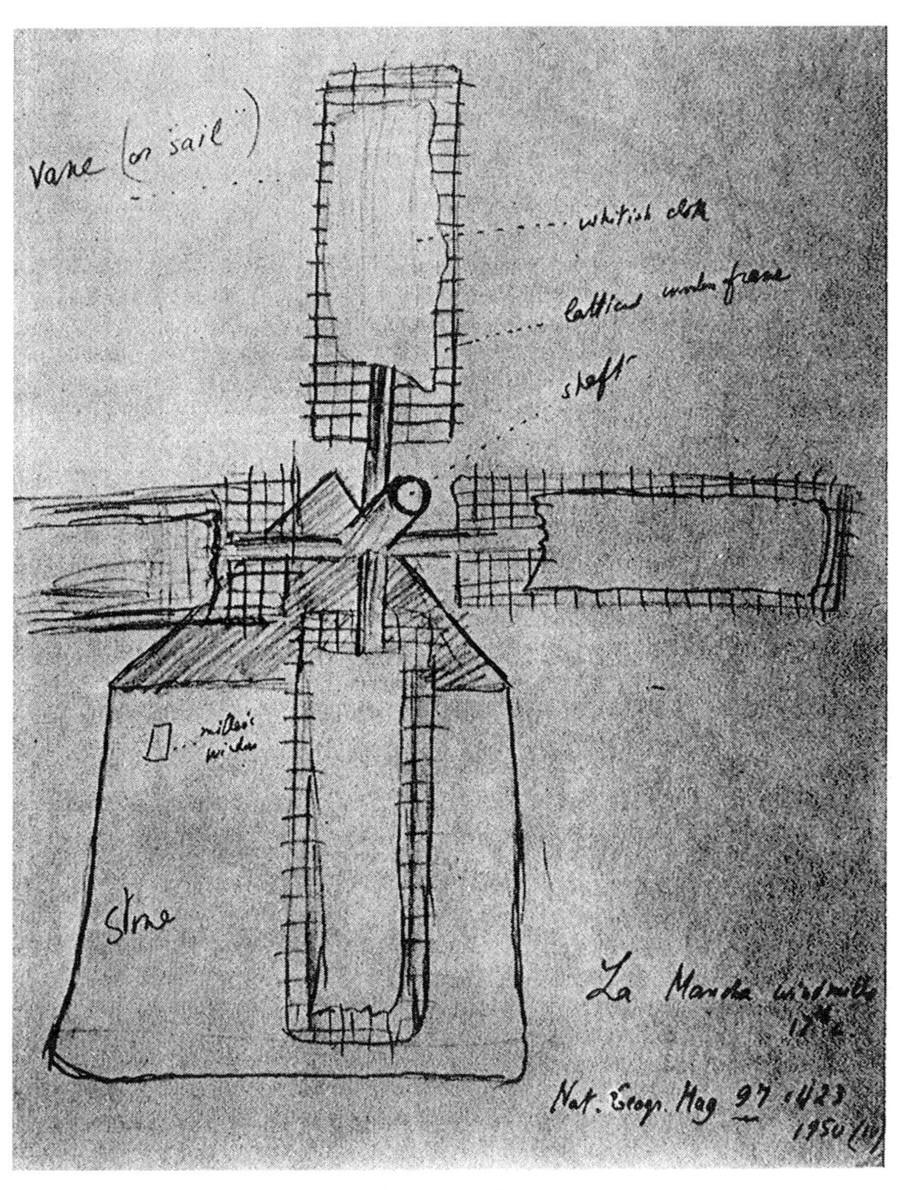

纳博科夫画的十七世纪风车

原编者前言

弗莱德森·鲍尔斯

一九四〇年弗拉基米尔·纳博科夫来到美国，要在这个国家开始他的新生活的时候，根据他自己的说法[①]，随身带来了为他要面对的教学生涯做准备的不少讲稿。但是，关于塞万提斯的《堂吉诃德》的本系列讲稿却是专门花时间编写的，因为当时他向学校请假已经获得批准，从康奈尔大学的常规教学任务中脱出身来，以便能够接受哈佛大学的邀请，在一九五一至一九五二学年的春季学期作访问讲学。

大约五年前开始实施的哈佛通识教育课程中，有人文学科一和人文学科二，第一学期教授史诗，由古典文学研究家小约翰·H.芬莱担任，第二学期教授小说，由哈理·列文教授担任。两位教授对制订通识教育计划都非常有影响，而且教育计划中的人文学科一、二已经成为样板课程。而列文教授间或还须承担其他系科的工作，这样一来人文学科二就要由别人来代劳了。I. A.理查德、桑顿·怀尔德，以及弗拉基米尔·纳博科夫三人根据各人情况的许可就来替列文教授讲课。根据列文教授的回忆，他在与纳博科夫谈及要讲授的作品时，提出了自己的意见，认为《堂吉诃德》是讨论小说发展的合乎逻辑的起点。纳博科夫当时非常同意这一观点，以至于他立即着手编写专门为这一课程准备的一系列塞万提斯讲稿，并打算在这一课程结束之后再接着讲授他已经准备好的关于狄更斯、果戈理、福楼拜和托尔斯泰的康奈尔大学讲稿。但是并没有保存下来的证据可以表明后来纳博科夫回到康奈尔大学也讲授过塞万提斯[②]。

在哈佛担任的课程以及新的塞万提斯讲稿，纳博科夫都是格外用心地准备的。似乎他的第一个行动应该是将整部作品各章的详细梗概写下来。由于他的教学方法是要大量引用所讨论的作者的原文，因此，这个梗概就包括两部分内容，一部分是他自己的叙述，一部分是抄录的或加注的引文，两个部分都插入了他自己对于情节、对话、人物以及主题的许多评论。他采用的版本是撒弥尔·普特南的《堂吉诃德》英译本，一九四九年维京出版社出版，后来兰登书屋在现代书库丛书中重印。手稿里的参照页码几乎都是根据这个版本编写的（这个版本切不可与维京便携版节选本混淆，这是纳博科夫特别关照他的学生的）。不过，他指出，英国企鹅图书一九五〇年出版的J. M.科恩的英译《堂吉诃德》平装本倒还差强人意。

纳博科夫用来编写笔记和讲稿的那一册普特南译本没有保存下来，但是他的企鹅版平装本由纳博科夫家人保存着。这册书的许多段落旁的空白处都有铅笔画的线，但是让人感到失望的是，书上只有一两个字的批注，如第一卷第九章的疑问“胜利？失败？”，又如第二部第三十章“公爵主线开始”。这一资料并不能明确地表示这册书是否真是纳博科夫的教学用书（他在讲稿里按照普特南版本页码标出的引文或许有误）：不过幸运的是由于这册书上全然没有评注，因此这件事本身也就无关紧要，对编者也毫无用处。

---

① 弗拉基米尔·纳博科夫：《独抒己见》（*Strong Opinions*）（纽约：麦克格罗—希尔，1973版，第5页）。——原编者注

② 纳博科夫在康奈尔大学文学课中在不同时间分别讲授过简·奥斯丁、狄更斯、斯蒂文森、乔伊斯、福楼拜、普鲁斯特、卡夫卡、托尔斯泰、果戈理、屠格涅夫、契诃夫、陀思妥耶夫斯基以及高尔基。关于这些讲稿，可参阅《文学讲稿》（纽约和伦敦：1980版）和《俄罗斯文学讲稿》（纽约和伦敦：1981版）。——原编者注

故事与解说部分本书编排时放在六个正式讲稿之后，它是纳博科夫原来给小说写的梗概，当时抄录下来并打字，其格式则是方便必要时查考。在纳博科夫采用编写故事与解说的手法彻底地熟悉了小说之后，他开始第一次尝试讲稿本身的积极准备。因此，这部手稿的存在表明他最初是构思过一个叙述方法，即是在胜利与失败这一主线的基础上来分析《堂吉诃德》的结构。这部手稿提供的依据进一步证实，关于这样一个讲稿的系列他曾经写下一个相当详细的初稿。

他在准备这一研究的时候，从原先已经打好字的故事与解说中抽出许多页内容，并且把事件先后次序作了相当大的改动以便与新的中心主线相一致。详述、扩充、更加具体的评论这些手写稿，与重新编排的打字稿结合在一起，构成了已经定下来的胜利与失败主线的讨论。只是到了后来，在这一稿完成之后，本书六个讲稿所包含的更加多样的主线题目才在他的想象中形成，这一结构上的考虑，既优于他原先按时间先后次序研究的笔记，也优于作为叙述出发点的单纯互相对立的胜利与失败。

而这六篇讲稿的定稿，即当时在课堂上用的、现在放在六个讲稿夹子里的讲稿，纳博科夫又曾经改写，加入了——因为他需要这些材料——从胜利与失败草稿中抽出的许多内容，以及又从故事与解说笔记原稿中抽出的材料，扩充了他的新讲稿。他删除了已经打好字但是不准备用的材料，然后把这些材料并入他的最后的手稿。第六章，论胜利与失败，后来根据新格式推倒重写。大约只有四十几页，即原故事与解说笔记的五分之一，单独放在一个夹子里，既没有用到草稿里，也没有用到最后的讲稿中。为了按照本书的需要重新编排原有的故事与解说的笔记，已经打好字的材料（可以根据页码来辨认）又从已经丢弃的胜利与失败草稿手稿中找回，手稿中的手抄部分因内容切合而加进讲稿，或插进故事与解说中。六篇讲稿的手稿中还部分地利用了另外一些内容以便重新使用那些已经打好字的材料，这些材料是纳博科夫在最后的手稿中插入他所需要的东西之后舍弃的。这个故事与解说的散落的内容于是就这样收集起来，与弃置的四十页左右未曾用过的原稿放在一起，便成了现在的故事与解说部分，整个内容仅少数几页残缺。

这一部分原稿的重新编排造成了评论与六篇讲稿前已引用的内容有一定程度的重复：这样的材料现在都已删去，因此，在故事与解说部分凡是涉及同样内容的地方，都是属于讲稿中的话题的扩充或者融合性质的。编者对材料作必要的编辑的时候，插进了许多的过渡段落，连接那些对纳博科夫来说仅仅是提示可能要加以详细阐述的引文；此外，许多引文都因其本身所具有的趣味而加以扩充，而且还新增了几条引文，以飨读者。为了弥补残缺的几页内容，编者插入了有限数量的故事梗概，以保持文章的连续性。

保存的手稿包括纳博科夫当初的六个讲稿夹子，每一个夹子装一个讲稿，其中偶尔还夹有几张散页笔记，应该认为是起初积累的背景材料。(这些笔记大多已经尽量用到讲稿正文里去了。) 这一系列讲稿各篇篇幅有明显的差异，这一情况的存在，其部分原因是他在正文中画上警示的括号任意决定内容的取舍 (因为纳博科夫对于宣读讲稿的时间安排是一丝不苟的)。此外，由于每一篇讲稿在课堂上所需时间的长短是相同的，因此讲稿张数的多少之所以变化很大，部分原因是他可能只是有限地使用 (也许一页中只用几句话) 最后定稿中要采用的最初编写的那些材料。除了从讲稿“胜利与失败”形式的初稿中抽出的打字稿散页之外，最后定稿的讲稿都是纳博科夫的手迹。当然，许多这些初稿的散页都是他在最初系统地研究这部小说时写下的原始摘要的打字稿。第一篇讲稿大约有二十页；第二篇三十页；第三篇篇幅增大到七十一页；第四篇缩短到二十九页；第五篇增加到三十一页；第六篇最后一稿，包括结束语，大约五十页。除了主要代表实际讲课的这些讲稿，整个研究资料还包括大约一百七十五页弃置的梗概、散页，以及一个讲稿夹子，内有十五页关于阿维兰尼达[1]的伪作《堂吉诃德第二卷》的非常粗略的笔记。

编辑中所遇到的问题随后发生转化，我们试图要极大程度地展示纳博科夫对于《堂吉诃德》的了解，连同他的评论，规模则要比他所局限的[illegible]课堂讲稿强行规定的范围大得多。那些的确不需要的[illegible]在讲稿上面彻底删除，一点都无法辨认删除的是什[illegible]有根据时间的许可与否，将课堂上可能会读或可[illegible]括号里的习惯，用去的时间分钟数常常会在空[illegible]外，在使用他最初编写的故事与解说中的内容[illegible]时间限制而不能采用，或者因为与当时他要[illegible]能采用的材料上划一条斜杠。遇到这种情[illegible]号的内容复原，因为这是原先抄录的材料[illegible]内容，而且假如课堂时间允许完全可能[illegible]散页打字稿中删去的材料也根据上下[illegible]诃德》会有所帮助；不过大多数这些[illegible]弃[illegible]部分，因为那是这些材料最初的来源[illegible]

[illegible]引文抄录下来，不过偶尔他也只是[illegible]到后一种情形，人们也没有把握说，[illegible]读给学生听，或者会不会仅仅告诉学[illegible]阅。(所有这些引文本书一一抄录) 编[illegible]比较宽松，因为如若妥当，会把纳博科[illegible]或是在正文中增添贴切的引文，或是[illegible]讲稿中的论述。一般说来，除了详细[illegible]完全是他自己书写的文字为依据的[illegible]定稿的结构与

① 1605年《堂吉诃德》第一部出[illegible]·阿维兰尼达 (Alonso Fernandez de Avellane[illegible]，从而激发塞万提斯创作了这部著作自己的第二部。

次序。然而，第一章虽然采用现在这样的形式，绝不能说是拼凑的材料，但是与其他章节比较起来，结构上显得松散，它不但是根据原先的材料组合起来的，而且还包括了分散在各讲稿夹子里但又与讲稿夹中的内容不相协调的单页材料。

由于最后定稿的讲稿是以各个不同的主线为中心的，从而并没有以一种固定的时间先后次序来论述故事的情节，因此，故事与解说所起的作用便可以是按照塞万提斯小说的章节提出关于小说的连贯一致的看法，中间插入讲稿正文中所没有的纳博科夫的说明和分析。因此，这一部分必须被看作是本书一个有机的组成部分，这不仅仅是为了要了解纳博科夫对于《堂吉诃德》作为一部艺术作品的整体看法，而且也是为了一个更为平常的目的，即提醒后世的读者想起在纳博科夫的讲稿中只是点到为止的这些故事情节。人们不妨希望本书的故事梗概不会影响还未读过《堂吉诃德》的读者，他们将受本讲稿的激励，继而作为世界伟大文学的新经验去阅读这部小说本身。

最后，书后简短附录《亚瑟王之死》和《高拉之阿玛迪斯》节选是纳博科夫用来准备油印然后分发给学生的打字稿，他的意图是要让学生熟悉一下主人公堂吉诃德阅读并竭力模仿的骑士小说的典型段落。

Required Reading, Real Life & Fiction, the where the when, Critics, Form (novel), Composition of D.Q.

I Introduction to Don Quixote 50 mts. 1

II Don Quixote and Sancho Panza 40" } 2

III Remarks on Structure 15"
Arcadian theme 20
Chivalry theme 30" } 3

IV Cruelty of the book 15"
Mystifications theme 15"
(The Ducal Enchantments) 20" } 4

V Beauty of the book
Altisidora 20"
The Chroniclers 25"
Dulcinea and Death 15 } 5 320/50

VI Don Quixote's Victories and Defeats 40" } 6

Conclusion 15"

纳博科夫关于《堂吉诃德》的讲课计划

导 言

盖伊·达文波尔特

“我很高兴地记得，”一九六六年纳博科夫对远道来蒙特勒采访他的赫伯特·高尔德说，“在纪念堂当着六百个学生的面彻底批判了《堂吉诃德》，一部残酷而粗糙的老书，弄得我几个比较保守的同事非常震惊、非常难堪。”尽管他把这部书说得一无是处，而且是出于很充分的批评理由，但是他又把书重新作了研究。塞万提斯的杰作并没有列入纳博科夫在康奈尔大学的教学大纲，他显然不喜欢这部书，他在哈佛大学准备这部书的讲稿的时候（哈佛坚持认为他不可以不讲这部书），他的第一个发现是美国的教授们多年来把这部残酷而粗糙的老书美化成一个关于外表与现实的时尚高雅、异想天开的神话。长期以来对于这部书的误解散布了一个一本正经的骗局，因此，首先他必须替处于骗局之中的学生寻找一个版本。纳博科夫的新解读是现代批评上的一件大事。

纳博科夫要将哈佛一九五一至一九五二年的讲稿和康奈尔大学自一九四八至一九五九年的讲稿加以润色的想法始终没能实现，我们这些不在一九五一至一九五二年春季学年哈佛人文学科二“六百名年轻的陌生人”之列的人，必须读一读纳博科夫论塞万提斯，它是由美国最杰出的书目编制学家弗莱德森·鲍尔斯根据现仍保存在马尼拉纸讲稿夹之中的笔记，一丝不苟地编辑成书，令人称道。

纳博科夫是在纪念堂宣读他的讲稿的，此地是最严谨的冷嘲家所能希望的最具象征性的处所。它是一个华而不实的维多利亚时代风格的建筑群，照马克·吐温的康涅狄格北方佬的肯定口气来说，的的确确是他梦里所看到的中世纪建筑七拼八凑的大杂烩。这一建筑是一八七八年为了纪念内战中被堂吉诃德式的南方邦联拥护者杀害的士兵，作为大学哥特式建筑实验性样板，由威廉·罗伯特·威尔和亨利·范·伯伦特[①]共同设计。在这座因瓦尔特·司各特爵士[②]和约翰·罗斯金[③]的想象的感召而设计的建筑上，在这一绝顶不切实际的建筑风格里，滑稽可笑的布局和细微的差别之鉴赏家，居然在来自拉曼查[④]的天真无邪的老乡绅的问题上将我们推醒，若说事物对照之恰当，莫过于此。

我在肯塔基大学讲授《堂吉诃德》时，曾经有一位学生举起他那施洗礼者似的长臂说，他终于得出结论，这部书的主人公疯了。我说，这是个讨论了四百年的话题，现在是我们这些秋天的午后舒舒服服坐在教室里的人说说我们的见解的时候了。"哦，"他没好声气地嘟哝道，"真叫人难以相信，他们会用厚厚的一本书去写一个疯子。"他说的他们是正确的。纳博科夫在哈佛大学如此巧妙地批驳的书是一本从塞万提斯的文本演变而来的书，因此倘若有人拿出《堂吉诃德》来加以讨论，紧接着的问题就是，谁的吉诃德？是米什莱[⑤]的？是米盖尔·德·乌纳穆诺[⑥]的？还是约瑟夫·伍德·克鲁奇[⑦]的？因为塞万提斯的人物就像哈姆莱特、福尔摩斯和鲁宾逊一样，几乎是一

① William Robert Ware (1832—1915) 和Henry Van Brunt (1832—1903)，美国建筑师，均毕业于哈佛大学，建筑思想受英国艺术评论家约翰·罗斯金的影响。

② Sir Walter Scott (1771—1832)，英国苏格兰诗人、历史小说家、浪漫主义运动先驱者。

③ John Ruskin (1819—1900)，英国艺术评论家，推崇哥特风格建筑和中世纪艺术。

④ La Mancha，即西班牙中部的高原地区。

⑤ Jules Michelete (1798—1874)，法国历史学家，主要著作有《法国史》《法国革命史》。

⑥ Miguel de Unamuno (1864—1936)，西班牙哲学家、作家，他认为堂吉诃德是西班牙天才的化身。

⑦ Joseph Wood Krutch (1893—1970)，美国作家、批评家。

经作家创作，就开始离开书本到处漫游了。

不仅堂吉诃德和他的朋友被持续不断地赋予浪漫主义的色彩，他和他的亲密朋友桑丘·潘沙——和蔼、糊涂而可爱的堂吉诃德！滑稽好笑的桑丘，如此栩栩如生地呈现在眼前的一个头脑冷静的农民！——而且小说的文字还被取而代之了，这样做的有插图画家，尤其是居斯塔夫·多雷[①]、奥诺雷·杜米埃[②]（以及现代的毕加索和达利[③]），还有小说的颂扬者、模仿者、戏剧改编者、堂吉诃德式这个词语的使用者，至于这个词语，你要让它是什么意思，它就是什么意思。而它应该是产生幻觉，着了迷，或者与现实相抵触之类的意思。这个词语又如何有了绝妙的理想主义的意思，那就是纳博科夫在这些讲稿中要作解释的。

为了要把塞万提斯的堂吉诃德放回塞万提斯的文本中，还其本来面目，纳博科夫（在研究了一批美国批评家及其对于该书的荒唐可笑、极不负责任的解说之后，觉得有必要这样做，从而鼓起勇气）首先一章接一章地写下了每一章的梗概——鲍尔斯教授做了一件有益的工作，把这些梗概也编入了讲稿里。这一梗概体现的一丝不苟与孜孜不倦难免会让那些老师感到汗颜，因为他们没有读过这本书却仍然在尝试讲授一周的全国大学二年级概论课规定的《堂吉诃德》，说他们没有读过这本书，因为他们自己也仿佛只是大学二年级学生，至于这本书的第二部，他们从来没有读过，或者（我就知道有一人）根本就没有碰过这本书。因为，《堂吉诃德》，正如纳博科夫不无痛苦和恼怒地了解的，并非人们所想的那种书。过多穿插其间的中篇小说（是我们在读《匹克威克外传》的时候因快乐而忘记的那一类）妨碍了无情节的故事情节。我们都在头脑里改写这本书，把它改写成了由一连串流浪汉和无赖的冒险故事组成的书：把理发师

① Gustave Doré（1833—1883），法国插图画家，笔法细腻，富有想象。
② Honoré Daumier（1808—1879），法国画家，擅长讽刺漫画。
③ Salvador Dali（1904—1989），西班牙超现实主义画家。

的洗脸铜盆拿来当作马姆伯里诺的头盔，挥剑战风车[①]（它成了这部书的典型的精华），向羊群冲锋，以及诸如此类的情节。许多对本书内容一无所知的人，也能够向你交出一个貌似真实的故事梗概。

纳博科夫在准备这个讲稿的时候，他的眼睛不停看到的是准确意识到的事实，即这部书博得了残酷的笑。塞万提斯的因读书入迷而精神错乱的老人和他浑身发臭的扈从，他们被创作出来是要让他们成为人们揶揄嘲弄的对象。读者与批评家早早地就绕开了这个西班牙风格的嘲弄，把这个故事解读为另一种讽刺：这个讽刺指出，在一个粗俗并不浪漫的世界里，一个根本上是神智正常、富有人情味的灵魂不可避免地会变得精神失常。

问题并没有这么简单。西班牙从传统上来说是拒绝接纳外来者的，它没有才能（例如像中国或者美国）接纳安置外来者。在塞万提斯生活的年代，就发生过歇斯底里发作似的疯狂驱逐犹太人、摩尔人以及具有犹太血统和伊斯兰血统的宗教皈依者的事件。在罗马帝国其他地区早就废除竞技场内屠杀角斗士之后，西班牙却仍旧保留着竞技场的屠杀（让老百姓娱乐）。举国上下的娱乐活动，即斗牛，即使在今天也使得西班牙让文明人另眼相看，无法接受。在《堂吉诃德》创作的历史时刻，即自称是最高天主教国王的多疑的偏执狂腓力二世统治时期，是我们撒上骑士故事银白月光的时刻。纳博科夫是在西班牙浪漫主义化的温床上讲课。洛威尔[②]和朗费罗[③]创造了一个西班牙，它牢牢地捉住了美国人的想象（有音乐剧《来自拉曼查》为证），而让人觉得可怜的是，美国的旅游者竟然会蜂拥前往西班牙去寻找那个西班牙。

然而，倘若从那个时代某个特定的角度来看，腓力二世时代的

① 头盔与风车分别见《堂吉诃德》第一部第二十一章和第八章。
② Abbott Lawrence Lowell（1856—1943），美国教育家，曾任哈佛大学校长。
③ Henry Wadsworth Longfellow（1807—1882），美国诗人，曾任哈佛大学近代语言教授（1836—1854）。

西班牙也具有堂吉诃德的特点。那个时代的贵族拥有的盔甲，哪个骑兵都不敢穿着去参加战斗。腓力二世本质上是一个老是抱怨个不停、无事自扰的国王，他常常将他的空盔甲竖立在那里，让它检阅部队。而他自己却待在宫内，四周都是给人以感官享受的提香[①]绘画，不停地算账，阅读和评注每一封发向遍布国外的使馆和密探网络的信件，以及从这个网络收到的每一封信件。这个网络的跨度之大可以从新世界到维也纳，它的深度可以从鹿特丹到直布罗陀。倘若要给他找一个原型，那就是堂吉诃德，但是他是一个非正统的吉诃德。跟堂吉诃德一样，他也生活在梦幻之中，而这个编织的梦幻又不停地撕破。他焚烧异教徒，可是你怎么知道一个异教徒是异教徒呢？难道他不也是像堂吉诃德一样身处认识论的麻烦层出不穷的关节，看到的羊不仅仅是羊，而且还是摩尔人吗？腓力二世的密探老是在抓人，怀疑他们是（假如你知道怎样去查出来就好了）口是心非的皈依者，是人道主义者、新教徒、犹太人、穆斯林、无神论者、女巫或者上帝知道还有什么罪名，但是那些被抓的人对那些折磨他们的人说，他们都是虔诚的天主教徒。

当时的欧洲正经历一个现实开始发生大逆转的时期。哈姆莱特用云朵形状的不稳定性这一手法来戏弄波洛涅斯[②]。堂吉诃德玩弄自己的天赋才能是时代的忧虑的焦点。身份，在欧洲历史上第一次成为事关见解，或事关坚定信仰的问题。乔叟[③]笑话“猪骨头”，并非是对人们所崇敬的真正的圣徒遗骸抱着怀疑态度。然而在《堂吉诃德》书中把饮马的水槽与洗礼盆混为一谈却非常严肃地提出了一个问题（无论塞万提斯有没有这个意图），我们称之为洗礼盆的东西，在不具备我们赋予它以产生幻觉的魔法的情况之下，是否真的就是水槽。

多少年以来，我觉得，《堂吉诃德》所包含的意义已经改道转入

---

① Titian（1488或1490—1576），意大利文艺复兴繁荣时期画家，擅长人物肖像画。

② 见莎士比亚《哈姆莱特》第二幕第二场。

③ Geoffrey Chaucer（约1312—1400），英国著名诗人，主要作品有《坎特伯雷故事集》。

启蒙运动的潮流中，堂而皇之地冒用了我们心甘情愿地奉上的假名。这就是为什么纳博科夫会如此严密观察的问题之所在。他想要让这部书独立地成为它自身，一个童话故事，成为独立于“现实生活”这个错误认知之外的一部想象的创作。然而，《堂吉诃德》恰恰就是一部与“现实生活”有着不解之缘的书。从这部书的特定角度来看，它就是一篇阐述意义如何进入事物，如何进入生活的论文。这是一部论述着魔的书，论述在这不再着魔的世界里着魔的不合时宜的书，论述泛泛而论的着魔之愚蠢的书。尽管如此，它令人着魔。由于许多的误解，又由于我们的参与配合，它成了它所嘲弄之物。

纳博科夫是美国人心理的敏锐观察者，他知道坐在下面听他讲课的六百名哈佛大学的男生女生都相信骑士，正如他们都相信牛仔漂泊漫游的古老的西部，相信纪念堂的哥特风格的建筑一样。他没有花费时间要叫他们的头脑清醒起来；实际上他倒是高高兴兴地告诉他们，他们从他这里不会听到关于塞万提斯的介绍，不会听到关于塞万提斯的时代或他失去的左手（在勒班陀[①]失去的）的情况。相反，他倒是要求他们一定要知道风车是怎么样的，而且在黑板上画了一架风车，并向他们讲解风车的部件。他向他们解说为什么一个乡绅会把风车当作是巨人——风车在十七世纪的西班牙，这个在整个欧洲最不愿意听人说新事物的国家，纯然是一件新鲜事。

关于村姑杜尔西内娅，他是非常清楚的，而且也觉得非常有趣。但是他没有离开正题去大谈特谈骑士的典雅爱情，它离奇的变形史及其今天奇怪的残存形态，从而分散学生的注意力。倘若在他宣讲这些精心编写的具有修正观点的讲稿的时候，他的一部分心思的确是在走路只需几分钟就可到的哈佛大学博物馆，即他花去了过去十年中的八年，作为昆虫学研究员研究蝴蝶解剖学的地方，那么，他的另一部分心思必定是在论证典雅爱情的课题上，即探讨三年之后成

① Lepanto，希腊西部港口，作者在那里服过役，可仔细读一读《堂吉诃德》第三十九章。

为《洛丽塔》的典雅爱情的疯狂与愚蠢。那个西班牙语名字多洛雷斯的昵称，引起了我们的好奇心。《洛丽塔》极其顺理成章地是纳博科夫色彩的主题（对立面作为自身，错觉的繁殖力，理智与沉迷的相互影响）的一个序列，因此，它不可能因纳博科夫认真仔细、单调乏味地阅读《堂吉诃德》而接受其影响。然而作为两部作品，"互相协调的直觉"的流浪汉与无赖的冒险历程确实是存在的。而且还有小精灵洛丽塔的存在。在西方当浪漫的爱情第一次出现的时候，她起初就是一个非常有魅力的孩子，不管她是男孩还是女孩，不管她是萨福[①]的可爱人儿，还是阿那克里翁[②]的小伙。柏拉图从哲学的角度解说这样没有出息的爱情，让它成为他称之为对于理想之美的热爱的东西。这个主题在古罗马人沉重的手中变得淫乱、盛气凌人，到了中世纪初期几乎逐渐消失，而最后到了公元十世纪又以骑士浪漫故事的形式重新出现。到了塞万提斯的时代，典雅的爱情已经充斥文学（其实，现在的情况依然如此），于是，他在讽刺典雅爱情及其新条件——骑士精神——的同时，觉得显而易见，要把德与美的常见的优秀典范，赋予一个长着一双大脚，还有一个凸起的肉赘的乡村少女。

《堂吉诃德》绝没有对浪漫骑士故事的活力产生过任何影响；它只不过是创造了一个强有力的、并行的传统，并且从此以后便与浪漫的骑士故事平行地发展。理查逊[③]的传统现在也会和菲尔丁[④]的传统平行发展。我们会保留理想的美，然而在隔壁屋子里还住着包法利夫人[⑤]。斯佳丽・奥哈利[⑥]和莫莉・布卢姆[⑦]两个人都是性格

① Sappho（公元前620？—公元前565？），古希腊女诗人。

② Anacreon（公元前6世纪），古希腊抒情诗人，以写爱情诗著称。

③ Samuel Richardson（1689—1761），英国小说家。他的书信体小说《帕美勒》被称为英国第一部小说，对西欧文学影响深远。

④ Henry Fielding（1707—1754），英国小说家、剧作家、批评家，为英国现实主义小说奠基人之一，代表作有《弃儿汤姆・琼斯》。

⑤ 包法利夫人为法国作家福楼拜（Gustave Flaubert, 1821—1880）的同名小说、代表作《包法利夫人》的主人公。福楼拜主张文学反映现实，同时他强调形式美。

⑥《乱世佳人》中人物。

⑦ 乔伊斯著《尤利西斯》中人物。

活泼的爱尔兰女人，同样都可以让我们浮想联翩。即使是在古老的传奇故事里，从初期开始，贤德美女也有女巫作陪衬，如尤娜与杜埃莎。[①]在《堂吉诃德》之后，假的美女开始吸引人们对她自身的注意，于是一个夏娃似的女人，以妖妇的身份提出了老一套的种种特权要求。到了十七世纪后期和十八世纪，她已经开张营业，无论是在文学作品里，还是现实生活中，都是如此。米什莱指出，若要觐见法国国王，你就必须迂回曲折，施展手法闯过一道道的女人关。养情妇变成了一种社会习俗；文学作品里说，情妇要求苛刻而且非常危险，但是比起妻子来，她更加招人喜欢，更加令人满足：浪漫的骑士故事里的惯常细节可能被《堂吉诃德》打入了冷宫。到了衰落期的颓废派文学里，养的情妇就变成了一个热辣的莉莉丝女巫，即穿着花边睡衣的原始女性，散发着毁灭、罪孽和死亡的臭气。班杰明·弗兰克林·魏德金德[②]叫她路路。乔伊斯说，她是莫莉。庞德[③]说，她是女巫喀耳刻[④]。普鲁斯特[⑤]说，她是奥黛特。而在这一片声音中，纳博科夫抓住了他的路路，这就是洛丽塔，她的真名多洛雷斯，更显得有斯温本[⑥]的诗味，因为她融合了她姐妹们的特性，她们就是爱丽斯（纳博科夫是俄文版《爱丽斯漫游奇境记》[⑦]的译者），罗斯金[⑧]的爱慕对象露丝，

① 见英国诗人斯宾塞（Edmund Spenser, 1552—1599），长篇寓言诗《仙后》。

② Frank Wedekind（1864—1919），德国剧作家，表现主义戏剧先驱，作品多以两性关系为题材。

③ Ezra Pound（1885—1972），美国诗人、翻译家、评论家，对英美文学发展作出过重大贡献。他还翻译出版过《论语》及中国古诗。

④ 希腊神话里的女巫，奥德修斯的同伴喝了她的魔水变成了猪。

⑤ Marcel Proust（1871—1922），法国小说家，强调生活的真实与人物的内心世界，中国读者熟悉他是因为他的《追忆逝水年华》。

⑥ Algernon Charles Swinburne（1837—1909），英国诗人、文学评论家。《多洛雷斯》是诗集《诗与歌谣》(1866) 中的一首长诗。

⑦ 英国数学家、儿童文学作家路易斯·卡罗尔（Lewis Carroll, 1832—1898）的重要作品，在英国家喻户晓。

⑧ 英国艺术评论家，见前注。罗斯金中年时追求年轻女孩，他47岁时向18岁的英格兰—爱尔兰血统的露丝小姐（Rose La Touche）求婚，因女孩父母的反对，而露丝也发疯，终未成眷属。

以及坡[①]心中的安娜贝尔·李。然而，她的祖母则是杜尔西内娅·黛尔·托博索[②]。而亨伯特·亨伯特[③]的回忆录，我们还记得，是一个教授提供给我们的疯子的胡言谵语。

因此，这些讲稿对于那些欣赏纳博科夫小说的人来说，也并非毫无意义。塞万提斯和纳博科夫两个人都承认，游戏可以超越童年，但并非作为自然的生理演变而转化为尽日空想（精神病医生认为尽日空想是可疑的，因此他们对此是非常不主张的），或者从事各种各样的创造性活动，而仅仅是游戏而已。这就是堂吉诃德做的事：扮演一个游侠骑士。洛丽塔与亨伯特·亨伯特之间的关系在她这一方来看是游戏（她感到非常惊讶，成年人竟然对性那样有兴趣，而性在她眼里只不过是又一种游戏罢了），而亨伯特的心理问题（提出他的心理问题是为了回避弗洛伊德的理论）可能就在于他完完全全还停留在童年时代的游戏里。不管怎么样，每当批评家思考流浪汉与无赖的冒险故事的时候，或思考幻想与身份的文学处理的时候，他一定会觉得自己是把塞万提斯和纳博科夫放在一起考虑的。

这些论述塞万提斯的讲稿是让纳博科夫喜出望外的成就，因为我觉得，他对于《堂吉诃德》的最终的看法连他自己也没有想到。他接受这个任务是非常地认真的，尽管他觉得这部过时笑话似的经典著作对他自己是毫无意义的东西，而且它仿佛是一本骗人的书。然而，正是这种对于欺骗的疑心促使他提高了兴趣。然后，我认为，他发现欺骗存在于这部书的名望及其在批评家中间的流行。这里出现了一个纳博科夫自己想要凭bec et ongle[④]对付的情况。他开始在蔓生的杂乱中找到了差强人意的对称。他开始怀疑起来，塞万提斯并

① Edgar Allen Poe（1809—1849），美国诗人、小说家、文艺评论家。抒情诗《安娜贝尔·李》被称为坡的抒情诗的巅峰。诗中抒发的是作者对于美丽而心爱的女人逝去的痛苦。

② Dulcinea del Toboso，意为“来自埃尔托博索的杜尔西内娅”，是堂吉诃德根据地名杜撰的贵族名字。详见第152页第一章的故事与解说。

③ 纳博科夫《洛丽塔》中的男主角。

④ 法文，意为自己的力量。

没有意识到他的书的“令人讨厌的残酷”。他开始喜欢这个老先生的没有新意的幽默，开始喜欢他的可爱的迂腐。他接受了这个“有趣的现象”，即塞万提斯创造了一个比这部书更加出名的人物，因为这个人物已经跳出了这部小说——进入了艺术，进入了哲学，进入了政治的象征体系，进入了有文化修养的人的民间传说。

《堂吉诃德》依然是一部粗糙的古书，书中充满了西班牙独特的残酷，毫无同情心的残酷，这残酷诱使一个像孩子似的游戏的老人走火入魔。这部书的写作是在侏儒与遭受苦难的人们任人嘲弄的年代，在那个年代傲慢与专横跋扈比过去、比后来都更加不可一世，在那个年代持有与官方思想不同意见的人在市中心的广场上被活活烧死，而围观的人却拍手称快，在那个年代仁慈与善良似乎已经被清除干净。事实上，这部书最早的读者面对这样的残酷举动放声地大笑。然而世人很快就找到了读这本书的别的方法。随着这部书的问世，产生了整个欧洲的现代小说。菲尔丁、斯摩莱特[①]、果戈理、陀思妥耶夫斯基、都德、福楼拜都将这个故事搬出西班牙，根据自己的需要重新加以塑造。在创作者的笔下原是一个小丑的人物，在历史的进程中最后变成了一个圣人。而即使是始终目光敏锐地觉察一切感伤的核心中的残酷并加以揭露的纳博科夫，对于这个人物也都顺其自然了。“我们已经不再嘲笑他了，”他最后总结说，“他的纹章是怜悯，他的口号是美。他代表一切的温和、可怜、纯洁、无私以及豪侠。”

① Tobias George Smollett (1721—1771)，英国小说家。有意思的是，1755年他翻译出版了《堂吉诃德》，但是没有引起读书界的重视。

《堂吉诃德》讲稿

7

Lecture One

Introduction to "Don Quixote"

I shall devote to-day's talk to the following seven points:

(1) Required Reading, (2) The connection between Real Life and Fiction, (3) The "where" of Don Quixote (4) The "when" of the book (5) What people think of the book (6) general remarks (7) The long shadow of Don Quixote. Do not be distressed by obscurities — I shall try to clear up as we go along; and do not frown at my metaphors: they have some mnemonic value.

There are three ways of pronouncing that name [illegible], [illegible] and [illegible]. The last has a glitter of crossed swords in the middle which compels my choice.

(1)

Required reading

[illegible] the list of our five novels, [illegible]

"Don Quixote" is — God bless it — a longish book consisting of two parts in one volume, Penguin edition. Also recommended to those who can afford it the Viking Press edition, without notes. "Don Quixote" is almost a thousand pages long and can be read in twenty-four hours. The problem is to spread the twenty-four hours rationally. I think you could manage it [illegible] a fortnight and then [illegible] another week to the rereading [illegible]

纳博科夫给哈佛学生讲课的开场白的笔记

引　论

“现实生活”与虚构

我们将尽最大的努力避免在小说里寻找所谓的“现实生活”这样的后果严重的错误。我们也不要试图去调和事实的虚构与虚构的事实。《堂吉诃德》是一个童话故事，《荒凉山庄》[①]也是一个童话故事，《死魂灵》也是一个童话故事。《包法利夫人》和《安娜·卡列尼娜》都是最优秀的童话故事[②]。然而，倘若没有这些童话故事，世界就会变得不真实。一部虚构的杰出作品就是一个独创的世界，而既然是独创的，这个世界就不可能与读者的世界相一致。从另一方面来看，苍穹底下的“现实生活”是怎么样的？这些可靠的“事实”又是怎么样的？当你看到生物学家为了基因问题偷偷地相互跟踪，或者看到争论不休的历史学家在多少个世纪的尘埃里扭打在一起的时候，你对苍穹下的“现实生活”和可靠的“事实”产生了怀疑。不管他的报纸和减少到五种的一套感觉官能是否是所谓常人拥有的所谓“现实生活”的主要源泉，但是，所幸的是有一点是肯定的，即这常人本身也只不过是虚构之物，不过是统计学的一个组织细胞。

而“现实生活”这个概念则是以普遍性特点的系统为基础的，所谓的“现实生活”的所谓“事实”，只是以普遍性特点的形式为表现，才与一部虚构的作品相关联的。因此，一部虚构的作品越少普遍性的特点，在“现实生活”的意义上它就越不可被认识。假如我们换一种说法，那就是一部虚构的作品的细节越是生动、越是新鲜，它离所谓的“现实生活”就越远，因为“现实生活”说的是带有普遍性特点的，是平平常常的感情，是众所周知的芸芸众生，是普普通通的人间世事。我是有意一开始就即刻投进冰凉的水里，因为假如你想做出破冰之举，那么跳进冰水里是不可避免的。因此，要想在这些书中寻找所谓“现实生活”的详细的事实体现，那将是徒劳的。另一方面，在虚构的某些带有普遍性的特点与生活的某些带有普遍性的特点之间，却有着某种联系。以生理或心理的痛苦为例，或者以梦境，或发疯，或像善良、仁慈、正义这样一些情感为例——以这些人类生活的一般要素为例，你一定会同意，研究这些情感由虚构作品的大师转化为艺术的手法，一定是一件非常有益的工作。

《堂吉诃德》的“何地？”

我们可不能自己骗自己。塞万提斯并不是一个土地丈量者。《堂吉诃德》的不稳定的背景是虚构的——而且还是相当不能令人满意的虚构。书中的怪诞小客栈里住满了意大利故事书里的天黑了还在赶路的人物，书中怪诞的山上都是装扮成淳朴的牧羊人的失恋冒牌诗人，说塞万提斯描绘的这个国家的这幅图画是真实和典型的十七世纪的西班牙，无异于是说圣诞老人反映了真实和典型的二十世纪的北极，两者情形大致相似。其实，正如果戈理对于俄罗斯中部了解很少一样，塞万提斯对于西班牙似乎了解得也很少。

然而，它依旧是西班牙；这个西班牙，正是“现实生活”（此处指的是地理上的）普遍性特点可以适用于一部虚构作品的普遍性特点的地方。大致地说起来，小说的第一部，堂吉诃德的冒险旅程发生在

---

① 英国大作家查尔斯·狄更斯1852年至1853年创作的长篇小说。

② 在他第一堂课开场白的末尾谈到关于作业和要求时，纳博科夫说：“《堂吉诃德》的其中一个作用就是，它是有利于我们学习掌握阅读研究狄更斯、福楼拜等作家的作品的训练基地。”——原编者注

拉曼查地区的阿加马西里亚和埃尔托博索村子周围，在卡斯蒂里亚干枯的平原上，往南就是莫雷纳山脉的群山，即西埃拉莫雷纳[①]山区。我建议你们在我画的地图上查一下这些地方。从地图上可以看出，西班牙延伸在陈词滥调（对不起，是纬度）[②]三十六度到四十三度，即从马萨诸塞州到北卡罗来纳州，而小说的主要情节则发生在与弗吉尼亚州对应的一个地方。你们还可以找到西部的萨拉曼卡大学城，靠近葡萄牙边境；你们还可以赞叹西班牙中部的马德里和托莱多。小说的第二部，总的漫游路线带我们往北，到阿拉贡的萨拉戈萨，可是，接着出于我下面要讨论的诸多理由，作者改变了主意，把他的主人公送往东部海岸，到了巴塞罗那。

然而，倘若我们从地势角度来考察堂吉诃德的冒险旅程，我们就会面对让人目瞪口呆的混乱。详细的情况我就不向你们解释了，我只说一件，那就是这些冒险旅程从头至尾每一步都是一团糟，非常不准确[③]。作者回避了那些很具体的文字以及可能会被查证的描述。倘若要顺着这一路线跨越四个省或六个省，在西班牙的中部漫游，那是绝对不可能做到的，因为在这个漫游过程中，在到达东北部的巴塞罗那之前，一个知名的村镇也不会遇到，一条河流也不会蹚过。塞万提斯对于地方村镇的无知是不分青红皂白、彻头彻尾的，即使是一些人大致上可以肯定是冒险旅程出发地的拉曼查地区的阿加马西里亚，他也是如此[④]。

① Sierra Morena，西班牙语，意即黑山山脉。

② 陈词滥调，原文是platitudes；纬度，原文是latitude，两个词只差一个字母。

③ 参看保罗·戈鲁萨克：“一个文学之谜：阿维兰尼达的《堂吉诃德》”（Paul Groussac：*Une Énigme Littéraire: Le Don Quichotte d'Avellaneda*, Paris: A. Piard, 1903），第77页至第78页及注释。——纳博科夫注。

④ 在这句话的末尾关于阿加马西里亚，纳博科夫加注：“第一部最后几页写到的堂吉诃德的村子。”阿加马西里亚就是这个村子，那是个合理的传说而不是一个已经证实的事实，依据是六个虚构的学者都居住于此，他们的墓志铭和诗文见于第一部结尾。普特南译本第一部第一章开首的句子是，“就在不久之前，在拉曼查的一个村子里（村子叫什么名字，我无意提起）住着一个……”在故事叙述中，塞万提斯一直没有说到这个村子的名字。——原编者注

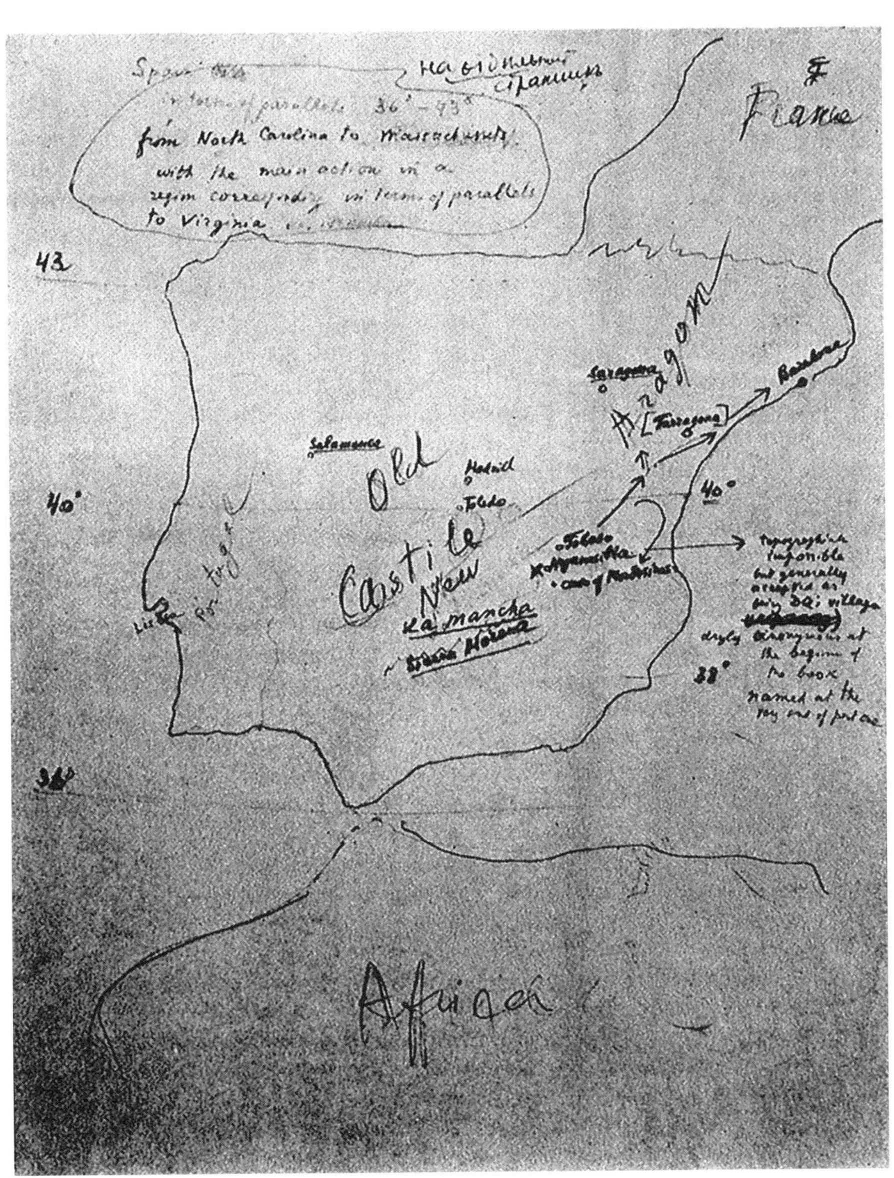

纳博科夫画的西班牙地图,确定这部小说情节的地点

《堂吉诃德》的“何时？”

关于空间就说这些。接着说时间。

我们现在要从一六六七年，即弥尔顿[①]的《失乐园》[②]发表的那一年，退回到阳光照耀的地狱，退回到十七世纪头二十年。

奥德修斯[③]在古铜色的烈焰中从门口一跃而起扑向求爱者；但丁[④]见罪人与蛇混为一体站在维吉尔[⑤]身旁发抖；撒旦彻底击败了天使——这些故事及其他存在于一种艺术形式或艺术时期——我们称之为史诗。过去时代的伟大文学作品似乎都诞生在欧洲的边缘地区，沿着闻名的世界的周边发展。我们大家都知道东南部、南部、西北部这些位置，分别如希腊、意大利以及英国。第四个位置就是现在要说的西班牙，在西南部。

我们现在要见证的是史诗形式的演变，诗韵之皮蜕去了，走路用的是双腿，史诗中长着翅膀的怪兽，与具有生动有趣的叙述的特别散文形式突然结合，出现了繁殖力旺盛的杂交品种，而它多多少少是一种驯化的哺乳动物，假如我可以继续使用这个不恰当的比喻的话。结果诞生了一个富有繁殖力的新物种，即欧洲的小说。

如此，这地点是西班牙，这时间是一六〇五年到一六一五年，这是方便灵巧的十年，很容易放进口袋里藏着。西班牙文学的发展

---

① John Milton（1608—1674），英国著名诗人，对18世纪诗歌产生过巨大影响。因劳累过度而双目失明。主要作品有长诗《失乐园》《复乐园》等。

② 纳博科夫对学生补充说道：“《失乐园》你们大多数在芬莱教授的指导下已经失而复得了，”意指著名的古希腊语言文学学者约翰·H.芬莱，他在人文学科一（第一学期）讲授包括《失乐园》在内的五部史诗。——原编者注

③ 古希腊诗人荷马（Homer，约公元前9—公元前8世纪）的史诗《奥德赛》主人公。

④ Alighieri Dante（1265—1321），意大利诗人，文艺复兴运动先驱，代表作有史诗《神曲》等。

⑤ Virgil（公元前70—公元前19），古罗马诗人，代表作为史诗《埃涅阿斯记》，对欧洲文艺复兴和古典主义文学产生巨大影响。

非常繁荣，洛佩·德·维加[①]写了五百个剧本，而这些剧本今天没有人去读了，就像他的同时代人米盖尔·德·塞万提斯·萨维德拉的一摞剧本没有人问津一样。我们的这一位悄悄地从他的角落里走出来。对于他的生平我只能约略说上几句，而这样简约的话你们在他的作品的许多简介中都可以随处找到。我们关心的是书，而不是人。关于塞万提斯的残疾的手，你们是不会从我的嘴里听到介绍的。

米盖尔·德·塞万提斯·萨维德拉生于一五四七年，卒于一六一六年；威廉·莎士比亚生于一五六四年，卒于一六一六年。塞万提斯出生的时候，正值西班牙帝国国力与声望的高峰。西班牙局势最糟糕、文学最繁荣的时期是在世纪末才开始的。在塞万提斯的文学学徒期间，即从一五八三年起，马德里活跃着贫穷的三流诗人和大致还算精美的卡斯蒂里亚散文制作者。还有我前面已经提到过的洛佩·德·维加，他让剧作者塞万提斯黯然失色，而且他可以在二十四小时里写成一个完整的剧本，既能写令人捧腹的笑话，也能写令人黯然神伤的死亡场面。说到塞万提斯自己——他一直都不成功，无论是作为军人、作为诗人、作为剧作家、作为官员（他替不走运的西班牙无敌舰队补充给养，输送小麦，日薪六角钱）——然后到了一六〇五年，他出版了《堂吉诃德》第一部。

《堂吉诃德》一、二两部书出版于一六〇五至一六一六年间，我们快速地回顾一下这个时期的文艺界，也许还是值得的。在这一回顾中有一个现象引起了本人的兴趣：它就是对于十四行诗的创作几乎病态的狂热爱好，这狂热席卷了整个欧洲，在意大利、西班牙、英国、波兰、法国；奇怪而并非纯然令人鄙视的冲动，要把一种激情、一个形象或一个思想锁在一个十四行诗句的牢笼里，禁锢在五个韵或七个韵的镀金铁窗里。至于十四行诗的诗韵，在拉丁语系国家用的

① Lope de Vega（1562—1635），西班牙剧作家、诗人、小说家，他确立了西班牙民族戏剧的艺术形式。据说他写了一千五百个剧本，但只存下近五百个。

是五个韵，在英国用的是七个韵。

再来看一看英国。回顾伊丽莎白时代光彩夺目的巨大成就，莎士比亚一系列无可比拟的伟大悲剧——《哈姆莱特》（一六〇一年）、《奥赛罗》（一六〇四年）、《麦克白》（一六〇五年）、《李尔王》（一六〇六年）——当时已经创作或者刚刚创作。（实际上，在塞万提斯创作他的疯子骑士的同时，也许莎士比亚就在创作他的疯子国王。）而在莎士比亚这棵巨大橡树的浓荫底下，出现了本·琼生[1]和弗莱彻[2]以及许多其他戏剧家——一派生气勃勃、欣欣向荣、才子辈出的景象。这一类诗歌的最高境界，即莎士比亚的十四行诗，发表于一六〇九年。此外，影响深远的散文的典范，即英王詹姆士一世钦定《圣经》，出版于一六一一年。弥尔顿出生于一六〇八年，就在《堂吉诃德》第一部和第二部出版年份之间。在英国的弗吉尼亚殖民地，约翰·史密斯船长[3]于一六〇八年出版了《一个真正的启示》，一六一二年出版了《弗吉尼亚地图》。他是波卡洪塔斯[4]故事的讲述者，率直而坚定的叙述者，这个国家的第一个写西部边区的作家。

对于法国来说，这个十年是两个伟大时代之间的短暂的衰落期，紧随诗人龙萨[5]和散文家蒙田[6]令人惊叹的绚丽时代之后。诗歌正在体面中死亡，因为它掌握在苍白无力的完美主义者手中，他们是追求完美的三流诗人，但是他们的眼光却是无力的。例如，闻名而有影响的马莱伯[7]。像于尔菲[8]所著《阿斯特雷》这样的一类荒唐的感伤小说

---

① Ben Jonson（1572—1637），英国剧作家、诗人、评论家。剧作如《炼金术士》。

② John Fletcher（1579—1625），英国剧作家，以悲喜剧著称，如《少女的悲剧》。

③ John Smith（1580—1631），英国探险家，北美弗吉尼亚州詹姆斯顿殖民地主要创建者，后任殖民地总督。

④ Pocahontas（1595—1617），北美波瓦坦印第安人部落联盟首领波卡坦的女儿，曾救过约翰·史密斯的命。

⑤ Pierre de Ronsard（1524—1585），法国诗人，七星诗社主要人物，作品反映文艺复兴时期的人文主义理想。

⑥ Michel Eyquem de Mongtaigne（1533—1592），法国文艺复兴时期思想家和散文家。

⑦ François de Malherbe（1555—1628），法国诗人，主张语言纯正、准确，诗韵严整。

⑧ Honoré d’Urfé（1568—1625），法国作家，以长篇田园小说《阿斯特雷》闻名。

盛极一时。后来的真正伟大的诗人拉封丹[1]还没有出世，而剧作家拉辛[2]和莫里哀[3]都还没有登场[4]。

在意大利，当时正处于从十六世纪中叶开始的遭受压迫和苛政统治的时期，一切思想都受到怀疑，一切思想的表达都遭禁锢。在这个时期，我们现在所讨论的十年是华而不实的诗歌的十年。在这个十年，除了马里尼及其追随者铺张的比喻和牵强附会的措辞之外，就没有值得一提的东西了。诗人托夸托·塔索[5]十年前就已经结束了他那悲惨破碎的一生，而乔达诺·布鲁诺[6]，这位有独立见解的伟大思想家，才刚被捆绑在火刑柱上烧死（于一六〇〇年）。

至于德国，我们现在所讨论的这个十年间，没有出现伟大的作家。在德国，这个十年时期与德国的所谓文艺复兴时期（一六〇〇年至一六八一年）相对应。法国文学极大地影响着众多的不重要的诗人，在德国还有许许多多的参照意大利样板的文学社团。

在俄国，从可怕的人伊凡[7]（十六世纪末叶）的激烈的小册子，到最伟大的莫斯科作家（在十九世纪文艺复兴时期之前）即大祭司阿瓦克姆[8]诞生之前这个时期，在持久的压迫与孤立的时代里我们唯一能够发现的只是无名氏的童话故事，由朗诵者吟诵的无韵的叙事诗，讴歌传说中的英雄的丰功伟绩（其中最老的版本写于一六二〇年，专门为一个叫理查德·詹姆斯的英国人写的）。当时的俄国与德国

---

① Jean de La Fontaine（1621—1695），法国寓言诗人。

② Jean-Baptiste Racine（1639—1699），法国古典主义悲剧代表作家之一。

③ Molière（1622—1673），法国著名剧作家，首创法国现实主义喜剧及其新风格，代表作有《伪君子》等。

④ 纳博科夫向他的学生补充写道（在打字稿中插进了自己的手写的话）："你们应该在韦氏大词典上去查阅这些人名。"——原编者注

⑤ Torquato Tasso（1544—1595），意大利文艺复兴时期后期诗人，主要作品有《被解放的耶路撒冷》和诗论《论诗的艺术》等。

⑥ Giordano Bruno（1548—1600），意大利文艺复兴时期哲学家、天文学家，他发展了哥白尼的太阳中心说，被宗教裁判所视为异端而火刑处死。

⑦ 可怕的人伊凡即俄国第一个沙皇（1547—1584）。

⑧ Avvakum Petrov（1620—1682），莫斯科喀山大教堂大祭司。人们认为他的自传和他写给沙皇和旧信徒的信是17世纪俄国文学的杰作。

一样，文学仍在孕育中。

批评家评论概述

有的批评家，他们都是些早就过世的很少一部分人，他们都曾经试图要证明，《堂吉诃德》只不过是一个过时的闹剧。也有一些批评家坚持认为，《堂吉诃德》是有史以来最伟大的小说。在一百年以前，一个充满热情的法国批评家，名叫圣伯夫[①]，把这部小说称为“人性的《圣经》”。我们切不可受这些妖言惑众的魔法的骗。

维京版的译者撒弥尔·普特南曾推荐过贝尔和克鲁奇论《堂吉诃德》的书。[②]这些书中的许多东西我是坚决反对的。我反对这样的一些说法，说什么“[塞万提斯的] 认识之敏感，他的思想之灵活，他的想象之活跃，以及他的幽默之细致入微，完全可以与莎士比亚媲美”。哦，可不是这样的——即使我们只是局限于讨论莎士比亚的喜剧作品，塞万提斯在所有这些方面也还是落后于莎士比亚的。《堂吉诃德》只能做《李尔王》的陪衬——当然将它衬托得非常好。塞万提斯与莎士比亚唯一可以旗鼓相当的是在影响的问题上，是在精神滋养方面——我看到面前的颀长的阴影，投在能迅速接受一个创造的形象的后代人身上，因为这个形象会跳出书本而单独传颂下去。然而，莎士比亚的剧本将摆脱自身投下的阴影，继续传下去。

大家都注意到，两位作家都卒于一六一六年的圣乔治节，依照贝尔随心所欲的但却是不正确的说法，那是“在联手刺杀了外貌经过伪装的恶魔之后”（第三十四页）：然而塞万提斯和莎士比亚绝非刺

---

① Charles-Augustin Sainte-Beuve (1804—1869)，法国文学批评家和作家，写的诗和小说都未引起重视。

② 维京版的普特南译本后来被现代丛书买下。读者应避免维京便携版，因为书中很大一部分章节都是梗概。纳博科夫提到的批评家是指奥伯雷·F. G. 贝尔的《塞万提斯》（诺曼：俄克拉何马大学出版社，1947）和约瑟夫·伍德·克鲁奇的《五位大师：小说演变之研究》（纽约：开普和史密斯出版社，1930）。下文的引语就是出自贝尔的《塞万提斯》第35页。——原编者注

杀了恶魔，相反地他们两人运用各自的不同表现手法，展现了这可爱的怪兽，用链条牵着，借助文学的永恒，欣赏着它的色彩绚丽的鳞片和抑郁的眼神。（在这里我要顺便说一下，虽然四月二十三日被认为是两人去世的日子——那一天也是我的出生日期——但是塞万提斯和莎士比亚去世日子用的历法是不一样的；这样说来，两个日期之间有十天的差距。）

围绕着《堂吉诃德》我们听到了因不同意见而引起的激烈争吵——有时带着桑丘坚定却缺乏想象的思想传出的心声，而有时则让我们想起堂吉诃德挥剑斗风车时的怒吼。天主教徒和新教徒，瘦削的神秘主义者和大腹便便的政治家，像圣伯夫、屠格涅夫[①]或者布兰代斯[②]之流虽然好心却言语冗长和毫无生气的批评家，以及无数老是争论不休的学者，他们都说出了关于这本书以及创作这本书的人截然不同的看法。也还有一些人，如奥伯雷·贝尔，他认为，倘若没有万能的教会的帮助，是决不能创作出一部杰出的作品来的；他津津乐道地赞扬“西班牙教会图书审查官的宽宏大量与大度包容的精神”（第一六六页），并且认为，塞万提斯和他书中的主人公都是正直的反宗教改革气氛中的虔诚的天主教徒。另外也还有一些人——傲慢无礼的新教徒——他们相反旁敲侧击地指出，塞万提斯说不准还跟宗教改革派有过联系[③]。贝尔还认为，这部书的惩诫是堂吉诃德的傲慢——愚蠢地将矛头对准全体民众的利益，而全体民众的利益是只属于教会组织活动的范围。这同一个学派的人认为，塞万提斯不

① Ivan Sergeevich Turgenev（1818—1883），俄国作家，对俄罗斯文学与世界文学有很大影响。中国读者熟悉的作品有《猎人笔记》《前夜》《父与子》等。

② Georg Morris Cohen Brandes（1842—1927），丹麦文学批评家、文学史家，因倡导激进民主主义文学和现实主义创作方法，受到保守派的打击和迫害。

③ 纳博科夫用括号加注写道：“参阅达菲尔德。他指出，《堂吉诃德》引述的《圣经》中的一句话的措辞与标准的天主教版本不一致（根据四世纪圣·杰罗姆的拉丁文版本确定的天主教《圣经》1519年文本），却与1569年西班牙宗教改革者的《圣经》一致。”亚历山大·詹姆斯·达菲尔德1881年翻译出版了《堂吉诃德》，三卷，而注解出自多人之手。引文见他的《堂吉诃德，他的批评家与评论家》一书（伦敦：C. K.保罗，1881），第44页。——原编者注

会去找宗教法庭的麻烦，这跟剧作家洛佩·德·维加和画家贝拉斯克斯[①]有些相像，因此，书中凡是取笑神甫的时候，不管是什么样的笑话，都是善意的，是家庭中的玩笑，严格地属于内部的事情，是修道院内的俏皮话，是玫瑰园里的欢闹。但是另外一些批评家非常严厉地采取截然相反的观点，并且试图证明，尽管不那么奏效，即，一个严厉无情的新教评论者达菲尔德称为“罗马天主教的仪式”和“神职人员的专制”[②]的，塞万提斯却在《堂吉诃德》这部书中毫不畏惧地加以嘲弄；而且同一个批评家得出结论说，不但堂吉诃德是一个偏狂者，而且整个“西班牙在十六世纪遍地都是同一种［病态］类型的狂人，只有一个念头的人”——因为“国王、宗教法庭、贵族、红衣主教、神甫和修女……都受到，”这个批评家言语激烈地说道，“一个控制一切、压倒一切的信念的支配，这个信念就是通向天国之路要经过一扇门，而打开这扇门的钥匙就在他们的手中拿着。”[③]

---

① Diego Rodriguez de Silvay Velazquez（1599—1660），西班牙画家，腓力四世的宫廷画师。

② 达菲尔德第66页注：“我并非是要指出塞万提斯是在向基督教宣战：假如这样说了，那将是极大的诽谤，我是要说他确确实实毫不畏惧地嘲弄了罗马天主教的仪式和神职人员的无礼、傲慢、专横，要否认这一点是愚蠢的。我们的乐观的大讽刺家用以永久地废除那些假圣人、假骑士的方法之一，却正在把他们置于自然与常识的光天化日之下，让神话、虚构和谎言与现实保持着接触；当他从背后衬衣下摆里取出念珠，把圣水倒入小汤碗，把主教冠和sambenitos［译者按：西班牙语，意即“宗教裁判用的悔罪衣”］放在驴背上，让桑丘之口说出圣徒遗骨和托钵修会修士的圣洁，那也是在让所有这一切经受同样的考验。”——原编者注

③ 达菲尔德，第94页至95页：“我说堂吉诃德疯了。”

“他的疯并非脑子损伤或弱智所引起的结果；他不会像卡德尼奥那样狂躁，也不会像阿塞尔莫那样痴呆；他是偏狂者，是一个念头上的疯，而在所有其他方面是完全清醒的，甚至是极为聪明的。他的疯既不是疯在肚子上，也不是疯在脑袋上，他可以在他自己喜欢的任何一天把自己医治好。这不是我自己的幻想：这是《聪明的乡绅，来自拉曼查的堂吉诃德》一书的作者出于特殊的、敏锐的了解而说的话。

“西班牙在十六世纪遍地都是同一种类型的狂人，只有一个念头的人。当时这个国家是由狂人统治的——国王、宗教法庭、贵族、红衣主教、神甫和修女，他们都受到一个控制一切、压倒一切的信念的支配，这个信念就是通向天国之路要经过一扇门，而打开这扇门的钥匙就在他们的手中拿着。这样的一个信念，在有些人身上表现出走火入魔的势头，正是这个信念点燃了他们心中的烈火，如神圣罗马帝国皇帝查理五世、西班牙国王腓力二世、西班牙天主教耶稣会创始人罗耀拉、西班牙第一任宗教总裁判官托尔克马达、阿维里亚公爵、西内罗斯这样一些男人，西班牙天主教修女特雷莎这样的女人，以及军队、教会，甚至在文学界、在政府的每一个部门，每三个主要人物中就有一个（转下页）

我们不会沿着这些人的尘土飞扬的道路继续走下去，无论他们的推论是虔诚的还是亵渎的，是嬉闹的还是庄严的。到底塞万提斯是一个虔诚的天主教徒抑或亵渎神圣的天主教徒，实际上并没有多大的关系；甚至他是一个好人还是一个坏人，也没有什么关系；他对于他那个时代的状况的态度，无论他采取的是什么样的态度，我认为也是不很重要的。就个人的意见来说，我更倾向于接受这样一个观点，即，他并不怎样关注这些状况。而真正让我们关注的是这部书本身，是或多或少还能满足要求的英译本中某种程度的作者的西班牙语原文。从这原文出发，当然我们确实遇到某些蕴含的道德问题，而这些道德问题又必须放在也许超越了这部书自身世界的一个大范围里来加以考虑，而遇上这样的棘手问题，我们是不会退缩的。"L'homme n'est rien—l'oeuvre est tout"（人是无关紧要的——作品才是一切），福楼拜这样说。在许多为艺术而艺术的人身上，寄寓着一个失败的道德说教家——而《堂吉诃德》这部书的伦理标准颇值得一谈，它将书中某些段落洋洋自得的皮肉放在了蓝色的实验室灯光下。我们将会讨论这部书的残酷性。

小说形式总述

小说可以分为单轨小说和多轨小说。

单轨——小说里只有一条人类的生活主线。

多轨——小说里有两条或很多条这样的线路。

每一个章节始终有一种或多种生活的存在，否则作者可能采用我称之为道岔的手法，有小的道岔，也有大的道岔。

（接上页）这样的人；而这些人只要是在偏狂症的影响之下，他们就像堂吉诃德一模一样。因此，把握住塞万提斯开始刻画人的思想轨迹的时候知道他是在做什么这一点，对我们来说是至关重要的。他也许是探索人的思想最黑暗区域的第一人，告诉我们这可怕的黑暗的性质，并指出怎样才能让医治偏狂的光明福祉普照。证明这个说法，就跟循着堂吉诃德在家乡的土地上冒险漫游的足迹，一样会带来无限的乐趣。"——原编者注

小道岔——是指有些章节，里面的主要的生活，无论是一种还是多种，始终很活跃，但是与次要的人物讨论那些主要生活的章节交替出现。

大道岔——是指多轨小说里，作者从一种生活的叙述完全地转换到另外一种生活的叙述，叙述完了接着又转换到原来的叙述。这许多的生活可以长时间地分割，但是作为一种文学样式的多轨小说，其特点之一是，多种生活必定会在这个或那个时间相互汇合。

举例来说，《包法利夫人》是一部单轨小说，几乎没有什么道岔。《安娜·卡列尼娜》[①]则是一部多轨小说，有许多大的道岔。那么，《堂吉诃德》是什么小说？我把它叫作一轨半小说，并且有少数道岔。骑士与扈从其实是一个轨道，因为无论怎么说，扈从是做主人的配角的；但是到了第二部的某个阶段，他们分开了。当作者非常不自然地在桑丘的孤岛和堂吉诃德的城堡之间来回穿梭的时候，那些道岔转换都是很唐突的，因此，当两个人重又聚在一起，回到他们骑士与扈从的自然的组合时，每一个有关的人——作者、人物以及读者——都重重地舒了一口气。

倘若我们换一种方式来看，即，针对内容的问题而不是针对样式的问题来看，现代小说则可以分为这样几种类型，如家庭小说、心理小说（往往用第一人称来写）、推理小说及其他。规模巨大的作品一般又都是多种这样一些类型的组合。但是不管怎么说，在这一点上我们切不可过分地拘泥。但是如果我们迫不得已要剖析没有什么艺术价值或根本谈不上艺术价值的矫揉造作的作品，或

① 关于安娜·卡列尼娜的译法，纳博科夫有一段译注，在《俄罗斯文学讲稿》中被引用：译者普遍感到女主人公名字的翻译是个棘手的问题。在俄语中，当指陈一位女士时，姓氏的结尾如果是辅音就要求加一个“a”（有些词尾没有变化的名字例外）；但是只有在指舞台女演员时，才应该在英语里使用这一俄语姓氏女性化（遵循法语的习惯：la Pavlova，“the Pavlova”）。伊凡诺夫与卡列宁的妻子在英国和美国的称呼分别是伊凡诺夫夫人与卡列宁夫人——而不是“伊凡诺夫娜夫人”与“卡列尼娜夫人”。译者在写“卡列尼娜”时，会发现他们不得不称安娜的丈夫“卡列尼娜先生”，这就跟称玛丽亚勋爵夫人的丈夫为“玛丽亚勋爵”一样荒唐。

者反过来说，要把老鹰标本似的杰出作品硬塞到鸽子窝里，那么，整个事情就变得味同嚼蜡，而小说类型的问题也就真的失去全部意义①。

《堂吉诃德》属于很早、很原始的小说类型。它是与流浪汉和无赖冒险小说紧密相关的——所谓流浪汉与无赖，源自picaro，它在西班牙语里是流氓无赖的意思——是如同葡萄藤覆盖的山一样古老的故事，这一类故事里都有一个滑头的人，一个流浪汉，一个江湖骗子，或者任何一个或多或少有一点古怪滑稽的人作为主角。同时这个主角追寻一个或多或少是反社会或者非社会的目标，他干着一件又一件的活，说着一个又一个笑话，出现在一连串有声有色、结构松散的片段里，而实际上喜剧的成分压倒任何抒情或悲剧的含义。此外，具有重大意义的是，采用选择一个流浪汉作为小说的主人公的手法，作者在政府或教会硬性规定作品寓意的政治压迫的时代——具有重大意义的是，作出这样的选择，作者就偷偷地替他小说主人公的社会、宗教、政治背景卸去了危险的责任，因为一个流浪汉、冒险者、狂人，从根本上来说是非社会的，是不负责任的②。

当然，在我们这个沉湎空想的吉诃德的冒险旅程中，我们所看到的远远不止一瘦一胖两个丑陋人物的磨难，但是这部书从本质上看仍属于原始的小说形式，属于结构松散、杂乱无章、光怪陆离的流浪汉和无赖冒险故事一类，而且最初的读者就是把它当作这样的故事

---

① 在已经删去的一段话之后，纳博科夫写道："因此，我们要把这些小说归入哪一类，其实没有一点意思，这些——对不起，我告诉过自己我不会举现代的例子的。"破折号后面表示抱歉的话上面用括号插进了这些话（有选择性地省略），"高尔斯华绥或者什么曼斯华绥，或者什么厄普顿·刘易斯，或者什么朱尔·罗兰"。玩弄名字的游戏是纳博科夫的得意手法。托马斯·曼、厄普顿·辛克莱尔、辛克莱尔·刘易斯、朱尔·罗曼、罗曼·罗兰并不在他最喜欢的作家之列。——原编者注

② 在删去的一段话里纳博科夫继续写道："尼古拉一世或斯大林的俄国的受压迫时代也产生过流浪汉和无赖冒险故事的小说。我承认，塞万提斯在他的残酷和集权的时代选择流浪汉和无赖冒险小说的形式是因为它最安全；同时为了能更加保证安全，他赋予小说他最初想到的寓意，用现代的话来说，即某些漫画连环画引人走入歧路。"——原编者注

来接受、来欣赏的。

堂吉诃德长长的影子

我们将要阅读其他的小说家的作品，在这个过程中，《堂吉诃德》在某种程度上一直会与我们在一起。我们将在绝非荒凉的山庄里的堂吉诃德式的主人——所有虚构小说最吸引人、最叫人喜欢的人物之一——约翰·庄迪斯[①]的身上，认出堂吉诃德的最重要、最令人难忘的性格特点，即随心所欲的崇高性格。在读果戈理的《死魂灵》的时候，我们将在拟似流浪汉与无赖冒险故事的模式和不平常的追寻中，很容易地发现，书中的主人公是在古怪地重复、病态地模仿堂吉诃德的冒险经历。其次要说到福楼拜的《包法利夫人》这部小说，我们不仅将在书中发现这位夫人本人像我们骨瘦如柴的西班牙贵族一样，发疯似的沉湎于不切实际的漫游，而且我们还可以找到更加有意思的东西，即，福楼拜在以坚定不移、不屈不挠的精神追寻创作这部小说的残酷无情的冒险旅程中，他本人也可以被称为一个地地道道的堂吉诃德，因为他具有非常伟大的作家的最显著的特点：毫不动摇的艺术的至诚。最后，在托尔斯泰的《安娜·卡列尼娜》里，我们在书中主要人物之一列文身上隐约中又可看到这个严肃认真的骑士。

因此，我们应该把堂吉诃德和他的扈从想象为两个小小的身影，在大片火红的落日余晖的映衬下在远处骑马缓行，而他们的两个巨大的黑影，其中一个黑影特别的长，掠过几个世纪的旷野，一直伸展到我们的身边。在我第二个讲稿里，我们将透过我制作的镜片来观察这两个人物：而且是in vitro[②]观察。我的第三个讲稿将讨论结构——结构的手法——的各个方面，尤其要讨论田园牧歌式主线，小

① 英国作家查尔斯·狄更斯的小说《荒凉山庄》中人物。
② 拉丁文，意即在人造的环境中，如试管。

说中的小说主线，骑士书主线。我的第四个讲稿主要讨论残酷性、蒙骗、魔法。我的第五个讲稿涉及虚构的事件编写者和镜子，并且还要说说小阿尔蒂西朵拉，说说杜尔西内娅，以及死神。我最后的吉诃德讲稿将详详细细地谈谈堂吉诃德的胜利与失败。

两幅画像：堂吉诃德和桑丘·潘沙

堂吉诃德其人

即使我们考虑到在译作的昏暗中西班牙语原文的韵味会变弱这个因素，即使如此，桑丘的俏皮话和谚语也不大会挑逗得人哈哈地捧腹大笑，无论是这些俏皮话和谚语本身，还是这些俏皮话和谚语一回回地累积起来。比较而言，老一套的现代噱头倒更让人觉得有趣。我们这部书中的喧闹嬉戏场面也不能叫现代人笑得肚子作痛。面容阴郁的骑士是个跟别人都不一样的特别的人；我们可以稍有保留地说，长着一脸杂乱胡子、一个西红柿似的塌鼻子的桑丘倒是个脸谱化的小丑。

而且，悲剧比喜剧更经得起时光的考验。戏剧在黄色的舞台聚光灯下更能够持久；而粗野的狂笑会在空间和时光中被驱散。艺术带给我们的难以言说的激动和兴奋，自然更接近于男人因肃然起敬而造成的战栗，或女人含泪的微笑，而不是随意的露齿一笑；当然，在这一方面还有比痛苦的号叫或哈哈大笑更深刻的东西——这就是达到极致的喃喃声，它是因给感官带来快感的想象的影响而产生的愉悦——给感官带来快感的想象——这是真正的艺术的另一个说法。关于这种给感官带来快感的想象例子，我们这部书虽然不多，却非常地难能可贵。

我们先来考察一下这个面容阴郁的人。在他给自己起了一个响当当的名字叫堂吉诃德之前，他的名字非常地普通，就叫吉贾达或克萨达。他是一个乡绅，拥有一个葡萄园，一座主人房，以及两公顷耕地；他是一个虔诚的天主教徒（他后来良心受到责备）；他是一个身材颀长、瘦骨嶙峋、年龄五十岁左右的人。在他背部中央有一颗长着硬毛的褐色的痣，按照桑丘的说法，这样的一颗痣是强壮的男人的标志；他的浓密的胸毛也说明他是一个强壮的男人。可是，他粗大的骨头上面却没有长多少肉；正如他的精神状态常常是神志清醒和神志错乱交替出现，仿佛象棋棋盘那样纵横交错，他的身体状况也是一身的怪病，精力、疲惫、忍耐、无可救药的阵痛都交织在一起。可怜的吉诃德因失败遭受的精神上的痛苦，也许比他脑袋上忍受的痛苦还要痛苦得多；但是我们切不可忘记他身体上还有可怕的、持续的隐痛，虽然他充沛的精力和他对露天夜宿的酷爱可以克服这种隐痛，但是绝对无法把它根治：这个可怜的人多年来患有严重的腰疾。

我后面还会有许多话要说，要谈谈关于这部书的残暴，以及人们对于这残酷性表现出来的奇怪的态度，无论这些人是专家还是门外汉，然而也就是这些人，他们把这部书看作是仁慈的、富有同情心的作品。

不时地，为了要上演一出粗糙的中世纪的闹剧，塞万提斯让我们看到他的主人公只穿一件衬衣，书中写到这里，描述得非常详细，衬衣的长不能完全遮住他的屁股。列举了这样的一些令人生厌的细节我必须道歉——但是这些又是我们需要的，因为我们要驳斥健康戏谑的捍卫者、富有同情心的窃笑的捍卫者。他的两条腿非常长、非常瘦，还长满了毛，而且很脏；然而，他干枯而毫无用处的人皮显而易见决不会吸引寄生虫的光顾，要是换了他胖乎乎的朋友，早被这些寄生虫盯上了。接着我们来替我们的病人穿上衣服。这是他的上衣，一种紧身的羚羊皮上衣，纽扣不是掉了就是不配对，而且由于雨水和漏水盔甲里的汗水，纽扣上都是锈迹。上衣的领子是软的，是萨拉曼卡的学生装那一种，但是没有花边；他的紧身褐色马裤上有黄色的补丁；他的绿色长丝袜布满了漏丝的窟窿；至于他的鞋子，颜色是海枣色的。除了这些之外，那就是他妙不可言的各式各样的武器，有了武器，他在月光底下便俨然是全副武装的幽灵—— 一个全副武装的幽灵出现在丹麦王国的艾尔西诺围有雉堞墙的屋顶上，绝对不会格格不入的，倘若哈姆莱特志趣相投的朋友想要对威顿堡大学整日郁闷不乐的学生开一个玩笑的话[①]。

说到堂吉诃德的那副盔甲，那是旧盔甲，黑色，而且已经发霉。在开头几章里，他临时戴上的头盔是用绿带子扎着的，这绿带子上打的结，花了好几章才解开。有一次他的头盔是用理发师的洗脸盆代替的，那是一个锃亮的铜盆，上面有一个圆弧凹口，为了方便顾客的下巴，铜盆边上也有一个凹口——为因久久思索而入迷的人提供方便。他骑在他的名叫驽骍难得的瘦马马背上，一个瘦细的手臂上挽着一个盾牌，一只手拿着一根树枝当作剑。这马也是瘦削的身躯，长长的脖子，跟他一样本性温和，也一样有心事重重的双眼，一样有迟钝的表情，以及瘦骨嶙峋的面孔表现出来的尊严，这也是他的主人没有准备格斗的时候流露的尊严；因为当堂吉诃德真准备格斗的时候，愤怒会叫他的双眉抽动，这时候他鼓起两颊，怒目环顾，右脚跺地，仿佛他是在多尽一分力扮演好冲锋者的角色，而此时的瘦马驽骍难得则站立一旁，垂着脑袋。

当堂吉诃德提起头盔的硬纸板面罩的时候，他露出了一张沾满尘土的憔悴的脸，一个略呈钩状的鹰钩鼻，深深凹陷的双眼，稀稀落落的门牙，与他脑袋上稀疏的灰白头发相比，他那令人心情忧郁的髭须依然相当的浓黑。这是一张严肃的脸，又长又瘦；他这张脸的面色最初是土黄色的；然而在卡斯蒂里亚平原火辣辣的太阳的烤晒之下，他这张脸最终被晒成了在地里干活的农民那样的古铜色。他的这张脸非常地消瘦，两颊深深地凹陷，磨牙已经没有剩下几颗，因此他的两颊仿佛（如他的创作者所说）“在嘴巴里边都要贴在一起了”。

---

① 仿佛哈姆莱特的父亲被害的丹麦国王的幽灵，参看莎士比亚悲剧《哈姆莱特》第一幕第一场。该剧场景设在艾尔西诺，哈姆莱特和他的朋友霍莱旭是威顿堡大学的学生。

他的举止态度仿佛是处于从他的身体外貌到他的双重性格神秘色彩的过渡阶段。他的镇定，他的严肃，他十分沉着的态度和自我克制，与他交战时狂怒的疯狂发作，形成非常不相协调的对照。他喜欢沉默，喜欢举止态度的得体。他说话字斟句酌，遣词造句非常的讲究，但又不显得做作不自然。他是一个完美主义者，一个纯粹主义者：他不能容忍一个乡下农民说错一个字，不能容忍用错一个词语。他思想行为正派，热衷幻梦，遭到魔法师的纠缠；尤其要说他是一个豪爽的绅士，一个具有无限勇气的人，是一个名副其实的英雄。（这一点非常重要，应该牢牢记着。）虽然他客气有礼貌，时时愿意讨好别人，但是有一件事他是绝不会容忍的，这就是他容不得人们对他的梦中情人，杜尔西内娅，有丝毫的批评。正如他的扈从非常准确地注意到的那样，他对于杜尔西内娅的态度是非常虔诚的。堂吉诃德对她的顶礼膜拜纯然是为她自身之故，他的思想从没有越雷池半步，只要她认可他作为她的捍卫者，除此之外，他从不奢望回报。“这个，”桑丘说道，“就是我听传教士说的那种爱，他说我们应该把这样的爱给予我们的天主，只给他本人，而同时绝不为对永恒荣耀的奢求所动摇，也不被地狱的恐惧所推翻。”

我尤其思考的是小说的第一部，因为在小说的第二部出现了堂吉诃德的性格经历的奇怪变化：神志清醒的时间过后出现了恐惧心理。因此我们应该再次强调一点，即，他是绝对有勇气的，在某种程度上要忘却第二部里的一个场景，当时因为他的房间里到处都是猫，所以他害怕得直发抖。不过总的说起来，与其他骑士相比较，他是这个世界上最勇敢的人，最饱受爱情折磨的人。他绝不怀有一点恶意；他像孩子一样可以信赖。事实上，他的孩子气有时候也许比他的创造者原先所构想的更加显而易见。在小说的某个转折点，即第一部的第二十五章，他建议作为自我惩罚，要做几件“疯事”——这好比是除了他的一般的疯之外，再有意地做的“疯事”——在开玩笑方面，他表现出了相当有限的小学生似的想象。

20 minutes

23

The man Don Quixote

Even if allowance be made for the fading away of the Spanish in the twisting of translation, even so Sancho's crass and proverbs are not very mirth provoking either in themselves or in their repetitious accumulation. The corniest modern gag is funnier. Nor do the horseplay scenes in our book really convulse modern diaphragms. The Knight of the Mournful Countenance is a unique individual; Sancho, with some variations, of the nettle beard and tomato nose is the generalized clown.

Now, tragedy wears better than comedy. Drama endures in amber; the guffaw is dispelled in space and time. The nameless thrill of art is certainly closer to the manly shudder of sacred awe, or to the moist smile of feminine compassion than it is to the casual chuckle; and of course, in that line, there is something still better than the roar of pain or the roar of laughter — and that is the supreme pure of pleasure produced by the impact of sensuous thought — sensuous thought — which is another term for authentic art. Of this there is in our book [illegible] a small but [illegible] supply.

纳博科夫评述堂吉诃德的开场白

Don Quixote

(h)

A quiet country gentleman, Señor Quijana, turned knight-errant.

p.25 Close on to fifty, of a robust constitution but with little flesh on his bones and a face that was lean and gaunt.

p.32 When he raises his pasteboard visor, he reveals a "withered, dust-covered face".
His voice is gentle and courteous.

p.34 His improvised helmet is tied on with green ribbons the knots of which could not be undone.

p.35 His suit-of-armor was black and moldy

p.39 His composure, his beautiful calm manner and self-control, so oddly in contrast with his mad fits of belligerent rage. Also Chapter VII.
He is a gallant gentleman, a man of infinite courage, a hero in the truest sense of the word. This very important point should be kept in mind all the time, in reading about all his encounters.

p.88 He is a purist. He cannot hear a village lad mispronounce words or use the wrong one.

p.92 He chose "toil, anxiety and arms" "" sweat, tears and blood. (as another much fatter gentleman has put it)
The people he meets are farmers and friars, carters, mule drivers, goatherds and shepherds, but very few horsemen.

p.112 Samples of his <u>metapractical</u> wisdom are numerous: "I must remind you, brother Panza, that there is no memory to which time does not put an end and no pain that death does not abolish."

p.183 Rocinante is a lean horse, but moreover slow-paced and phlegmatic.

纳博科夫关于小说第一部开场白的笔记

“‘至少有一个要求我是要向你提出来的，桑丘，’骑士说道［当桑丘带着给杜尔西内娅的信就要离开西埃拉莫雷纳山区的时候］，‘假如我真的这样坚决向你提要求，那是因为这是必要的。我要你看着我脱光裤子，做几十个疯子动作，完成这几十个动作用不了半个小时；因为你亲眼看着我完成这些动作之后，你就可以非常心安理得地发誓说你看到过我还做了别的动作，你想说多少个动作都可以，而且你放心，我要做的动作比你会说的还要多。’……说罢这一席话，他急急忙忙地脱掉他的马裤，下身一丝不挂，腾空跳了两三下，然后脑袋朝下，两手撑着地面，两腿朝上，暴露了希罕之物，致使桑丘立刻把瘦马驽骍难得牵走，不让马再看到这情景。那扈从这时候相信了［塞万提斯结束了这一章］；他可以发誓，他的主人真疯得不轻。”

接着我们就来谈一谈他的这种初步的精神失常。阿朗索先生，他原本是一个寡言少语的乡绅，照看着自己的庄园。他每天早早就起床来到户外，也很喜欢狩猎。到了他五十岁那一年，他整日埋头看骑士小说，还喜欢在晚餐上吃得十分的饱，包括吃有一个译者（达菲尔德）翻译的“复活饼”（duelos y quebrantos——照字面翻译意思是，痛苦与损坏），是“一锅肉，原料用的是不小心从悬崖峭壁上摔下去、摔断了脖子的牲口的肉”。这里所说的“痛苦”不是指牲口遭受的痛苦——牲口的痛苦无关紧要——而是指羊的主人和牧羊人发现丢了羊之后的心情。这一点是非常难说的问题。不管是否由于冒险的英雄猪肉构成的日常饮食的缘故，还是吃了冒险的牛和冒险的羊遇到灾难变成了餐桌上的牛肉和羊肉之故，还是他神志本来就是不怎么清醒的，实际情况就是堂吉诃德作出了崇高的决定，要振兴世界，要让游侠骑士这个富有刺激性的职业，连同它的特别严格的技巧以及它所有的美丽的幻想、激情和举动，重新回到一个毫无生气的世界。他狠下决心，为自己的命运选择了“劳苦、思虑和武器”。[①]

① 纳博科夫用括号补充了一句，后又划去，“或者正如另一个肥胖得多的人在另一个悲惨得多的场合所说的‘汗水、泪水和血’”。——原编者注

因此，他在我们的面前是一个神志清醒的疯子，或者说他是一个神志清醒的边缘上的精神错乱的人；一个另类的狂人，头脑愚昧但是伴有间歇性的清醒。在旁人的眼里，他就是这样的一个人；但是，在他看来，世间的事情也有这样的双重特性。现实与幻想交织在生活的图案里。“怎么会，”他对他的扈从说，“你怎么会这么长日子一直与我做伴，但是居然不明白，所有跟游侠骑士有关的事情都是疯狂的、傻乎乎的、荒唐可笑的……并不是因为它们在现实中也是这样的：而就是因为我们当中总是有许许多多的魔法师来来去去，把东西都变了个样，外表都是蒙骗人的，根据他们的想象让事情的表面不断变化，依据他们是要支持我们还是要叫我们毁灭来决定。”

在荷马史诗《奥德赛》里，你们还记得，冒险者拥有强大的支持者。在偷袭和伪装的行动中，我们只是有一点害怕，担心奥德修斯会因某个假的行动而过早地暴露自己的战斗力，而在堂吉诃德这个情况下，我们担心的正是这可怜的骑士本身固有的、可爱的弱点，会透露给他残暴的朋友和敌人。奥德修斯从根本上说是安全的；他就像一个健康的梦里的健康的人，不管他遇到什么险恶，他总是要醒过来的。希腊的命运之星，不管有多少艰难险阻，都会放射出稳定不动摇的光芒。他的朋友们可能会一个接一个地消逝，在他们的遭际中或是被恶魔所吞噬，或是从屋顶上坠落——但是他却能在他身后蓝色的遥远的未来，确保安度晚年。和蔼可亲的雅典娜——不是《堂吉诃德》里愚蠢的多洛蒂亚或者邪恶的公爵夫人——和蔼可亲的雅典娜将她闪烁的双眸淡灰绿色的光线（一会儿是灰色，一会儿是海绿色，因不同的学者，会有不同的颜色）投向流浪者；他小心谨慎地，非常狡猾地，跟在她的后面。但是在我们这部书里，忧郁的堂是独立的。对于他的磨难，非常奇怪，基督教徒的神是漠不关心的——他是在关注别的事情，也许，我们不妨假设，是被拇指夹刑具时代他的不务正业的追随者所从事的违反神旨的活动所迷惑。

堂吉诃德在书的结尾，在非常悲伤的情景中，放弃了自己的信仰，这既不是出于对他基督教的神的感恩，也不是在神的逼迫之下作出的选择——而是因为他的决定符合他的愚昧时代的道德功利标准。当他临死之前放弃让他变得像现在这样出名的狂人冒险故事带来的荣誉的时候，这个决定是一个仓猝的投降行为，一个可悲的变节行为。这个投降行为，与脾气暴躁的托尔斯泰老头，在否认《安娜·卡列尼娜》最适合于主日学校基础教育的陈词滥调这一幻觉时，坚定地放弃信仰，是不可相提并论的。我也没有联想起果戈理含着悔恨的眼泪，俯身站在火炉面前，烧毁《死魂灵》的第二部。堂吉诃德的情形更接近于法国具有独特天才的诗人兰波[①]的命运，他在上一个世纪的八十年代放弃了诗歌创作，因为他得出一个结论，认为诗歌是罪恶的同义词。我怀着矛盾的心情注意到，本来非常英明的《韦氏新大学辞典》，在人名部分却没有收录兰波，相反倒是把一席之地留给了奥地利陆军元帅拉代茨基、摩洛哥强盗雷苏里、笔名叫亨利·亨德尔·理查逊的澳大利亚小说家伊索尔·佛罗伦斯·林赛·理查逊、修道士和政治家拉什普廷、口碑很好的老拉姆赛（James Andrew Broun Ramsay，一八一二至一八六〇），即达尔豪西伯爵第十和达尔豪斯侯爵第一，英国驻印度总督。

这些人名一定是桑丘·潘沙编写的。

桑丘·潘沙其人

（猪猡肚子白鹤腿）

他是何许人？他是一个体力劳动者，年轻的时候当过牧羊人，后来有一段时间做过修士会的执事。他，桑丘·潘沙，是一个有家室的人，但是在他的内心，他仍然是一个游民，骑在驴背上活像一个教皇——那模样颇让人感到死气沉沉的庄严和年事已高。不多一会儿

① Jean Nicolas Arthur Rimbaud（1854—1891），法国诗人，创作生涯虽短，但他的诗的风格对象征主义运动产生巨大影响。

以后，他的形象和他的思想比较地清晰了；但是他一点都不如堂吉诃德那样具体，而这一点区别是与以下原则相符的，即，桑丘这个人物是一般化的产物，而堂吉诃德这个人物则是个别处理的结果。桑丘的胡子浓密、凌乱，从不修剪。虽然他身材矮小（为了能更加突出他与他身材高而瘦削的主人形成的对照），但是他的肚子非常大。他的身材矮小，但是他的两条腿却很长——其实，他的名字桑丘好像就来源于桑卡斯——腿，意思就是鸟儿的长而瘦的腿。读者和插图画家，往往都不会对他的细长腿多加考虑，免得搅乱他与堂吉诃德之间的对照。在小说第二部里，要说桑丘有什么变化，那就是他比原先胖了一点，另外，太阳也把他晒得与他的主人一样的黑了。他的人生中曾经有一个时候，我们觉得他头脑极为清醒——然而这个清醒的时刻是非常短暂的：那就是他动身前往他要去担任总督的大陆岛的时候。这个时候他的穿着打扮看上去像一个律师。他的帽子和袍子都是用骆驼毛做的。他的坐骑是一头骡（一头冠以美名的驴）；然而，这灰不溜秋的驴原就是桑丘个性的一个部分或者说是他性格的一种表现，它现在走在桑丘的身后，并且身上挂着闪亮的丝织的装饰物。就这样，桑丘矮小肥胖的身影从我们面前经过，同样是他第一次出现的时候表现出来的死气沉沉的庄严。

事情似乎是这样的，起初，塞万提斯是要给这个勇敢如狮的疯子配一个笨头笨脑、胆小如鼠的人做扈从的，目的是为了做出一个两相对照的效果：高尚的疯和低下的蠢。可是，桑丘后来的表现让人觉得他非常有天分，绝对不能算是一个大傻瓜，尽管他可能是一个彻里彻外的讨人嫌的人。在小说第一部的第十章，在同那个比斯坎人的格斗结束之后，他表现出了对堂吉诃德的英勇的清晰认识：“‘说句老实话，’桑丘说道，‘我从来没有读到过这样的历史，因为我根本就不识字也不会写；但是我可以在这儿打包票，我这辈子可从来没有服侍过一个主人有大人您这么英勇的。’”他能说出这样的话来可见他绝对不是一个大傻瓜；而且在第二十五章，他听了要他送交的写

Twenty minutes

The Man Sancho Panza

34

(The pig belly on crane legs)

Who is he? He is

A poor farmer (labourer) (who had been a shepherd in his youth; and then, at one time, a beadle to a brotherhood) He is a family man but a vagabond at heart.

Sancho Panza is not described physically when introduced — he was seen sitting on his donkey like a patriarch — which conveys a sense of stupid dignity and ripe years. A little later his image and his mind become clearer. But he is never as detailed as Don Quixote [illegible] Sancho wears a thick, unkempt beard. Although small in stature (for better contrast with his tall lanky master) he has a huge belly. He is short of body but has long shanks — in fact his name Sancho seems to be derived from Zancas = shanks, or the long thin legs of [illegible] birds. Readers and illustrators are apt to play down those thin legs of his [illegible]. In the second part of the novel Sancho is, if anything, fatter than he was at first, and the sun has tanned him the same brown as his master. There is one moment in his life when we see him with the utmost lucidity — but this moment is brief; this is when he sets out for the continental island he is to govern. He is now dressed like a man of the law. His cloak (his capa) of camel hair. His mount is a mule (a glorified donkey); but the grey donkey itself, a kind of part or attribute of Sancho's personality, comes behind decked out in brilliant silken trappings. Thus Sancho's little fat figure rides by with the same foolish dignity as had marked his first appearance.

纳博科夫评述桑丘·潘沙的开场白

给杜尔西内娅的信之后，对他主人的文采表现出无限的敬重：“哇，老天爷，大人您竟然能有办法把事情说得这样妥妥帖帖，分毫不差，竟然连签字都完完全全是面容抑郁的骑士模样！说一句老实话，大人您真是太了不起了，这世上没有您不懂的东西。’”[①]这一番话有着特别的含义，因为正是桑丘他自己，给堂吉诃德起了一个外号叫愁容骑士。另一方面，在桑丘身上还可以看到一抹魔法师的影子：他至少把他的主人欺骗了三回；而且在堂吉诃德临死的时候，桑丘仍旧津津有味地吃呀喝的，心中因自己可以得到那笔遗产而万分慰藉。

他是一个彻头彻尾的无赖，不过他还是一个巧于辞令的无赖，由文学中无数个无赖点点滴滴集中起来构成的。唯一让他具有某种个性特点的是，对于他主人的庄严的音乐弹奏出来的音符，他能发出怪诞的共鸣。为了帮助一个女仆明白意思，他非常简单扼要地归纳出游侠骑士的定义，叫作：一个挨了打的流浪汉和一个国王。这个定义用来说明另外一个怪诞的人，意思相差也并不很远，只是另外一个胡子更长一点，脚下的大地更荒凉一点——李尔王。当然，肯特伯爵的高尚的心[②]以及李尔王的弄臣奇怪抒情的情调不能说在桑丘·潘沙的身上也有所体现，因为桑丘·潘沙尽管有那些隐隐约约的美德，

① 我们在此可以拿小说第二部第二十二章关于堂吉诃德学问的段落作一比较：“听着这一席话［堂吉诃德与巴西勒的谈话］，桑丘自言自语道：‘每当我说了几句有些意思的话的时候，我的这个主人总是会对我说，我应该手里提一个布道坛，走遍世界，传经讲道；至于他嘛，我会说等到他开始收集一句句格言，忠言规劝，他不但可以一只手提一个布道坛，而且每一个手指头可以提两个布道坛，到集市上，说得头头是道。他是一个了不起的游侠骑士，他懂得这么多的事情！过去我心里想他只不过懂那些与骑士有关的事情，但是他什么事情都能参与，并且还能出自己的一分力。’”还有后来，第五十八章，在堂吉诃德看了那些工匠揭开盖布让他看的四尊雕像发了一通议论之后：“桑丘又一次对他的主人的博学惊讶不已；仿佛他过去一点都不了解他。在这个世界上，可以肯定地说，每一个故事，每一件发生的事情，他都了如指掌，并且深深地印在脑子里。”我们也不能忘记，当这个骑士马上就要爬下蒙特西诺斯洞的时候，桑丘对于堂吉诃德的勇气感慨不已发出的豪言壮语：“‘愿神为您指引，’桑丘大声喊道，‘还有法兰西之磐石，盖伊塔三位一体修士会，啊，您是全体游侠骑士的精英，您是全体游侠骑士的精粹！不管您到哪里，您都有世上无所畏惧的精神，钢铁般的意志，铜一样的臂力！您现在正在离开光明，去探寻要把您埋葬的黑暗，我再一次祝愿您，愿神为您指引，让您安全返回，平平安安，毛发无损，回到这世界的光明中。’”——原编者注

② 参看莎士比亚《李尔王》第一幕第四场。

但是他毕竟是一个屁股肥大的闹剧中的人物；不过他是一个忠实的朋友，而且，当说到桑丘在特别的危险时刻决定留在他主人的身边的时候，塞万提斯是非常严肃认真地用了“高尚的”这个形容词。他对于他主人的爱与他对于他灰不溜秋的马的爱就是他最具人性的特点。当原本粗鲁、自私的桑丘非常富有同情心地把钱送给一个苦工，人们的确感到有点激动，因为我们心里明白，也许他之所以这样做是由于他看到这个苦工也像他的主人一样，是一个因患膀胱疾病而非常痛苦的老人。而且，假如他不是一个傻瓜，他也不是一个典型的胆小鬼。尽管他是一个性格平和的人，但是假如他真的被激怒了，他也会跟人拼到底；而要是喝醉了酒，他会把危险、怪诞的冒险看作是最好的游戏。

这一点引领我（从艺术手法上）去探究桑丘心理状态里的脆弱的方面。譬如说，桑丘对于堂吉诃德的受骗上当所采取的态度。起初，塞万提斯着重写了这个胖扈从的对于常识的清晰特点，但是我们不久在第二十六章里就发现，原来桑丘非常奇怪，是一个心不在焉的人，非常健忘，是一个十足的想入非非的人：例如他会把本来可以给他换来三头小驴的那封信忘得一干二净。他老是没完没了地试图纠正堂吉诃德不要上当受骗，但是突然地，在第二部的开首，他自己却扮演了一个魔法师的角色，并且以非常残酷、非常怪诞的方式助长、加深了他主人的最大的上当受骗——即牵涉到杜尔西内娅的那个妄想。可是，对这个妄想自己应该承担什么责任，他又不知所措了。

许多评论者都着重指出，无论是堂吉诃德的精神错乱，还是桑丘对于人情世故的一般了解，都是相互影响的。他们指出，在小说第二部，就在堂吉诃德变得越来越人云亦云、没有主见的时候，另一方面，桑丘则一天天地神志异常起来，像他的主人一样。举个例子来说，就在堂吉诃德想尽办法要叫他的扈从相信，风车就是巨人，客栈就是城堡的时候，桑丘竭力劝说他的妻子改变信仰，皈依大陆岛和伯爵领地的宗教信仰。一方面，有一个非常出名却又非常乏味的批评家，卢道夫・舍维尔[①]，他强调无私、老朽的贵族和实实在在、平平常常的扈从之间的对照，而另一方面，眼光敏锐、富有灵感的西班牙批评家萨尔瓦多・德・马德里亚加[②]，把桑丘看作是堂吉诃德性格的变调。实际上，这两个人在这部书的末尾似乎是在交换幻梦和命运，因为，正是桑丘活龙活现地像一个心醉神迷的冒险家，回到了自己的村庄，脑子里装满了神气活现的东西，而说话毫无兴致的倒正是堂吉诃德，"收起你这些傻乎乎的东西吧"。桑丘生性刚强，气血旺盛，动辄怒气冲冲，但是随着阅历的丰富，他因此也可以说避免了力量悬殊和无谓的打斗，这不是因为他是一个十足的胆小鬼，而是因为比起堂吉诃德来，他更像一个谨慎的勇士。桑丘由于性格和无知的缘故表现得孩

① "堂吉诃德与桑丘已经一起来到这世界上，条条通衢大道都是属于他们的，堂吉诃德一个人身上就具备了能让他们克服在冒险旅程中出现的任何困难、制服对手的基本条件。实际社会约束和法律已经不复存在，狭隘的观念与扭曲的习俗所施加的限制被直截了当地丢弃一旁；因此，关于善与恶，是与非的一切抉择，都由想象的英雄来做。因为，正如堂吉诃德所说：'骑士是独立于一切管辖之外的，剑就是他们的法律，英勇无畏就是他们的特权，他们的意志就是他们的法令。'但是，正如生活不断地恢复两个极端之间的平衡，新骑士的理想主义在缺乏任何想象与眼力的扈从身上，也不知不觉地找到了矫正的镜片。我们可以看到，这一对照体现在无数的细节中。……这一对照自然必定在他们整个合作过程中贯穿始终，因为不可调和的矛盾不但存在于堂吉诃德与桑丘两个人的思想之间，而且就生活的本质而言，这矛盾也存在于我们的肉体与精神之间，优点与缺点之间，幻想与成就之间。"《塞万提斯》，文学大师丛书（纽约：达菲尔德，1919），第215页至216页。——原编者注

② "肤浅的传统已经把它的绝妙的心理结构降低为一行最简单的旋律。堂吉诃德，一个英勇的骑士和理想主义者；桑丘，一个讲究实际和胆小怕事的乡巴佬。传统没有看到的是，这个乍一看是建筑在对照的基础上的构思，却演变为错综复杂、惟妙惟肖的相似关系，而这一构思的发展，正是这部天才著作的精湛成就之一。*桑丘，在一定的意义上，是堂吉诃德性格的变调*。这样的相似性，在伟大的艺术作品里，几乎可以说是不乏其例的。如雷厄梯斯和弗丁勃拉斯之于哈姆莱特，或格罗斯之于李尔王，桑丘与堂吉诃德也有这样的相似关系，这样就突出了主要人物并且丰富了整体的构思。

"两个人都是赋有丰富的理性才能的，在堂吉诃德身上是智力的，而在桑丘身上是经验的，他们有一个时候变得热衷于自己欺骗自己，结果他们的思想与生活都错乱不稳定了。但是，对于堂吉诃德来说，这种自我欺骗是围绕着以杜尔西内娅为象征的荣耀核心的，而对于桑丘来说，他的自我欺骗是围绕着以大陆岛为象征的一个物质追求的核而逐渐成形的。堂区神甫的话并非是言之无物的：……我们将会看清这个荒唐事物构成的体系的含义，这样的一个骑士和这样的一个扈从，人们不禁会想，他们都是从一个模子里铸出来的；而且实际上，主人的疯，倘若没有了他的扈从的蠢，也就一文不值了。

"因为实际上，堂吉诃德与桑丘是真正的哥俩，他们的创作者是按照同一个模式构思的。"《堂吉诃德：心理学引论》（牛津大学克莱伦顿出版社，1935），第96页至97页。——原编者注

子气十足，又非常单纯（而堂吉诃德尽管知识丰富却仍旧是孩子气十足），因此他在未知和神奇面前会发抖，但是他的战栗，离他主人的因豪侠的喜悦而引起的颤抖，仅一步之遥——因此可以说他是他所陪侍的骑士合格的兄弟。在小说的第二部，“当桑丘的精神从现实上升到幻想的时候，堂吉诃德的精神却从幻想下降到现实。这两条曲线交叉在他们冒险历程最伤心的时刻，也是小说中最残酷的时刻之一。当时桑丘让杜尔西内娅着了魔，他让最高尚的骑士，为了最纯洁的幻想的爱，跪在最令人厌恶的现实的面前：一个粗鲁、笨拙、满嘴大蒜味的杜尔西内娅。”[①] 另有一位批评家非常虔诚地提到了作者“对农民的爱”，为了要说明桑丘·潘沙表现的滑稽可笑，他说了一句非同寻常的话，意即塞万提斯知道他的更加老于世故的读者会认为，假如作者引出卑微的人物，他们就应该用讽刺的笔法来描绘。（为什么这里要说老于世故，为什么塞万提斯要迎合世故，没有说明。）同一位批评家接着说道：这“聪明和可爱的”桑丘（他既不很聪明，也不很可爱），同样秘密地为塞万提斯（还有该批评家）所知，为了满足文学的要求，应该作出部分的牺牲，因为他必须作为陪衬，以便突出堂吉诃德的庄严和崇高的抱负[②]。还有一位滑稽可笑的评论者认为，在发掘桑丘·潘沙的思想和性格的时候（远胜过对堂吉诃德的描绘），塞万提斯表现了一种智慧和雄辩，表现了对于生活的尖锐的分析，而这些就是构成人文主义的精髓[③]。字眼大，意义少。

要解释批评家对于书中两个主人公的态度为什么会有这么奇怪的差异，我怀疑，答案就在于所有的读者可以分成堂吉诃德派与桑丘·潘沙派。当我在图书馆发现舍维尔的一册书中的一些段落用蓝墨水画得密密麻麻、乱七八糟的时候，当我发现这蓝墨水画的段落是“塞

① 马德里亚加，第120页。——原编者注

② 引文见贝尔的《塞万提斯》，第138页至139页。——原编者注

③ 纳博科夫是指克鲁奇的“米盖尔·德·塞万提斯”，收在《五大师》一书，第86页至第101页。——原编者注

万提斯总还是描绘了一幅中产阶级的现实主义的图画”的时候，我已经非常肯定地知道，这位读者到底是一个桑丘派还是一个吉诃德派。

我们稍稍偏离了这部书本身，讨论起读者的心态来了，因此，我们还是言归正传，回到这部小说中来吧。

桑丘·潘沙的主要特点是他有一麻袋的谚语，在他的身上像石子一样哗啦啦地响的一袋半真半假的话。我认为，在骑士与他的扈从之间有着非同寻常的、难以捉摸的共鸣，但是同时还坚持认为，掩盖着本质问题的浮油洗净之后什么样的个性都可以辨认得一清二楚，然而在桑丘这种情况，所谓的不受束缚的幽默会吞没一切。提到这部书中叫人笑破肚皮的片断的学者们，他们的肚皮倒看不出来受到了永久性伤痛。说什么在这部书中，如有一位批评家所说，幽默包含了“哲学的洞悉和真正的人性的深度，在这些品质方面没有一个作家能够超越”[①]，这在我看来似乎是让人目瞪口呆的夸大之辞。堂当然并不有趣。他的扈从，尽管他凭着他惊人的记忆，肚子里装着许多的老古话，但是与他的主人比较起来，甚至更加显得无趣。

归结起来说这儿有两个主人公，他们两个影子合并为一个影子，重叠在一起，形成了我们必须接受的某个统一体。

在堂吉诃德的第一次远足的途中，在他前四次冒险（前三次战斗大获全胜之后的那个梦算作是第四次冒险）的过程中，桑丘是不在场的。他出现在现场，他成为堂吉诃德的扈从，那是在堂的第五次冒险期间。

这两个主要人物介绍完了。我现在建议研究一下塞万提斯思考着要把故事进行下去的方式、方法。我打算研究考察这本书的构成要素，他的结构手法，这些手法加在一起总共是十条。

---

① 贝尔：《塞万提斯》，第200页：“因此，塞万提斯绝非不负责任，他预先保护自己，避免了说他是区区一个说笑话的人的指责，说他是一个‘lustiger Geselle’而已。他完全可以像塔索和拉辛那样地严肃，他完全可能像拉伯雷和阿里奥斯托那样毫无顾忌；以他平日习惯的小心谨慎，他选择了一条中间路线，他的折中路线带来了幽默，这幽默产生了哲学的洞悉和真正的人性的深度，在这些品质方面没有一个作家能够超越。”——原编者注

Miguel Cervantes Saavedra, 1547-1615.

1547 Birth at Alcalá de Henares, Castille.

1568 Elegies and other verses on the death of the Queen.

1569-75 In Italy

1571 At Battle of Lepanto

1575 Captured by the Turks

1575-80 Ransom and return to Spain.

1584 Marriage.

1587-94 Commissionary in Andalusia

1590 Application for post in the West Indies

1592 Arrested for debt

1597 Jailed at Seville

1605 Again arrested.

1605 Don Quixote I

1615 Don Quixote II

1616 (23.IV New Style) Death at Madrid (10 days after Shakespeare)

纳博科夫关于塞万提斯的生平年表

15 minutes

Lecture 3

расположи
трех курсов

I listed last time DQ's physical features such as the big bones, the mole on the back, the iron tendons and the ailing kidneys, his lanky limbs, his mournful gaunt sun-tanned face, his fantastic assortment of rusty arms in the [illegible] old [illegible] moonlight. I listed his spiritual traits – such as his gravity, his dignified manner, his infinite courage, his madness, the chequerboard of his mental condition, squares of lucidity and squares of lunacy, with a kind of the Knight's move [illegible] from madman logic to man logic and back again. I have [illegible] of which I shall have more to say. I have likewise listed Sancho's features, his quixotic lean legs and [illegible] and the belly of an "august" which is the name in modern circus slang for the bum type of clown. I have mentioned some points at which his otherwise [illegible] personality is connected with the dramatic shadow of his master. I shall have more to say of Sancho in the role of enchanter.

I am now going to take up and examine some of the structural pegs from which our book loosely hangs – the most scarecrow masterpiece among masterpieces but forming against the backdrop of time a marvelous photopia of folds, f, o, l, d, s.

纳博科夫讲述这部小说结构的开场白

结构问题

我把堂吉诃德的生理特征都已经罗列出来了，例如他粗大的骨骼，他背上的痣，钢铁一样的筋骨和隐隐作痛的肾，瘦细的四肢，他的抑郁、瘦削、黝黑的脸，呈现在惨白的月光底下的几件怪诞的、已经锈蚀的武器装备。我还一条一条地说明了他精神上的特点——例如他的严肃，他庄严的态度，他无比的勇气，他的疯，他精神状态的变幻模式，一阵的清醒，一阵的错乱，仿佛是马①的走法，可以跳来跳去，从疯子的逻辑一下子跳到正常人的逻辑，然后又跳回到疯子的逻辑。②前面我还谈到了他的令人怜悯的轻度无助，关于这一点，等我们讨论这部书的美的时候，我还要详细地谈一谈。我还列举了桑丘的特征，他的吉诃德式的瘦细的腿，他的“奥古斯特”的肚子和脸。在现代马戏行话里，“奥古斯特”是用来称呼流浪汉一类的小丑的名字。我还提到过他的一些特征，在这些方面，他原先的闹剧型的个性特点这时就与他主人引人注目的影子连接在一起了。关于桑丘所扮演的魔法师的角色我还要详细地谈一谈。

现在我要谈一谈晃悠悠地挂着我们这部书的结构固定点，并对其中一些结构固定点作一番考察——它是杰出作品中最瘦骨嶙峋的杰作，但是它在时光背景幕的映衬下，形成了绝妙的对于折叠 f, o, l, d, s③的明视觉（眼睛对光调节的视觉）。

不过，我们现在先谈一点一般的问题。《堂吉诃德》曾经被说成是有史以来写下的最杰出的小说。这当然是胡说八道。实际上，甚至它是世界上最杰出的小说之一这样的话也不能说，但是，这部小说的主人公的个性特点却是塞万提斯的天才之举，因为这个人物，一匹瘦马的背上骑着的一个瘦削的巨人，如此奇妙地在隐约间矗立在文学的地平线之上，于是这部书存活下来了，并且将继续存活下去，究其原因，就因为塞万提斯在一个非常凌乱、缺乏条理的故事的主要人物身上注入了活力，同时，也因为这个人物的创造者的神奇的艺术直觉，使得他的堂吉诃德在故事的恰当时刻活动起来，这个人物才得救，而没有崩溃。

我认为，塞万提斯原先的意图是要把《堂吉诃德》写成一篇比较长的短篇小说，给读者以一两个小时的娱乐，关于这一点是不会有任何疑问的。堂吉诃德的第一次出游，即还没有桑丘参与的那一次，显然是作为单独的一部中篇小说来构思的：它表现出目的与成就的统一，并且含有寓意[④]。可是后来这部书变了，扩充了，结果什么东西都包括了。书的第一部分成四卷——第一卷八章，接着第二卷是六章，然后第三卷是十三章，然后第四卷是二十五章。书的第二部不分卷。马德里亚加评论说，在小说第一部即将接近结束的地方，突然在主要的叙述中闯进了一系列片断和插入的故事，令人感到突兀和困惑，而此时作者还远远未曾构思小说的第二部。这是一个疲惫的作者在填塞滥竽充数的东西，他此时已经没有了精力去完成他的主要创作，于是将精力分散到次要的任务中去。在小说的第二部（不分卷）中，塞万提斯重又把握了他的中心主线。

---

① 国际象棋里的“马”与英语“骑士”是同一个词。

② 关于纳博科夫用的“马的走法”这个术语及其意义，请参阅他的《文学讲稿》（1980）中关于简·奥斯丁的《曼斯菲尔德庄园》的讲稿：“尤其是在处理范妮的反应的时候，奥斯丁采用了我称之为*马的走法*的手法，这是一个象棋术语，用来描述在范妮的情绪的棋盘上，突然调转方向从棋盘的一边转向另一边。”——原编者注

③ “折叠”的英语是folds，疑为避免与faults（过错）混淆，纳博科夫特地提醒学生注意这个词的拼写，因为这两个词的美国发音颇接近。

④ “Ce petit pavillon isolé existait par lui-même, et rien ne faisait prévoir qu’il deviendrait le vestibule d’un château.” 见保罗·戈鲁萨克：《一个文学之谜：阿维兰尼达的〈堂吉诃德〉》，第61页。——纳博科夫注（“这个孤立的小亭子是单独存在的，也看不出它将会成为一座大厦的门厅。”——原编者注）

为了使这部作品具备一些大略的统一性，作者让桑丘不时地回忆过去发生的一些事情。但是，在文学的演变过程中，十七世纪的小说——尤其是描写流浪汉与无赖的冒险故事的小说——还没有逐渐形成意识、渗透整部作品的有意识的记忆，虽然我们觉得人物记得并知道我们所记得和了解的事件。这要到十九世纪的小说中才取得发展。但是，在我们这部书中，甚至连这些表面的回想也都是不规则的，并且是三心二意的。

塞万提斯在写他这部作品的时候，似乎有过清醒与模糊交替出现的时期，有过有意的计划和毫无条理的模糊交替出现的时候，颇有点像他的主人公精神错乱的间歇性发作。直觉拯救了塞万提斯。正如戈鲁萨克所说，塞万提斯从来没有把眼前的他的作品看作是完美的作品，傲然独立，完全脱离了它赖以成长起来的混乱的内容。不仅如此，他不仅从来没有表现出对事物的预见性，而且，他从来不曾回顾总结。人们不免有一个印象，即，在他写作小说第二部的时候，他案头并没有放着一册他的小说的第一部；写作时从来没有去翻阅过第一部：他记得的第一部似乎就像一个普通读者所记得的那样，而不像一个作家，不像一个研究者。否则就无法解释他何以会，举例来说，何以会就在批驳假冒的《堂吉诃德》续书的作者所犯的错误的时候，自己在同一个地方，涉及同样的人物的时候，犯了更大的错误。但是，我再说一遍，是天才的直觉拯救了他。

结 构 手 法

我现在要列举并简要说明以下十种结构手法，即，制作我们这个肉馅饼所用的一些原料。

（一）零零星星的古歌谣。这些歌谣在小说的角落缝隙里回荡，给毫无生气的内容在一处处增添了奇异的、悦耳动人的魅力。然而，这些脍炙人口的通俗歌谣，或者引自歌谣的词句，经翻译之后，难免变得黯然失色。在这里可以顺便提及的是，这部小说开卷第一行字里的"在拉曼查地方的一个小村子"（"En un lugar de la Mancha"），本就是一首古歌谣里的词句[①]。由于时间的关系，我不可能详细地深入探讨古歌谣。

（二）谚语。桑丘，尤其是在小说的第二部，简直就是一个装了快撑破的满满一麻袋谚语和老古话的人。对于翻译作品的读者来说，这本书中富有布鲁盖尔[②]色彩的这一面，无异于一盆冷羊肉，毫无生气了。因此这一方面也一样——我不准备作这样的深入探讨。

（三）双关语。头韵法、诙谐双关语、误读词语。所有这一切在翻译中也全都丧失。

（四）剧本似的对话。我们切不可忘记，塞万提斯是一个未获成功的剧作家，但是他在一部小说中找到了媒介物。书中对话的自然韵味和节奏，即使是在译本里也是非常精彩的。这一主线是显而易见的。你们应该在宿舍的孤独和寂静中独自一人欣赏桑丘夫妇两人的几段对话[③]。

---

① 另据英国华兹华斯经典版本有限公司（Wordsworth Editions Limited）彼得·莫特（Peter Motteux）翻译的《堂吉诃德》（第三个英译本，出版于1700年至1712年）的2000年注释本，小说开首第一句引自当时一首著名的诗。至于拉曼查，它过去是一个很小的地区，一部分属阿拉贡王国，一部分属卡斯蒂里亚王国。

② Pieter Breughel（1525—1569），佛兰德斯风俗画、风景画家。

③ 第一部第五十二章："一听说骑士已经回来的消息，桑丘·潘沙的妻子立即赶到现场，因为她早已经得知她的丈夫作为他的扈从一直陪在他身边；现在她一见了她的男人，问的第一句话就是那头驴一切都还好吗？听了这句话，桑丘回答说，这畜生比他的主人好多了。

"'感谢上帝，'她大声道，'感谢上帝赐福！亲爱的，你现在就告诉我，你陪在他身边这么多日子，给我带什么了没有？一件新的风衣给我穿吗？还是买给孩子穿的鞋子？'

"'这样的东西我什么都没有带回来，我的好太太，'桑丘说道，'不过我带来了别的更有价值的、更有尊严的东西。'

"'听你这么说我太高兴了，'她接话道。'那就让我看看那些更有价值、更有尊严的东西吧，亲爱的。我很想看看，自从你走了以后这么多日子我这颗心多难受、多痛苦，现在应该让这颗心快活快活了。'

"'回到家里让你看，老婆，'桑丘说道。'眼下嘛，就要心满意足了，假如上帝要我去，我就再外出一次，去寻找冒险，你不要等多久我就是一座岛上的伯爵，要不就是总督了，那也不是这里附近的岛，而是能找到的最好的岛。'

"'上帝保佑这事情是真的，老公，我们当然非常需要的。可是你就跟我说说，岛屿什么的这到底是怎么一回事啊？我可被你弄糊涂了。'（转下页）

（五）对大自然作俗套的诗意的描写，或者说得再确切一点，是拟诗意的描写。这些描写以段落形式自成一体，决不会与故事或者对话有机地融合在一起。

（六）虚构的历史学家。我将花这一部分讲稿的一半篇幅仔细研究这一富有魅力的手法。

（七）中篇小说。十四世纪薄伽丘所著一百个意大利故事的结集《十日谈》（一天十个）式的插入故事。我过一会儿就回过头来谈谈这一点。

（八）阿卡狄亚（即田园牧歌式世外桃源）主线。这一主线是与意大利中篇小说紧密相连的，是与豪侠骑士故事紧密相连的，并且在好多方面与它们融合在一起。这一阿卡狄亚心态来源于以下观念的奇怪的结合：阿卡狄亚，它是传说中的希腊的一个山区，而这个山区又是一个艰苦朴素、随遇而安的民族的居住地；因此，我们就装扮起来做一回牧羊人，在田园牧歌式的极乐中，或者在传奇式的痛苦中，在西班牙不很陡峭的山区流浪，从而度过十六世纪的漫漫夏日。特别的痛苦主线，颇适合于忏悔的、不幸福的或者神志不清醒的骑士的豪侠故事，他们往往退隐渺无人烟的荒漠，过着一种像虚构的牧羊人一样的生活。这些阿卡狄亚人的活动（除去特别的痛苦）后来由十八世纪的所谓感伤主义流派的作家，转移到欧洲的其他山区，那便是一种回归自然的运动，尽管倘若要说矫揉造作，其实也莫过于阿卡

（接上页）"'蜂蜜，'桑丘回答道，'那可不是驴子嘴吃得的。到时候你就会发现的，老婆；要是那些下人们都叫你"夫人"，你听了会吓一跳的。'

"'你都在说些什么啊，桑丘，什么夫人呀，岛屿呀，下人呀？……'

"'不要急急忙忙的什么都想知道，胡安娜［后来改叫特莱莎］，'他说道。'我把真相都告诉你，这就够了。把你的嘴巴封起来；因为，我顺便要说的就是，在这个世界上还有什么比得上做一个受人尊敬的人，做一个寻找冒险的游侠骑士的扈从更叫人高兴的呢。不错，你碰上的许多冒险的结果大多数都不是你所想象的那个样子，因为结果十有八九都是歪曲的，都是相反的。凭我的经验这些我都知道，因为我经历的冒险，有一些时候我被打得晕头转向，有一些时候我被打得稀里哗啦。不过不管怎么说，还真有意思，等待下一步会发生的事，翻山越岭，穿过森林，从悬崖峭壁上爬过去，走进城堡里面参观参观，见了客栈想住就住，可就是麻烦事一直不断。'"——原编者注

狄亚作家所想象的毫无生气、忸怩作态的那种自然了。事实上，绵羊和山羊，凡是羊，都有膻气。

（九）骑士精神品质的主线，描写骑士精神的书籍典故，这些书中的种种情景和手法的诙谐模仿；一言以蔽之曰，对于游侠骑士的冒险故事的持续不断的意识。这些骑士故事的样本——是几个片段的油印件，节选自两本这一类的书——其中最好的书[①]。读了这些骑士故事的片段之后，你们不会急急匆匆地去寻找锈迹斑斑的盔甲，不会去寻找矮种老马，但是你们可能会感觉到淡淡的一丝堂吉诃德阅读这些故事的时候所发现的诱人魅力。当然，你们也会注意到某些情景的相似之处。

由于塞万提斯从性格上来说是一个善于说故事的人，是一个魔术师，而不是一个说教家，因此，他决不是社会邪恶的激烈的敌对者。不管讲述骑士精神的书在西班牙是否受人欢迎，对此他确实是毫不在乎；假如这些书是受人欢迎的，他毫不在乎这些书是否有害；假如这些书是有害的，他也不在乎这毒害真会把一个五十岁了还那样纯真的乡绅逼疯。尽管塞万提斯表面上大肆炫耀自己确实非常关注这些问题，但是，唯一让他感兴趣的关于骑士精神或反骑士精神的事情，首先是它可以极方便地作为一种文学手法用来推动、变更或者指引他的故事；其次，它还可以同样方便地被看作是一种正当的态度，一个目的，一阵怒气，这在他那个要表示虔诚的、功利主义的、危险的时代，一个作家最好是应该这样做的。倘若我们真上当受骗，竟然认认真真地去探究关于《堂吉诃德》这部书即便有也完完全全是矫揉造作的，而且实际上是愚昧而不真实的寓意，那就既浪费了我的精力，也浪费了你们的时间；不过塞万提斯在结构上利用骑士精神这根主线作为一种文学手法——这却是一个绝妙的和重要的问题，因此我要充分地进行讨论。

---

① 参看书后附录，原是发给学生的油印材料。——原编者注

（十）最后是蒙骗性主线，残酷、滑稽而讽刺的笑话（即所谓的burla），这种笑话可以这样解释，它是毛茸茸的原始花茎上长着的一朵花瓣锋利的文艺复兴之花。这部著作的第二部，公爵与公爵夫人在高尚的疯子和他的头脑简单的扈从身上实施的蒙骗，就是这种笑话的很好例证。我将在后面与这部书的残酷性总论一起来讨论蒙骗性这一主线。我现在就开始讨论这十个方面手法中的几个问题，并举例详细说明。

对话与写景

倘若我们遵循文学形式和手法的演变历史，从遥远的古代至我们的时代，我们注意到对话艺术的发展与渐臻完善，比描写自然，说得更恰当一些是表现自然，要早很多很多。到了一六〇〇年，所有国家的伟大作家写的对话都已很精彩——自然，流畅，生动，活泼。但是用文字形式来描述风景还需要再等待时日，大致说起来，还要等到十九世纪的初叶，才能达到两百年前对话所达到的同等水平；而只有到了十九世纪的下半叶的时候，涉及外部自然界的描述性文字，才与故事本身结合起来，与故事融为一体，不再成为独立的段落，与故事不相关联，从而成了整个作品的有机组成部分。

因此，在我们这部书中，对话是生动活泼的，而写景却是死气沉沉的，这情形也就不足为奇了。我尤其要你们注意小说第二部第五章桑丘和他的妻子之间非常动人的自然流畅的谈话。

“‘你带什么东西回家了，桑丘我的好老公，’她问道，‘叫你这么高兴？’

“‘老婆，’他回答道，‘假如这是上帝的旨意，那我就乐得不会像现在这么高兴呢。’

“‘我弄不明白，老公，’她说道。‘我不明白你是什么意思，祝愿自己不要像现在这么高兴。可能我是个傻瓜，可是我就不明白你怎

么会乐得不高兴呢。'

"'你听我说，特莱莎，' 桑丘说道，'我这么高兴是因为我已经决定再回去服侍我的主人堂吉诃德，他想第三次到外面去寻找冒险，……虽然，这也是人之常情，把你还有我们的孩子丢在家里我心里很难过。假如上帝只允许我待在家里吃我的面包，弄得干干净净的，不想把我拖出门去大路不走走小路，小路不走走岔路——上帝不必花什么代价，他只要表示一下他的旨意就行了——那样的话，不说也明白，我的高兴劲儿比我现在这样子还要实实在在，还要高兴得长久，可是我现在虽说也高兴，这高兴还夹着伤心，因为要把你们丢下不管了。我说假如上帝要下达旨意我乐得心里不高兴，说的就是这个意思，明白吗。'

"'你听我说，桑丘，' 他的妻子回答道。'自从你跟一个游侠骑士结伙以来，你说起话来老是拐弯抹角、爱兜圈子，叫我没法弄明白你到底是什么意思。'

"'老婆，假如上帝明白我说的话是什么意思，那不就行了吗；因为上帝什么都明白，对我说来那就是上上大吉了……

"'……我答应你，老婆，……假如上帝保佑让我一定能够得到一个岛屿，只要有了，我一定叫女儿玛丽嫁一个地位很高的姑爷，哪一个人要靠近她都必须叫她一声"夫人"。'

"'不行，桑丘，' 他妻子说道。'嫁一个和她出身相当的人；这才是上策。假如你叫她脱了木头鞋，穿上木底鞋，假如你叫她脱了绒布裙子，穿上丝绸圈环裙，……我们可怜的姑娘就要晕头转向，每走一步路就要闹出上千个笑话来，她这个土布加粗线做的材料就要漏洞百出的。'

"'你给我住嘴，蠢女人，' 桑丘说道。'没什么了不得的，两三年之后她就习惯了，什么庄重，什么仪态，就跟一只手套一样，服服帖帖；假如还不适应，那有什么了不得的？就让她做一个"夫人"，也不管出什么乱子。'……

“‘老公，’特莱莎说道，‘你能肯定你明白自己说的这些话吗？因为，我非常地担心，生怕万一我的女儿做了伯爵夫人，她这一辈子就被我们毁了。你想怎么样尽管去做，叫她做公爵夫人也好，叫她做公主也好，尽管去做吧，可是我要告诉你，我是一概不答应，一概不同意的。……

“‘你呀，老兄，你爱怎么样就怎么样吧，你去做你的荒岛总督，你去昂首挺胸吧，我可要以我进了天堂的妈妈的名义告诉你，我跟我的女儿是绝对不会迈出这村子一步的。……你走吧，你跟你的什么堂吉诃德走吧，去找你们的冒险吧，让我们娘儿俩在这儿受苦受难吧；要是我们有这个福分，上帝自然会替我们排除万难的。……

“‘我跟你说，假如你决意要做什么总督的话，你就把你的儿子桑丘带走，这样一来你也可以教教他，让他学学怎样做总督；因为儿子跟老子学，接老子的班，那也是一件好事。’

“‘我一旦有了要管的政府，’桑丘说道，‘立马就派人来叫他过去。同时我还会给你送钱来；因为有许许多多的人会把钱借给没有钱用的总督。而且我要你把他好好装扮装扮，他的本来面目要遮一遮，千万别让人看出来，但是又务必要让人觉得他就是现在装扮的体面的人。’

“‘要是你寄钱回来，’特莱莎回答说，‘我一定把事情办好。’

“‘那么，好，这事就算这样说定了，对吧，咱们的女儿就嫁一个伯爵？’

“‘哪一天我见她做了伯爵夫人，’特莱莎回答道，‘我就觉得我是在把她往坟墓里送。不过我再跟你说一遍：你想怎么样就怎么样吧；我们女人生来就担当着听从男人的义务，不管男人有多么傻，多么蠢，我们非得听从。’

“话刚刚说完，她就开始一本正经地哭泣起来了，仿佛她已经看到她的女儿桑契卡[1]死了，送进了坟墓。”

① Sanchica，西班牙语人名桑查（Sancha）的指小词，表示亲昵。

塞万提斯对于自然的热爱具有所谓意大利文艺复兴时期的文学的典型特点——落入俗套的小溪流、永远不变的葱绿的草地，以及令人心旷神怡的树林构成了一个毫无生气的世界，所有这一切都是按照人的要求来创作的，又是按照人的要求来改变的。这一个世界将伴随着我们度过十八世纪；你们可以在简·奥斯丁小说中的英国找到这样的风景。我们这部小说中对自然的毫无生气、矫揉造作、陈腐老套的描写的一个很好例子，就是第二部第十四章写到的黎明，有成千上万只鸟儿和它们的快乐的歌唱迎接黎明的到来，还有那晶亮闪烁的露珠，叮咚欢笑的泉水，潺潺流淌的溪流，以及这一枯燥乏味的构想的其他方面[①]。这些溪流和小河在《芬尼根的守灵夜》[②]里窃窃私语，说了人的坏话，并在书中噩梦那样可怕的河岸革命中举行暴动。

我的上帝呀，你们设想一下西班牙的山区，荒芜、严酷、太阳曝晒、冰冻、干裂、黄褐色、深褐色、深绿色，然后再来读读晶莹闪烁的露珠和欢快歌唱的鸟儿！这就好比跋涉了我们西部的艾草遍地的高原之后，或者攀登了到处都是颤杨、松树、花岗岩、激流峡谷、泥沼、冰川、黝黑的犹他州或科罗拉多州的山峰之后——旅游者却要根据一座新英格兰假山庭院的景致来将所见所闻加以描绘，但是在新英格兰假山庭院你们看到的却是修剪得像鬈毛狗似的进口灌木和油漆成拟绿色的橡皮软管。

---

① 纳博科夫所指的这一段描写如下："这时候，羽毛鲜艳的各种小鸟在树上开始歌唱，它们唱着欢快而又各不相同的歌儿，似乎是在迎接刚刚苏醒的一天，因为在东方黎明抖落了毛发上的无数露珠，已经在门口、在阳台上露出了它那美丽的脸庞。沐浴在这滋润的露水中，青草仿佛喷上了珍珠露，垂柳吸饱了甘露，喷泉在欢笑，溪水在呢喃，小树林兴高采烈，草地披上了最最美丽的服装。"另外一个不很突出但也一样俗套的段落可以在第一部第二十五章中找到："就这样，他们一边走一边聊着，不觉来到一座高山的脚下，这是一座孤山，在周围环绕的群峰之间傲然矗立，仿佛是群山之间雕刻而成的一块巨石。沿着这座高山流淌着一条小溪涧，涧水旁到处都是茵茵绿草，一片草地，满眼的浓绿，令人心旷神怡。望不到头的树林，无数的花草，增添了这景致的娴静妖娆。"——原编者注

② 《芬尼根的守灵夜》是爱尔兰作家乔伊斯于1939年出版的最后一部小说，比他的《尤利西斯》更加隐晦难读。书中就有一连串的噩梦。

穿插的故事

在这部小说的第二部第四十四章，塞万提斯就集中在第一部近结尾处的《十日谈》式的插入其间的故事进行辩解，语气不免带有相当的嘲讽。

“他们说在这部历史的原始文本里这样写道，译者没有把这一章翻译成锡德·哈米特原先写的那样[①]，仿佛是摩尔人由于写了一个像堂吉诃德这样内容枯燥、涉及面如此有限的故事，因此一直耿耿于怀，心头留下的遗憾总是难以消除。因为他似乎老是非得说骑士的事，老是非得说桑丘的事，根本没有能够引申开来尽兴讲述更加重要、更加有趣的故事。他说道，假如事情就这样继续下去，手握一支秃笔，脑筋始终固定在单纯的一个主题上，不得不只借一两个人的嘴来说话，这对他来说是一件难以忍受、吃力不讨好的苦差事。

“为了缓解这种单调感觉，在这部小说的第一部，他采用了穿插几个中篇小说这一手法，例如《太好奇则反害己》和《囚徒的故事》一类故事，但是这一类故事，夸大一点说，是与整部小说的叙述毫不相干的，因为其他部分是与发生在堂吉诃德身上的事情有关系的，都是不可以删节的内容。他告诉我们，他还觉得，许多读者由于对骑士的英雄行为的兴趣让他们深深陶醉，因此常常会跳过这些穿插其间的中篇故事，或者是匆匆地翻过去，或者是觉得无聊不想细读，于是他们不可能注意到这些故事体现的高超的写作技巧。可是，倘若这些故事单独成篇加以发表，而不是仅仅作为堂吉诃德的疯子举动和桑丘的愚蠢言行的附属章节，那么，这些故事的高超写作技巧就显而易见了。”

---

① 关于这一件杜撰的事，即《堂吉诃德》是摩尔人锡德·哈米特·贝尼盖利所写，参阅小说第一部第九章。——原编者注

英译者撒弥尔·普特南在小说这一段他所加的注释中，先是针对早先的译者约翰·奥姆斯贝（John Ormsby）所作的毫无幽默感的评论进行一番评价，大意是“在指责译者误译的同时，应看到原著表达的意思混乱，而现在要在译文里反映这些意思，谈何容易”。然后他又补充说道：“塞万提斯在这里是暗指那些批评他在小说第一部里加进这些故事的人，也无非是要说他插入的这些故事是合情合理的。关于这些插入的故事他是认真对待的，这一点从下面一句话中关于这些故事的写作手法的评论可以看出来。”奥姆斯贝在他的《堂吉诃德》英译本引言里写道：“‘他［塞万提斯］事先已经写成了这些故事，现在用这样的方法来处理这些故事似乎是一个好办法；他不相信自己有能力从堂吉诃德和桑丘故事中获取足够的素材来充实一部书，这也绝非不可能；但是，尤为重要的是，也可能他对自己的创作感到怀疑。这是文学上的一个尝试……他不知道读者的反应会是怎么样的；因此，给读者提供他们过去所习惯的那一类东西，作为防止全盘失败的一个保险，那也是比较妥当的。但是他这样做并不能为他的缺乏自信开脱。读者大众……会匆匆地、不耐烦地跳过这些故事，会迫不及待地接着找到堂吉诃德和桑丘的冒险故事；而且读者历来是这样做的。’”[①]西班牙的批评家更加直言不讳：塞万提斯在小说的第一部的结尾就已经把吉诃德式的冒险故事写完了也未可知，他们这样说。所以才有这些插入的故事。[②]

羊倌的故事很乏味，这个故事在第十二章至第十四章中的好

① 纳博科夫插进了一行评语：“当然，哈佛的学生不会跳过。”——原编者注

② 纳博科夫在一张散页上写道，第二部第三章在讨论到第一部的出版问题的时候，“学士卡拉斯科说，这部书里找到的缺点之一是作者插进了一个与堂吉诃德丝毫没有关系的中篇小说（《太好奇则反害己》）。卡拉斯科明白地说：‘这部书的作者并非一个智者，而是一个无知的信口开河的人，他事先没有一个计划，也没有什么条理，就着手写起故事来，只满足于故事讲到哪里就写到哪里。’堂吉诃德说起过一个画家，问他是在画什么的时候，他回答说：‘画成什么就是什么了。’我们很奇怪地发现，在这部小说的后面，在第六十五章，塞万提斯又提起这件事，他忘记自己已经说过了。这件事似乎非常有趣地证实，这部书确实没有多少‘条理’可言。”——原编者注

多谈话和诗歌里引入了田园牧歌主线。除了这个故事之外，其他的插入故事，都与在小说最后一个片断里形成一个人物群的那些人有关，那是在堂吉诃德坐着一辆牛车回家之前。《太好奇则反害己》这个故事暂且不去说它，因为这个故事是堂区神甫拿了客栈老板给他的报纸读来的，但是上尉俘虏[①]和他的佐莱达－玛丽亚的故事却介绍了他们的出场，如同——出场更加地显得合乎情理——堂路易斯和克拉拉小姐的叙述。但是最紧密地与一个蹩脚的结局相联系的是多洛蒂亚的故事，它是以卡迪尼奥讲的故事作结束的。这个冗长的故事牵涉到两对恋人（卡迪尼奥的新娘露辛达被多洛蒂亚的恋人堂费尔南多绑架）。卡迪尼奥讲述他的故事，而多洛蒂亚则讲述她的故事，最终他们都相聚在真正着了魔的venta（路边客栈），在所谓相认场景（是《奥德赛》蜕变了的后代）中，一个个都拆散了之后，再组成最初的一对幸福伴侣—— 一件荒谬而疲惫的事，尤其是由于聚集到这同一家客栈的还有另外一对恋人（堂路易斯和克拉拉小姐），以及许多其他人物，于是，这小小的路边客栈立即拥挤不堪，就像马克斯兄弟拍摄的某部老影片中的某个船舱一样。整个片断从第二十三章开始，这一章写到堂吉诃德和桑丘在西埃拉莫雷纳山区的时候，发现一个里面有黄金的旅行包和卡迪尼奥写的诗歌，这个谜团一直到第三十六章才揭开，四个恋人都相聚在路边客栈，一切真相大白，在相认场景里重新团聚。然而，这时候多洛蒂亚和其余的人，在堂区神甫和理发师的指点之下，上演了一个精心策划的骗局，要哄骗堂吉诃德回家去，就这样这些人物一个个继续上蹿下跳，一直到第四十七章，他们留下堂吉诃德一个人，让他待在移动笼子里，然后他们一个个都各奔东西了。

① 纳博科夫在旁注中写道：“塞万提斯本人曾在阿尔及尔蹲过监狱，但是这个故事与其他的插入的故事一样，写得并不好，它的矫揉造作的背景也并没有如人们所希望的那样有生动的描述。”——原编者注

人物分组

小说第一部收尾之前的这个大场面发生在一个路边小客栈里。就在这个客栈，很久之前，桑丘被人拿毯子接着抛向空中。这个场面中参与的还有住在客栈里的老板，他的妻子、他的女儿，以及他的女佣玛丽托娜斯。到客栈来住宿的人有以下十组：

第一批：堂吉诃德，桑丘·潘沙，堂区神甫，第一个理发师，卡迪尼奥，多洛蒂亚（第三十二章）。

第二批：绑架露辛达的堂费尔南多，露辛达和她的三个侍女骑着马，两个仆人步行（第三十六章）。

第三批：来自非洲的佩雷斯·德·维德马上尉和他的佐莱达-玛丽亚。这个时候（第三十七章），堂吉诃德坐上首，大家都依次坐下来用晚餐，这样就有堂吉诃德及其一起用餐的十二位，这是小说第一部里堂吉诃德的最后的晚餐。晚餐之后下面一批人到达了：

第四批：非常地巧，在他们前往非洲的途中，一个法官（后来才知道他是上尉的兄弟）和他的女儿克拉拉，还有几个（约摸四个）随从（第四十二章）。

第五批：至少有两个赶骡的小伙子，他们在马厩宿夜，其中一人就是克拉拉的爱慕者，乔装的年轻小伙堂路易斯（第六十二章）[①]。

第六批：四个骑马的人半夜里到了客栈，他们是堂路易斯的仆人，是来护送他回家的（第六十三章）。

第七批：两个旅行者离开了客栈，此前他们一直就住在这客栈里，那天晚上也待在那里，但是他们没有出席那最后的晚餐。他们现在试图赖账，偷偷地溜出去，[②]但是被客栈老板截住了（第四十四章）。

---

① 《堂吉诃德》第一部共五十二章，此处“第六十二章”应为“第四十二章”，下同。

② 纳博科夫铅笔批注：“读者也想仿效，一走了之。”——原编者注

第八批：第二个理发师，就是从他那里（在第二十一章），堂吉诃德和桑丘拿了一个洗脸铜盆（“马姆伯里诺的头盔”）和一个驮鞍（第四十四章）。

第九批：神圣兄弟会的三名骑警到达，他们是负责道路巡逻的公路警察（第六十五章）。

第十批：一个赶着几头牛拉的货运车的车夫到客栈歇脚，堂区神甫就是雇了这辆牛车把堂吉诃德拉回家的（第四十六章）。

以上总共约三十五人。

完成了这部小说的人物的分组之后，现在应该总结和归纳一下书中相互连接的穿插故事的主要脉络了，即卡迪尼奥、露辛达、费尔南多、多洛蒂亚爱情故事，因为他们的爱情故事恐怕在读者的脑海里完全乱套了。因为我们务必要牢牢记住，我们至此已经有三个层次的叙述了：（一）堂吉诃德的冒险故事，（二）意大利式的中篇小说，这是堂区神甫朗读的，而且收尾急急匆匆，以及（三）卡迪尼奥等人的爱情故事，在艺术的真实性标准的可接受度上，这个故事大致处于穿插的中篇小说中的安塞尔莫、洛泰里奥糟粕故事的人物与堂吉诃德杰作之间——而实际上，处于两者之间的偏前者，而不是偏后者的地位。于是，卡迪尼奥认出了露辛达，而多洛蒂亚认出了费尔南多。看看作者是怎样匆匆忙忙地结束这一倒霉事件的：

“这个时候，堂区神甫走过来揭下了她的面纱，并朝她泼水［多洛蒂亚一见费尔南多就昏厥了］，而堂费尔南多一看到她的面容，就立即认出她了，即使他的怀里还抱着另外一个女人［露辛达］，而且，他一见了她，自己的脸霎时间变得惨白。然而，他这时候却不能松开抱着露辛达的双手，尽管露辛达拼命挣扎着要摆脱他的双手，因为她和卡迪尼奥都已经听出了对方的声音。因为，多洛蒂亚昏过去的时候发出的尖叫声，卡迪尼奥也听到了，而且由于他以为这就是他的露辛达，因此他立刻冲出来，惊恐万状。然而，他冲出来时看到的第一眼却是堂费尔南多，怀里抱着露辛达。这个时候费尔南多也认出了卡迪尼奥，而其他三个人——露辛达、卡迪尼奥还有多洛蒂亚——全都目瞪口呆，不知所措，全然不明白到底发生了什么事。他们一个个都你看着我、我看着你，谁也没有说一句话：多洛蒂亚看着堂费尔南多，费尔南多看着卡迪尼奥，卡迪尼奥看着露辛达，而露辛达则看着卡迪尼奥”（第三十六章）。

这是一个非常拙劣的章节。尽管作者的写作技巧非常地高超，但是这一章还是与意大利式的插入的中篇小说混合在一起了。我们在脑海里仍然留着“米科米科娜女王”（在堂吉诃德看来）和她的巨人的形象，总是挥之不去。

堂吉诃德的两个朋友，即一个堂区神甫和一个理发师，加上多洛蒂亚的帮助，策划好了要哄骗堂吉诃德，要他跟着大家一起回家乡去，然而堂吉诃德的眼里多洛蒂亚便是“公主”，而且要让她恢复她的地位，可是她先发制人，将他阻止了；但是，鉴于露辛达和多洛蒂亚的恋人都已经相认，而且堂路易斯和克拉拉小姐的问题也已经解决，可以安定下来，现在仍然还有时间去开几个玩笑捉弄一下。大家都非常清楚堂吉诃德的性格特点，因此都想挑逗堂的疯劲，于是大家想出办法，说了一个笑话便推波助澜，不断起哄，让在客栈里歇脚的人都一起来尽兴地笑、好好地乐一乐。这个时候到了第四十五章，许多次要人物的冒险活动乱作一团，情形非常可怕，在此达到了高潮：堂吉诃德听见神圣兄弟会的一名警察硬是说他堂吉诃德眼里的英武战马的马具，实际上是一头驴子的驮鞍，说时迟，那时快，他挥起长枪来就朝骑警刺去，他“径直朝骑警的脑袋刺去，要不是那骑警躲闪及时，这一刺早就叫他倒在地上动弹不得了。[在这里顺便提一笔，这一句话是书中写到许多打斗场面的时候令人厌烦地频频出现的。] 长枪刺在地上，断得粉碎；这时候其他的骑警见自己的弟兄遭到这样的无情攻击，都以神圣兄弟会的名义喊起救命来了。客栈老板也是跟他们一伙的，这时候听见喊救命，立即转身去取他的棍子和剑，手握剑和棍棒回来与弟兄们站在一起。堂路易斯的仆人们团团围住他们家的主人，生怕他在混乱中逃之夭夭；那［第二个］理发师见整个屋子都闹翻了天，他又一次随着桑丘抓住驮鞍，也伸手抓住了驮鞍。

“堂吉诃德拔出剑来挥舞着，朝骑警刺去，在此同时，堂路易斯朝他的仆人们吼叫，要脱出身来，去支援骑士，支援卡迪尼奥和堂费尔南多，他们两个人都在助一臂之力。[①]堂区神甫在大喊大叫，老板娘在尖叫，她的女儿在号叫，玛丽托娜斯在哭叫，多洛蒂亚目瞪口呆，露辛达吓坏了，克拉拉小姐差不多就要昏过去了。理发师在揍桑丘，桑丘在揍理发师，堂路易斯的一个仆人死命抓住他的一个胳膊，不让他逃跑，反倒挨了一拳，被打得嘴角流血，而法官却上前替小伙子说话。堂费尔南多已经将一名骑警打翻在地，拼命朝他身上踢去，于是客栈老板又提高嗓门，为神圣兄弟会大喊救命。总之一句话，整座客栈是一片喊叫声、哭声、尖叫声，是一片骚乱、恐怖、混乱，只见剑对剑，拳头对拳头，死命地揍，死命地踢，鲜血直流，什么事都发生了。”客栈里乱作一团，一个个都揍了别人，一个个也都挨了揍，痛苦万状。

我要你们注意一个风格的问题。我们看到，在这里——以及描写人人都参与的这一场或那一场冲突场面的类似片断里——我们看到作者的一个几乎无法成功的尝试，即，他要把他的人物根据各自的性格和情感全部集中起来——既要将他们都集中在一起，又要让他们在读者的眼睛里保持个性，以便让读者始终记住他们的特点，让他们一齐活动起来，一个都不遗漏。所有这一切都相当拙劣，也没有艺术性可言，尤其是因为一会儿之后他们把这一场混战忘得一干二净。（等到我们阅读福楼拜的《包法利夫人》的时候，我们将会发现，过了两个半世纪之后，在小说的演变过程中，塞万提斯粗糙原始的方法，在福楼拜的小说某一个关键环节、他要集中起他的人物或审视他的人物的时候，如何发展到了妙笔生花的完美的程度。[②]）

---

① 纳博科夫在这里插入一句评语：“还有谁会助一臂之力呢？我是不会的。”——原编者注

② 参阅纳博科夫《文学讲稿》中有关福楼拜部分。

骑士书主线

人们曾经把西班牙骑士书籍的盛行看作是一种必须与之斗争的社会瘟疫，而且人们还指出，塞万提斯确实与之斗争了——并且永久地将它消灭了。然而我得到的印象却是这一切都被极其过度地夸大了，而且，塞万提斯什么也没有消灭；实际上，在今天，身处痛苦烦恼之中的姑娘还在被加以拯救，恶魔还是在被加以扑杀——在我们低俗黄色的文学里，在我们的影片中——跟几百年前一样被加以奋力拯救、奋力扑杀。当然，十九世纪的伟大的大陆小说，充斥了通奸、决斗和狂热的探险，也是骑士书籍的直系后代。

但是，倘若我们完全按照字面意思来理解骑士书这个术语，那么，我认为，我们会发现，到了一六〇五年，即《堂吉诃德》出版的那一年，骑士豪侠传奇故事热差不多已经消退了；这一类书籍的衰落在最后的二三十年里是显而易见的。实际上，在塞万提斯脑海里出现的是他年轻时读的而后来再也没有去翻过的书（他在小说中提到这些书的时候常常错误连篇）——因此，倘若找一个现代的类似的作家来打一个比方，那么，他就颇有点像今天的一个专找狡猾的爷爷[①]或小鬼布朗[②]作为攻击目标，而不找小人亚伯纳[③]或穿红外线紧身衣的人搏斗的作家。换句话说，创作一部上千页的书，就为了在一件既不太值得又不很紧迫（能随着时间的推移而自行解决）的事

① Foxy Grandpa，1900年一月美国《纽约先驱报》上刊登的漫画连环画中一个深受读者欢迎的喜剧人物，机敏、狡猾，秃顶上仅有小小一簇头发，两个耳朵上方却长着一圈白发。1902年至1917年单行本出版，逾三十卷。

② Buster Brown，美国现存最老的童鞋商标之一，原先是1902年创作的报纸漫画连环画中的淘气男童形象。

③ Li'l Abner，是美国漫画家阿尔·卡普（Al Capp）创作的持续最久的报纸漫画连环画中的人物（1934—1977），是一个头脑单纯、作为黑暗与悲观世界里的道德楷模的大男孩形象，是作者关于美国生活与政治的讽刺故事的陪衬人物，故事中的语言和情景已经进入美国英语词汇。

情上再多花一点精力，那简直就是塞万提斯在做与堂吉诃德挥剑斗风车一类的冒险活动一样疯的举动。大众都不识字，而一些评论者描绘的图画却是一个识字的牧羊人面对着一群虽不识字但一个个都听得出神的赶骡子的人，大声朗读有关朗斯洛特[①]的传奇故事，这样描绘的图画简直荒谬透顶。在出身名门的人当中，或者在学者当中，这种盛极一时的骑士故事已经不再流行，尽管大主教们、国王们以及虔诚的人们仍然会不时地饶有兴致地阅读这些书。到了一六〇〇年，这一类散落的书籍，经过了许多人的手，上面也都已经覆盖了厚厚的灰尘，还有可能在一个乡绅家的阁楼上找到，但是，也仅此而已。

塞万提斯对于荒诞小说的批判态度是基于——凡是他说出自己的心里话的时候——他认为它们缺乏真实性——而他所说的真实性，似乎意思是指人们凭着实际生活经验而获得的材料，无非仅此而已，因此这种真实性自然是一种非常低水平的真实性。塞万提斯在他自己的书中，通过他的许多不同代表之口，表达了他对于传奇故事缺乏历史真实性的哀叹，因为他认为，这些传奇故事欺骗了以为凡是书上说的都是可以相信的那样一些头脑单纯的人们。但是，塞万提斯在他的书里做了三件奇怪的事情，从而把这个问题完全搅浑了。第一件事是，他编造了一个事件记录者，即一个阿拉伯历史学家，这个历史学家据说记录了历史人物堂吉诃德的一生——其实这就是那些最荒诞可笑的传奇故事的作者，为了给他们的故事增添相当可观的真实性所采用的手法。他把问题搅浑的第二件事是，他让他的堂区神甫，一个根据生活经验而具备判断力的人，或者说假定具备判断力的人，来称赞六本描写骑士精神的书或使得这几本书免遭销毁——在这六本书中，《高拉的阿玛迪斯》赫然在目，也就是这本书，在堂吉诃德的整个冒险经历中不断地提到，而且，这本书似乎就

① Lancelot，英国亚瑟王传奇故事中最英武的圆桌骑士，参看本书附录。

是他变疯的主要根源。第三（正如马德里亚加所说[①]），他把问题搅浑是因为他所犯的错误——违反趣味与真实性的错误——正是他，批评家塞万提斯，在讨论描写骑士精神的书时所嘲笑的错误；因为正如这些书中的人一样，他自己的书中变疯的男男女女，形形色色的牧羊人，等等等等，都在西埃拉莫雷纳山区发狂了，用一种非常矫揉造作的风格，全靠堆砌华丽辞藻的手段写诗，读了真令人作呕。人们在仔细研究了骑士书的内容之后得到的最终印象是，假如塞万提斯选择某一个对象并以各种方式加以嘲笑，他这样做并不是因为他有任何冲动要提高他那个时代的道德观念，而是部分地因为在他那个道德功利主义的时代，按照教会的严厉的眼光，一种道德观念是必要的，并且主要是因为讽刺描写游侠骑士的传奇故事，是既方便又无危险的小手法，使他描写流浪汉和无赖的冒险事迹的小说写得下去——是让长着翅膀的马，克拉维雷诺，飞向遥远的王国的那种木栓[②]。

① 马德里亚加：《塞万提斯》，第51页至53页："于是，作家塞万提斯跌入了批评家塞万提斯论骑士书中所嘲笑的错误里。因为，他无法将他的观点加以归纳，使它成为一个原则，而在实践中他经常暴露出他在理论上加以谴责的同样的缺点，尽管它的表现形式略有不同，实际上，这似乎正是他的批评的始终不变的特点。不但在风格上是这样，在内容上又何尝不是这样。……他自己也写起那些在外流浪的少女来，而且达六人之多，而这些在外流浪的少女，又正是他在读骑士书的时候所嘲笑的，在书中山坡上、山沟里遇见骑着驯马、手执长鞭的流浪少女［'这些少女，手执长鞭骑着驯马，她们一个个都是完完全全的少女，长途跋涉，从一座山翻到另一座山，从一个山沟转到另一个山沟，因此，除非遇上一个手拿斧头、头戴钢盔的无赖或流氓，或者遇上一个粗鲁的彪形大汉，将她们蹂躏了，在过去的年代里这样的少女的确是有，她们在八十年的岁月里从来不曾在屋子里宿过夜，但是等到她们寿终正寝，仍然是纯洁的女儿身，跟她们的母亲生下她们时完全一样。' 第一部第九章］，但是，她们也有让他接受的时候，那就是她们穿着乡下人的服装，在西埃拉莫雷纳山区她们常去与世隔绝的地方为自己的命运逆风悲号，或者，在她们结束了危险的冒险旅程之后，她们装扮成驾着一艘土耳其双桅帆船的海盗而被当场识破，……于是两股力量——毫无束缚的想象和现实的压力——在这部书中两者是对立的，还没有获得平衡，……可是，他是多么经常地、惟妙惟肖地模仿堂吉诃德，驰骋在想象的田野上，看不见脚下的大地！田园牧歌式的景色尤其是他心中萦绕的事物，正如骑士书是整日萦绕堂吉诃德心头的事物一样。……《堂吉诃德》一经出版就立即深受读者喜爱，这在很大程度上是由荒诞的传奇故事的精神所引起，而这精神就是从着魔的骑士境界中保留下来的，是从产生骑士豪侠精神的田园牧歌书籍里继承下来的，这一观点实际上理由非常充足。"——原编者注

② 参看《堂吉诃德》第二部第四十一章。

我们现在来研究一下描写骑士精神的书是如何影响这部小说的结构的。

这部书似乎是从讽刺描写骑士豪侠精神的故事开始的，一开始是讽刺这类书籍的读者的，因为他们“完全沉浸在”阅读骑士书之中，以至于像堂吉诃德一样，“从日落到日出整个夜晚，从黎明到黄昏整个白天，都用来埋头读书，直至终于由于睡眠太少、读书太久，他的脑子枯竭了，最后他完全地精神失常了”。在塞万提斯那里，大脑，即理智之器官，是有别于灵魂，即想象的区域的，而这些精神失常的人使想象“充满了［他们］在书里读到过的一切事物，充满了旅行魔法、骑士式的对峙、打斗、挑战、伤痕，充满了爱情故事与爱情故事带来的折磨，以及一切形形色色无法实现的东西，以致他们竟然会相信所有这些虚构的事件都是真实的”；或者说得再确切一点，所有这些虚构的事件体现的是比日常生活中的现实更高一级的现实。我们这位变疯了的乡绅吉贾达或者叫克萨达，但是很可能他的名字就叫克贾纳或者吉贾诺，第一，他找来几件旧盔甲，并将它们擦拭干净；第二，他在头盔上配上一个硬纸板做的面罩，并在缺失面罩的头盔上固定了铁皮；第三，他给他的那匹老马起了一个响当当的名字叫“驽骍难得”；第四，他给自己起了一个大名叫“来自拉曼查的堂吉诃德”；第五，他给他的恋人起名叫“杜尔西内娅·黛尔·托博索”，而实际上她在模糊的现实中却是一个农家姑娘，名字叫做阿尔朵莎·洛伦佐，家住埃尔托博索村。

然后，他没有耽搁时间，在一个炎热的夏日，便出发远行，去寻求他的冒险经历。他到了一处模样破败的路边客栈，就误认为它就是一座城堡，把两个妓女当成是大家闺秀，把一个猪倌看作是一个小号手，把客栈的老板当成了这座城堡的总管，还把鳕鱼当成了鲑鱼。现在唯一让他感到闷闷不乐的是，他尚未正式、合法地被封为骑士。堂吉诃德的梦想之所以会变成现实，只是因为这客栈的老板本人是一个无赖，是一个赌徒，并且他还具有冷酷的幽默，会迎合堂吉诃德这个沉浸在梦中的人："城堡的总管拿来了一个账本，上面歪歪斜斜地记着赶骡的人赊欠的干草和大麦的数目，同时陪着他的还有一个小伙子，手里拿着一截点亮的蜡烛，以及前面提到的那两个大家闺秀。他走到堂吉诃德此刻站立的地方［他正在守夜］，然后命令他跪下。他捧起账本念起来——那样子仿佛他是在念祷文——然后他举起一个手，并且抽出骑士自己的那把剑，啪的一声在堂吉诃德的脖子上拍了一下，接着又在他的肩膀上用力抽了一记，而在此同时，他咬着牙一直口中念念有词。然后他叫其中一个女子授予堂吉诃德骑士之剑，此女子在授剑的时候神情非常严肃，非常镇定……"（见第三章）注意正式的祈祷守夜这一节的描写："一时间这位未来的骑士，表情安宁，只是不停地来回走动；然后他停下脚步，将手中的长枪撑在地上，打量自己的装束，仔仔细细地端详着，这样过了相当长一段时间。前面已经提到过了，现在是在夜间，但是，皎洁的月光简直可以与借给月亮火光的太阳光匹敌，照得客栈院子如同白昼，这个新骑士的一举一动，院子里的每一个人都看得清清楚楚。"只是在这个时候，对于骑士精神的诙谐模仿才在这部书中第一次陷入产生于堂吉诃德的哀怜、辛酸、神圣的气氛中。有趣的是，关于在这个时候——正式的祈祷守夜——"借给月亮火光的太阳"这个说法，不妨回忆一下一五三四年罗耀拉[①]在创建天主教耶稣会的前夜，如同他在骑士书中所看到的骑士常要守夜那样，在圣母圣坛前守了整整一夜。

一次在与几个商人的仆从的搏斗中堂吉诃德被打得头破血流，后来被他的一个邻居救走，将他送回家中。堂区神甫提议要将这些害得这个乡绅变疯的书统统烧掉。渐渐产生的感觉一直在我们心头萦绕，觉得情形在逐步地逆转，而且我们总觉得这些书，这些梦，这疯子的举止言行，倘若与堂区神甫和管家的所谓常识作一比较，显然要

① Saint Ignatius Loyola（1491—1556），西班牙教士，于1543年创建天主教耶稣会，制定会规，强调无条件听从教皇。

高尚得多——而且,要而言之,更加合乎道德规范。

倘若说塞万提斯抨击了——即使他真抨击了什么——描写骑士精神的二流的传奇故事,而不是骑士制度本身,这种评论也只是老生常谈,并没有什么新意可言。在对与虚构小说的普遍性特点相联系的生活普遍性特点稍加观察之后,我们不妨再深入一步,并且指出在难以捉摸、深奥莫测的游侠骑士的规章条例与我们所说的民主的规章条例之间,存在着联系。这个真正的联系就存在于真正的骑士精神里找到的公平竞争、光明磊落、亲如兄弟这些性质,而正是这一点在堂吉诃德阅读的书中是特别强调的,尽管这些书有的并不好。

骑士品质主题与田园牧歌主题在堂吉诃德的心里往往是混合在一起的,就像他所读的书中两者是混合在一起的那样。在第十一章,堂吉诃德概括了他对于黄金时代即古代的背景的看法:饮食——巨型橡树果实、蜂蜜、泉水;居住——大橡树(栓皮槠属)的树皮,它是用来盖小屋的屋顶的;畜牧业——完全取代了农业,因为农业"伤害了大地的胸膛"。(照这样说,仿佛那些讨厌的羊群就不会用锋利的牙齿破坏草地,连草根也不留下。)此外还要仔细留心牧羊女不可避免地成了十八世纪小说的装饰物。这儿说的十八世纪是指所谓感伤主义时期,或者说是萌芽中的浪漫主义,它的典型代表是法国哲学家卢梭(一七一二至一七七八)。而这些简朴生活的提倡者却从来没有想到过,有的时候,养羊的人——不管是男的还是女的——他们的劳动也许比城里的经营管理者的工作还要伤脑筋。下面我们接着列举他概要中的其他内容。女子的服饰——几片牛蒡树叶或者常春藤叶片。然后还有道德领域——第一,一切东西都是公共财产;第二,普遍的安宁与友好;第三,真实、坦率、诚实;第四,女子的端庄稳重;第五,绝对的公正,这当然可以看作是既富有激情又鼓舞人心的警察部队;第六,游侠骑士制度。

堂吉诃德放开肚子大吃了一顿肉和奶酪,又喝了许多的葡萄酒之后,塞万提斯在第十一章中写道,堂吉诃德这时拿起一个橡树果,开始了他的独白："那真是幸福的时代，幸福的年代，那个时代、那个年代古人给它起了一个名字叫做黄金时代，……在那个幸福的时代，一切东西都是公共财产，而要维持日常的生计任何人都不必花多少力气，只要伸出手来从茁壮的橡树上采摘就能满足要求，因为橡树结满了果子，又香又甜，令人垂涎欲滴。清澈的泉水，淙淙流淌的溪流，取之不尽，用之不竭，喝了沁人心脾，可以为他解渴；在悬崖峭壁之间，在大树的空洞里面，聪明、勤劳的蜜蜂建立了它们自己的共和国，因此，任何一个人，不管是谁，都可以尽情地、随意地获取蜜蜂愉快的劳作带来的丰富收获。不需要人们开口请求，茁壮的橡树就会自愿地慷慨奉献，蜕下宽大轻盈的树皮，让人们用来给建造在粗大木桩上仅仅是为了遮风避雨的小屋盖上屋顶。

"那时一切都是安宁，一切都是和谐，一切都是友好；弯弯的犁铧还不曾凶残地划开大地母亲慈悲的腹地，探索其深处，而大地母亲还没有受到人类的逼迫，但为了让她的第一代子孙称心满意，让他们能休养生息，让他们性情怡悦，敞开了她那宽广富饶的胸膛，从四面八方，从天南地北，迎接他们的到来。然后就有了可爱纯真的牧羊女……从这个山谷到那个山谷，从这座山顶到那座山顶，漫山遍野地遨游，然而她们却没有特别的装束，需要的只是女子的端庄稳重所要求的衣着得体与大方。……

"此外，在那个时代，爱意的表达也是非常地朴实的，就像萌发这爱意的是一颗朴实的心一样，既不是以吞吞吐吐、迂回曲折的方式，也不用矫揉造作的言语，藉以装模作样。欺诈、瞒骗、恶意还未能与真实和率真混同。……

"随着时光的流逝，随着腐败堕落的日渐增多，正是为了要确保这些美好事物的安全，才有了游侠骑士团的建立，建立起来以便保护出身高贵的女子，援助那些寡妇，拯救那些孤儿，还要帮助那些贫困的人们。弟兄们，我就是这个骑士团的一个成员，并且感谢你们各位给予我以及我的扈从这么热烈的欢迎，给予我们这么友好的待遇。

根据自然的法则，世上一切人们都应该友好对待游侠骑士，然而你们在不了解真相的情况下，却已经欢迎并接待了我；因此，我以极大的友好情意，感谢你们对我表示的友好情意。”

我们还发现，在第一部的第十三章，堂吉诃德对一群牧羊人说话，并听到他询问他们是否在英国的编年史和记载过去事件的史册上，读过亚瑟王的著名的丰功伟绩（民间传说中的一个国王，以及他的骑士们，据说就活跃在我们这个纪元的第一个千年的中叶）：“而且，正是在这位公正的国王统治时期，著名的圆桌骑士团建立起来了；至于湖上的朗斯洛特骑士和格温娜维尔王后两人之间的爱情，一切都完全像故事中说的那样发生了，他们两人的知心女友和牵线人就是尊敬的夫人昆塔妮奥娜，并从这个故事里诞生了西班牙人传颂的动人歌谣：

天底下可曾有过一名骑士
成天有美丽的姑娘来服侍
知否朗斯洛特骑士是他名
告别不列颠岛远征异乡地

传颂他的用爱情和丰功伟绩编织的温柔动人的故事”——而且，我们不妨再加上一句，即，传颂他的疯以及他最后放弃了游侠骑士的称号（他死得圣洁），而这正是堂吉诃德日后的归宿。

注意，堂吉诃德的这一番话，绝对没有包含一丁点儿的滑稽可笑的成分。他确实是一个游侠骑士。他刚说完朗斯洛特骑士的故事，接着就又说到了另外一个他最喜欢的故事：“自从那个时候开始，骑士制度就一直继承下来，发扬开来，从一个人传到另一个人，从这个国家到另一个国家，传遍了世界的许多不同的国度。有过丰功伟绩从而声名远播的骑士中，有一个就是英勇的高拉的阿玛迪斯，还有他的子子孙孙，绵延不断，直至第五代孙。”塞万提斯和他的堂区神甫没有理会什么子子孙孙，觉得那些都是糟粕，但是保留了阿玛迪斯：而在这一方面，批评界的徒子徒孙们，也是亦步亦趋。堂吉诃德最后说道："先生们，这就是游侠骑士的含义，刚才我跟你们讲的就是这样一个骑士所宣称的骑士制度，而且，正如我刚才已经对你们说过的，我，尽管是一个罪人，却非常荣幸地成了这制度的一个成员；因为，我也同这些别的骑士一样宣称过。这就是为什么你们会在这样荒凉和渺无人烟的地方见到我，骑着马，追寻冒险经历，在命运替我安排的最危险的事业中，下定决心要挺身而出，身体力行，这样，我自己或许能给弱者和贫者以援助。"

现在我们将骑士书[①]中的奇异怪诞与《堂吉诃德》的奇异怪诞作一个比较，借以寻找两者之间的重大的相似之处。在马洛礼所著传奇故事《亚瑟王之死》卷九，第十七章，特里斯丹骑士在认为自己的恋人，伊瑟·拉·贝拉，对自己不很忠心之后，隐退荒野。[②]起初他还拿起竖琴来弹奏；后来他已经是衣衫褴褛，骨瘦如柴了；就这样他找到了那些牧主和牧羊人，整天与他们做伴，而这些牧羊人也每天给他一点肉吃，给他一点酒喝。每当他做出一些捣乱的疯癫举动来，他们就拿起棍棒来揍他，就这样他们还会拿起剪羊毛的剪子来剪他的头发，把他剪得像一个傻子一样。女士们，先生们，这些故事与西班牙山区发生的故事片断中的气氛，其实并没有真正的区别——西班牙

① 课讲到这里，纳博科夫对他的学生说："请你们翻阅一下分发给你们的骑士传奇故事的油印材料——从两本书中摘选：第一，《亚瑟王之死》，托马斯·马洛礼爵士著，写亚瑟王和他的贵族们，以及圆桌骑士如特里斯丹骑士和朗斯洛特骑士，大约作于1470年。除了涉及同一套传奇故事的古歌谣之外，堂吉诃德还读了这个故事的西班牙语的版本。第二，《高拉的阿玛迪斯》，14世纪下半叶葡萄牙人瓦斯科·洛贝拉所著；英文版是19世纪上半叶英国诗人罗伯特·骚塞从西班牙语翻译的。《高拉的阿玛迪斯》这个故事当然是堂吉诃德最喜欢的。从这两本书节选的内容只是要让大家知道什么样的故事吸引了堂吉诃德，并且在他自己的冒险中回响。"见书后附录。——原编者注

② 在一张散页里纳博科夫有以下注释："关于但丁的《神曲》注：但丁把特里斯丹放在地狱第二级的肉身罪人当中（他于1300年在维吉尔的鬼魂的陪同下到过那里）。你们记得，还有弗兰彻斯卡·达·里米尼和她的情人保罗（她丈夫的弟弟，里米尼贵族），也在那里。他们第一次接吻是在读湖上的朗斯洛特的冒险经历的时候。而在朗斯洛特的传奇故事里，是亚瑟王的妻子格温娜维尔吻了朗斯洛特。"——原编者注

山区的故事片断，即《堂吉诃德》第一部第二十四章开始的堂吉诃德的冒险经历和衣衫褴褛、蓬头垢面的卡迪尼奥的故事。

在马洛礼的传奇故事《亚瑟王之死》卷十一的结尾，朗斯洛特被施了魔法，躺在了美丽的艾琳的身边，而他自己迷迷糊糊的，还以为她是他最心爱的恋人格温娜维尔王后。与此同时，朗斯洛特听见在隔壁屋子里，格温娜维尔王后在清嗓子咳嗽：朗斯洛特听出了她的咳嗽声，这才明白，他身边的人是别的女人，于是他痛苦万分，失去了理智，夺窗而逃，从此变疯了。在卷十二的第一章，他没有目标地在森林里游荡，身上只穿衬里的衣裤，饿了摘草莓充饥，渴了喝溪流的水。但是，他身上还佩着他那把剑。在一场与一名骑士的怪异奇特的打斗中，他碰巧跌倒在一个女子的床上，吓得她惊跳起来，而他却傻乎乎地睡着了。这条羽毛褥子就铺在马的草垫子上，而他后来又被用绳子捆绑了手脚，抬到一个城堡里，然后用铁链锁起来，被当成疯子了。不过有吃有喝，还有人好好照看。在《堂吉诃德》书中，你们可以很容易地找到相似的情景，以及糊里糊涂的英勇和残酷的戏弄制造的同样的气氛。

倘若我们从十五世纪的马洛礼，追溯到十三世纪，就可以找到讲述湖上的朗斯洛特和格温娜维尔王后的爱情故事的最早文本，即克雷蒂安·德·特罗亚写的法语散文传奇故事，*Roman de la Charrette*[①]。（同一个主题，不同的名字，这在几个世纪前的爱尔兰是很普遍的。）在这个十三世纪的传奇故事里，一辆大车赶过来，赶车的人是一个侏儒，他告诉朗斯洛特说，假如他爬进这辆大车，他就可以被拉到格温娜维尔王后那里去。他同意了，准备面对耻辱。（说要面对耻辱，那是因为大车在那个时代是用来装犯了罪的人的。）堂吉诃德被装在一辆牛车上拉走，那时他甘愿忍受这样的耻辱是因为魔法师告诉他说，他们是要拉他到杜尔西内娅那里去，这就是说他完全

① 法语，意即《囚车上的传奇故事》。

跟朗斯洛特一样，是在同一条船上，是在同一辆大车上，他们的处境遭遇是相同的。我一直都认为，不管是朗斯洛特骑士，还是特里斯丹骑士，或者任何别的骑士，他们与堂吉诃德之间的不同，是在于堂吉诃德在火药已经取代了魔药的时代，再也找不到一个可以与之打斗的真正的骑士了。

我在这里想强调一点，在描写骑士的传奇故事里，并非全都是情人哪，玫瑰花啊，夸示呀，在这些故事里所发生的情节中还有不体面的事情，奇异怪诞的事情，发生在这些骑士身上，让他们经历了堂吉诃德所经历的同样的羞辱，同样的走火入魔——总之，我要强调一点，我们不可把堂吉诃德看作是对这些传奇故事的歪曲，而是应该将他看作是这些传奇故事的合理的继续，而且，疯的成分、羞辱的成分以及蒙骗的成分都增加了。

在小说第一部的第四十七章，与堂区神甫交谈的那名教士，说出了作者的观点——或者说，他至少说出了在作者那个时代作者可以持有而不会招来杀身之祸的观点。非常地合乎情理，又非常地羞羞答答——这一观点就是如此。实际上，让人觉得非常奇怪，这些教士以及受教会束缚的作家身上怎么会让理性——人为的理性——占据了主导地位，而想象力和直觉的能力却都遭到禁锢：这是一个自相矛盾的荒唐现象，因为，倘若我们把重点完全让给了没有任何生气的判断力，让给慢条斯理的判断力，我们的众神又在何处？“一个世袭的王后或者世袭的女王急匆匆地投入一个无名的游侠骑士的怀抱，对此我们应该如何解释呢？”教士问道。“除了心灵野蛮、尚未开化的人之外，有没有人会在阅读这些书籍中找到乐趣，知道一座巨塔，里面挤满了骑士，像一艘顺风行驶的船一样在大海上航行，今天晚上这座巨塔还在意大利，明天早晨就到达祭司王约翰[①]的国度，或者是到了托勒密[②]从来没有发现过、马可·波罗双眼从来没有看见过

① Prester John，传说中信奉基督教的中世纪国王兼祭司，曾统治过远东和埃塞俄比亚。

② Ptolemy，公元2世纪希腊天文学家、地理学家、数学家，建立了地心宇宙学说。

的其他领地？”（倘若我们都听从理性的裁定，那么科学又会在哪里呢？）虚构的作品，教士说道：“应该让读者了解，它的写作目的是要在书中将不可能的事物变成可能的事物，将很难令人相信的东西变得切实可行，并且将读者的心悬起来，从而制造意想不到的心情和惊讶的情绪，而与此同时这虚构的作品又给人以消遣和娱乐，这样，读者就同时达到了欣赏和享受的目的。”

然而，堂吉诃德也可以滔滔不绝地描述一番游侠骑士，如第一部的第五十章：“请告诉我：还有什么比以下描述更加让人感到惊心动魄的吗？这就是，此时此地，我们眼前呈现出一个仿佛在沸腾的沥青的湖面，有无数的大蛇和小蛇，无数的蜥蜴，并且还有各种各样凶猛、骇人的动物在湖上四处游动，而在湖的中央此时传来了一声声非常凄切悲凉的叫喊：‘啊，在湖岸上凝视这可怕的湖面的骑士啊，不管你姓什么名字叫什么，假如你愿意获取掩藏在这一片黑水底下的福泽，那么，你就纵身投入这片黝黑、沸腾的湖中，以此表示你的勇气和刚毅的心，因为，假如你不敢跳入湖中，那么，你就不配亲眼观看这片黑黝黝湖水底下紧锁在七个仙境、七个城堡里的非凡奇境。’那骑士一听到这骇人的声音，没有一刻的迟疑，也没有稍加思索这样的举动会有什么危险，就立即纵身投入沸腾的湖中，身上还没有脱去那沉重的盔甲，一心只想将自己托付给上帝和圣母。

“然后，他不知身在何处，也不知道结果会是什么，就糊里糊涂的，突然发现自己已躺在一片绿茵茵的草坪上，这奇境连极乐世界都无法与之媲美。……

“……从这一片茵茵的芳草丛中转过身来，他此刻看到了许许多多的美丽姑娘，正成群结队从城堡的大门内出来。……

“……其中一个姑娘好像是这一群姑娘的领头的，她朝这个勇敢地纵身投入沸腾的湖水的骑士伸出手来，一句话也不说，领着他走进这富丽堂皇的宫殿，也就是这座城堡。到了城堡里面，她叫他把衣服都脱了，脱了个赤条条的，就像他妈妈生下他的时候一个模样。然后她叫他在温水里沐浴，洗完澡之后，她将他全身都搽上了香气袭人的滑腻的油膏，然后穿上细软的丝绸衬衣，也是幽香阵阵，而此时又一个姑娘在他肩上披上一件斗篷，一阵扑鼻的芳香随之而至。这件斗篷，据说，也一定可以说至少是价值连城，甚至还远远不止。

"多么令人高兴啊，在这些事情完成之后，我们在书中读到他又被带到另外一个房间，一间很大的厅里，在这间厅里摆放了许多桌子，桌子上的陈列让他见了异常惊讶。她们用以琥珀和香花提炼的水来冲洗他的双手，他自己看到这个情景会有什么样的感觉呢？然后她们让他在一张大理石的椅子上就座，他又会有什么样的感觉呢？……然后，在用餐完毕之后，餐桌上的东西已经全部清理干净，骑士还在椅子上靠着，并且一边在剔着牙齿，可能是，因为这是他的习惯了［一个很可爱的细节］，就在这时在大厅的门口冷不防地进来一个姑娘，她比其他任何一个姑娘都要漂亮得多；这个姑娘进了大厅就在他的身边坐下来，并且开始跟他讲述这座城堡的主人是谁，她本人又是如何被用魔咒囚禁在这里的，还说了别的故事，让他听了不胜惊讶，也让读这段历史的人目瞪口呆。我再问你们一次，还会有什么比这一切更动人的吗？"①

尽管堂吉诃德滔滔不绝说了这一番话，但是，第四十七章里教士与堂区神甫之间的谈话，不妨说是对《堂吉诃德》开首焚书的第六章里堂区神甫所提出来的见解作了一个总结。我们现在又回到了最初的情形。有一些写骑士精神的书是有害的，因为它们的风格太花哨、太粗糙了。"'我呀，'教士最后说道，'从来没有读过一本……［不是］由这么多毫不相干的部分组成的骑士书，书中这么多毫不相

① 纳博科夫还写道："在小说的第二部我们将看到在公爵和公爵夫人用完全同样的方式招待堂吉诃德的时候，那个温柔美梦实现了（只是由于他的羞怯他拒绝了把衣服都脱光的要求）。但是这是何等残酷的梦的实现啊！我简直说不出还有哪一本书会像第二部公爵城堡里写到的情景那样，把冷漠的残酷如此凶残地发泄到了极点，而正如一个名叫克鲁奇、需要这一情景的批评家语出惊人时所说：堂吉诃德受到了和蔼可亲的公爵夫人的款待。"参阅克鲁奇的《五大师》，第97页。——原编者注

干的部分似乎让人觉得，作者的意图是要创造一个喀迈拉[①]，创造一个怪物，而不是要创造一个体型匀称的形象。除了这一切之外，这些书的风格粗糙，叙述的伟大功绩不能令人信服，描述的恋爱事件有淫荡之嫌，欲要表现典雅反而显得粗野，打斗场面的描述不是详细而是啰唆，人物对话读起来荒唐可笑，冒险途中的记叙则是废话连篇，最后，缺乏任何可以称之为艺术的东西；就是因了这个缘故，这些书活该被从基督教国家驱逐出去，因为对公众毫无益处。'"然而，我要在此再说一遍，上面说的这些书，犯不着写一部上千页的小说去加以抨击。但是，到了小说第一部的末尾，思想敏锐的塞万提斯的支持者却不是一个而是两个教士。

骑士主线——本书结构的柔韧的骨架——贯穿了整部作品，但是，倘若将这一主线在书中的每一个令人生厌的曲折变化都要加以考察，恐怕要花很长时间。等到我讨论堂吉诃德的胜利与失败的时候，这个手法就会十分清晰明了。我要在此结束我关于骑士书主线的讲述，为此我要指出作者讲述故事最生动的变化手法之一，那是在书中堂吉诃德冒险经历即将结束的时候，即小说第二部的第五十八章。书中写道，骑士和他的扈从在一片草地上遇见十二个人，他们把斗篷铺在草地上，坐下来用餐。他们身旁的草地上放着四件大的东西，都用布盖着。堂吉诃德想要看个究竟，不知盖着的是什么东西，于是其中一人掀开了盖布，这些盖着的东西原来是用浮雕手法雕刻的雕像，而他们是要把这些雕像从一个教区运送到另一个教区去。第一尊雕像雕的是一个骑士，金灿灿的，十分耀眼，骑士手中的剑刺穿了恶魔的嘴。堂吉诃德一眼就认出来了："这个，"他说道，"是神兵队伍里最出色的游侠骑士之一。他的名字就叫堂圣乔治[②]，而且，他还是女子的保护人。"（圣乔治为了保护一个国王的女儿刺杀了恶魔。）

---

① chimera，原指希腊神话中的喷火女怪，长着狮头、羊身、蛇尾。

② St George，他与恶魔的传说讲的是基督教英雄战胜邪恶的故事，恶魔的形象是一条天上飞的大蛇。圣乔治是英格兰的守护神，一说他是罗马将军，是阿拉贡和葡萄牙的守护神。

第二尊雕像原来是圣马丁[①]，描述他与一个可怜的人共用一件斗篷；此时，堂吉诃德略带庄重的神情又评论说："'这个骑士，'他说道，'也是一名基督教徒冒险经历者，桑丘，我个人的意见是，与其说他英勇无敌，倒不如说他慷慨大方，这从他的与人共用一个斗篷，把另一半让给乞丐这件事就可以看得出来；而且，毫无疑问当时正是隆冬时节，否则他会把斗篷整个都送人的，因为，他是一个非常乐善好施的人。'"——堂吉诃德把这件事归结为这么一句让人哀怜的话。第三尊雕像揭开了，原来这是圣詹姆士[②]脚踩摩尔人。"'啊！'堂吉诃德大声说道，'这是一名真正的骑士，是耶稣本人的追随者之一。他就是堂圣迪戈・玛塔・玛洛斯，即杀摩尔人者，他是这个世界曾经有过、现在已经为天国所拥有的最英勇的圣徒和最英勇的战士之一。'"第四尊雕像是从马背上摔下来的圣保罗[③]，雕像栩栩如生地表现了他的转意归主图中常见的细节。"'这个人当时，'堂吉诃德说道，'是我主的教会要与之斗争的最大的敌人，但是后来成了教会将永远拥有的最伟大的捍卫者，他生是个游侠骑士，他死是个坚信不疑的圣徒，他是上帝的葡萄园里的不知疲倦的劳动者，他是非摩门教徒的师傅，天国是学校，耶稣基督是导师、是校长。'"

雕像都已经看完了，于是堂吉诃德叫那人把这些雕像都再用布盖好，然后他说——这个场面的整个气氛仿佛是在传道——"我今天亲眼所见的这一切，教友们，……真是一个好兆头；因为这些圣徒和骑士从事的职业就是我所从事的，那就是拿起武器来。不过，他们和我也有不同，这唯一的不同之处就是，由于他们都是圣徒，因此，他们从事的是一场圣战，而我所从事的斗争是按照俗人的方式进行的。

---

① St Martin是客栈老板和悔过自新的酒徒的守护神，文学艺术里的形象是一个骑马的年轻军人与一个乞丐分享一件斗篷。

② St James是西班牙守护神，传说他在巴勒斯坦去世，他的遗体被装在一条船上，挂起风帆，第二天就到了西班牙海岸。

③ St Paul是牧师与帐篷制作人的守护神（事见《圣经・使徒行传》第十八章，第三节），他的象征是一把剑和一本打开的书，前者是他殉教的武器，后者代表他作为非摩门教的使徒宣讲的新法。

他们采用武力的方式征服了天国，因为天国遭到了武力的侵袭；不过，到现在为止，我还不知道，经受了这么多的艰难困苦，我现在赢得了什么。然而，倘若我的恋人杜尔西内娅能够摆脱她现在正在经受的痛苦，那么，有可能我的命运还会好转，而且我的思想也会更加健全，这样，我就可以走上一条比现在更加顺利的道路，”他喃喃自语道，在隐隐约约之间已经领悟到他自己大脑的衰退状况。他们重又上路了，此时桑丘说道：“说实话，老爷，……假如今天我们遇到的事情也可以叫做冒险经历的话，那么，这也算是我们所有这些日子的漫游里最有趣、最愉快的一次了。”确实，这个情景非常有艺术性地总结了我们这个性情温和的游侠骑士的遭遇，并预示了他即将到来的人生归宿。

真令人感到惊讶，在这一场景里堂吉诃德的语调，非常奇怪地接近与他同一年创作的另外一个疯人的语调：

> 我是一个愚蠢又慈爱的老人
> ……
> 就直截了当地说吧，
> 恐怕我的脑子已经不健全。
>
> ——《李尔王》第四幕，第七场

残酷性与蒙骗

现在我打算来解决蒙骗主线、残酷性主线这个问题。我准备解决这个问题的方法是这样的。首先，我要把小说第一部里的旨在让人开心的折磨肉体的残酷性实例一个个列举出来。但是，你们别忘记，我关于堂吉诃德的胜利与失败的完整的讲解要在后面拿出来：我想让你们等待那一部分的详细介绍。因此，我现在要做的只不过是用一束小小的光线，只照亮这间施行残忍折磨的屋子的一角，而这就是我今天要做的第一件事情——列举小说第一部里旨在让人开心的折磨肉体的残酷性实例。其次，我还将讨论小说第二部中描述的折磨精神的残酷性表现；而由于这些折磨精神的残酷性的表现主要又是蒙骗人的，因此我就要论及各种各样的着魔事例与一个个魔法师。我们的第一位魔法师就是桑丘——说到了作为魔法师的桑丘，那就必然要带出杜尔西内娅主线。第二个有意思的例子，就是堂吉诃德自己让自己着魔了——这就是蒙特西诺斯洞穴片断。这些都讨论完了以后，我就准备讲一下小说第二部里的主要魔法师，公爵夫人和她的公爵。

我觉得，我们这部书所体现的伦理标准的有一些方面，在书中某些描写比较绚丽矫饰的段落引以为自豪的人性问题上，投下了实验室里常见的深蓝色的光。我们现在就来讨论残酷性的问题。

作者似乎是这样构思的：随我来吧，没有教养的读者，因为你爱看一只充了气的活狗像足球一样被人踢过来又踢过去；没有教养的读者，因为你在礼拜天的上午，在到教堂去的路上或者做完礼拜之后回家的路上，喜欢用手杖去捅戴上枷锁的无赖，或者朝他吐唾沫；随我来吧，没有教养的读者，想一想我会把我滑稽可笑、脆弱易受伤害的主人公，交到多么聪敏又残忍的人的手中。我希望你们看了我下面的介绍之后会觉得很有趣。

按照我们一些思想成熟老练的评论家——比如说，奥伯雷·贝尔——的观点来看，从这部书的民族背景产生的总体特点是敏感、精明干练的人所具有的特点，即幽默、仁慈，这个话纯然是说不通的。竟然会说仁慈，真难以相信！要是可以这样说，又如何解释骇人听闻的残忍——也许作者有这样的意图，也许没有，也许作者准许这样做，也许并不准许——充斥全书，从而使得幽默变味的残忍？我们还是别把民族性牵扯进来。堂吉诃德时代的西班牙人对疯子、对动物、对下人、对不遵守规范的人，所表现的行为态度，在那个残暴又辉煌的年代和其他国家一样残忍。或者说，和后来更残暴但却不那么辉煌的年代相比也毫不逊色。在那些年代，所谓残酷性已经是张牙舞爪了。堂吉诃德在冒险途中遇见的一批用铁链串在一起的囚犯中，有一个偷牛贼，他已经被套上了枷锁，但书中提到这个细节的时候，似乎让人觉得是理所当然的，并没有什么可大惊小怪的，因为在古时候的西班牙或者古时候的意大利，就像在我们当代的集权国家里一样，用刑是很随便的——尽管在古代西班牙或古代意大利，酷刑更加公开地采用。在堂吉诃德的时代，西班牙人把精神失常看作是有趣的事（如克鲁奇所指出的），后来的英国人也是这样，因为他们常常到伦敦疯人院观光旅游。

《堂吉诃德》上下两部构成了一部以残酷性为题的货真价实的百科全书。从这个角度来考察，这部书是有史以来写下的最难以容忍、最缺乏人性的书之一。而且它的残酷性是具有艺术性的。那些杰出的评论家们，戴着博士帽、戴着法冠，大谈这部书幽默、仁慈地烘托出成熟的基督教气氛，大谈“一切都因充满爱和友好感情的仁慈举动而变得美好”[①]的幸福世界，尤其是那些大谈第二部某一个“和蔼可亲的公爵夫人”、“热情款待堂吉诃德”的评论家们——这些滔滔不绝地大谈特谈仁慈的专家们可能读的是别的书，或者他们是透过一层又一层的玫瑰色的薄纱来观察塞万提斯缺乏人性的世界的。有这样一个传说，说是在一个阳光灿烂的早晨，西班牙国王腓力三世（他本人也是一个当之无愧的谜，一五九八年继承了父亲即阴郁冷漠的腓力二世的王位）站在王宫的阳台上朝下望去，一个青年学生的古怪举动吸引了他的注意，只见他坐在一棵大橡树（栓皮槠属）树荫底下的长凳上，手中捧着一本书，一手使劲地拍打自己的大腿，一面尖声大笑。这个国王说，这个人假如不是一个精神错乱的疯子，那么他就是在读《堂吉诃德》。一个动作迅速麻利的宫中侍臣跑下去问个究竟。你们一定猜到了，这个人是在读《堂吉诃德》。

在腓力国王统治时期的阴沉的世界，到底是什么激发这个人一阵阵大笑不止呢？我罗列了一整套供这位快乐的青年学生挑选的使他乐不可支的事例。记住，我今天仅仅是从这一特殊的角度来考察这部书的；我们这位骑士的冒险经历中还有许多其他的故事，这些我要留待以后再说。因此，我们就从第三章开始，在这一章里，路边客栈的老板让一个形容枯槁的疯子在他的店里留宿，就是为了要取笑他，要叫所有住店的客人都来取笑他。然后我们在尖声大笑中继

① 纳博科夫此处引自贝尔的《塞万提斯》第12页。典型的引语是在第12页至第13页：“这种宽广的襟怀，其实是西班牙的典型特点，而在这一方面，也像在其他方面一样，塞万提斯是16世纪西班牙的真正代表人物，是任何时代的西班牙的真正代表人物。哈维洛克·艾里斯在描述塞万提斯的时候（‘他像乔叟一样仁慈可爱’）说，他是‘最典型的西班牙人’。无论是他的勇气，他的活力，他的毅力，还是他的宽宏大度，他的给人以快慰的幽默，他的宽大的博爱、敏感的自尊以及谦恭有礼的尊严，无不证明他是真正的西班牙人，真正的卡斯蒂里亚人。在他著作的几乎每一个场景、每一个章节都透露出愉快的坦诚和率真的笑声，不妨说还充满了快活。……各式各样的西班牙人出现在这些章节和场景中，是一群栩栩如生的人物；但是字里行间体现的总的特点，实属敏感、精明、麻利的民族的特点，即幽默和仁慈。”

纳博科夫注：“一个名叫赫伯特·J.C.格里尔逊爵士的人，一个非常滑稽可笑的人，写了一篇非常蹩脚的文章，《堂吉诃德：关于小说的特色及其影响的战时思考》，刊《英语协会》第48期（伦敦：1912），第4页。”——原编者注

续翻下去，那是一个壮实的农民用一根皮带抽打被剥光了上衣的男孩（第四章）。还是在第四章，那是一个赶骡的人朝着孤立无助的堂吉诃德不住地抽打，就像在磨坊里打麦子一样，我们笑得肚子都抽筋了。在第八章，几个旅行修道士的仆人抓住桑丘的胡子一根根地拔，并且毫不留情地用脚踢他，我们又一回笑得肚子都痛。多么骇人的放纵场面！多么紧张的恐慌场面！在第十五章，几个赶马运货的人拿起家伙把驽骍难得往死里打，打得它倒在地上跟死了一样——不过不要紧，过一会儿玩木偶的人又会让唧唧叫的玩具重新活起来。

即使堂吉诃德实际上并没有用上雪水和沙子混合的灌肠剂，就像一本写骑士的书里所说的那样，但是他也差不多已经到了这个地步了。同样是在第十五章里，像桑丘·潘沙那样要站却站不起来的极其痛苦的身体姿势①，又激起了一阵啲啲的欢笑声。到了这个时候，堂吉诃德已经失去了半个耳朵了——当然除了失去四分之三个耳朵之外，怎么也比不上失去半个耳朵来得有趣——好了，现在请留意一下他在一天一夜的时间里所挨的打：第一，用货囊支架打的伤；第二，在客栈的时候下巴挨了一拳；第三，黑暗中被乱揍一通②；

① “释放出三十声‘哦哦啊啊’，六十声唉声叹气，一百二十声各种各样的诅咒，把骗他们到这里来的那个人狠狠地咒骂了一通之后，[桑丘] 试着站起身来，但是刚想伸腰又停住了，像一把拉到一半的土耳其弓，接着就连把腰挺直的力气也没有。他非常艰难地总算将他那头驴备好鞍，因为他的驴那一天有了通常难得有的自由，乘机跑得远远的。然后他帮助驽骍难得站起来，假如这头畜生也有能力开口说话，大发牢骚，我们可以很肯定地说，它绝对不亚于桑丘和他的主人。”——原编者注

② “当他 [赶骡的人] 发现原来那姑娘是在拼命地挣扎着要脱出身来，而堂吉诃德却要使劲地抱住她，他这才明白，这一下玩笑开大了；他在他的头顶高高地举起拳头，朝这个正沉浸在爱之中的骑士瘦削的下巴狠狠地打下去，结果这个倒霉的骑士嘴角鲜血直流。这个赶骡的人觉得还不解恨，就纵身跳上骑士的身子，双脚踩得比奔马的马蹄还要快，从这一头到那一头来回踩踏。那张床本来就不怎么结实，四只床脚也不牢固，再加上赶骡人的重量，已经不堪重负，哗啦一声坍塌在地板上。这一声响动把客栈的老板惊醒了……

“……当他 [桑丘] 发现自己受到一个陌生的袭击者如此对待，就竭力坐起来与她打斗，于是一场你从来没有见识过的两个人之间最好看、最顽强的对打开始了。

“……于是赶骡人揪住桑丘狠揍，桑丘跟姑娘对打，客栈老板又来朝那姑娘狠抽；他们一齐拼命似的痛打，也不让自己有一刻的停息。这一场打斗最精彩的场面是，灯灭了，他们都投入了一片黑暗之中。接着，一场残酷的大战开始了，结果，不管是谁，身上都没有一块巴掌大小的好肉，一个个都浑身作痛。”（第十六章）——原编者注

第四，脑袋上被铁制风灯敲了一下。第二天早晨，天气晴朗，可是他的牙齿却大多没有了，那是几个牧羊人用石头砸的。翻到第十七章，戏谑变成了确实的狂欢，在这一章有有名的用毯子抛人这一场景，几个工匠——梳毛工和锉针工，书上说“他们都是性格快乐的人，没有一点恶意，就是调皮捣蛋，而且爱玩”——他们抓住桑丘，要拿他寻开心，于是把他扔到毯子上，朝空中抛起来，这是男人们在忏悔节玩狗的伎俩——随意中说到了仁慈、幽默的风俗。腓力三世国王注意的那个青年学生，看到第十八章又笑得肚子痛，因为堂吉诃德呕吐的时候喷了桑丘一脸，接着桑丘也呕吐，也喷了堂吉诃德一脸。第二十二章大木船上划桨的囚犯那一场景多好玩——又是一个有名的片段。堂吉诃德问其中一名囚犯，是犯了什么罪才落到这个不幸境遇。另外一个人替他回答道：“‘先生，这个人，’他说道，‘要去做金丝雀——那就是，去做音乐家，做歌手。’‘怎么，’堂吉诃德说道，‘难道音乐家和歌手也要到大木船上去划桨吗？’那划桨囚犯回答道，‘是啊，先生；再也没有比你倒霉的时候还唱歌更加糟糕的事了。’

“‘正好相反，’堂吉诃德说道，‘我听人家说过，唱歌的人会把悲伤赶走。’

“‘完全不是这么一回事，’那囚犯说道，‘因为唱过一回歌的人就要哭一辈子。’

“‘不明白，’骑士说道。

“然后其中一名押送囚犯的人作了解释。‘骑士先生，对他们这些有罪之人来说，倒霉的时候唱歌就等于酷刑之下认了罪。这名罪犯用刑了，认罪了，他的罪就是cuatrero的罪，也就是他做了偷牛贼，由于他认了罪，因此他除了在脊背上抽了两百鞭之外，还要判他在大木船上划六年桨；这么一来，大家只见他总是垂头丧气的，情绪低落，因为别的偷牛贼，就是那些回到他家乡的人和那些还待在这里的人，都虐待他，冷落他，戏弄他，蔑视他，他们这样对待他就因为他认了罪，就因为他没有勇气拒不认罪。他们都习惯说这么一句话，说不是与说是，写下来同样都是两个字母[①]，还说犯了罪的人是生还是死，完全取决于他自己说有罪还是无罪，并不取决于证人说他有罪还是无罪，也不必根据证据来判定，他的运气你说有多好；照我看来，这些人说的话是没有什么大错。'"[②]这就是我们的一些更加成熟老练的塞万提斯学者们所谓的幽默、仁慈的世界。

我们继续来研究这位青年学生为何哈哈大笑。造成肉体上痛苦的残酷性当然好笑，而造成精神上痛苦的残酷性也一样好玩。第三十章写到一个美丽的姑娘多洛蒂亚，她是塞万提斯学者们的宠儿；当然，多洛蒂亚这么聪明伶俐的一个人，不会不懂堂吉诃德的疯样子有哪些地方可以让大家乐一乐的。于是，多洛蒂亚见大家都在拿堂吉诃德寻开心，她也要参与其中，真不想做一个局外人。她真不想做一个局外人。聪明伶俐、活泼可爱、讨人喜欢的多洛蒂亚！

现在我们又要回到第四十三章着魔的路边客栈，即venta，而且这一章里还有一个场面，那也是要叫人读了以后一个个都乐不可支的。堂吉诃德站在马鞍上，目的是要能够得着铁栅栏窗，因为他心里想一个因失恋而痛苦的姑娘就站在窗口——而那个装扮失恋姑娘的年轻女仆，这时把堂吉诃德的手用桑丘那头毛驴的缰绳扎起来，她计算好了缰绳的长短，等到马一走动，缰绳正好拉着堂吉诃德，将他悬在空中，而且这样的姿势一直持续了两个小时，叫他不能上也不能下，没有一点办法，他心里只觉得糊涂，像一头老牛一样直喘粗气。这个时候那年轻女佣和客栈老板的女儿，可能还有成百万的读者，都在那里前仰后合地哈哈大笑，把肚子都笑痛了，这可能和十六个世纪之前一群人中的许多人一样，见到这些人的殉难的圣子口渴了水没有喝到，喝的原来是醋，于是就哈哈大笑起来。[③]

① 西班牙语“不是”即no，“是”即si，同样都是简简单单两个字母。

② 这一个场景的叙述纳博科夫略有引申，并且可能是出于自娱的目的，他用黑人方言重新整理了囚犯的话。——原编者注

③ 参看《新约·马可福音》第十五章，第三十六节。耶稣钉十字架时，旁观者中有人嘲笑说：“救救你自己，从十字架上下来呀。”（第十五章，第三十节）

路边客栈的那一个片断的结局是，堂吉诃德的朋友即堂区神甫和理发师终于将他捆起来，塞进了装在牛车上的笼子里，因为这两个朋友要把堂吉诃德送回家去，治好他的精神病。现在我们翻到小说第一部的最后一仗。这一仗就发生在第五十二章。在用牛车把堂吉诃德送回家去的路上，堂区神甫遇上了一个很有学识、脾气又和蔼的教士，于是两人就交谈起来，并且在路边坐下来摆好了野餐，把堂吉诃德也从笼子里放出来，跟他们一起野餐，为的是要让他们乐一乐，按照俗话说的，是要拿他寻寻开心。在大家都兴致勃勃野餐的时候，堂吉诃德卷入了同路过此地的牧羊人的争吵，他把一块面包朝牧羊人的脸上扔去。牧羊人起身要把堂吉诃德掐死，不过桑丘过来把牧羊人推倒在餐布上，救了他的主人，但是也把餐布上的吃的喝的都打翻了，都压烂了。堂吉诃德竭力要把牧羊人按在地上，而这时已经被桑丘踢得满脸血污的牧羊人，正伸手去抓餐布上的一把刀子。

我们要注意观察善良的教士，善良的堂区神甫，还有善良的理发师，记住那教士就是化装成神职人员的塞万提斯本人，记住那堂区神甫和理发师都是堂吉诃德最知心的朋友，他们都是很热心地要医治堂吉诃德的疯病的人。牧羊人抓起一把刀子，但被教士和堂区神甫阻止了，可是理发师帮着牧羊人把堂吉诃德又按倒在地上，他雨点似的拳头打在堂吉诃德的身上，结果骑士的脸上也和牧羊人一样，汩汩地流着鲜血。理发师这么做，我认为是为了寻开心。现在我们再来注意其他的人。教士和堂区神甫哈哈地笑个不停；公路上的巡逻骑警兴高采烈地手舞足蹈起来——大家都在为打斗的双方呐喊助威，就像人看见狗厮打在旁边怂恿一样。在这样一个人们熟悉的气氛中——什么都比不上在欢乐的大街上看到一条狗受尽折磨来得有趣——《堂吉诃德》第一部就是在这样一个气氛中结束的。我们的青年学生这个时候已经笑得站不起来了，实际上他已经从长凳上滑下来。我们就让他躺在地上吧，不过，这本小说还有第二部，读起来还会有欢快的尖叫声。

然而，听我说了这么多话之后千万不要认为，《堂吉诃德》上演的融合肉体痛苦和精神痛苦的交响乐，是一部只能在遥远的古代的乐器上才能演奏的音乐作品。也不要认为，如今，这些痛苦之琴弦只能弹拨出遥远的铁幕后的暴虐。痛苦仍然伴随着我们，仍然在我们周围，仍然在我们当中。我所指的不是微不足道的皮肉伤痛——尽管在痛苦历史上这些皮肉伤痛也有它的地位——如脑袋被撞了，肚子被踢了，鼻子被揍了，这些都是我们的电影和幽默连环画中的有趣特点。我心里想的是在最好的管理制度下的更加琐细的事情。在我们的学校里，偶尔发生模样怪异的孩子被虐待的事例，而虐待他们的人就是他们的同伴，就像乡绅子弟吉诃德被他的魔法师们恣意虐待一样；流浪汉，不管是黑人还是白人，偶尔会在胫骨上挨壮实的警察的一脚，那就像身穿盔甲的流浪汉和他的扈从在西班牙的大路上的遭遇一样。

现在我们翻到我们这部仁慈、幽默的小说的第二部。[①]与第一部的戏谑相比较，第二部书采用的精神上的表现形式方面，引人发笑的残酷性达到了一个更高、更残暴的程度，而在肉体上的表现形式方面，它的残酷性则跌到了一个难以置信的粗暴新底线。蒙骗性主线

① 在这个句子的下面是整整一页纳博科夫注明要删去的内容，原因可能是时间有限，他是这么写的："'在塞维利亚，有一个疯子，这个疯子的疯，表现出这个世界上从来没有见到过的那种最滑稽的样子来。'（科恩译本用的是'最古怪的'这个词，普特南译本用的是'最滑稽的'这个词——我主张后一个词。）塞万提斯在小说第二部的序言里是这么写的。1612年他在写小说的第59章，这时候他发现了——或者说他假装发现了——他的《堂吉诃德》所谓的伪造的续篇，那是一个神秘的、可能也是伪造的阿朗索·费尔南德斯·德·阿维兰尼达所写。这人出生在托德西里亚斯，在塔拉贡纳出版了他的《聪明的绅士，来自拉曼查的堂吉诃德，第二卷》。关于疯子的那一段文字引申成为一个寓言，强调说明了写一本像真《堂吉诃德》这样的好书的艰难——照作者的说法，那是不适合于那个叫阿维兰尼达的人去完成的工作。

"'在塞维利亚，有一个疯子，这个疯子的疯，表现出这个世界上从来没有见到过的那种最滑稽的样子来。'请读者做好准备，突然爆发的一阵欢乐会把你弹射到小说第二部的滑稽故事中去。塞万提斯接着写道，这个疯子会拿一根中空的芦苇，把一头削尖，然后在街上或者别的地方去抓一条狗；一只脚踩着狗的一条后腿，然后用手提起狗的另外一条后腿，接着将准备好的芦苇塞进去，往肚子里吹气，吹得它像一个皮球那样圆滚滚的。"——原编者注

变得更加地突出；施展的魔法和魔法师俯拾皆是。我准备要在魔法与魔法师们的旗帜下，在小说第二部描述的世界里游历。魔法与魔法师当然在小说的第一部也可以找到——桑丘捎带着一封意思被曲解了的信去交给并不存在的杜尔西内娅，他就已经把他的主人蒙骗了。实际上，这一骗人的手法是很难捉摸的，因为他撒了谎，欺骗了他的主人，采取的办法不是说他已经见到了公主杜尔西内娅，而是说他见到了名叫阿尔朵莎的埃尔托博索姑娘，但是实际上这个姑娘他连看都没有去看过。因此，我们务必要注意，在小说的第一部，是桑丘启动了杜尔西内娅魔法的势头，即，她从公主转化为一个具体的，也就是说一般化的乡村姑娘。

打开书的第二部我们就发现桑丘又在用同样的手法，着手他实施魔法的第二步。他想尽办法要让他的主人——到了这个时候已经成了被他欺骗的人——相信他们遇见的三个乡下姑娘当中（没有一个是阿尔朵莎）有一个是杜尔西内娅变的。

在第二部书的第八章末了，他们来到了埃尔托博索。堂吉诃德的目的是要在这里找到杜尔西内娅。不管是骑士，还是他的扈从，心中都暗自为她犯愁。堂吉诃德为她犯愁是因为一个非常模糊、非常秘密的疑问已经像云团一样，在他本来是清晰的疯子行为的天空中生成；而桑丘心中为杜尔西内娅犯愁是因为他从来没有见过她，可他却蒙骗了他的主人，致使他以为信已经转交给她了。那是第一部里写的。接着在第九章，他们在一条偏僻小巷里，在黑暗中一脚高、一脚低地摸索，寻找宫殿。桑丘提议，堂吉诃德到树林子里躲起来，让他自己去寻找杜尔西内娅。在小说第一部里杜尔西内娅被藏起来，那真是天才的笔触。塞万提斯现在会不会让她露面呢？

像在书的第一部里一样，堂吉诃德现在也写了一封信，派桑丘捎给杜尔西内娅，然而同样，桑丘也没有把这封信寄出。第十章有一段很有趣的描述："'去吧，小子，'堂吉诃德对他说，'见了你要找的那个艳丽的太阳，切不可被太阳的光芒照得头昏目眩。哦，你是世界上所有的扈从中的幸运儿！她是如何接待你的，务必牢牢记在心里，千万不可忘得一干二净。要留意，你把我的信交给她的时候，她的脸色有没有变红，要留意，听到我的名字的时候，她有没有焦躁不安，有没有心烦意乱。也许有这样的可能，你见到她的时候她正坐在奢华而具有皇家气派的氛围中，倘使是在这样的情况下，她也许身体就会靠在靠垫上；倘使她是站着的，你一定要弄清楚，她是不是两只脚轮流交替地受力。注意一下，她给你答复的时候，是不是会把话重复两三遍，还要注意她说话的语气从和气到严厉的变化，从刺耳到脉脉含情的变化。她可能会举起手来往后抚一抚她的秀发，尽管秀发本来就不乱。’”（这是一个非常动人的细节。）

桑丘骑着他的驴回来了。就在他翻身骑上驴背准备回去的时候，他看见三个农家姑娘骑着驴来了，于是他有了主意，心里定下了要采取的法子。等到他急急忙忙地来到堂吉诃德待的地方，他发现骑士在唉声叹气，发出一声声因爱而生的恸哭。

“‘怎么样，桑丘，我的好朋友？我该用一颗白的石子还是用一颗黑的石子来标明今天这个日子呢？’

“‘假如大人您，’桑丘回答道，‘用红的赭石来标明，那就更加合适了，就像教授椅子上的名单［可以授予学位的学士的名单］，以便让大家都看得清清楚楚。’

“‘那就是说，我认为，’堂吉诃德说道，‘你有好消息。’

“‘是好消息，’桑丘回答道。‘大人您现在要做的就是，骑上您的驽骍难得，冲出树林，跑到大路上，您就可以见到杜尔西内娅·黛尔·托博索本人了。她和另外两个姑娘来向大人您表示敬意。’

“‘……她和她的姑娘们一个个都是一身的珠光宝气，有金的，有珍珠的，有钻石的，有红宝石的，身上的锦缎绲边十条还不止。她们的长头发就好像一缕缕的阳光，洒在两个肩膀上，长发在风中飘拂。’”

堂吉诃德急忙骑马跑出了树林，但是就在他见到三个姑娘的那一刻，一阵奇怪的悲伤，一阵非常真实的悲伤，笼罩了心头，仿佛霎时问，在这关键的时刻，在他心里冒出了一个可怕的疑问：杜尔西内娅世上真的有吗？"'我什么也没有看见，'堂吉诃德明白地说，'我只见到三个姑娘，骑着三头公驴。'"然而，那个桑丘，他已经在她的面前曲起双腿跪下来。"他的两只眼睛真的要从眼窝里跳出来了，而当他注视着被桑丘叫做女王和夫人的那个姑娘的时候，她两个眼睛透露了深沉的苦恼；在她身上他观察到的就是一个乡下姑娘，而且还不是一个很漂亮的姑娘，因为她长着一张圆脸，一个又短又平向上翘的鼻子。她非常地惊讶，非常地茫然，因此他嘴巴紧闭，不敢说话。"但是在桑丘的一再催促之下，他渐渐地觉得，这个姑娘，冒着一股生大蒜的臭味，披一头暗红的头发，嘴角长着带有硬毛的黑痣，是在邪恶的魔法师符咒的作用之下的杜尔西内娅。他对她说道："哦，你拥有最宝贵的优点，你是人类完美的结晶，你是安抚一颗仰慕你而又备受折磨的心的唯一良药！残害我的邪恶魔法师蒙住了我的双眼，翳蔽了我的瞳仁，而且，为了蒙蔽我的双眼，仅仅就是为了蒙蔽我的双眼，他把你的绝伦美貌变成了贫寒的农家女的脸庞；因此我只能抱着希望而已，他并没有把我的面容变成一个怪物的丑态，让你憎恶。但是，话虽这么说，请你不要迟疑，请你温情地看着我，因为从我在你面前下跪这一毕恭毕敬的举动中，你可以看出，我这颗对你无限崇敬的心，怀着对你那变形的美的敬意。"

那个被称作杜尔西内娅的姑娘觉得自己被人取笑了一通，于是举起手中一头削尖的棍子在她那头蠢驴的肩上一刺，结果这畜生突然蹦跳起来，将她摔在地上。"堂吉诃德一见这情形急忙跑过去将她搀扶起来，而桑丘则在一旁手忙脚乱地把蠢驴的肚带抽紧，把鞍放平，因为这头蠢驴刚才的蹦跳，把整个鞍都蹦得滑到肚皮下面去了。两人忙完之后，堂吉诃德正想把他的着魔的情人抱起来安置在这头母驴的背上，还没有来得及伸手，那姑娘就从地上跳起来。她倒退了几步，然后跑上前去，两手搭在驴屁股上，纵身跳上了驴鞍，动作比鹰还要轻盈，然后两腿叉开，像个男人一样。

"'我的天哪!'桑丘惊叹道,'我们的小姐简直像一只鹰,比鹰还要轻巧,它可以去教最聪明的科尔多瓦人或者墨西哥人如何骑马。她只要纵身一跳,就可以从马屁股后面跳上鞍座,她也不要踢马刺,就可以叫她的乘骑马像斑马一样飞快地跑起来,但是她的姑娘们也不会掉队,因为她们一个个跑起来就像一阵风似的。'"①

从此以后,第二部通篇都说堂吉诃德心里直犯愁,不知如何才能解除杜尔西内娅的魔咒,让她醒悟:如何把面目丑陋的乡下姑娘再变回原先的美丽的杜尔西内娅,就是他朦胧中还记得的另外一个农家姑娘,是埃尔托博索的那个美丽姑娘。

另一个骗局:学士参森·卡拉斯科建议说,让他装扮成一个游侠骑士出发上路,到了一定的地方找一个借口与堂吉诃德吵一架,然后在打斗中将他击败。堂区神甫和理发师觉得这个主意很好,都同意了。这样一来他们就劝他回家去——然后让他在家里待上一两年,或者再长一点。事情非常地不巧,这一场格斗的结果是学士输了,被打得一败涂地。②堂吉诃德骑上马扬长而去,心里非常得意。

---

① 三个姑娘骑着驴走的时候,堂吉诃德望着她们的背影,"等到她们的背影消失之后,他转身对桑丘说道:

"'桑丘,'他说,'你现在明白了吧,那些魔法师是多么憎恨我的?……桑丘,我还要叫你注意一件事,那就是,他们把我的杜尔西内娅变丑了,但是他们不会就此罢休的,他们一定会把她变成像那个乡下姑娘那样粗俗和令人憎恶的人,同时还会剥夺她身上最具有出身高贵的女子特有的东西,就是她们身上的令人陶醉的香气,之所以有这种香气那是因为她们常有琥珀和香花相伴的缘故,因为我要让你明白,桑丘,在杜尔西内娅跳上她的照你的说法叫乘骑马的时候(不过我倒要说,好像是母驴不是马),她身上散发出来的气味是生大蒜的气味,这气味把我熏得头都发晕了,熏得我的心都中毒了。……'

"'……不过,桑丘,你跟我说说一样东西:这样东西就是你整理好放平的那东西,我觉得好像是一个驮鞍,到底是扁平的,还是它就是一个女鞍?'

"'既不是扁平的,也不是一个女鞍,'桑丘回答道,'而是一个鞍垫,加上一个赛马用的垫子,非常的讲究,它的价值简直够得上半个王国。'

"'哦,要是这些我都见到就好了,桑丘!我再跟你说一遍,我还要跟你说一千遍,我呀,我是一个最倒霉的人。'"——原编者注

② 学士用目测法留出了足够的场地然后掉转他的马,不紧不慢快步朝堂吉诃德奔去,他那匹老马也只能跑这么快。但是当他发现堂吉诃德并没有面向着他而是扶住桑丘让他爬上一棵橡树,因而没有留意他的举动,"于是他勒住了马,刚跑到半路就停住了脚步。他的马真是感激不尽,因为它再跑是怎么也跑不动了。然而,在另一方面,在堂吉诃德看来,他的敌人仿佛是在朝他飞奔而来,看到这一情况他用上浑身力气把踢马刺(转下页)

从结构的观点来看，两个骗局——一是桑丘欺骗堂吉诃德，致使堂吉诃德误以为杜尔西内娅是着了魔、中了魔咒，一是学士乔装打扮，摇身一变成了一个游侠骑士，按照自己单方面的瞎想去与堂吉诃德交手——这两个骗局就是小说整个第二部赖以站稳，或者因之跌倒的两条腿，必须是这两条腿。从现在开始，不管书中展开的是什么情节，这情节的展开的背景都将是堂吉诃德渴望最后解除杜尔西内娅的魔咒；而另一方面，人们也希望倒霉的镜子骑士，即那个遭到严重打击、身受重伤的学士，一旦可以稳坐在马鞍上，就重新上阵应战。于是，读者一方面观察故事的起伏跌宕、种种曲折变化，以及出现的各种人物，另一方面也会指望着杜尔西内娅的出现，指望着学士又会乔装打扮，假如作者认为有必要。学士一定将再次出场参加打斗并且成为胜利者；杜尔西内娅也一定将摆脱魔咒——但是她将永远不会再出现。

现在我们翻到了第二部蒙特西诺斯地洞这一片段，我准备要进行一番讨论。接着我还要剖析一下公爵夫人施行的魔法，以及公爵城堡里的一系列骗术。最后，我要你们注意本书的几个精彩段落——从艺术上补救这部书。

蒙特西诺斯这个名字取自骑士文学的一个人物，是所谓的“蒙特西诺斯歌谣”里的主角。（一个名叫默林的威尔士魔法师篡改了这些歌谣中的一些其他人物。）这个离奇的片段就在第二十二章、第

（接上页）顶住驽骍难得瘦削的两肋，迫使这畜生有史以来第一次，也是唯一的一次，奔跑起来，因为在所有其他的场合，小步慢跑已经是它的最高速度了。就在这种情况之下，面容抑郁骑士释放出一股从来没有听说过的怒火，朝着镜子骑士冲去。当时镜子骑士骑在马上，踢马刺一直顶到了头，可是就是没法劝动他的马移动半步，离开刚才突然勒住它叫它停住不动的地方。

“就在这个非常巧的好时机，正好他的敌人陷入困境的时候，堂吉诃德朝他冲过来，而这个时候那个骑士的马正好又不听从他的调派，而且他自己也根本没法子或者没时间去收起他的剑，但是，堂吉诃德全然不顾这一切。这一局面带来的后果就是，两个人发生了正面冲突，来势非常地凶狠，虽然他并不愿意看到这一情景，但是镜子骑士已经被撞得从马的一侧翻下身来，滚到了地上，由于落地非常地重，他倒在地上像死了一样，手脚一动也不动。”——原编者注

二十三章，以及第二十四章的头几页；后面几个章节好几处都又提到这个片段，整个事情还有一个续篇出现在第三十四章和第三十五章，书中写道，由于堂吉诃德已经向公爵夫人和公爵讲过地洞探险的事，因此公爵夫人和公爵利用了这一经历，以它为基础，精心编制了将堂吉诃德作为牺牲品的骗术之一。

蒙特西诺斯地洞这一片段被看作是对现实的妥协。作为一次冒险经历，这一片段在书中是独一无二的，因为它不仅是自己对自己施行魔法的一个例子，而且还是我们这位昏昏沉沉的疯子自己蓄意要对自己施行魔法的一个例子。但是，关于堂吉诃德到底是知道还是不知道他自己编造了整个事件，[①]这一点我们并没有十分的把握，不过，与这一事件中堂吉诃德当时的心情有关的几处描述倒是很有意思的。堂吉诃德决定要考察一个垂直的地洞，虽说是地洞，但是它也有可能是一个废弃的旧矿井，假如我们想根据实际情况来判断的话。由于地洞的洞口有无花果树和有刺灌木堵着，因此，堂吉诃德在腰上捆了千把英尺的绳子之后，拿剑斩断洞口的树枝。他让自己顺着洞往下滑。桑丘和一个青年学生两人一起放绳子。当

---

① 即使有点模棱两可但却是最明显的一个暗示，出现在第四十一章的末尾。书上写到桑丘正在详细讲述他骑着魔马克拉维雷诺的经历，他拉开一点包住眼睛的布偷偷看到了下面的情景。但是当他讲到飞到了摩羯宫，停下马，让它等在一旁，自己去与山羊玩耍的时候，堂吉诃德听了认为这不可能，因为他们还没有通过火带，不可能到达摩羯宫。桑丘听了这话很生气，说他说的故事是真的，两人你一句我一句，公爵和公爵夫人听得乐不可支，这一章是这样结束的："堂吉诃德朝桑丘走去，在他耳朵边悄声道：'桑丘，'他说，'假如你要我们相信你在天上见到的是真的，那么，在我跟你们说我在蒙特西诺斯地洞里见到的情形时，你也应该相信我，我说完了。'"在第二十三章，桑丘听了堂吉诃德的叙述之后，起先他很直截了当地说："您可要饶了我，老爷，假如我说上帝——我正想说魔鬼——会招我去，假如我会相信大人您说的话。"可是，他坚决地为他的主人的撒谎辩解，他说："默林或者那些魔法师们，把你说你在洞底下都看见的、还跟他们说过话的那一伙人，都念了魔咒，他们把你跟我们说的那些胡说八道的东西都装到了你的脑袋里，装在你的记忆里，还有那些有待今后再说的东西，都装到你的脑袋里。"桑丘的这些话堂吉诃德又坚决地否认了，但是，当他说到在女人中认出了杜尔西内娅和另外两个姑娘的时候，"桑丘·潘沙觉得自己要发疯了，要笑得昏过去了。他知道关于杜尔西内娅假设的着魔的真相，由于这个缘故，还因为他本人就是那个魔法师以及这一证据的编造者，因此，他现在毫无一点疑问地相信，骑士已经神志失常，完全是一个疯子了。"——原编者注

时他们已经放出去一两百英尺的绳子，然后是一片寂静。终于，堂吉诃德在香甜的酣睡中被拉上了地面。在第二十三章，他讲述了在地洞里降临到他身上的奇遇。在那些稀奇古怪的事情中，有一件事是，他在地洞里见着了杜尔西内娅。她仍旧处于受魔咒控制的状态，她跟其他两个农家姑娘四处奔跑——显而易见还是前一章桑丘说的那三个姑娘形象的反映。她在他的梦里的举止态度并不像杜尔西内娅公主，倒是像乡下姑娘阿尔朵莎，而实际上堂吉诃德在讲述整个事情的经过的时候，态度是很难捉摸的。在第二十四章的开头，他的人生经历的记录者说，他本人也不能认为堂吉诃德有意编造整个事情，是撒了谎——他，一个天底下最老实的人，不会撒谎。这个片段给堂吉诃德的个性增添了一分怪诞，而评论家们在地洞的渲染夸张的黑暗中，看到了与什么是现实，什么是真实这个问题的核心有关的一系列象征。但是，我倒倾向于把这个片段看作是塞万提斯给予着魔的杜尔西内娅主线的一个新花样而已，以便使读者觉得有趣，使堂吉诃德有事可做。现在剩下的问题是如何解除杜尔西内娅的魔咒。

公爵魔法

现在我们来讨论书中主要的一对凶恶的魔法师，那就是公爵夫人和她的公爵。本书的残酷性在这里达到了残暴的高度。公爵的蒙骗主线，占了小说第二部全部的二十八章，大约二百页的篇幅（从第三十章至第五十七章），而且另外还有两章（第六十九章和第七十章）写的也是同一个主线，于是，在这些章节之后，离全书的结束就只剩下四章，即大约三十页的内容了。我在后面还会解释，当中叙述的中断，即第一个系列的章节和第二个系列之间有一个十一章的空当，很可能是由于塞万提斯急于要处理自己生活中的魔法师，这就是正当塞万提斯写作他自己的第二部书的时候，一个神秘的作家出版了一本伪造的《堂吉诃德第二卷》。他在小说第五十九章第一次提到了伪造的续书。然后，塞万提斯又把堂吉诃德和桑丘送回了施行残忍折磨的屋子。

所以说，整个公爵片段占了小说整整三十章的篇幅，几乎是全书的四分之一。公爵主线从第三十章开始，因为这一章写到堂吉诃德和他的扈从走出树林子，在日落时分的氤氲气氛中看见了一群穿戴得金光闪烁的人。绿色似乎是作者最喜欢的颜色，而他们现在遇上的女猎手身上穿的是绿颜色的装束，骑的马也是绿颜色的披挂装饰。她读过堂吉诃德冒险经历的第一部，而且她和她的丈夫都很迫切地希望见一见书中的主人公，并且想捉住他，像老虎玩弄猎物一样好好玩弄一通。这个狄安娜[①]（要立即特别说明的是，她是恶魔狄安娜）和她的丈夫决定，对于堂吉诃德，不管什么要求他们都可以迁就满足，而且只要他跟他们待在一起，他们就给予他游侠骑士的待遇，包括骑士书上描述的一切惯常礼节，都可以做到；那是因为他们都读过这些书，而且非常喜欢这些书，这种喜欢是掩盖起来的，是幸灾乐祸的。

于是堂吉诃德掀起头盔的面罩，朝前走去，而就在他准备下马的时候，桑丘走过来，来替他主人扶住马镫；可是，事情非常地不巧，在他从他那头灰驴背上下来的时候，这扈从的一只脚被驮鞍的一根绳子紧紧地缠住，而且身体已经下来了，但是脚怎么也抽不出来，结果，他的整个身体倒悬着，脸和胸口贴在地上——仿佛受吊坠刑，即受刑的人被绳子缚住一脚倒挂着，不停地拉起来然后又放下，它的各种不同象征和诙谐模仿在这部小说里随处可见。“可是，堂吉诃德有个习惯，他下马的时候必须得有人替他扶住马镫，否则他就下不了马，而当时他以为桑丘已经在旁边站着，看好他下马，于是他将身子一歪，这时候整个身体，还有驽骍难得的马鞍，一定是没有系紧的缘故，一

① Diana，罗马神话中的月亮女神和狩猎女神。

起落了空，结果人和马鞍一齐摔在地上。不必多说，这一摔让他非常地丢面子，可是他只是咬着牙低声地骂桑丘，而桑丘也很倒霉，他的脚现在还缠在驮鞍的一根绳子上。”可怜的堂吉诃德原是应该将这件事看作是一个警告，一个预兆的；因为，这是一个不祥之兆，预示着一长串残酷折磨的开始。可是，“公爵一见这情形立即命令他手下看管猎犬的人来帮骑士和他的扈从一把，于是，他们过来把堂吉诃德扶起来。可是，堂吉诃德这一跤跌得不轻，不过，他努力撑着，一瘸一拐的，走上前来在这一对高贵的人面前跪下来”。有一位评论者考证后确定堂吉诃德的东道主是真实的人，他们是维拉赫摩萨的公爵和公爵夫人，然而，这只不过是一些塞万提斯研究学者所津津乐道的人情味那一套玩意儿其中一个例子罢了。实际上，恶魔狄安娜和她的公爵只不过是魔法师而已，他们都是总魔法师塞万提斯虚构的，仅此而已，岂有他哉。

在公爵的城堡里，公爵夫人赐予堂吉诃德一件用昂贵的红色料子制作的大披风。（这个细节让我很奇怪地想起另一个殉难者，也被赐予奢侈的衣装，还被称作国王，但是被罗马军人所耻笑。）①欢迎仪式场面的盛大让堂吉诃德无比惊讶；“其实，我们不妨说，这是他第一次真正地，完全地，以为自己真的是一名游侠骑士，而不是一名想象的游侠骑士，因为他在这里被给予的待遇，与他在游侠骑士的故事书里所读到的几百年前的游侠骑士的待遇完全相同”。他在餐桌上侃侃而谈，而公爵和公爵夫人，两个笑面虎，却在得意地哼哼并暗中盘算。

现在，塞万提斯开始编织一个有意思的图案。接着将会有一个双重魔法，即两套魔咒。这两套魔咒有时候重叠，相互结合，有时候它们按照各自的方式加以实施。有一个系列的魔咒是由公爵和公爵夫人详详细细策划的，并且由他们的仆人大致上是忠实地执行的。

① 纳博科夫的话让人想起了莎士比亚的《安东尼和克利奥佩特拉》。

然而，有时候他们的仆人主动提出创议，可能这是要让他们的主人感到意外，让他们大吃一惊，也可能是他们都抵挡不住要玩弄这个瘦削的疯子和十足的大傻瓜的诱惑。在这两套魔法交叉的时候，愚蠢的公爵和他的凶残的公爵夫人，有时候会感到非常意外，会目瞪口呆，仿佛他们自己没有想到这些或者类似的魔法。千万别忘记，魔鬼身上的秘密缺陷就是它的愚蠢。有过一两回他们这些仆人因玩得太过分而受到责备，同时又受到赞扬。而最后我们将很快会看到，这个恶魔似的公爵夫人亲自出马，积极参与魔咒的实施。

一连串残酷的恶作剧，从第三十二章态度一本正经的女仆把态度温顺的吉诃德的脸涂上肥皂开始。这个恶作剧是仆人们想出来的第一个玩笑。他们的主人们得知后都被弄得又好气又好笑，但又不知如何是好，是惩罚女仆的“放肆”，[①]还是奖赏她们把堂吉诃德涂了一脸的肥皂，弄成这个可笑样子，博得了主人的开心。我倒觉得，那个青年学生读到这里又把肚子笑痛了。然后，桑丘也在厨房帮工的手上遭了罪，因为他们把桑丘按在泔脚水缸里洗了脸，书上写到这里只见公爵夫人笑得喘不过气来。这件事发生之后，公爵夫人用嘲弄的态度对桑丘关怀备至，仿佛是把他当作宫廷里的小丑，而公爵则答应派他到一个大陆岛上去当总督。

堂吉诃德和桑丘两个人一直都提防着，唯恐被魔咒念中，可是没想到现在不知不觉之间落入了魔法师的手中——魔法师不是别人，竟是公爵和公爵夫人！“听着堂吉诃德和桑丘的谈话，”我们的译本这样写道，“公爵和公爵夫人找到了极大的乐趣，而且，由于他们比原来更加急于拿这两个人来开几个带一点冒险经历的玩笑”，于是他们就利用前已叙述过的片断，这个片断说堂吉诃德探寻仿佛矿井模样的地洞，而且他在地洞的深处做了一个奇妙的梦。公爵夫人和公爵现在决定将堂吉诃德向他们讲述的蒙特西诺斯地洞里的有关细节作

① 在一条后来删去的旁注中，纳博科夫写道：“我喜欢此处用的‘放肆’这个词。”——原编者注

为他们的出发点，把他们构想的一个必定是非同寻常的骗局付诸实施。注意，不管桑丘曾编织什么样的魔咒，现在都已淹没在这大魔法之中了；尤其让公爵夫人乐滋滋的是桑丘头脑的单纯，因为他现在真的相信，杜尔西内娅已经着了魔，尽管我们知道是他本人策划了整个事情。

于是，在一个星期之后，那些仆人们该做的每一件事都吩咐停当，公爵夫人和公爵接着便带堂吉诃德一起外出狩猎，后面跟着大批随从，有专门看管猎犬的，有负责驱赶林子里的猎物的，一行人浩浩荡荡，仿佛他是国王。桑丘倒了大霉，而堂吉诃德却愉快地出行打猎，并且他追击一头野猪，与人一起将它刺杀了。接着又是一场公爵和公爵夫人戏弄堂吉诃德的骗局。当时空气中烟雾迷漫，这对公爵和公爵夫人实施心中的计策，可以说是帮了大忙。黄昏刚过，就在夜色降临之时，霎时间仿佛整个树林着了火。（记住，这是堂吉诃德人生的日落时分，万物都映照在金灿灿和绿茵茵的怪诞光彩之中。）过了一会儿，四面八方，各个地方，响起了一阵阵喇叭声和战斗的号角声，仿佛许多的骑兵奔驰而过。然后又传来一阵阵像摩尔人冲锋的时候发出的那种呐喊声，还夹杂着嘟嘟的喇叭声，号角声，隆隆的鼓声，制造出一片疯狂持续的嘈杂声。（我再说一遍：注意，公爵和公爵夫人对自己的创造发明往往会荒唐地感到吃惊，那是因为那些仆人们骗术提高了，要不就是因为他们自己确实也是疯子。）在这一片人人惊恐的气氛中，一个穿戴得像魔鬼的马车左马驭者过来了，举着一个巨大的号角吹着，于是大家又一片寂静。在公爵询问的时候，“传令兵回答道，‘我就是魔鬼，’说话的声音非常的可怖。‘我是来看望来自拉曼查的堂吉诃德的。你们现在看到的这些人就是六支魔法师队伍，他们带来了美貌无双的杜尔西内娅·黛尔·托博索。她现在还在魔咒的作用之下，并由英勇的法国人蒙特西诺斯陪同。他们是要来禀告堂吉诃德，她，就是上面说的那位小姐，怎样才能解除魔法。’”

杜尔西内娅一定要回到堂吉诃德的身边，假如——接着的笑话就伤筋动骨，非常残酷了——假如桑丘同意脱光裤子，在屁股上抽打三千鞭子。公爵听了这个条件之后说，要是不打屁股的话，那你就做不了大陆岛总督。整件事情是非常原始、非常粗鲁、非常愚蠢的玩笑，如同魔鬼开的所有的玩笑一样。真正的幽默来自天使。“公爵和公爵夫人回到了城堡里，而他们此时心中的目标是将这个已经开了一个好头的玩笑进行下去，因为再没有什么别的重要事情能比完成这件事情给他们带来更大的乐趣了。”这就是所有这几个涉及公爵和公爵夫人的章节内容的精髓——对于一个玩笑，以及紧接着设计第二个同样残暴的玩笑，心中怀着的幸灾乐祸的得意。

愁容女总管这一个片断（自第三十六章至第四十一章）我不准备多讨论，不过我就简单说一点，这就是，根据这个愁容女总管的故事所说的，一个叫马拉姆布鲁诺的魔法师将两个恋人一个变成了猴子，一个变成了鳄鱼，而且“只有等到来自拉曼查的勇敢的骑士一对一地与我［马拉姆布鲁诺］交锋，这一对鲁莽的恋人才可以恢复原来的人身，因为，正是考虑到骑士的英勇气概，命运才为他保留了这段前所未闻的冒险”。此外还有关于空中飞马的描述，而且这匹马将载着堂吉诃德飞向遥远的坎大亚王国，因为那里就住着那两个恋人。“这匹马飞起来的时候靠它额头上的木栓引导方向，因为这个木栓就像马勒，而且它在空中飞过的时候速度非常地快，仿佛是魔鬼在驮着它飞。

“……马拉姆布鲁诺，运用他的诡计，控制了空中飞马，骑着这匹马长途旅行，因为他一直不停地在世界各地到处游历。他今天还在这里，而明天就到了巴黎，后天已经在波托西[①]了，而空中飞马的最大优点是，它既不吃，也不睡，更不必替它钉马蹄铁。虽然它没有翅膀，

① Potosi，南美洲玻利维亚南部城市。

但是它可以在空中平平稳稳地遨游，平稳得骑手端着的满满一杯水，决不会泼出一滴。……”这是一个老故事。类似的飞行机器见于《一千零一夜》，马脖子上也有一个导向的木栓。

愁容女总管和她的其他侍女们也被施行了魔法从而神秘地长出了胡子，而假如堂吉诃德能够成功地把两个恋人从魔法中解脱出来，那么，愁容女总管和她的侍女们也能够让胡子消失。胡子主线在书中起着一个奇怪的作用（回想一下在公爵片段一开头的洗胡子），而且这个主线似乎在小说第一部就开始了，因为最初提到的是刮胡子——所有这一切都跟理发师有关，与堂吉诃德的头盔有关，因为他的头盔就是理发师的洗头的铜盆。

木马克拉维雷诺搬出来了，堂吉诃德和桑丘（后者非常不情愿地）骑上木马，并且被蒙上了眼睛。“骑士动了动木栓，而且他手刚一摸到木栓，侍女们和在场的所有其他的人都开始朝他们大声喊叫起来：‘愿上帝为你指路，英勇的骑士！愿上帝保佑你，无畏的扈从！啊，啊，你们正在空中飞奔，比飞镖跑得还要快！地面上的那些人都在仰望着你们，都惊呆了！’”堂吉诃德和桑丘两人你一言我一语交谈起来，他们都以为自己是在空中飞着，尽管实际上他们骑的马仍旧在地面上放着，一步也没有移动过。骑士警告桑丘说：“‘别抱得这么紧，要不然你会把我推下去的。你这么紧张、这么害怕，真是毫无道理，因为我可以发誓，我生下来到现在这一辈子，还从来没有骑过这么平稳的马呢。好像我们就在原地一动也没有动过。我的朋友，打消你的恐惧，因为事实上一切都顺顺当当的，我们屁股后头风都很大了。’

“‘说得也是，’桑丘回答道，‘我这边的风很大，好像有一千副手动风箱朝我吹。’

“桑丘的话一点都不假，因为他说的这么大的风真是有许多的风箱在鼓风。这件激动人心的事情，整个都是由公爵、公爵夫人、公爵宅邸的男总管共同精心策划的，每一个细小的关键环节都没有疏忽，做到了万无一失。

"'毫无疑问，桑丘，'堂吉诃德说道，他也感觉到了吹来的风，'我们一定是到达了第二重天了，这里是产生飞雪和冰雹的地方；雷电发生的地方那就要到第三重天了，所以说，我们假如用这样的速度再往上飞的话，我们很快就要到达火焰天了。我也不知道怎样去控制木栓，免得飞得太高让火焰把我们烧焦。'

"就在他说这个话的时候他们感到脸上有一点发热，而实际上这个热是从很容易点燃又很容易扑灭的短麻屑上来的，短麻屑就缚在芦苇秆的一端，离他们有一点距离。……

"这两个勇敢的骑手的对话，公爵和公爵夫人都听见了，他们都觉得非常地好玩；为了要把这一场激动人心、精心策划的好戏演得完全像真的一样，他们拿了几截短麻屑点着了克拉维雷诺的尾巴。因为木马肚子里本来就装满了能够引爆的烟火，这时立刻听得轰的一声响，木马爆炸了，把堂吉诃德和桑丘抛在地上，差一点没有把他们烧焦。"这时候宣布了一个消息，由于堂吉诃德接受了这一次的冒险经历，他已经达到了原先的要求，因此，马拉姆布鲁诺已经把两个恋人的魔咒解除了，同时解除魔咒的还有长出胡子的侍女们，这都是默林的命令。极端的愚蠢——整个事情真是极端的愚蠢。要而言之，公爵宅邸仿佛是一个实验室，堂吉诃德与桑丘这两个可怜的人在这里被做了活体解剖的试验。

在第四十二章，"由于这一次苦恼人的冒险经历的结果非常成功，非常好玩，公爵和公爵夫人实在是非常满意，因此他们下定决心要把这个玩笑继续开下去，因为谈到把想象当作现实全盘接受下来，他们觉得手中的试验对象是再合适不过了。所以，他们吩咐他们的仆人和随从们，在桑丘前去管理答应让他做总督的那个大陆岛的时候，应该注意对他的举止态度。接着他们在第二天通知了桑丘……要他准备动身，前去赴任，因为岛上的百姓就像盼望五月的及时雨一样，盼望他的到任"。堂吉诃德对于桑丘到任之后如何办事提出了劝诫。他的指示十分的普通老套，都是参照模仿古书里的类似的名人名言；但是，把他在如何施政的劝诫中说到的仁慈，[①]拿来与对他施行暴行的人的残忍行为作一个对照，则非常令人惊讶。桑丘届时到任，那是一个大约一千人居住的村子，也是公爵领地里最好的村子之一，村子外有围墙环绕。凭着桑丘的好记性，他用事实证明，在他所提出的意见方面，他就是一个所罗门，是绝顶聪明的。

我将暂时放下我对于公爵魔法的追溯研究，要把你们的注意力转移到涉及伟大艺术的一个问题上来。我认为塞万提斯在写作这部书的时候一直是在采取最简易的办法，避难就易——然而突然间故事长出了一对非同寻常、非同一般的翅膀。艺术有办法超越理性的

---

① 堂吉诃德是这样开始他的劝诫的："桑丘，我的朋友，我真心诚意地感谢上苍，命运之神竟然在我遇见她之前就与你不期而遇。我曾寄希望于好运，以便让我有能力回报你为我做的一切，然而，我才刚开始奋斗，而你，却走在时间的前面，并与一切合乎情理的期望相反，已经让你的愿望实现了。……在我的眼里看来，毋庸置疑，你是一个大傻瓜。你既不会跟着旭日早早起身，也不会忙到深夜，因为你不是一个勤奋的人，然而，就因为和游侠骑士整天在一起，每日给予你谆谆教诲，你没有花多大精力，就做了大陆岛的总督，仿佛这是一件无所谓的事情。

"我说这些话，桑丘，目的是要让你知道，你切不可把你得到的这一切恩惠归功于你自己的本领。切不可如此，相反，你应该感谢上天的行善，除此之外，你还应该感谢游侠骑士这个行当本身固有的潜力。你把你的心态调整好了，信了我刚才跟你说的这些话之后，你还要好好听听，小子，好好听听我，当今的加图［译者按：大加图（Marcus Porcius Cato，公元前234—公元前149），古罗马政治家、军人、著作家；小加图（Marcus Porcius Cato，公元前95—公元前46），前者之曾孙，古罗马政治家、军人、斯多葛派哲学家。］，我会给予你劝诫，做你的指路的北斗，在你出发远航在即将把你吞没的恶浪滔天的大海之时，指引你到达平静的港湾；这是因为，重任与厚望无非是困扰与混乱的深渊。……

"……决不可听从专制武断之法，它只受到愚昧无知之徒的欢迎，因为他们要炫耀自己的聪明。愿穷人的眼泪能比富人的表白博得你更多的同情，是更多的同情而不是更多的公正。透过富有的人的诺言和礼品，如同透过贫困的人的哭泣和祈求一样，从而揭示事实的真相。在事关公平问题之时，不可对有过失的人用法律的严厉来对付，因为严厉的法官的声望并不高于仁慈的法官的声望。倘若公正之杖要弯曲，切不可以因一件礼品之故，而是出于仁慈的考虑。……

"假如一个有罪之人是处在你的司法权之内，切记他也是一个不幸的人，因为他屈从了堕落的人性的欲望，并且还要切记，只要在不至于伤及另一方的情况之下你自己可以办得到的，你就要表现出宽厚与仁慈；因为尽管上帝的各种属性都是同等的，然而在我们看来，仁慈比公正更灿烂。"［译者按：正如莎士比亚《威尼斯商人》第四幕第一场波西娅所说："仁慈带来双重福分；／仁慈给赐予者以福也把福给予接受者。"］——原编者注

界限。我想要向你们提出以下这个观点：倘若这部小说不包含将读者温文尔雅地领进或推进永恒与无理性艺术的梦幻世界的片段与章节，那么，它早就因它的流浪汉与无赖冒险故事的情节有意逗引的笑而死亡。于是——在小说第二部，在第四十章前后，桑丘终于得到了那个岛屿。在小说的第四十二章和第四十三章，作者写到了桑丘出发前往就任大陆岛总督之前，堂吉诃德给予他的劝诫。堂吉诃德心里十分清楚，对于他本人来说，他的扈从与他相比低下到什么程度，但是比他低下的人倒是发达了；而他，一个主人，不仅被剥夺了最终的梦想，即要将杜尔西内娅解除魔法，而且，他已经开始走上奇怪的衰退之路。他经历过恐惧。他经历过贫困的昏暗。就在胖乎乎的桑丘正前往那富饶的岛屿的时候，瘦削的堂吉诃德，仍然与他踏上他的漫长而——现在回顾当初情景——令人沮丧又愚蠢的历险之初，处于同样的境况。他对桑丘的谆谆告诫，主要关注的，即便不说是唯一关注的（正如一位优秀的西班牙评论家所提示我的）是，这些教诲不过是要把他自己的威信提高到他发达了的手下人之上的手段（第二〇五页）。

我们必须记住，堂吉诃德是他自己的荣耀的创造者，是这些奇特事情的唯一制造者；而在他的灵魂深处，他记着充满幻想的人最惧怕的敌人：疑惑之蛇，即他的探险是幻想这样一个蛰伏的意识。从堂吉诃德谆谆告诫桑丘的这些话里听出来的意味，会在人们的脑海里勾勒出一个年迈、寒酸、默默无闻的诗人的形象，他一辈子孜孜不倦，却一事无成，然而他面对他身强力壮、普普通通、性格外向的儿子，却给予意味深长的教诲，告诉他怎样才能成为事事一帆风顺的管道工或者飞黄腾达的政治家。在第四十四章，也就是我提及本书富有艺术性的梦幻成分的时候心里记着的那一个章节，桑丘不在了，他已经去赴任当总督，只留下堂吉诃德一人，还在那可怖的公爵宅邸里，那是与他的幻想对照的现实存在。在这座公爵宅邸里，每一处塔楼都隐藏着利爪，每一个锯齿状的东西都是毒牙。现实世界比堂吉诃德还要堂吉诃德：桑丘走了，而堂吉诃德却非常奇怪地独自待着。于是出现了突然的寂静，那是令人抑郁的、深沉的停顿。哦——我知道，塞万提斯急匆匆地告诉读者，比较粗俗、缺乏教养的读者——是的，读者先生，滑稽可笑、胖乎乎的扈从，你最喜欢的小丑是走了，但是"桑丘走了之后，听听就在那同一天的晚上发生在他主人身上的事情，而假如发生在他主人身上的事情不能让你开怀大笑，那么至少听了他的情况也会叫你像猴子一样露齿一笑；因为堂吉诃德的历险定能让人吃惊，或者也定能让人欢乐"。实际上，那些猴子似的读者很可能会跳过我现在就要说的至关重要的段落，他很可能会跳过去，目的是要快一点翻到所谓叫人笑痛肚子而实际上是残暴的、野蛮的，从根本上说是愚蠢的小铃铛与猫咪的片断。①

桑丘已经走了，而堂吉诃德却非常奇怪地独自待着，于是，突然之间他感到心头充满了奇怪的孤独感与思念，但是这种感觉又不仅仅是孤独感，不仅仅是毫无目的的怀旧勾引起的渴望。他晚餐后回到了他的卧室，仆人一概不许进入，而且，他把门锁上之后，就借着两支蜡烛的光亮开始脱衣。他孤独一人，但是卧室的窗帘仿佛并没有遮住故事的窗，因此，我们可以穿过窗的木栅栏，看到他一边慢慢脱下、一边仔细观察的颜色鲜绿的长袜子有一线光亮——正如同读着另外一个故事，因为那个故事里，怪诞与抒情的交织也颇有些相似，那就是果戈理的《死魂灵》。在那部书中我们会在午夜瞥见一扇灯火通明的窗，和一个做着美梦的房客拿着一双锃亮的新皮靴，在没完没了地欣赏。

但是堂吉诃德的长袜根本就不是新的。哦，糟糕，堂吉诃德人生经历的叙述者，看着左脚那只袜子已经断丝的几个针脚，长叹了一

① 纳博科夫评论道："真可惜，维京便携版塞万提斯作品的节译本，这一段以及其他重要段落都删节了。我提醒你们节选本都要不得。"[译者按：小铃铛与猫咪片断见第四十六章]——原编者注

声，因为这只袜子外表看上去已经像格子细工活。因贫困而感到的苦恼[1]与他整个低落的情绪交织在一起，于是他最后还是就寝，心情闷闷不乐，感到非常沉重。仅仅是因为桑丘走了，袜子断了丝，他就会陷入如此般伤心（sadness）——西班牙文所说的soledad、葡萄牙文所说的saudades、法文所说的angoisse、德文所说的sehnsucht、俄文所说的toska——境地之中吗？我们心中疑惑——我们心中疑惑这样的情绪是否还有更深的原因。记住，堂吉诃德的扈从桑丘是他的疯的精神支柱，是他的妄想的支撑，可是，堂吉诃德现在却非常奇怪地成了孤独的人。他把蜡烛吹灭了，但是天很热，他睡不着。堂吉诃德从床上起来，把格栅窗拉开一点，望着窗外月光如洗的花园，这时他听见了女人在说话的声音——特别是公爵夫人的女仆阿尔蒂西朵拉的声音。她是个年轻的姑娘，还是个孩子，但是在操纵这个场面以及其他场面的极端残忍的阴谋中，她扮演的角色是一个失恋少女，痴恋拉曼查最勇敢的骑士。

正当他站在格栅窗前的时候，外面传来一阵阵轻轻弹拨的弦乐声；这乐声深深地打动了堂吉诃德的心。此时，在这弹拨的乐声中，在这美的折磨里，他的思念，他的孤独感，全然化解了。也许杜尔西内娅根本就不存在，这样的内心的暗示，这样的朦胧的怀疑，现在与实在的乐曲、实在的歌喉一对照，就被暴露在外了；当然，这实在的歌喉也欺骗了他，正如同对于杜尔西内娅的美梦欺骗了他

---

① 此时塞万提斯插入了堂吉诃德人生经历的假设叙述者锡德·哈米特·贝尼盖利富有激情的大声疾呼："哦，贫困啊，贫困！我不明白是什么激发那伟大的科尔多瓦诗人称你是一个'神圣的，不领情的赠予。'……你为何要踏着绅士和出身高贵的人的足迹，而不跟随其他人的脚步？你为何又要迫使他们穿打补丁的鞋子，而同时，他们上衣的纽扣有的是丝做的，有的是头发做的，有的是玻璃做的？为何他们的轮状皱领都是皱痕而不是用熨斗烫成整齐的褶边？……

"……听我说，可怜的人对于体面是如此的耿耿于怀，以至于认为他鞋子上的补丁远远的就可以看到，而且他还为礼帽上的汗渍、破烂的披风、咕咕作响的肚子而烦心，总觉得这些都一样地看得清清楚楚！"贝尼盖利继续说道，堂吉诃德"眼睛望着长袜的断丝的时候，心里却在想着这些问题。……这漏丝的袜子他甚至真想用别的颜色的线来补，要是这样，那才是一个绅士在漫长而寒酸的人生道路上所能表现的贫困的重大标志之一。"——原编者注

一样——然而，至少可以说这歌喉是实际存在的少女的歌喉，而且是非常动听的歌喉，而绝非第一部里相貌平平的妓女即玛丽托恩斯的声音。他之所以被深深地打动，是因为所有这一切无数的类似奇遇——木栅窗、花园、音乐以及求爱——他在那些现在变得非常奇怪的真实的骑士书里所读到的一切历险——带着新的影响又回到了他的脑海里，他的梦想与现实交织在一起，而且他的梦想丰富了现实。小姑娘阿尔蒂西朵拉的歌声（带着实在的卷舌音），就在身边荡漾，就在花园里，无论在现实中，还是在心底里，这歌声一时间变得比只有贫乏的幻觉所造成的语音无力、口齿不清的杜尔西内娅·黛尔·托博索的幻象更加生动。但是，他的天生的谦虚，他的纯洁，一个真正的游侠骑士的光荣正直，所有这一切实际上比他的男人的理性还要强有力——听完花园里的歌声，他啪的一声把窗关上了，而且他此刻的情绪比先前更加地低落——“仿佛，”塞万提斯说道，“他遇上了非常倒霉的事，”于是，他回去就寝，把花园交给扑灯的飞蛾，交给低吟的女声，把富饶的大陆岛交给他那满面红光的扈从。

这是一个写得非常好的场景——是迎合想象、传达的比实际包含的要多的那些场景之一：梦幻，渴望，瘦削，丢弃在地板上的他那破烂的绿色长袜，现在已经关上的木栅窗，闷热的西班牙的夜晚，而这闷热的夜晚从此以后在三百年的历史长河里，将成为一切语言富有传奇色彩的散文和韵文的源泉，还有五十岁的堂吉诃德，他用一个妄想去战胜另一个妄想——忧郁，苦恼，被小姑娘阿尔蒂西朵拉的低吟的乐声所吸引，并为它所激励。

再回到实施残酷折磨的屋子。第二天夜晚，堂吉诃德自己找了一把诗琴，他要唱一支他自己写的歌，而他写这支歌的目的是想叫阿尔蒂西朵拉不要再爱恋他，因为他忠于杜尔西内娅，“就在这时，他们从他卧室窗子上方的回廊上放下一根绳子，绳子一端拴着一百个小铃铛，然后他们又从一个大布袋里放出尾巴上系着小小铃铛的一布袋猫咪。铃铛哗啦啦的响声是如此地嘈杂，猫咪的叫声是如此地尖利，即使这个玩笑是公爵与公爵夫人想出来的，但是他们见了这一切，也还是被吓了一大跳。至于堂吉诃德，他已经吓得发抖了。事情也真巧，偏偏有两三只猫，从他卧室的窗口跳进了室内，而且进了卧室之后就从这一头窜到另一头，这一来，房间里仿佛放进了一群魔鬼。就在几只猫咪东窜西跳寻找逃出屋子的办法的时候，在屋子里亮着的蜡烛灯被扑灭了。……

“堂吉诃德跳起来，拔出了剑，朝着窗格栅砍起来，一面叫喊着：‘出去，可恶的魔法师！出去，变巫术的暴民！你们可要明白，我是拉曼查的堂吉诃德，你们的邪恶图谋对堂吉诃德是不管用的！’

“然后转身面对在室内乱窜的猫咪，[堂吉诃德] 对准它们一下下地刺去，可是它们朝窗口蹿去，一跃就跳出了窗外——只剩下一只，因为它见自己如此般遭受堂吉诃德的剑的攻击，便跳到他的脸上，用爪子和牙齿抓住了他的鼻子，他痛得高声大叫起来。公爵和公爵夫人，他们听到这高声大叫，已经猜到出什么事了，于是急忙赶到他的卧室，拿他们的万用钥匙打开了房门，只见可怜的骑士拼命地与猫搏斗，要把它从他脸上拉下来。

“……但是那只猫就是不停地尖叫，仍旧抓住他的鼻子不放松；还好公爵总算把猫拉下来了，随手扔出了窗外。堂吉诃德的脸被猫抓得到处都是伤痕，简直像筛子一样，而他的鼻子已经不成样子了；然而，尽管如此，他还是一脸的不高兴，因为他们没让他亲手结束与那卑鄙无耻的魔法师之间的艰苦搏斗。”在另外一局与折磨他的人的遭遇中，就是那一晚，在堂娜 · 罗德里格斯为了洗刷她女儿的冤屈，来寻求他的帮助的时候，在蜡烛掉在地上屋内一片漆黑的混乱中，公爵夫人本人在他身上使劲地拧了好多下。

在这期间，桑丘在大陆岛上担任总督也是治理有方，可是终于有一天，他的戏台上的敌人入侵岛上的小城，这是要在倒霉的桑丘身上玩弄的最后一场把戏。注意，公爵和公爵夫人在折磨的过程中并没有到场，然而，他们从后来讲述给他们听的故事里，获得了所有他们想获得的乐趣。假想的城市保卫者呼吁桑丘要武装自己，并带领他们参加战斗。尽管桑丘非常害怕，但是他说：“看在上帝的面子上，那就把我武装起来吧。”他们把两个盾牌捆扎在一起，一个挂在他胸前，一个背在他身后，这样，他既不能弯腰，又无法动弹转身，可是他们要他去带领村民参加战斗。接着一场战斗上演了，在战斗中他孤立无助地倒在地上，人人都从他身上踩过。他们最后把他身上的盾牌解开的时候，他已经昏厥了。最后他苏醒的时候问是什么时候了，他们告诉他，天已经亮了，还说敌人已经被打败了。他没有再说一句话，在鸦雀无声的气氛中，开始穿衣，而旁边的人在观望，等着弄明白为什么他要这样急急忙忙地穿上衣服。这一片寂静使人不由得想起专门欺负一个又胖又弱的男孩的一群强横霸道的小学生，而在这个时候，桑丘默默地从地上爬起来，擦了擦脸。然后，因为疼得无法快跑，他一步一步慢慢地朝马厩走去，身后跟着那些旁观的人。一走到马厩，他抱住他的灰驴，亲切地说了几句话，整理了一下驮鞍，而旁观者中没有一人说一句话。然后，他非常痛苦地、非常吃力地爬上驴背，对这些人说：“让开点，先生们，让我回到我原先的自由里去。让我回去寻找我过去的生活，这样我就可以从我目前的死亡中复活。”——一句几乎带有普鲁斯特口吻的话。在这一个场景里，桑丘透露了尊严，透露了慢慢地产生的伤心，与他主人的表现出忧郁的情绪相仿。

第五十七章开首写道：“到了这个时候堂吉诃德已经感觉到，像他在城堡里过的这种整日无所事事的生活，他还是不要再过下去为好；因为他认为，把自己这样封闭起来，与外面的世界隔绝，享受公爵大人和夫人给予他的游侠骑士的待遇，过着养尊处优、骄奢舒适的生活，这样做是犯了一个极大的错误。他仿佛觉得他过着这懒懒散散、与世隔绝的生活，应该给老天一个交代；于是，有一天，他请求公爵和公爵夫人准许他告辞。他们答应了，同时他们又表示他们感到非常地惋惜，将不得不让他走。”在到巴塞罗那去的途中发生的几件事情与堂吉诃德结识的大土匪罗凯·吉纳特有关。在他的安排之下，堂吉诃德和桑丘被介绍到了巴塞罗那他朋友那里，要让他朋友们开心开心。到了巴塞罗那，罗凯的朋友堂安东尼奥·莫雷诺来接他们；堂吉诃德与桑丘跟着堂安东尼奥进城的时候，几个小男孩钻进人丛里，提起驽骍难得和灰驴的尾巴，将一大把荆豆草（一种多刺植物）塞在尾巴下面。两头畜生遭了刺，痛得又是跳又是蹬，把骑在背上的人摔倒在地上。那些在商业性牧马骑术表演时就喜欢观看踢蹄蹬腿的马——绑了有刺激作用的特别肚带疯狂蹦跳的老马——的人，见这情景一个个大笑不止。

到了巴塞罗那，又一个和蔼可亲的魔法师盯上了堂吉诃德。堂安东尼奥是“一个既富有又精明的绅士，喜欢拿人寻开心，但没有恶意，而且态度和蔼。他把骑士领回自己家之后，就开始寻找一个不伤人的法子，定要叫他表现出他的性格特点”。因此，他做的第一件事就是把堂吉诃德的盔甲卸下来。脱去盔甲之后，他身上只穿麂皮紧身上衣。然后，堂安东尼奥把堂吉诃德领到俯视城市街道的阳台上，这样聚集在下面的人，甚至还有小孩子，就可以见他一见。于是，堂吉诃德丑态百出地站在阳台上，只见下面的小孩子张大嘴巴盯着他瘦削和令人伤心的身影——只差一个荆棘编的冠冕了。[①]那天午后，他们带着他骑马外出，穿一件又厚又重的大衣，“而在这个季节穿上它，就算是冰也要出汗的”。在这件大衣的背后缝了一块羊皮纸，上面写了几个大字“我是国王——”对不起[②]——**“我是拉曼查的堂吉诃德”**。从他们出发那一刻起，这一张羊皮纸标语就吸引了所有前来围观的人的注意，而骑士他自己也非常吃惊，居然有这么多的人睁大

① 典出耶稣钉十字架的时候给他戴的用荆棘编的冠冕，见《新约·约翰福音》第十九章第二节至第五节。后来荆棘编的冠冕引申为“苦难”与“冤屈”之意。

② 纳博科夫说“对不起”是接着上文耶稣钉十字架前总督的士兵给他戴的“荆棘编的冠冕”，这些士兵然后说：“欢迎，犹太人之王！”见《新约·约翰福音》第十九章第三节。

眼睛注意着他，并且叫得出他的名字。于是，他转身对在他身边骑着马的堂安东尼奥说："游侠骑士这个职业的特权有多么了不起，因为它使得从事这个职业的人，在天下各个角落都有人知道，都出名。要是您不相信我说的话，堂安东尼奥大人，大人您只要看一看这个城市的年轻人就明白了，因为尽管他们从来没有见过我，但是他们都认得出我。"

后来，在一个晚会上，手脚笨拙而又疲惫不堪的堂吉诃德拗不过两个爱恶作剧的女人的纠缠跳起舞来，而且最后由于实在太疲劳，情绪太消沉，他在女人们一片欢快的尖叫声中，在舞厅中央的地板上坐下来，于是，态度和蔼的堂安东尼奥见这个殉难者身上再也榨不出什么乐趣，就打发仆人把他抬到床上去。

然而，公爵与公爵夫人觉得还没有玩够，又来找堂吉诃德和桑丘。于是，在第六十八章，他们派了武装骑手来找他们两人，带回去再在他们身上找一些乐趣。公爵的武装骑手在乡村小路上找到了没精打采的一对人儿，而且，他们又是威胁，又是怒骂，把他们两个一齐带到一座城堡，而堂吉诃德认出来，这是公爵的城堡。骑手们下了马，两个人一人一个，把堂吉诃德和桑丘夹在腋下，来到了城堡内的院子里。"院子里插在火把座上的将近一百个火把冒着熊熊的火焰，而院子邻近的回廊里点着五百多盏的灯，里外照得通明。……院子的中央筑起了一个大约两米高的灵柩台，台上有一个巨大的黑丝绒棺罩遮盖，在通向这个灵柩台的台阶上，一百多支白蜡烛插在银制蜡烛台上，泻着青光。就在这个灵柩台上，躺着一个姑娘的尸体，因为姑娘十分可爱动人，甚至死亡本身也是美丽的。她的头枕着一个织锦的花枕，头上戴着一个用各种各样的香气扑鼻的鲜花编织的花冠；姑娘的两手交叉地放在胸口上，两手之间是一支象征胜利的黄棕榈树叶。"她就是阿尔蒂西朵拉，装扮成一个没有生气的美人，即睡美人。

在院子里举行了盛大的典礼，又唱了一支歌，扮作拉达曼堤斯和弥诺斯的两个人物还发表了演说，[①]这时，里面传出话来说，阿尔蒂西朵拉可以被解除魔咒，并且起死回生，只要人们打桑丘的耳光，拧他的脸。这个家庭的六个照看女孩的年长侍女一齐进了屋，而在堂吉诃德的请求下，桑丘同意让这些侍女和家庭的其他成员都来打自己的耳光，“可是，叫他忍受不了的是要用针在他脸上刺。等到要用针来刺的时候，他气愤地站起身来，抓过插在身旁的一个点着的火把，朝着那些侍女，以及别的折磨他的人，挥舞起来，并且大声喊道：‘给我滚开，你们这些地狱里来的人！我的身子不是铜铸铁打的，这样的折磨谁受得了！’

“然后，阿尔蒂西朵拉由于仰躺了很长时光，一定是累了，转了一下身，这时候站在旁边的人看到了这个动作大叫一声，仿佛是异口同声地，说，‘阿尔蒂西朵拉活了！阿尔蒂西朵拉没有死！’拉达曼堤斯命令桑丘不要再怒吼了，因为他们的目的现在已经达到。”那天晚上在堂吉诃德和桑丘睡着的时候，塞万提斯套上阿拉伯历史学家锡德·哈米特的丝织面具，说道：“他个人的意见是，取笑人的人跟玩笑的受害者是一样的疯，在公爵和公爵夫人机关算尽拿傻子取笑作乐的时候，实际上他们离自己成为傻子的距离连两个指头都不到。”刚才讲述的那个片段的第六十九章标题是“堂吉诃德整个人生历程最奇怪最非同寻常的遭遇”。人们似乎有这样的印象，本书作者认为，舞台上的排场越大，跑龙套的越多，服装越艳丽，灯光越耀眼，国王与王后等等人物越多，对读者（就像对今天的影迷一样）来说，历险就越是激动人心。

这里还要说说最后一个骗局。桑丘在黑暗中抽打山毛榉树要让他的主人相信，他是自己在鞭打自己，因为这鞭打可以把杜尔西内娅身上的魔咒解除——让他相信实际上解除魔咒所需要的鞭打次数已经完成了，在这黑乎乎的夜色里，在某个地方，杜尔西内娅现在的

---

① 据希腊神话，拉达曼堤斯（Rhadamanthus）是宙斯（Zeus）和欧罗巴（Europa）之子、克里特岛国王弥诺斯（Minos）的兄弟，因生前主持正义，死后成为阴曹地府的三判官之一。

确正在被解除魔咒。一颗星星，一片映红的天空，一种渐渐加深的胜利感，渐渐加深的成就感。我要你们注意，这一回抽打山毛榉用的鞭子，仍旧是前两次施行魔法时用的同一根驴子的缰绳——第一部的第二十章，就在缩绒机那次历险之前，桑丘用驴子的缰绳对驽骍难得施了魔法，此外，第四十三章路边客栈的女仆玛丽托娜斯把堂吉诃德悬挂在窗口时，桑丘又用驴子的缰绳对驽骍难得施了魔法。

历史编写者主线，杜尔西内娅，以及死亡

历史编写者主线

你们还记得，我在讲稿的开头列举了与本书结构有关的十个问题或者叫做十种手法。这些手法中有的手法，例如塞万提斯对于歌谣的引用，还有民间谚语的引用，或者他的文字游戏，只能顺便提及，因为我们不可能通过隔了一层的翻译触及原著的文字——不管翻译如何出色。其他的一些方面，我们也逗留了几分钟，例如，本书的对话艺术，以及书中关于大自然的近乎诗意的、俗套形式的描述。我曾要求你们注意这样一个事实，即在文学的发展过程中，对于感官环境的个性化描述落后于对于人物谈话的个性化描述。我还比较详细地讨论了小说中的插入故事和田园牧歌主线，要求你们注意多个叙述层次，注意在一个特定地方聚集人物的一些原始形式。骑士书主线花了我们不少的时间，而且我还努力证明，《堂吉诃德》书中找到的怪诞成分并非与他所读的讲述骑士精神的传奇故事毫不相干。

接着我相当详细地讨论了蒙骗主线，而且在这一题目的讨论中，我强调了该书的残酷性因素。在我看来，在我们这个冷酷的时代，可以拯救我们世界的少数几种办法之一就是从痛苦中解放出来，就是完全地、永久地禁止任何形式的残酷行为，在我看来，在这样的情况之下，我要你们注意本书中所谓的玩笑的残酷性，是完全正当有理的。我还指出，把我们这部令人痛苦的、野蛮的书，看作是富有同情

心和幽默的作品的范例，完全是一种不正确的态度，是一个站不住脚的判断。我才刚试图揭示文学所关注的问题中唯一真正至关重要的一个问题——艺术激发的神秘的兴奋感，美学快感的影响。于是，今天要解决的我们所列举的结构问题中，就只剩下一个了——我称之为历史编写者主线。

在小说第一部的前八章，塞万提斯称自己是正在修订某个匿名人士撰写的人生经历的人，他所做的工作是堂吉诃德称为一个“富有智慧的魔法师”的工作，“不管你是谁，”堂吉诃德接着说道，“总之，编写我个人历史的任务就落到了你的身上！”在第八章的结尾，堂吉诃德朝一位夫人的随从出击，而他是一个比斯开人，在小说里我们看到他举着剑，准备要挡开堂吉诃德剑的进击。然而，非常令人遗憾的是，塞万提斯说，我们只能就说到这里为止，因为这个匿名历史就到这里结束了，同时，我也无法找到有关堂吉诃德个人丰功伟绩的任何其他材料。

在关键时刻中断故事的叙述这一手法，当然是骑士传奇故事采用的很常见的手法，而塞万提斯是在模仿这一手法。因此我们要注意，历史编写者一号是一个匿名的历史编写者。

在第九章，塞万提斯扮演的角色是一个困惑的编纂者，他现在必须从事他自己的研究。“事情似乎难以想象，而且与过去一切典范相违背，”他说道，“如此值得尊重的一名骑士竟然没能找到一个文书来承担记述这些闻所未闻的丰功伟绩的工作；因为，在过去的游侠骑士身上从来没有一个发生过这样的事情，俗话说得好，他们外出探寻奇遇，是因为他们每一个人都有一两个记录者，仿佛随时都可以听从召唤，不但记录他们的丰功伟绩，而且描述他们的所思所想，描述他们可爱的缺点，不管这些思想、这些缺点藏得有多深。因此，拉曼查的善良的骑士自然不应该如此倒霉，竟然会缺少普拉蒂尔[①]和别的

① Platir是16世纪葡萄牙作家弗朗西斯科·德·莫雷斯（Francisco de Moraes）（转下页）

像他一样的骑士都富有的东西……而且……即使没有人将他的经历用文字记载下来，这些历史也应该留在他的村子以及邻村善良的人们的记忆里。这个想法让我颇有点迷惑不解，而且比以往更加想要了解关于我们这位有名的西班牙人堂吉诃德，关于他的生平以及他的丰功伟绩的真实故事，全部情况，因为堂吉诃德是拉曼查骑士精神的光荣和典范，是我们的时代和那些多灾多难的年代里，第一个投身到游侠骑士的艰难困苦和磨炼中去的人，并且是第一个为了洗雪冤屈、为了解救寡妇、为了保护少女而四处奔走的人。……

"倘若我提及这些事情，这理由是，在这些方面以及所有其他方面，我们的英勇豪侠吉诃德值得我们永久铭记在心，永远赞美，而我也不应该被剥夺了应有的一分赞扬，因为我兢兢业业、勤勤恳恳地全身心地投入到了寻找这部令人愉快的记述的结局之中。"

塞万提斯自己说是机缘帮了他的忙，还说在托莱多的一个集市上，偶然看到一部阿拉伯文的手稿，有好几册，或者说有好几包。书稿的作者是一个摩里斯人，即一个西班牙摩尔人。这个人从包头巾到脚指头都是塞万提斯创造的，他的名字叫锡德·哈米特·贝尼盖利，是阿拉伯历史学家，他在书的扉页上这样写着。以后塞万提斯就要套上这个面具发表言论。一个会说西班牙语的摩尔人，他说道，在一个半月不到一点的时间里替他把全部手稿翻译成了卡斯蒂里亚语。这又是一个常用的手法——手稿被发现了——而且这一手法会被作家们一直沿用到十九世纪。塞万提斯还说道，手稿的开首还有一幅画，画的是堂吉诃德与比斯开人之间的两剑的对峙——他们两人形象的描绘完全与第八章结束时的情景一样，他们两个人都举起了手中的剑，如此等等。注意他们两个人在那紧急关头停住不动的姿势的描绘，现在是多么清晰地变成了一幅画。故事又从这里继续

（接上页）写的骑士传奇故事《英格兰的帕默林》中的二等骑士。帕默林故事分八卷，写的是君士坦丁堡国王帕默林·德·奥利瓦（Palmerin d'Oliva）以及他的后裔的丰功伟绩与爱情故事，英格兰的帕默林在第六卷中。

说下去，这幅画活了，打斗接着进行——就像拍摄足球赛的影片停住不动了，然后画面又动起来。

塞万提斯轻松愉快地运用这些熟练的手法，这一点与他本人在一六〇三年至一六〇四年间的实际情绪是很不一致的。他当时一直在紧张地写作，写完之后没有再读一读，写之前也没有一个计划。贫困困扰着他小说第一部的写作。贫困加上恼怒，产生了小说的第二部，并于十年以后出版，因为在塞万提斯的小说第二部的写作过程中，他还不得不对付现实生活中的魔法师，而且这个魔法师与他创造了去折磨他创造的主人公的魔法师一样地残忍，并且这个魔法师比他创造了去记录他所创造的主人公的丰功伟绩的严肃认真、能言善辩、一丝不苟的历史学家更加活跃；不过我们不要把这个问题考虑得过早了。于是，在小说的第一部，如果不把塞万提斯包括在内，我们有两个历史学家，一个是前八章里的匿名的历史学家，一个是小说其余部分说到的锡德·哈米特·贝尼盖利。

塞万提斯还采取措施保护自己，就像后来的作家所做的那样，这就是诉诸他所翻译的历史的权威，以及诉诸这样的一个事实，即，这部历史的摩尔人作者的身份确保了这部历史不会对其西班牙主人公夸大其词："即使有人对于这个［故事］的真实性提出异议，那也只能是说，作者是一个阿拉伯人，同时，这个民族以有撒谎习气著称；然而，即使他们是我们的敌人，我们也很容易这样理解，他们与其说可能给这部历史任意添加材料，倒不如说他们可能会贬损这部历史。不管怎么说，我认为是应该这样理解的；因为，每当他可以并且应该拿起他的生花之笔赞美如此值得尊重的骑士之时，这部历史的作者似乎要竭尽全力将事情悄悄地敷衍过去；所有这一切在我看来都是作者的败笔，是恶意为之，因为，严谨、诚实、不带偏见应该是历史学家的职责，而且，无论是兴趣，还是惧怕，还是仇恨，还是爱慕，都不应该影响他们，使他们偏离真实性之路，因为有真实性才有历史，因为历史是时光的敌手，是行动的储存库，是往昔的见证，是当今的榜样与参谋，是未来的顾问。我可以肯定地说，想要获得阅读之愉悦所需的一切，在这部著作里都可以找到；倘若这部著作还有哪一方面的欠缺，我认为这责任在于作者心地之狭窄，而非题材之无聊。”

在小说的第二部，作者采用了又一种手法。一个新出现的人物，一个名叫参森·卡拉斯科的文学士，对堂吉诃德说，尽管他外出流浪回来时日只过了一个月（塞万提斯对于书中细节的不一致从来不多加考虑，而是像变戏法一样蒙混过去），但是，堂吉诃德的历险奇遇的故事，即，由贝尼盖利著述、塞万提斯修订的我们小说的第一部已经出版并拥有广大的读者。按照卡拉斯科的说法，读者在书中找到了不少的错误，而针对这些错误的讨论也非常的有趣。我没有时间详细地讲解这些问题，而只想指出一点，即塞万提斯竭力要解决在西埃拉莫雷纳，桑丘的灰驴到底有没有被人偷走这一莫名其妙的问题。堂吉诃德对于所有这一切的反应，应该仔细留心。

接着说说小说第二部前面，在第十四章，卡拉斯科扮作镜子骑士（反射，以及反射的反射一直在书中闪烁不停）——乔装打扮的狡猾的卡拉斯科当着堂吉诃德的面宣告：“最后，她 [他的恋人卡西尔蒂娅·德·班达丽娅] 命令我骑马走遍西班牙各省，还要强迫我所遇到的每一个游侠骑士承认，她是当今世上最漂亮的女人，而我是这世界上能找到的最倾心的战士。为了要实现她的要求，我已经走遍了这些王国的大部分土地，征服了许多胆敢对我违抗的骑士。但是最值得我骄傲的是一仗就被我打败的那个骑士是一个有名的乡绅，他就是拉曼查的堂吉诃德；因为我逼得他承认我的卡西尔蒂娅美貌超过他的杜尔西内娅，于是，我将他打败之后，我觉得我就征服了天下所有别的骑士，因为就是这个堂吉诃德本人把所有的骑士都打败了。因此，我打败了他之后，他的声望，他的光荣，以及荣誉都将接收下来，转移到我的身上。……于是，这个堂吉诃德的无数丰功伟绩就记载到我的功劳簿上，而实际上这些全都是我的功绩了。”实际上，他本应该补充一句，由于骑士的光荣就是他本身，因此，我就是堂吉诃德。于是，我们的真堂吉诃德与这个反射的堂吉诃德之间的搏斗，在某种程度上，就是堂吉诃德与自己的影子的搏斗；而在与卡拉斯科的这第一场打斗中，我们的人胜了。

现在，一件很奇怪的事情即将发生。就在塞万提斯创作据说完成了他这本书的写作的魔法师之时，就在这本书里的堂吉诃德与源自描写骑士精神的传奇故事里的魔法师发生冲突之时，塞万提斯——真作者——突然要面对所谓的现实生活里的一名魔法师。于是他将利用这一情况作为给读者带来乐趣的特殊手法。

塞万提斯创作了他的阿拉伯历史学家。而所谓的“现实生活”创造了一个傲慢自大的阿拉贡人，他偷走了我们的游侠骑士。就在塞万提斯还在写作堂吉诃德历险奇遇的第二部书，并准备在一六一五年（耽误了一些时间之后）出版的时候，伪作“第二部”在西班牙北方的塔拉贡纳印刷出版，并可能在塞万提斯小说第一部十年期版权到期的时候，即一六一四年九月二十六日，在市场上发行。这部伪作第二部的作者署名“阿朗索·费尔南德斯·德·阿维兰尼达”，这个名字几乎肯定是笔名，而关于他的身份的问题至今仍然没有解决。塞万提斯在小说第二部的前言与第二部的别处所说的关于他的话，还有内在的证据，都可以表明这个人是一个中年阿拉贡人（出生于托德西里亚斯），是一个职业作家，比塞万提斯更深切了解教会的事务（尤其是那些与天主教多明我会有关的事务），此外他还是剧作家洛佩·德·维加（《堂吉诃德》正式出版之前，他就不喜欢这部书）的热情而怀有妒心的羡慕者，而塞万提斯对于维加，在他小说的第一部里却恶毒地挖苦过一两回。关于这个人的真名有过不少提示。这些名字我不准备讨论。谁都可以去猜想。一代又一代的塞万提斯研究者们通过回文构词法或离合诗的手法，试图要在伪作《堂吉诃德》开卷最初几行字里找出藏着的阿维兰尼达的真名。我们还是别去理会这样的隐晦暗示，说什么塞万提斯的曾祖母的名字叫做胡安娜·阿维兰尼达，有的人还说什么伪作《堂吉诃德》是塞万提斯本人所写，显然是为了要在他署名的第二部书中方便地运用一个新手法——他自己的人与阿维兰尼达书中的人相遇。我再说一遍，谁也不知道阿维兰尼达到底是谁，而且他的风格与塞万提斯的风格不同，材料不够翔实，语言更加直截，描述更加简洁。

在阿维兰尼达的续书里，堂吉诃德—— 一个平庸、扁平的堂吉诃德，全然没有原作那位乡绅的梦幻般的魅力，没有那样哀婉动人——出发前往萨拉戈萨，去参加身穿盔甲的马背比武。陪伴他的是一个相当善良的桑丘。你们应该记得，在第一部的结尾作者写道，真堂吉诃德在书中描述的历险之后，已经到萨拉戈萨去了。而塞万提斯在他的第二部里让他的主人公出发往北朝萨拉戈萨而去，一路跋涉，直至他在一家客栈听见几个人在议论假堂吉诃德和他的萨拉戈萨奇遇记。堂吉诃德听说这一情况之后，怀着鄙视的情绪决定不去萨拉戈萨，而是改道去巴塞罗那，以免与那个幽灵似的窃贼走同一条路线。还有一个细节：在伪作续书里，堂吉诃德不再爱杜尔西内娅，他把精神恋爱转移到了丑陋的芝诺比娅女王[①]身上。她是一个做牛肚生意的商贩，卖香肠，还开一家小餐馆——名字叫巴巴拉·比拉洛勃斯，是一个胖大的女人，目光迟钝，嘴唇很厚，脸上有一个疤，年纪五十。

真小说第二部里的公爵主线，非常奇怪地搬到了阿维兰尼达的续书里——我认为这样的巧合有赖于一个文学的惯例——不过我们在阿维兰尼达的书里的确读到一个类似的大公，叫堂阿尔瓦罗，而且他也像公爵与公爵夫人一样，拿堂吉诃德来给自己取乐。但是，总的说来，与塞万提斯相比，阿维兰尼达的态度更加温和，更加仁慈。但是，有一点是不正确的——如塞万提斯更狂热的爱好者所说——说什么阿维兰尼达的书绝无价值可言。这个说法是错误的，绝非毫无价值，相反，他的书给人以清新泼辣的感觉，书中有许多片段绝非在

---

① Zenobia（？—274），罗马帝国属下叙利亚的巴尔米拉（Palmyra）女王（267—272）。

我们这部书的一些粗俗场景之下。[①]

塞万提斯将如何结束这一系列的堂吉诃德奇遇记？有一个遭遇是肯定要出现的，有一个人是肯定要和我们的人碰面的。在戏剧里这叫做la scène à faire，即一定会发生的场景。

真小说第二部，读者从头至尾提心吊胆地觉得，文学士卡拉斯科，躲在幕后的一个地方，在与堂吉诃德对峙的第一仗中重重地摔了一跤之后，现在正在逐渐恢复，并且非常急切地想要再与他见面打一仗。不管堂吉诃德遇上什么事，无论是在路途中，还是在魔洞里，还是在公爵城堡里，还是在巴塞罗那，堂吉诃德仿佛是——我要用一个很难听的字眼——在缓刑期内。这只是一个暂时喘息时期而已，卡拉斯科随时都会出现，装扮得光彩夺目，一身装束呼啦啦地响，明亮闪烁，他会在路上截住堂吉诃德，打击他，玩弄他，直至他的死亡。而这正是书中发生的事情。在第六十四章，卡拉斯科又来向堂吉诃德挑战，他过去叫镜子骑士，现在换了伪装，改名叫银白月亮骑士。他受到两股完全对立的力量的驱使：一股是邪恶的力量，渴望复仇；一股是善良的力量，即最初的意图，那就是要迫使堂吉诃德退出，乖乖地回家，不再当什么游侠骑士，至少在一年之内洗手不干，或者是等到他治好了病再说。

现在仔细听好我说的话。堂吉诃德的历险我们已经读了这么多了，大家都极度地兴奋，所以我们要放松一下我们自己的想象。于是，我似乎觉得，塞万提斯写到最后一场决斗场面的时候，他没有理

① 另一方面，纳博科夫在原来试写、后来又做了记号略去的一页纸上说到桑丘离开了他的主人，投靠一个管他吃管他花的富有的贵族，而堂吉诃德则上了一心寻找要征服的敌人的堂阿尔瓦罗的当，最终在托莱多一家疯人院结束他的游侠骑士的生涯："他被关进了疯人院，治愈了，离开了疯人院，不久又疯了，走遍了古老的卡斯蒂里亚，找到了许多的荒诞历险。他没有找桑丘做自己的随从，而是找了一个装扮成男人的孕妇做自己的随从。后来她生下一个孩子，他非常地惊讶，怎么也没有想到。到了一家客栈他把她交托给可靠的人，自己又上路，改名叫苦难骑士（Caballero de los Trabajos）。这就是阿维兰尼达的续书的最后一页——毫不奇怪，塞万提斯毅然决然地决定杀了他的主人公，而不愿让他打着假旗号，带着一个孕妇在全西班牙到处走。在某种程度上说，阿维兰尼达应该对我们的堂吉诃德的死负责。"——原编者注

解他自己几乎已经提出来的观点。我似乎觉得他在经过一番思考之后，心目中已经构思了并且确立了一个原是可以与伪装的卡拉斯科的镜子性质相吻合的高潮，因为卡拉斯科也叫做像月亮一样的镜子骑士[①]。我来给你们提醒一下，第二部开头，在第十四章，卡拉斯科在第一次心怀敌意地与堂吉诃德对峙的时候，曾经说过他打败了另外一个堂吉诃德之后，自己就成了堂吉诃德了。另外一个堂吉诃德是谁？卡拉斯科说自己是堂吉诃德那似乎不是一个真堂吉诃德。我似乎觉得，塞万提斯错失的机会就是他本来应该抓住他自己丢失的那个线索，并且在最后一场打斗中，堂吉诃德应该与阿维兰尼达的假堂吉诃德相遇，而不应该与卡拉斯科对决。故事读到现在我们遇到的都是熟悉假堂吉诃德的人。我们都在等假堂吉诃德的出现，就像我们都在等杜尔西内娅的出现一样。我们都渴望阿维兰尼达带出他的人来。假如不是写在草草收场的、含含糊糊的最后一仗中与伪装的卡拉斯科对峙，而且卡拉斯科三下两下就把堂吉诃德打翻在地，而是写真堂吉诃德与假堂吉诃德之间的一场决战，那场面会多么地壮观啊！在这一场想象的决战中谁会是胜利者——是古怪、可爱的天才疯子？还是粗野庸人的象征即骗子？我的赌注会押在阿维兰尼达的身上，因为往往妙就妙在生活中庸人比天才更幸运。在生活中把真正的勇武拉下马的正是骗子。而既然我是在空想而已，那我就来补充说一句，我对于书的命运很不满；化了名去写一部假的、伪作续书，去迷惑真实原作的读者，会是艺术技巧上窃取的光辉的小放异彩(a little moonburst)[②]。阿维兰尼达原是应该在镜子的掩护下成为塞

---

① “像月亮一样的镜子骑士”（纳博科夫手稿这样写）这个说法中的“像月亮一样”是后来加上去的，这句话原来是这样写的，“镜子骑士，而现在叫银白月亮骑士，这是魔法师手中的镜子，不知你们是否明白我说的意思”。——原编者注

② 纳博科夫不愧是一个语言学家，他根据英语sunburst（乌云散去见太阳，这时的太阳自然是大放异彩），造了一个词moonburst。云雾散去月亮露了脸，但是月光当然不会光芒四射，因为正如莎士比亚在《雅典的泰门》第四幕第三场中所说，“月亮是个名副其实的偷儿，她的惨白的光是她从太阳那里夺得”；“惨白的光”原文作pale fire，纳博科夫有一本长篇小说与此同名。

万提斯的。

杜尔西内娅

现在我们来总结一下我们所了解的杜尔西内娅·黛尔·托博索。我们知道，杜尔西内娅这个名字是堂吉诃德凭空想象的；但是我们也从他以及他的随从那里知道，在离他自己村子几英里远的地方有一个叫埃尔托博索的村子，就住着他的公主的原型。我们听说，在书里的现实中，她的名字叫阿尔朵莎·洛伦佐——而且她是一个漂亮的农家姑娘，是一个腌猪肉的内行，也是打麦场上的能手。仅此而已。由于堂吉诃德以及他的创造者对于绿色的偏爱，他让这个女子有了翡翠色的眼睛，这绿眼睛也可能像她的花哨的名字一样，是堂吉诃德凭空想象的。我们还了解一些什么？桑丘说的关于她的情况我们自然不会加以考虑，因为他编造了故事，说什么他把他主人的信交给杜尔西内娅了。但是，关于她的情况，桑丘十分了解—— 一个体格强壮的姑娘，高大，结实，说话声音洪亮，爱哈哈大笑嘲弄人。在小说第一部第二十五章，在桑丘即将要送信给她的时候他对他的主人说："我可以告诉你，她可以跟全村力气最大的小伙子抡铁棒比高下。我要高呼万岁，上帝创造了这样的一个人，她真是一个健壮的姑娘，身体非常的棒，不管发生什么事，她都能顶着，要是哪一个游侠骑士要动她的脑筋，她都能对付，还以颜色！妈的，她力气多么大，说话声音多么洪亮！……最让人佩服的是，她从不假装正经；她跟谁都相处得很好，总是有说有笑的。"

我们在小说的第一章就了解到，堂吉诃德过去曾经爱上过阿尔朵莎·洛伦佐——那当然是精神恋爱，但是这件事包含的意思似乎是，在过去的日子里，每当他路过埃尔托博索的时候，他心里就赞美这个漂亮的农家姑娘。因此，"他似乎觉得，她就是他应该给予他内心的恋人称号的那个人。他希望给她起一个名字，但是这个名字切不可与他的名字不相称，而且这个名字还要让人联想起一个公主或者一个贵妇人；于是，他决定把她叫做‘杜尔西内娅·黛尔·托博索’，因为她就出生在埃尔托博索这个地方。这个名字他听起来非常地悦耳，不落俗套，很有意义，就像他给自己起的名字一样地好听。”在第二十五章，我们了解到，在他爱慕她的这十二年里（他现在大约五十岁了），在这十二年里，他只见过她三四回，而且，他从来没有跟她说过话；而且实际上，她也没有注意到，他是在看着她。

也就在这一章里，他告诫桑丘说：“同样道理，桑丘，至于我对杜尔西内娅的迫切需要，那是说她对于我的价值，就和天下出身高贵的公主一样地宝贵。诗人歌颂由自己起名的心上人，但是并非所有的诗人实际上都有这样的恋人。一个个的阿玛丽莉斯、一个个的菲丽斯，一个个的西尔维娅，一个个的狄安娜，一个个的伽拉忒亚，一个个的菲丽达，[1]以及书中、歌谣里、理发店[2]和剧院里到处都说的所有其他的人物，真就是属于为她们唱赞歌的诗人在现实中的有血有肉的女子吗？当然不是的；大多数作家创作这些人物仅仅是给他们自己提供作诗的题材，以便让失恋的情郎爱上这些女子，把她们看作是能够表达爱情的人。因此，我只要认为，我只要觉得，善良的阿尔朵莎·洛伦佐是美丽的，是端庄的，那就足够了。就她的家系而言，这个问题并不重要；没有人会去调查了解她的家系，然后授予她贵族的礼服，而至于我嘛，在我看来她是世界上出身最高贵的公主。”堂吉诃德最后说：“因为，你应该知道，桑丘，假如你原来并不知道，与其他事情比较起来，更能激发爱情的两样东西是美貌与美名，而这两样东西在杜尔西内娅的身上是完美的；因为，说到美貌，没有人可以

① 这些女子有的是古歌谣中人物，有的是古代诗人如罗马诗人维吉尔田园牧歌文学中的牧羊女和村姑，而狄安娜（Diana）是罗马神话里的月亮女神和狩猎女神，伽拉忒亚（Galatea）是希腊神话里塞浦路斯王皮格马利翁（Pygmalion）雕塑的少女，爱神见他对雕像情深意厚，便赋予雕像以生命，使两人结为夫妻。

② 从古罗马时代开始，理发店一直就是传播趣闻与街谈巷议的处所。

与她相比，至于说到有一个美名，很少有人能够得上她。但是把这些归结起来说，我觉得我所说的句句是真，而且她的得体与端庄，与我所想象的她的情况和我希望她会体现的模样比较起来，一点不多，也一点不少。无论是海伦，还是卢克里西娅，[①]还是过去时代的任何女子，无论是古希腊女子，还是古罗马女子，还是异邦女子，没有一个可以与她媲美。谁喜欢说什么就让他去说吧；即使因为这个缘故我遭到愚昧无知的人的斥责，我也不会因此而受到具有洞察力的人的怪罪。”[②]

在骑士的疯狂的历险过程中，一件事情的发生使他想起了阿尔朵莎·洛伦佐，而具体人物的背景已经淡漠，阿尔朵莎的形象已经被杜尔西内娅所代表的一般化的浪漫色彩所吞没，以至于到了第二部的第九章当他们到达埃尔托博索寻找这名女子的时候，堂吉诃德气急败坏地说：“听着，你这个异教徒，我给你说过不知多少回了，我平生从来没有亲眼见到过美貌绝伦的杜尔西内娅，也从来没有跨进过她的宫殿的门槛，我只不过是听信那些道听途说就在心里热爱上了她，因为听说她是一个才貌双全，远近闻名的女子，难道不是这样么？”杜尔西内娅这个形象渗透了全书，然而，她绝不会如读者所期待的那样，在埃尔托博索会让人见到。

---

① 海伦（Helen of Troy）为希腊神话故事中宙斯之女，斯巴达国王之妻，被特洛伊王子帕里斯所诱拐，结果引起特洛伊战争。卢克里西娅（Lucretia）是罗马神话里的贞烈女子。

② 在小说第二部的第六十四章，堂吉诃德被银白月亮骑士从马上掀翻在地，逼到了绝境，但是他仍然不屈不挠地捍卫他所向往的理想。“虽然堂吉诃德摔得晕倒在地上，遭到重创，但是他并没有掀起他头盔的面罩，而是用微弱、无力的语声，仿佛是从坟墓里发出的声音说道：‘杜尔西内娅·黛尔·托博索是世界上最美丽的女子，而我却是天底下最不幸的骑士。多么不公道啊，我的软弱竟然被用来欺骗真理。再给我刺上一剑，哦，骑士，既然你已经剥夺了我的名誉，那就取走我的生命吧。’”对于卡拉斯科来说美貌只不过是这一仗的借口而已；于是他回应道：“让我的杜尔西内娅的美貌的声名继续保持下去，丝毫不受损伤。至于我个人，假如，按照我们打这一仗之前的约定，天下闻名的堂吉诃德将回到家乡，一年里闭门不出，或者待在家中等候我的回音，那我也就满足了。”——原编者注

死　亡

参森·卡拉斯科乔装打扮，化装成了银白月亮骑士，在巴塞罗那轻而易举地打败了堂吉诃德，并且强迫他许下诺言，保证一年之内待在家乡不出门。卡拉斯科的计划第一次彻底失败之后，这一回是成功了。他向堂安东尼奥解说了他的计划之后还保证说："游侠骑士的条例规定他就是名誉的化身，因此，毫无疑义，他一定会遵守自己许下的诺言，从而履行自己的义务。……我请求你不要把我的秘密向堂吉诃德透露，也不要对他公开我的身份，以便把我的出于好意的计划贯彻下去，也可以让一个很有见识的人，重新获得理智——因为他一旦摆脱了骑士的荒唐事，就会是一个很明智的人。"[①]

堂吉诃德与桑丘·潘沙离开巴塞罗那，动身前往他们的家乡的时候，这个乡绅情绪激动，心里乱糟糟的。他没有披上盔甲，是一身旅行的装束，而桑丘却徒步走着，因为盔甲就堆在驴背上。"但是，我可以告诉你一个道理：这世界上并没有运气这个东西，"他对桑丘说，"而且，不管发生什么事情，不管是好事还是坏事，这事情都不是偶然发生的，而是上帝的特别安排；于是就有这样的说法，每一个人都是他自己命运的设计师。我也是我自己命运的设计师，可是我没有遵循必要的谨慎原则，结果，我的自行其是给我带来了可悲的后果。我本来就应该想到，驽骍难得，它那样地虚弱，是对付不了银白月亮骑士那匹强壮的战马的。总之，我是太莽撞了；我尽了最大的努力，但是我被打败了。但是，虽然我牺牲了我的荣誉，我却不可以被人指责说言而无信。我过去当游侠骑士的时候，英勇无畏，我的行

① 听了这个要求之后，堂安东尼奥所作的回答尽管自私，但是也会在读者心头引起共鸣："我说先生，……愿上帝饶恕你的过错，因为你想剥夺世人拥有的最可爱的疯人而犯了一个过错！"——原编者注［译者按：接着说的一句话也许更有意思："你想一想，先生，他的病治好了给公众的益处，远远比不上他发病带来的益处。"］

动和我的臂力支撑着我的名誉，而我现在既然成了一个普通的乡绅，那就要说到做到，不能食言。那就前进吧，桑丘，我的朋友，让我们回到故乡去，去度过那一年的见习期，因为在这一年的时间里，我们退下来，足不出户，就可以重新获得体力，使我们能够再回到骑士的职业，这是我决不可能忘记的职业。”

杜尔西内娅就永远不会露面了吗？

在第七十二章，堂吉诃德在回家的途中遇见——不是遇见我们可能希望他遇见的假堂吉诃德，而是在伪作续书里的人物之一，即，堂阿尔瓦罗·塔夫，就是在阿维兰尼达书中或多或少担当着原作里的公爵或堂安东尼所担当的角色的那个人。阿维兰尼达的堂吉诃德是我的一个很要好的朋友，堂阿尔瓦罗对真堂吉诃德这样说。“是我把他从他家乡的石楠荒原带出来的，或者至少可以说，是我劝他来参加当时在萨拉戈萨举行的比武大会的，因为当时我要到那里去。实际上，当时我帮了他不少的忙，而且当时由于他的鲁莽行为要遭鞭打，也是我把他从鞭子下救出来的。”堂吉诃德认为这样的情形不可以再继续下去了，于是找来一个公证人，叫他起草一个文件，上写真堂吉诃德与桑丘·潘沙并不是阿维兰尼达书里提到的人。

“他们那一天从早到晚整整一天都在路上，所以也没有什么值得一提的事情发生，只不过是桑丘完成了一个任务，这让堂吉诃德非常非常地高兴，而且他高兴得等不及天亮，就要看个究竟，到底他能不能在路上遇见他的现在已经被解除了魔法的恋人；而且，每一次在路上遇见一个女子，他都要上前去看一看，希望认出杜尔西内娅·黛尔·托博索，因为他相信默林是不会撒谎的，相信他的诺言是绝对可靠的。他们抱着这样的想法，怀着这样的焦虑心情，爬上了一座山坡。站在山坡顶上，他们可以看到他们的村子的全景，而一看到村子桑丘两腿就跪了下来。”

他们到了村子的时候出现的模模糊糊的征兆使堂吉诃德心里很不平静，两个男孩为一只蟋蟀笼子发生争吵，然后有一只兔子被猎狗追赶，躲到桑丘的驴子脚下，于是桑丘抓住兔子，交给了他的主人。"'Maglum signum, maglum signum,' [①]堂吉诃德喃喃自语道。'一只兔子飞跑，猎狗在后面紧追，杜尔西内娅没有露面。'"他们在他家与堂区神甫、理发师、文学士卡拉斯科以及所有其他的人见了面："骑士立即将客人拉到一边，然后用简短的几句话告诉他们，他吃了败仗，并且已经答应人家一年里面不离开村庄。……因此，这一年里面他准备当一个牧羊人，他说，就在这田野的孤独中度过，而且在他过着美好的田园生活的同时，还可以在田野上自由自在地作爱的遐想；他并且还请求他们，假如他们的工作不很忙的话，而且也没有更加紧要的事情让他们抽不出身来的话，同意与他做伴。"

这又一次让我记起了《李尔王》一剧里李尔王安慰科蒂丽娅(第五幕第三场)时的说话语气：

"……我们就这样一起生活，
我们祈祷，我们歌唱，我们讲古老的故事，我们大笑
面前是金色的蝴蝶，……"

在堂吉诃德最没有料想到的情况下，他的临终时刻到了。不知是由于那一回遭遇的失败引起的郁闷之故，还是就因为这是上天意志本来的安排，总之，他发高烧病倒了，一连六天起不了床。他卧病在床这一个礼拜时间里，他的几个朋友，堂区神甫、文学士还有理发师经常来看望他，至于他忠实的扈从桑丘·潘沙，他一刻也没有离开过他的病床边。

"……无论如何，医生对他们说，他们应该关心一下他的灵魂的健康，因为他机体的健康已是处于非常危险的关头。

"……这时候骑士要求他们离开他身边，因为他想睡一会儿，于

① 拉丁文，意即凶兆。

是他们都听从了。正如俗话所说，他一口气就睡了六个多钟头，而且，是睡得那么香，以至于他的管家和他的外甥女以为他再也不会醒过来了。”

从沉睡中醒来之后，他立即大声说道，感谢上帝的仁慈。“我所说的仁慈，”他接着又说了一句，“是指上帝在这个时刻赐予我的东西——尽管我有罪过，这我已经说过了。我现在神志清楚了，过去是因孜孜不倦、一刻不停地阅读那些可恨的骑士故事而心头笼罩了朦朦胧胧的无知阴影，现在已经没有了这些朦朦胧胧的无知阴影的妨碍了。我已经看穿了所有这些无聊东西，以及他们包含的骗人把戏，而我唯一的遗憾是，我省悟得太晚了，现在已经没有时间借助阅读那些起着照亮灵魂的作用的书籍，来做任何的补救。我的外甥女啊，我看我就要死了，我但愿我死了，不至于给人留下非常恶劣的一生的印象，让人心里只记得我是一个疯子；因为即使我曾经是一个疯子，我也不愿在临死的时候再说一遍我是一个疯子。”

他对他的朋友们说，他现在已经“不再是拉曼查的堂吉诃德了，而是阿朗索·吉贾诺，而且他的生活方式为他赢得了‘善良’这个美誉”。这是一个动人的场面，尤其是接着的情景。

“‘哦，老爷，’桑丘含着眼泪说道，‘你千万不要死，大人，你就听我的劝告再活上许多许多年；因为一个人生活中能犯的最严重的疯是无缘无故地死去，不是让人给杀死，而是被郁闷这双手残害了。你听我说，别懒洋洋地躺在床上，起来吧，我们一起到田野上去，照我们说好了的，穿上牧羊人的衣服［然后我们大笑，面前是金色的蝴蝶］。谁说得准我们就不能在树丛后面碰上杜尔西内娅姑娘，她就是你所希望的那样完全解除了魔法。假如是因为那一回打败了你才心里忧愁，那你就责怪我吧，就说你被打败了是因为我没有把驽骍难得的肚带绑紧。’”杜尔西内娅的确被解除了魔法。她就是死亡。

堂吉诃德立下了遗嘱，然后“他伸直了双手和双腿，不省人事了。一见这情形他们都惊慌了，都过来想办法。他立了遗嘱之后苟延残喘的三天日子里，这同样的情形一再地出现。全家都在慌乱之中，然而，尽管如此，外甥女继续用她的餐，管家照样喝她的酒，而桑丘·潘沙心情十分地好；因为继承财产这件好事消除了继承者的悲伤，或者说减轻了悲伤，致使他把这一切忘却”。

这最后的残酷的一刺，与这部书中的不负责任、简单幼稚、暗藏讥刺和没有人性的世界，完全是一致的。

胜利与失败

有一位评论家在一篇论述塞万提斯的著名文章中说，在无数次的打斗中，“也许［堂吉诃德］从来没有打赢过”。[①]毫无疑问，要评论一部书，就要读这部书。我们必须，也能够，驳倒我们的评论家不可理解的武断说法。

我不只是要驳倒这种武断说法。我要通过详细地叙述堂吉诃德在其中担当游侠骑士角色的四十个片段，证明这些片段揭示了几个令人惊奇的艺术结构的问题；揭示了某种协调性与某种一致性；揭示了倘若所有他的冲突都是以他的失败而告终就不可能制造的效果。

在他的四十个冲突中，他要对付的是多种多样的人、动物和机械装置：

动物：狮子，野猪，公牛，羊，猫。
骑马的人与牧人：赶骡的，赶牛的，羊倌，牧羊人。
旅行者：例如牧师，学生，犯人，流浪者，几个少女。
机器：风车，缩绒机，水磨，飞马。

那么，作为游侠骑士，他扮演几个角色：

在两次冲突中堂吉诃德扮演的角色是苦恼恋人的保护人：

片段三十：第二部，第二十五章至第二十六章，“木偶戏”。

片段三十四：第二部，第四十一章，“空中飞马”。②

在两次冲突中堂吉诃德扮演的角色是国王与王国的征服者：

片段五：第一部，第七章，“找到了一个扈从”。

片段十六：第一部，第二十一章，“马姆勃里诺的头盔”。

在两次冲突中他扮演的角色是刺杀怪物的人：

片段二十八：第二部，第十七章，“狮子”。

片段三十三：第二部，第三十四章，“野猪”。

在四次冲突中他扮演的角色是维护名誉的人：

片段一：第一部，第三章，“为盔甲守夜”。

片段八：第一部，第八章至第九章，“比斯开骑士”。

片段十：第一部，第十五章，“赶大车的人”。

片段二十七：第二部，第十四章至第十五章，“与卡拉斯科的第一次交手”。

---

① 纳博科夫这儿所指的是克鲁奇著《五大师》第78页。完整的引文如下：“塞万提斯创造力之丰富已经有许多回受到称赞了，但是真正令人惊叹的倒不是他为他的骑士与扈从创作了无数的历险，而是每一个人物竟然既是正确的又是错误的，如同刚才提到的短暂经历［缩绒机］。也许骑士从来没有打赢过；然而，从另一个意义上来说，也从来没有打输过。每发生一件事情一开始我们就知道他为什么会输，但是我们从来不觉得他应该输。他受到嘲弄，给了一个外号叫‘愁容骑士’，但是，像许多自豪地接受起初是嘲弄地加上去的外号的人一样，他也骄傲地加上了这个外号，并不觉得有什么羞耻。要成功或要高兴并不是他的事情——桑丘会是这个样子的——他关心的是要始终如一。骑士精神是他所知的最崇高的理想，但他从来不问是否值得。”——原编者注

② 纳博科夫详细讨论了四十次冲突，但是，在不同角色的堂吉诃德的这一个评述中，由于有一些重复，他列举了五十三个片段。片段三十与片段三十四在作为洗雪冤屈的人的堂吉诃德的第八个角色里又一次提到。——原编者注

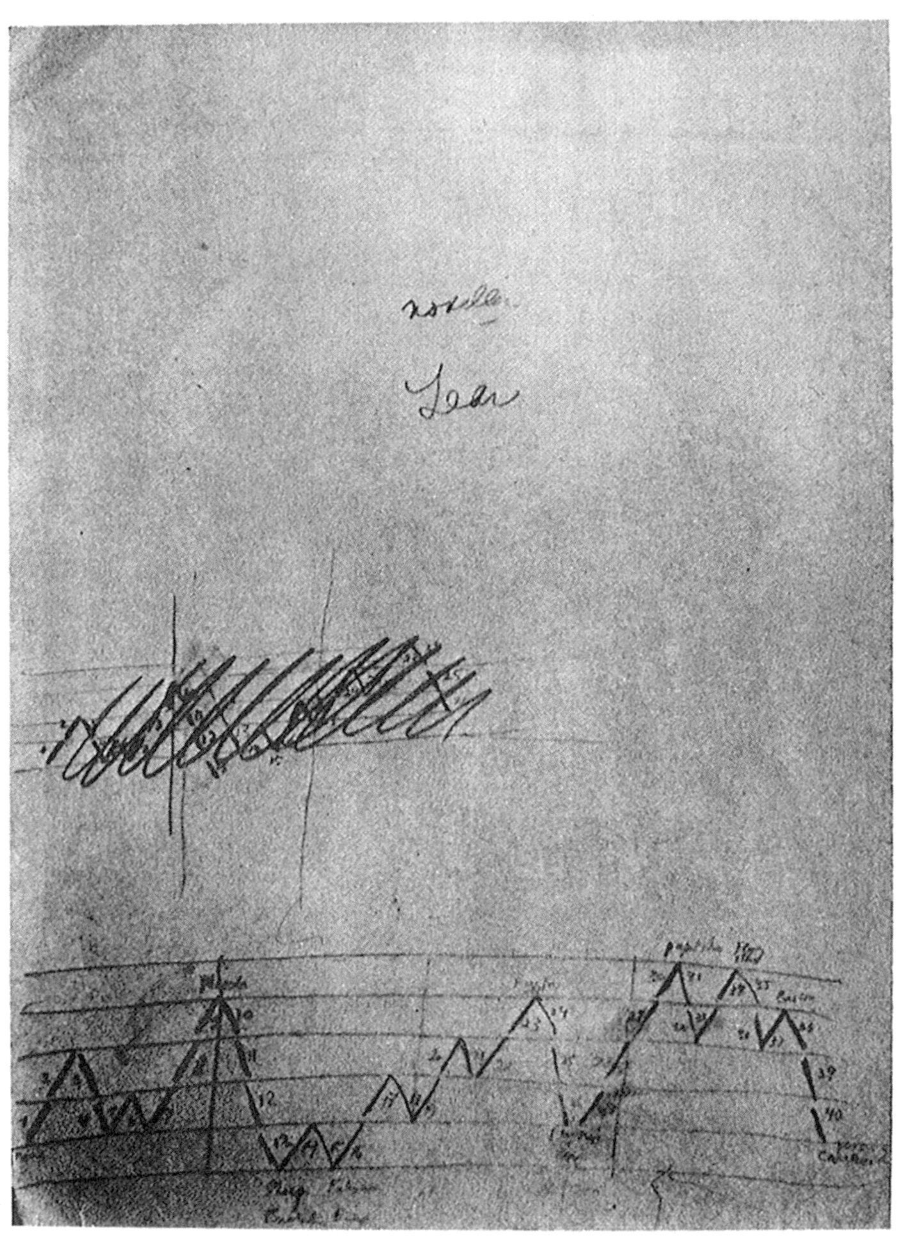

纳博科夫关于堂吉诃德胜利与失败的图表

在五次冲突中他扮演的角色是调解人：

片段二十：第一部，第三十七章至第三十八章，“晚餐”。

片段二十二：第一部，第四十四章，“不诚实的客人”。

片段二十三：第一部，第四十五章，“客栈院子里的混战”。

片段二十九：第二部，第二十一章，“婚礼上的争吵”。①

片段三十一：第二部，第二十五章至第二十八章，“驴叫村”。

在五次冲突中他扮演的角色是落难女子的保护人：

片段七：第一部，第八章，“大败托钵修士会修士”。

片段九：第一部，第十四章，“牧羊女马赛拉”。

片段十九：第一部，第三十五章和第三十七章，“第二次梦中之战”。

片段二十六：第一部，第五十二章，“祈雨的游行队伍”。

片段三十七：第二部，第五十四章至第五十六章，“加斯科涅男仆”。②

在六次冲突中堂吉诃德扮演的角色是公主的捍卫者：

片段三：第一部，第四章，“与商人的冲突”。

片段十八：第一部，第二十四章，“破衣骑士”。

片段二十四：第一部，第四十六章，“堂吉诃德被装进了笼子”。③

片段三十八：第二部，第五十八章，“公牛”。

---

① 片段二十二、片段二十三、片段二十九又一次列入堂吉诃德作为洗雪冤屈的人的第八个角色。——原编者注

② 片段七在堂吉诃德第九个角色魔法师的敌人里又一次提到；片段三十七在第九个角色和第八个角色洗雪冤屈的人中都又一次提到。——原编者注

③ 片段二十四在堂吉诃德第九个角色魔法师的敌人中又一次提及。——原编者注

片段三十九：第二部，第六十章，“斗桑丘”。

片段四十：第二部，第六十四章至第六十五章，“与卡拉斯科的第二次也是最后一次交手”。

在九次冲突中堂吉诃德扮演的角色是洗雪冤屈的人：

片段二：第一部，第四章，“遭鞭打的乡村男孩”。

片段十四：第一部，第十九章，“大败送葬人”。

片段十七：第一部，第二十二章，“解救划桨的囚犯”。

片段二十二：第一部，第四十四章，“不诚实的客人”。

片段二十三：第一部，第四十五章，“客栈院子里的混战”。

片段二十九：第二部，第二十一章，“婚礼上的争吵”。

片段三十：第二部，第二十五章至第二十六章，“木偶戏”。

片段三十四：第二部，第四十一章，“空中飞马”。

片段三十七：第二部，第五十四章至第五十六章，“加斯科涅男仆”。[①]

在十八个冲突中堂吉诃德扮演的角色是魔法师的敌人，几乎是总的冲突次数的一半：[②]

片段四：第一部，第七章，“第一次梦中之战”。

片段六：第一部，第八章，“战风车”。

---

① 片段十四在堂吉诃德第九个角色魔法师的敌人中又一次提到。片段三十在第九个角色中又一次提到，并且已经在第一个角色苦恼恋人的保护人中列出。片段三十四在第九个角色中又一次提到，并在第一个角色以及第六个角色即落难女子的保护人中列出。片段三十七在第九个角色中又一次提到，并且在第六个角色中列出。——原编者注

② 这个数字不很准确，因为这个角色与前面提到的角色有很大一部分的重叠。实际上所列的冲突中只有十一个冲突前面没有提到过：这十一个冲突是四、六、十一、十二、十三、十五、二十一、二十五、三十二、三十五，以及三十六。——原编者注

片段七：第一部，第八章，“大败托钵修士会修士”。

片段十一：第一部，第十六章至第十七章，“嫉妒的赶车人”。

片段十二：第一部，第十七章，“骑警”。

片段十三：第一部，第十八章，“羊群”。

片段十四：第一部，第十九章，“大败送葬人”。

片段十五：第一部，第二十章，“缩绒机”。

片段二十一：第一部，第四十三章，“吊坠刑”。

片段二十四：第一部，第四十六章，“堂吉诃德被装进了笼子”。

片段二十五：第一部，第五十二章，“与羊倌的一仗”。

片段二十七：第二部，第十四章至第十五章，“与卡拉斯科的第一次交手”。

片段三十：第二部，第二十五章至第二十六章，“木偶戏”。

片段三十二：第二部，第二十九章，“水磨”。

片段三十四：第二部，第四十一章，“空中飞马”。

片段三十五：第二部，第四十六章，“猫咪”。

片段三十六：第二部，第四十八章和第五十章，“暗中拧人”。

片段三十七：第二部，第五十四章至第五十六章，“加斯科涅男仆”。

这是我们要记住的第一点：他的主要敌人是魔法师。

现在我们跟着他去经历他的四十次冲突。这四十次冲突中大多数都有错觉。这错觉带来的后果是或胜，或败，而获得的胜利也是道义上的胜利。错觉的背后是实际上发生的事情。我们跟着他，数一数他的胜与败的分数。现在比赛开始。我们来看看谁胜：是堂吉诃德还是他的敌人。

按照一个西班牙人的计算，构成这部书的四十个片段发生在总共一百七十五天的日子里，倘若把其间的一个月的暂停也计算在内，即从七月开始，到十二月的中旬结束。

第一部

片段一：为盔甲守夜（第三章）

错觉：维护名誉的人。在被堂吉诃德当作是城堡的路边客栈里，假如有谁来打乱他的正式的祈祷守夜的话，他随时准备消灭他。

结果：他第一次赢得胜利——就在他的骑士身份即将确定的时候。

实际情形是：当他顺着照在院子里的月光图形踱着步子的时候，两个赶牲口的人由于要给骡子饮水，走到水槽边的时候动了他放在水槽上的盔甲。堂吉诃德把这两个人赶走，两人伤得很重。

比分是1∶0

片段二：遭鞭打的乡村男孩（第四章）

错觉：洗雪冤屈的人。堂吉诃德错把鞭打男孩的农民当作是一个骑士。

结果：他第二次赢得胜利，一个不彻底的道义胜利。

实际情形是：他用威胁的口气，并挥舞手中的长矛，阻止了一个农民鞭打他的小长工安德雷斯。后来在第三十一章安德雷斯又出现，并且将这位羞愧的乡绅数落了一通，因为洗雪冤屈的人洋洋得意地走后，那农民反而变本加厉地用鞭子将他打了一顿。一位好心的评论家（见贝尔：《塞万提斯》，第二〇九页）说道："堂吉诃德之所以被痛骂了一顿是因为……他插手一连串与他无关的事情"——仿佛，我不妨说，正义与仁慈并非与每一个人都有关系。

比分是2∶0

片段三：与商人的冲突（第四章）

错觉：公主的捍卫者。堂吉诃德攻击十三个匪徒，因为他们拒不承认杜尔西内娅是全世界最漂亮的女子。

1

Part I

I am going to pass in review the 40 episodes, that make up the book

[in the course of 175 days, counting a pause of one month in between, from the beginning of July to the middle of December, according to a Spanish calculation]

Episode One : The watch of the armor

Part One

Ch. 3 [43 - 45]

The delusion : Upholder of his honor Don Quixote, at the inn which he takes for a castle, is ready to destroy anyone who interferes with his ceremonial vigil.

The result : his First Victory — on the very threshold of Knighthood

The actual event : as he paces the geometrical moonlight in the inn yard two carriers (in order to water their mules) disturb his armor [to get at the trough where it lies] Don Quixote repels and severely wounds them.

One love

[1 - 0]

纳博科夫关于堂吉诃德第一次胜利的解说

结果：他第一次被打败。

实际情形是：他所攻击的人是六个商人、四个仆人和三个赶骡的人，而在堂吉诃德从马上摔下来的时候，其中一个赶骡的人拿起堂吉诃德被折断的剑的一截，狠狠地揍了他。被痛打了一顿的堂吉诃德以极大的勇气不停地吼叫，大声咒骂。（后来在第七章，他改口不叫他们是所谓的“匪徒”，而是叫他们是疯狂的奥兰多，阿里奥斯托[①]《疯狂的奥兰多》一书中的一个人物。）这是他的第一次出击。

比分是2∶1

片段四：第一次梦中之战（第七章）

错觉：魔法师的敌人。他在梦中与奥兰多的支持者打斗。

结果：他第二次被打败（但是并非最终结果，因为打斗中断了）。

实际情形是：他从床上跳下来拿起剑来在空中挥舞，但是被神甫和理发师架着按到床上。他们已经把他的书搬到了院子里（他的管家在院子里把书烧了），然后把他放书的房间的门砌了墙堵死。堂吉诃德怪罪魔法师弗雷斯顿用魔咒叫书房消失了。

比分是2∶2

片段五：找到了一个扈从（第七章）

错觉：国王与王国的征服者。他想尽一切办法劝说一个打短工的邻居，假如他当了他的扈从，他最后还可以做一个富饶的大陆岛的总督。

结果：他第三次赢得胜利，一个道义上的胜利。

实际情形是：桑丘·潘沙，经不住堂吉诃德的横劝竖劝，终于同意离开妻子儿女，跟随乡绅外出。后来在第十章，他的主人告诉他说，假如觅不到大陆岛总督的差事，他就给他丹麦王国（但是，丹麦王国刚刚被另外一个挥舞长矛的人掠得［一六〇一年］）。这是他第

① Lodovico Ariosto（1474—1533），意大利诗人，代表作有长篇叙事诗《疯狂的奥兰多》。

二次出击的开端。

比分是3∶2

片段六：战风车（第八章）

错觉：魔法师的敌人。他与三十五个手舞足蹈的巨人对阵，而魔术师弗雷斯顿把巨人变成了风车来打败他。

结果：他第三次被打败。

实际情形是：当新奇的发明装置风车的庞大形象出现在堂吉诃德面前的时候，一阵微风吹来，风车的叶片转动起来，结果一个叶片把冲过来的骑士打成重伤。

比分是3∶3

战风车失败之后接连出现了三次大胜仗：

片段七：大败托钵修士会修士（第八章）

错觉：魔法师的敌人以及落难女子的保护人。他打击两个穿着黑袍，戴着风镜，撑着遮阳伞，骑着单峰骆驼的魔法师，因为他们抢走了里面坐着一个公主的公共马车。

结果：他第四次赢得胜利。

实际情形是：两个天主教本笃会修士戴旅行者眼镜，骑又胖又大的骡子，正巧与乘马车前往塞维利亚的一个贵妇人同路。那贵妇人有五个骑马的人护送，还有两个赶骡的人，而那两个赶骡的人就在桑丘的主人打了善良的修士的时候，把桑丘也揍了一顿。

比分是4∶3

片段八：比斯开骑士（第八章至第九章）

错觉：维护名誉的人。堂吉诃德袭击一个来自比斯开的骑士，因为他受到了侮辱。

结果：他第五次赢得胜利。

实际情形是：这个比斯开人（前一个片段中出现的女子的随从）被堂吉诃德从骡背上掀下来，跌得很重，鼻孔、嘴巴、耳朵流着鲜血。（塞万提斯要让他五窍流血。）

在这一场满意的对抗之后，堂吉诃德进入了一个神志比较清醒的短暂时期。

比分是5：3

片段九：牧羊女马赛拉（第十四章）

错觉：无。

结果：他第六次赢得胜利，一个道义上的胜利。

实际情形是：落难女子的保护人。因失恋而痛苦的年轻人格利索斯托莫，曾向马赛拉求婚，而就在他的墓地，堂吉诃德用激烈的言辞，迫使几个想要报复的送葬人不敢为难马赛拉，于是，在墓地边的人谁都不敢采取行动。

（说到我记分时用的术语，我想提醒你们注意，由于古代的庭院网球赛毕竟是我们现在的网球赛的原型，因此当时的作家都常常提起，而且在《堂吉诃德》书中也有网球，那是地狱里的魔鬼打的——根据阿尔蒂西朵拉的说法——而魔鬼用的网球是内容空洞的书。）

比分是6：3，而堂吉诃德在与魔鬼的比赛中已经赢了第一盘。（整场比赛可能是五盘比赛中的最好成绩，但是比赛将只进行四盘。）

接着堂吉诃德要连续输四场比赛：

片段十：赶大车的人（第十五章）

错觉：无。

结果：他第四次失败。完全清醒的乡绅责怪自己不该举起剑来针对乡巴佬。仅仅与社会地位相等的人拼杀是骑士精神的一条规矩，这一点也反映在欧洲与拉丁美洲的现代决斗规则里。[①]

实际情形是：维护名誉的人。二十个赶大车的人狠狠地抽打他的马，而且现在还要用货囊支架来揍他，于是堂吉诃德奋起对抗。

比分是6∶4（第二盘的比分是0∶1）

片段十一：嫉妒的赶车人（第十六章至第十七章）

错觉：魔法师的敌人。堂吉诃德遭到一个巨人，即，一个摩尔人魔法师的攻击。

结果：他第五次失败。

实际情形是：他在一家客栈遭到了一个赶车人的殴打，因为那个赶车人以为我们纯洁、瘦削的乡绅是在向赶车人的令人厌恶的女朋友，即玛丽托娜斯姑娘调情。

比分是6∶5（第二盘的比分是0∶2）

片段十二：骑警（第十七章）

错觉：魔法师的敌人。堂吉诃德遭到一个鬼的攻击——摩尔人魔法师变的鬼（桑丘说的）。

结果：他第六次被打败。

实际的情形是：与堂吉诃德争吵过的一名骑警拿起铁制的灯敲了他的脑袋。（这件事引出了配制的包治百病的神秘药水——迷迭香、食盐、葡萄酒——堂吉诃德和桑丘两人喝了一夸脱，真有魔效。）

比分是6∶6（第二盘的比分是0∶3）

片段十三：羊群（第十八章）

错觉：魔法师的敌人。堂吉诃德朝一大队巨人和骑士进攻。

---

① 纳博科夫确定了“胜利与失败”的最终形式，是根据已经丢弃的笔记，而在这部分笔记中，他补充道：“虽然我认为只有西班牙、意大利、法国、匈牙利，还有波兰，是上一次大战之前仍旧保留决斗的欧洲国家。”——原编者注

结果：他第七次被打败。

实际的情形是：在尘土飞扬的情况下，他向羊群进攻，结果被牧主打倒在地。（你们顺便比较一下真实的牧羊人与田园牧歌式故事里的牧羊人。）还要注意这一场景里的现实及其转换主线。在堂吉诃德看来，这一支队伍是中了魔咒之后变的，就像巨人变成了风车一样。（魔法师塞万提斯将在这部作品的最后一章，即堂吉诃德临终的时候，把最优秀的骑士堂吉诃德自己，变成一个明白事理、真心悔过的平庸的小市民。）

比分是6∶7（第二盘的比分是0∶4）

片段十四：大败送葬人（第十九章）

错觉：魔法师的敌人与洗雪冤屈的人。堂吉诃德打击二十六个恶人，因为他们抢走一个死了的或者受伤的骑士。

结果：他第七次赢得胜利。

实际的情形是：他攻击了一队送葬的人——二十个人骑着马，身穿白衣，手举通明的火把，还有六个穿黑服的送葬的人。这些胆小的人开始奔跑穿过田野，手中仍旧举着火把，那样子看上去好像黑暗中移动的星星，也像庆祝会上的戴面具的人物。还要注意堂吉诃德相信了这些无辜的人的解释之后情绪非常地平静，但是，刚才他非常粗暴地对待这些人，还在不经意间使得一个文科硕士的腿跌折了，而这个人却是一个性情乖戾、迂腐又很可爱的年轻神甫。堂吉诃德承认了自己的不对，但是又跟通常一样，把这不是怪到魔法师身上。"我当时并没有意识到我侮辱了神甫，亵渎了教会的圣洁的东西，其实，我作为一个善良的天主教徒和一个忠实的基督教徒，对教会是非常尊重、非常崇敬的；我当时倒是觉得我是跟地狱里的妖魔鬼怪斗争。"（这一战打胜之后，他的扈从给他起了一个诨名叫愁容骑士，那是说在前几次战失败之后，由于打掉了几颗牙齿，他面颊凹陷，面容也显得忧郁了。）

比分是7:7(第二盘的比分是1:4)

片段十五:缩绒机[1](第二十章)

错觉:魔法师的敌人。就在堂吉诃德要朝着六个巨人在黑暗中发出的嘈杂声骑马过去看个究竟的时候,他发现他的马已经着了魔,一动也不能动了。

结果:他第八次被打败。

实际的情形是:那个魔法师就是桑丘,由于他迫切地希望休息一个夜晚,又害怕新的历险,于是他就拿了他自己那头驴的缰绳,把驽骍难得的腿捆扎起来。第二天才知道那六个巨人原来是缩绒机的锤子。

比分是7:8(第二盘的比分是1:5)

片段十六:马姆勃里诺的头盔(第二十一章)

错觉:国王与王国的征服者。堂吉诃德看到一个人骑着马,冒着雨,顶着太阳,头上金光闪闪,就认出那是摩尔人国王(出自十五世纪意大利诗人博亚尔多的长篇叙事诗《热恋的奥兰多》[2])马姆勃里诺的头盔。他发起了攻击。

结果:他第八次赢得胜利。

实际的情形是:那个人是一个理发师(书中的第二个理发师),他把他的洗脸铜盆顶在头上挡雨。

比分是8:8(第二盘的比分是2:5)

片段十七:解救划桨的囚犯(第二十二章)

错觉:洗雪冤屈的人。堂吉诃德不能理解为什么人要被用铁链

---

① 纳博科夫附了一条注,"用于漂布(或者熟铁压槽)"。——原编者注

② Matte Maria Boiardo(1441—1494)的长篇叙事诗《热恋的奥兰多》未完成,后由意大利诗人阿里奥斯托(见前注)续写,名《疯狂的奥兰多》。"奥兰多"(Orlando)是"罗兰"(Roland)的意大利语写法。

串起来送到战船上去划桨——国王迫使他们去划桨（当时廉价的人力发动机）。

结果：他第九次赢得胜利，但事后又觉得有失败的痛苦。

实际的情形是：他从四个武装卫兵的手中解救了四个窃贼和另外两个人，那两个人一个是老者，拉皮条的，另一个是学生，他太会恶作剧了。被解救的六个人用石头砸他。注意，他的光辉，即铜头盔，在整个章节闪闪发光。整个场景有奇怪玄妙的含义。实际上，堂吉诃德这时与其说是一个游侠骑士的诙谐模仿，不如说他是耶稣的兄弟，而这一条小小的主线在以后两三个场景中还会隐约出现。

比分是9∶8（第二盘的比分是3∶5）

片段十八：破衣骑士（第二十四章）

错觉：无。

结果：他第九次失败。

实际情形是：公主的捍卫者。堂吉诃德在山区遇上因失恋而痛苦的流浪者卡迪尼奥，与他争吵起来。他们为《高拉的阿玛迪斯》中的一个人物的贞洁问题争论不休。卡迪尼奥用石头将堂吉诃德打倒在地。

比分是9∶9

在第二盘中现在的比分是3∶6，堂吉诃德在第一盘中领先，比分是6∶3，但是他在第二盘中输了。注意，在这个时候一连串的中篇故事开始编织，人物越来越多，并且都在路边客栈集中。堂吉诃德个人的活动在这纷繁的人与事中往往就不起眼了。

片段十九：第二次梦中之战（第三十五章和第三十七章）

错觉：落难女子的保护人。堂吉诃德将一个巨人斩首。

结果：他第十次赢得胜利。

实际的情形是：他在睡梦中打斗的时候，用剑朝装着红葡萄酒的酒囊砍去。他在梦中与魔法师发生冲突，于是他出击，而我们就回到了他这次出击的开头。

比分是10∶9（第三盘的比分是1∶0）

注意以下一点。好意的神甫与第一个理发师巧妙地把堂吉诃德骗下了山，因为在山上他除了根本的疯癫之外，还故意装出一点小的癫狂，为了对他的杜尔西内娅表示敬意，如同书里决心悔过的骑士所做的那样。在一个名叫多洛蒂亚的流浪少女的劝说下，他现在真的相信，她需要他的帮助，去抵抗入侵她说她就是公主的那个王国的巨人。多洛蒂亚编造的这个故事，并不比她的实际上的烦恼更加地离奇。就在堂吉诃德梦中将多洛蒂亚编造的巨人斩首的时候，多洛蒂亚在客栈里竟然与他的恋人，一个与任何巨人都一样不真实的人，又重新走到一起了。一个虚幻层面（骑士传奇故事）上的梦中之战，似乎也影响并且引导了另一个虚幻层面（意大利式的中篇故事主线）上发生的事情。

片段二十：晚餐（第三十七章至第三十八章）

错觉：无。

结果：我应该把这一片段列为堂吉诃德赢得的第十一次和最大的胜利。

实际的情形是：调解人堂吉诃德应邀坐了首座。陪同出席晚餐会的共有十二个人，他们对堂吉诃德现在都怀着亲切的感情和崇敬的心情。他是关系的纽带；他是调解人。他发表了隆重的讲话，他谈到了作家，谈到了斗士。这是塞万提斯最关心的主题，因为塞万提斯既是作家，也是斗士。堂吉诃德认为文人的职业就它的目标而言不如斗士的职业那样崇高。前者的目标是获取人类的知识，因为有了知识就可以制定公正的法律，然而，斗士的职业的目标，他说，是要争取和平，因为和平是人类在今生所能企盼的最高的福分。这一场景是小说第一部可悲可叹、意味深长的高潮。小说中荒诞不经的无聊事情在烛光中隐去。在这一场景中，堂吉诃德坐在首座，与十二个人共进晚餐，而他们在这最后的时刻（因为他就要被折磨，要被关到笼子里去）几乎已经成了他的门徒。这一场景的整个气氛让人隐约想起《圣经·新约》所描述的最后的晚餐某个情景。我们忘记了在座的客人中，在道德上没有一个人是仁慈的，或者说在审美上没有一个是非常令人信服的，而我们听见的只是他讲解和平含义时悲伤、温和的话音："因此，人类与世界所获得的最初的佳音就是天使在夜晚即我们的白昼带来的声音：'荣耀归于天国最高层的上帝，天下享受和平，人人都有良愿。'[①] 天地最伟大的主教导他的选定的门徒，在他们走进任何一家人家的时候要问候的话是，'愿全家享有和平'。[②]"

比分是11∶9（第三盘的比分是2∶0）

片段二十一：吊坠刑（第四十三章）

错觉：魔法师的敌人。堂吉诃德被其中一名魔法师用绳子缚住手腕悬挂在一个伤心的少女的窗口。

结果：他第十次失败。

实际的情形是：客栈的女仆、诡计多端的玛丽托娜斯拿了桑丘灰驴的缰绳从窗子里面将堂吉诃德缚住，当时堂吉诃德是站在他的马背上，于是，一旦他的马走开，他就被悬挂在窗口，在可怕的痛苦中度过两个钟头，就像一个忍受叫作"吊坠刑"的折磨的人——或者像钉上十字架的人。

比分是11∶10（第三盘的比分是2∶1）

---

① 据《新约·路加福音》第二章第十三节至第十四节的记载："忽然间，与天使一起，来了一大批天国的主人，盛赞上帝，说道，荣耀归于天国最高层的上帝，天下享受和平，人人都有良愿。"

② 这句话原是耶稣的祖先以色列国王大卫所说，见《旧约·撒母耳记上卷》第二十五章，第六节。

片段二十二：不诚实的客人（第四十四章）

错觉：无。

结果：他第十二次赢得胜利，一个道义上的胜利。

实际的情形是：两个不知姓名的客人没有结账就想离开客栈，而且在看门的人要他们付钱的时候，还动手打人。调解人和洗雪冤屈的人堂吉诃德过来援救。他温和而又有说服力的理论奏了效，而且两个不诚实的人也照单付清了账。

比分是12：10（第三盘的比分是3：1）

片段二十三：客栈院子里的混战（第四十五章）

错觉：无。

结果：他第十三次赢得胜利，又是一个道义上的胜利。

实际的情形是：许多人在客栈院子里进行着一场混战，他们一点都不记得这一场混战是怎么打起来的，也不记得为什么会有这场混战。但是，就在这场混战当中，只听得调解人和洗雪冤屈的人堂吉诃德一声大吼："你们都给我住手！"大家都停下了。

比分是13：10（第三盘的比分是4：1）

接着是连续三次失败。

片段二十四：堂吉诃德被装进了笼子（第四十六章）

错觉：魔法师的敌人和公主的捍卫者。两个戴面具的鬼影架着他，把他推进了放在牛车上的笼子里。他们念着魔咒对他说，他必须经受魔咒的控制，这样才能最终与他的杜尔西内娅结成婚配。

结果：他第十一次失败。

实际的情形是：神甫与第一个理发师，借着客栈里其他人的帮助，并且都化装起来，采用这一办法把他骗进笼子，用牛车送他回家。你们都已经注意到了整个过程的极端残酷性——抑郁、安静、着魔的人在木笼子里陷入沉思，而那两个神职人员（他们在途中遇上的堂区神甫和天主教律修会修士）却在那里讨论深奥的文学问题——文雅、有益书籍写作的艺术。

比分是13∶11（第三盘的比分是4∶2）

片段二十五：与羊倌的一仗（第五十二章）

错觉：维护名誉的人和魔法师的敌人。他与侮辱他的恶魔战斗。

结果：他第十二次被打败（并非绝对失败，因为对战终止了）。

实际的情形是：那恶魔是羊倌。这个场景我另有讨论（见前文，第七十六页）。

比分是13∶12（第三盘的比分是4∶3）

片段二十六：祈雨的游行队伍（第五十二章）

错觉：落难女子的保护人。堂吉诃德（他被从笼子里放出来和大家待了一会儿，让他的魔法师们乐一乐）向一帮匪徒出击，因为他们抢走了一个出身高贵的女子。

结果：他第十三次被打败。

实际的情形是：这个女子原来是苦修会修士模样的祈雨的人抬着的圣母雕像。抬圣像的人中有一个拿起支撑雕像的一个长杆，把堂吉诃德打了个半死。堂吉诃德在昏迷中被抬回家里，结果他在家中躺着，一个月没有出过门。

这是小说第一部的结尾。比分打平了——十三胜对十三负（或者照网球赛的记分法是6∶3，3∶6，4∶4，因下雨中断过）。

小说第二部将以连续四次胜利开始。

第 二 部

片段二十七：与卡拉斯科的第一次交手（第十四章至第十五章）

错觉：维护名誉的人和魔法师的敌人。堂吉诃德与镜子骑士打斗，因为镜子骑士说，他以前遇见过堂吉诃德，并将他打败了。在这一仗之后，镜子骑士用魔法伪装起来，变成了参森·卡拉斯科。

结果：堂吉诃德第十四次胜利。

实际的情形是：一片好心的卡拉斯科被打破的计划原是要假扮成一个骑士，把疯子堂吉诃德打败，命令他回到故乡去。小说整个第二部将在卡拉斯科的计划被挫败和片断四十他与堂吉诃德第二次交手中大获全胜——最后的一仗——之间展开。于是，在小说第二部，堂吉诃德历险时日的长短，将依虽然怒气冲冲但仍旧是一片好心的卡拉斯科的身体康复期而定。

比分是14∶13（第三盘的比分是5∶4）

片段二十八：狮子（第十七章）

错觉：无，只是隐约暗示过魔法师。

结果：他第十五次赢得胜利，道义上的一个大胜利。

实际的情形是：两头饥饿的猛兽，即关在笼子里的狮子，是奥兰[①]总督送给西班牙国王的礼物，现在正在运送的途中。看管狮子的人对刺杀怪物的人堂吉诃德是这样解释的，因为堂吉诃德在大路上将他们拦住了。狮子要跟我斗？堂吉诃德微微一笑，并眯缝起他的眼睛，说道："几只狮仔跟我斗？而且在这个时辰？我的上帝，那好吧，那些送狮子过来的先生们会明白我到底是不是一个会被狮子吓倒的人。下来，老兄，既然你是看狮子的，那就把笼子都打开，把这几头野兽给我放出来；我要在这一片旷野上教训它们，让它们知道拉曼查的堂吉诃德是什么样的人，尽管它们都是那些魔法师们策划好了运到这里来的。"其中一个笼子打开了。人们都说狮子漂亮，但是它却是一种懒洋洋的、叫人惧怕的动物，它伸着懒腰，打着哈欠，还舔着眼屎。堂吉诃德就站在狮子的面前，等着

---

① Oran，阿尔及利亚西北部城市。——译注

它从大车上跳下来，但是他终于还是让人把笼子的门关上了。这个场景没有一点想象的东西——的确是一个真人面对着一头真的狮子。

比分是15：13（这一局结束，堂吉诃德以6：4赢了第三盘；赢了两盘输一盘：这个比分是很鼓舞人的）。

片段二十九：婚礼上的争吵（第二十一章）

错觉：无。

结果：他第十六次赢得胜利。

实际的情形是：洗雪冤屈的人和调解人。堂吉诃德用富有说服力的言辞，并且挥动他的长矛，结束了婚礼上不同的两个新郎的两派支持者之间的斗殴，大家都敬重他的为人，他是一个有其作用和价值的人。

比分是16：13（第四盘的比分是1：0）

片段三十：木偶戏（第二十五章至第二十六章）

错觉：洗雪冤屈的人，魔法师的敌人，苦恼恋人的保护人（此处指查理大帝的首领之一、波尔多国王堂盖弗罗斯和美丽的梅丽桑德拉）。堂吉诃德朝着一群摩尔人乱砍乱杀，而这些摩尔人后来被魔法师变成了断手断脚的木偶。

结果：他第十七次赢得胜利。

实际的情形是：被堂吉诃德解救出来的划桨囚犯之一吉内斯·德·帕萨蒙特化了装，并用一条丝带斜扎在脸上遮住一个眼睛，表演木偶戏，可是那些木偶都被堂吉诃德砸烂了，为此他居然很镇静地赔了钱，然而他嘴上仍旧辩解说他解救了这对恋人，他们现在已经到了巴黎，平安无事了。

比分是17：13（在第四盘比赛中得了两分之后以2：0领先；他应该赢这场比赛！）

片段三十一：驴叫村（第二十五章至二十八章）

错觉：无。

结果：他第十四次失败（从心理上说，这是一次很惨痛的失败，而且有不祥之兆）。

实际的情形是：两个村子之间的一场“驴叫”比赛（看谁学驴叫学得最像）以斗殴结束，而堂吉诃德扮演一个头脑清醒的调解人的角色，向人群解释在什么情况之下，天地、荣誉、爱国心以及对于天主教的信仰允许人们参与战斗，几乎已经制止了这场斗殴；可是，就在这时，桑丘不合时宜地说了一通俏皮话，打断了他的主人的演讲。堂吉诃德在雨点似的乱石的打击下，平生第一次翻身上马，仓皇逃窜。

比分是17∶14（第四盘的比分是2∶1）

片段三十二：水磨（第三十三章①）

错觉：魔法师的敌人。堂吉诃德跳上一只空船，因为这只船引得他要去解救某一个骑士或公主，但是，魔法师们阻碍了他，使他无法到达隐约出现在面前的城堡。

结果：他第十五次被打败。

实际的情形是：坐落在河中央的巨大水磨的水轮开始将小船吸进中间，就在这时磨坊的几个工人将堂吉诃德与桑丘救起。

比分是17∶15（第四盘的比分是2∶2）

片段三十三：野猪（第三十四章）

错觉：无，只不过他手拿长剑，举着盾牌，那架势很像是一个刺杀恶魔的人，倒不像是他过去骑马打猎的乡绅样子。

结果：他第十八次赢得胜利，一个小小的胜利。

① 此处记录有误，“水磨”历险是在小说第二部的第二十九章，而不是第三十三章。

实际的情形是：在跟着公爵和公爵夫人一起打猎的队伍中，他参与猎杀了一头大野猪。

比分是18∶15（第四盘的比分是3∶2）

片段三十四：空中飞马（第四十一章）

错觉：洗雪冤屈的人，魔法师的敌人，苦恼恋人的保护人。他骑上一匹飞马，出发飞向一个遥远的国度，而当他的机器马爆炸的时候，他发现只要他尝试这一勇敢的举动，他就成功了。

结果：他第十九次赢得胜利。

实际的情形是：这是公爵与公爵夫人一连串恶作剧中烦琐复杂的一个。这个片段我先前已经谈到（见上文第八十九页）。

比分是19∶15（第四盘以4∶2领先）

片段三十五：猫咪（第四十六章）

错觉：魔法师的敌人。他遭到恶魔的攻击。

结果：他第十六次被打败（也不全是如此，因为堂吉诃德想继续斗下去，但是被打断了）。

实际的情形是：被小铃铛惹恼的猫咪从布袋里放出来，窜到堂吉诃德在公爵宅邸的房间里，其中有一只用牙齿和爪子狠狠地抓伤了他的脸。

比分是19∶16（第四盘的比分是4∶3）

片段三十六：暗中拧人（第四十八章和第五十章）

错觉：魔法师的敌人。在黑暗与寂静中他遭到了他们的折磨。

结果：他第十七次被打败。

实际的情形是：公爵夫人得知堂吉诃德从一个爱传播流言蜚语的人那里听说她的两条美丽修长的腿上长了疖子（这是恶魔的那些不可避免与秘密的美中不足之一），便恼羞成怒，带着她的使女、可爱的小阿尔蒂西朵拉，并在她的协助下，在黑暗中折磨他，连续半个钟头，不住地拧他瘦削的皮肉。

比分是19∶17（第四盘的比分是4∶4平）

片段三十七：加斯科涅男仆（第五十四章至第五十六章）

错觉：洗雪冤屈的人，落难女子的保护人，魔法师的敌人。堂吉诃德就要与公爵的家臣之一打一仗，因为那家臣抛弃了他的新娘，但是，就在堂吉诃德出击之前，那家臣被魔法师变成了男仆托西洛斯。因为托西洛斯爱着这个姑娘，所以他向堂吉诃德投降，并且在堂吉诃德泰然支持下，当场提出要与被抛弃的新娘结婚。

结果：堂吉诃德第二十次赢得胜利。

实际的情形是：公爵和公爵夫人在安排这场决斗的时候暗中调包，换了一个男仆来顶替已经逃到佛兰德斯的家臣；但是，他们见没有了残酷的玩笑，又被人算计，因此感到非常地吃惊和恼怒。

比分是20∶17（他现在不能再输，但是他会赢吗？）

堂吉诃德第四盘以五比四领先；假如他赢了接下来的比赛，那么他就赢了这一盘和整场比赛。

片段三十八：公牛（第五十八章）

错觉：公主的捍卫者。堂吉诃德纯然是要对几个打扮成牧羊女模样的友好的少女表示敬意，于是，他随随便便、没有多加思索就在大路的当中站定，要向第一个出现的人挑战。但是来的是一群公牛和赶牛的人。

结果：他第十八次被打败。

实际的情形是：请注意，牧羊女主线又让故事回到了片段九的田园牧歌气氛中；到了片段四十，在与卡拉斯科的第二次交手之后，堂吉诃德自己打算要穿上牧羊人的装束，在田园牧歌式的环境里生活。同时注意，现实的羊群和现实的牧人，与充满田园牧歌想象的人为的美好世界，有着强烈的对照。在片段十三，当他向他误以为是军队的羊群冲锋的时候，他被现实的牧羊人打翻在地。在现在的片段三十八，他被打倒了，被公牛和牧人踩踏，浑身是伤，昏倒在地上；但是，他非常可怜地从地上爬起来要靠两条腿追上去，大声喊叫，加快步子，跌跌撞撞，摔倒在大路上——终于，他疲惫不堪，一边愤怒地喊叫，一边在尘土飞扬、无动于衷的大路上坐了下来。这个场景标志着他最终倒下的开端。

比分是20∶18（第四盘5∶5平）

片段三十九：斗桑丘（第六十章）

错觉：公主的捍卫者。堂吉诃德对公爵和公爵夫人诱骗他考虑的办法信以为真——即，让桑丘把裤子扒下，叫桑丘抽他的（桑丘的）屁股，抽上多少下，对于解除杜尔西内娅的魔咒就会起很大的作用。

结果：他第十九次被打败。

实际的情形是：那个秋日的早晨，在前往巴塞罗那的途中，堂吉诃德似乎感到自己的日子已经不会很长了，因此觉得杜尔西内娅无论如何一定要把魔咒解除。他下定决心，那要抽的三千下屁股就由他自己来动手，于是他蹑手蹑脚地来到睡得正香的桑丘身边。我们看到他要扒桑丘的裤子，但是桑丘抓住了他的主人，扭打起来，结果把堂吉诃德按在地上，并且用一个膝盖顶住了堂吉诃德的胸口，顶得他动弹不得，透不过气来。这时他逼着堂吉诃德答应不过问这件事，一切由他自己解决——他欺骗他的主人，令他相信他是在抽打自己的屁股，而实际上他是借用他的驴子的缰绳，在抽打光滑的山毛榉树的树干。这同一根缰绳他在片段十五里用来捆扎驽骍难得的四条腿，又是这同一根缰绳被玛丽托娜斯用来缚住堂吉诃德的手腕，把他悬挂在窗口上。他所有的被人打败的事例中，这一回他被他的扈从按在地上，那是他最荒诞、最丢脸、最令人震惊的一次失败。堂吉诃德感到心头难受，茫然不知所措，又被解除了武装，他只能束手就擒，被几个和气的罗宾汉式的绿林好汉俘虏。这也是同一次失败中的历险。

比分是20∶19(第四盘的比分是5∶6)

片段四十：与卡拉斯科的第二次也是最后一次交手(第六十四章至第六十五章)

(最后一个赢得胜利的机会。)

错觉：公主的捍卫者。堂吉诃德接受了银白月亮骑士的挑战。一天，他们在巴塞罗那海滩相遇。

结果：他第二十次被打败，一次决定性的失败。

实际的情形是：伪装起来的卡拉斯科非常干脆地把可怜的骑士从马上掀翻在地，并且要他发誓从此打道回老家去。这是游侠骑士堂吉诃德的终结。在他与桑丘百无聊赖地缓慢走回家的路上，又遇上了痛苦的事情：一群猪将他们撞倒在地上，而且后来公爵与公爵夫人又派人将他们拖回了受折磨的屋子，然而这些是他们遭的灾，而不能说他们是被打败的，因为堂吉诃德此时已不再是一个骑士了。

于是，这最终的比分是20∶20，或者按照网球赛的记分法来说是6∶3，3∶6，6∶4，5∶7。但是第五盘永远不会进行；死神把比赛取消了。根据冲突的次数来记分，结果也是平局：那就是二十胜对二十负。而且，小说第一部与第二部都是平局：分别是13∶13和7∶7。在似乎是一本如此不相连贯、如此杂乱的书中，这种胜利与失败的绝对均衡，是让人感到非常惊讶的。之所以会有这种情况，那是因为作者有人们难以理解的写作能力，即艺术家取得和谐效果的直觉。

结　论

在讨论《堂吉诃德》这部书的过程中，我努力在你们毫无偏见的思想上带来一些印象。即使有些人的想法是不一样的，即使是这样我希望也已经给你们传授了一点知识。我再重复一遍我在这旅程开始的时候说的话：你们是精力充沛、情绪兴奋的观光客；我只不过是一个口干舌燥、脚板酸痛的导游。那么，这些印象是什么呢？哦——我讨论的问题有该书发生的时代和地点；所谓的“现实生活”与虚构故事之间的关联；堂吉诃德与他的扈从外部特征与品行特点；各种结构问题，例如骑士精神主线、田园牧歌主线、插入的故事、历史纪录者主线、三个人——堂吉诃德、桑丘和塞万提斯——都在魔法师手下经历过的残酷蒙骗。我还说到了他的杜尔西内娅以及他的死亡。我还给你们举例说明了这部书的艺术与诗意，同时我也对把这部书看作是仁慈与幽默的书的见解提出了反对意见。

有一位西班牙评论家，迪戈·克莱门辛，[①]评论说，塞万提斯“以似乎无法解释的粗心大意写下了他的寓言：他的写作毫无计划，他的想象、他的丰富与有力的想象，教他写什么他就写什么。而且他对于写完之后的修改还有无法克服的厌恶——于是书中就出现了多得惊人的错误，情节的遗忘或者张冠李戴，不相一致的细节譬如名字与发生的事情在回顾与重复时发生种种令人讨厌的变动，以及遍布全书的其他瑕疵”。评论还用更加激烈的言辞指出，除了堂吉诃德与桑丘的生动活泼的对话以及构成堂吉诃德的主要历险的精彩幻觉之外，整部小说就是预先编排的事件、已经使用过的情节、平庸的诗行、陈腐的评语、不真实的伪装，以及难以置信的巧合等等混合而成的大杂烩；但是，不管怎么说，塞万提斯的天赋才能，他作为一个艺术家的直觉，成功地将这些不连贯的组成部分组合在一起，并且用来给他这部关于一个高尚的疯子与他的粗俗的扈从的书提供了动力与统一性。

在过去，《堂吉诃德》的读者读了小说的每一章都会笑痛肚子，可是，这个现象对于现代的读者来说似乎是很难相信的，因为他们

① “《吉诃德》序言”，见他的该书六卷本第一卷，马德里：1833年至1839年。这段话似乎是纳博科夫转引的。——原编者注

觉得这部书的幽默所蕴含的意义是非常残酷的。笑话连同它的所有俗套的笑料，往往堕落到不文明的闹剧的低劣程度。倘若一个作家认为有些东西——蠢驴、贪心的人、受折磨的动物、流血的鼻子等等，即老套笑话中的常见之物——本身就是滑稽可笑的，那就十分悲哀了。假如塞万提斯也用了这些手法而最终并没有不妥，那只是因为塞万提斯艺术家的这一面占了上风。作为一个思想家，塞万提斯漫不经心地沾染了他那个时代的大多数的错误与偏见——他容忍宗教法庭，庄严地赞同他的国家对于摩尔人和其他异教徒的残酷态度，认为所有的贵族都是上帝创造的，所有的修道士都是受上帝启示的[①]。

但是他具有一个艺术家的眼力和韧性，于是，他在创作他的令人哀怜的主人公的时候，他的艺术超越了他的偏见。一部书的艺术不一定会受到书的道德伦理标准的影响。作为一个思想家，塞万提斯的思想既受到他那个时代的正统与学术的思想的指导，又受到这个思想的束缚。作为一个创作者，他享有天才人物的自由。[②]

那么，我们的最后意见是什么呢？

有些书也许在非常奇怪的传播方面，比它们的本身的价值更为重要，《堂吉诃德》就是其中之一。这部书一出，立即就在国外翻译出版，这一点是很重要的；实际上，这部小说第一部的英译本早在一六一二年，第二部西班牙语原著还没有出版的时候，就出版了，而第一个法文译本虽然出版于一六一四年，但是，从那一年之后直至我们这个时代，仅法文译本就有五十个不同版本。(想起来真是非常有趣，最著名的法国剧作家和演员莫里哀于一六六〇年在这部著作搬上法国舞台时演过堂吉诃德这个角色。) 继英国和法国树立的榜

① 在旁注中纳博科夫写道，这句话是戈鲁萨克评论的意思。“他容忍宗教法庭”开头的后半句话画了一条斜线删除了。——原编者注

② 纳博科夫在旁注中写道，这句话（经过多次修改）是马德里亚加评论的意思。——原编者注

样之后，就有了下面的一系列的译本：一六二二年意大利文译本，一六五七年荷兰文译本，一六七六年丹麦文译本，一七九四年德文译本，以及后来的俄文译本出版。我这里列出的都是原著的全译本，并不包括从法文转译的节选本或改写本，譬如分别于一六二一年和一六八二年在德国出版的那两种译本。

关于桑丘就没有什么可说了。他是因他主人的存在而存在的。任何一个身材矮胖类型的演员都可以很容易地扮演这个角色，都可以制造喜剧效果。但是，说到堂吉诃德，情况就不同了。他的形象比较复杂，很难捉摸。

在小说原著中，从一开始，堂吉诃德的形象就经历了一个身影不断增大的过程。(一) 先是最初的一个令人厌烦的乡绅，吉贾纳老爷；(二) 最后则是一个善良的人吉贾诺，他仿佛既有狂人堂吉诃德的荒唐又有悔恨的乡绅的无奈；(三) 是假定的“本来的”与“历史上的”堂吉诃德，他被塞万提斯偷偷地藏在书后，以便让小说具有“真实故事”的特点；(四) 是想象的记述者阿拉伯人锡德·哈米特·贝尼盖利笔下的堂吉诃德，也许是贝尼盖利——人们有趣地认为——把这个西班牙骑士的英勇淡化了；(五) 是第二部里的狮子骑士堂吉诃德，他与第一部里的愁容骑士并列；(六) 是卡拉斯科眼里的堂吉诃德；(七) 是阿维兰尼达伪作续书里的粗鲁的堂吉诃德，他被隐藏在原作第二部的背景里。于是，在一部书中我们至少见到了堂吉诃德幻象的七种色彩，这七种色彩融合，分裂，再融合。[①] 而在这部小说原著之外，则有一大批的堂吉诃德，他们或者是在不诚实的译本的污水池里产生的，或者是在用心良苦的译本的温室里培养的。毫无疑义，这个善良的骑士在世界各国茁壮生长，繁衍生息，而且最终到处都一样能适应：在玻利维亚，是狂欢节上的喜庆人物，而在旧俄国则是高尚但又无骨气的政治抱负之抽象象征。

① 纳博科夫在这句话后面还有这样的字句，“随着几支移动的光线从不同的角度在墙上照出一件东西的影子的变化而变化”，后又删去。——原编者注

我们的面前摆着一个有意思的现象：一个文学作品人物渐渐地与产生这个人物的书脱离了关系；离开了他的祖国，离开了他的创作者的书案，在游历西班牙之后又来游历世界。因此，堂吉诃德比塞万提斯构思的时候要伟大得多。三百五十年以来，他穿越了人类思想的丛林与冻原——他的活力更充沛，他的形象更高大了。我们已经不再嘲笑他了。他的纹章是怜悯，他的口号是美。他代表了一切的温和、可怜、纯洁、无私以及豪侠。这诙谐的模仿已经变成杰出的典范。

故事与解说
第一部（一六〇五年）

第一章

有一个乡绅，由于整天整夜沉迷于阅读描写骑士品质的书，结果，他似乎觉得，这些书里写的荒唐的历险故事都是真实的，是值得效仿的。“终于，在他神志错乱的时候，他产生了天下任何一个疯子从来没有产生过的最奇怪的念头。他感觉到，为了替他自己赢得更大的荣誉，同时也为他的家乡服务，做一名游侠骑士，骑着马，披上盔甲，周游天下，于他是妥当的，有必要的；他要把书中读到的全部知识用到实践中去，从而追寻冒险经历；他要洗雪人们的各种冤屈，要将自己置身于艰难险阻之中，只要能让自己声名远扬，流芳百世。他仿佛已经看到，他的英勇气概和勇武精神已经有了回报，因为这个可怜的人觉得自己起码已经被立为特雷比森[①]国王；于是，在这样的想入非非之中找到的奇怪的乐趣，让他飘飘然了，他立即动手要把自己的计划付诸实施。”他翻出他的曾祖父留下的旧盔甲，仔仔细细地擦拭，又给他的老马起了一个响亮的名字，把它叫做驽骍难得，还有他自己——本来是平平常常的阿朗索·吉贯达，克萨达，或者是吉贯纳——仿效把他王国的名字加在自己的名字里的阿玛迪斯，“我们的善良的骑士决定在自己名字里加上他的出生地，这样他的名字就成了‘堂吉诃德·德·拉曼查’；因为，通过这个办法，照他的看法，他的家系就表达得明明白白了，同时，把家乡的名字放到自己的名字里，也为家乡增了光”。但是，接着“他自然而然觉得还缺少一件：他必须找一个他可以倾心的女子；因为，倘若一个游侠骑士没有恋人，就好比一棵树没有绿叶，或者像一棵树没有果子，就像一个人没有了灵魂”。于是，他想到了一个美丽的农家姑娘，因为他曾被她的美貌所打动，尽管那姑娘从来没有看过他一眼，于是，“他希望她起一个不会与他的名字不协调的名字，而且她的名字听上去就是一个公主，或者一个高贵的人；于是，他决定把她叫做‘杜尔西内娅·黛尔·托博索’，因为她是埃尔托博索那个地方的人”。

第二章

“于是，一切准备工作都就绪之后，他急于要把计划付诸实施，一刻也不想耽误，因为，对于因他的拖延之故这个世界将要造成的损失，只能责怪他本人，要知道必须矫正的冤屈有多多少，要洗雪的不平有多多少，要革除的弊端有多多少，要履行的职责又有多多少。因此，在非常炎热的七月里的一个清晨，天还没有破晓，他的打算和意图他谁也没有告诉，他也没有让任何人看见，就出门去了。”在他模仿这些年来一直在阅读的那些书里所写的那样赞美他自己的时候，关于骑士书的讽刺也在继续。“‘哦，幸福快乐的时代，幸福快乐的年代，’他接着说道，‘在这样的时代，这样的年代，我的远近闻名的功绩将公布天下，为了造福子孙后代，那可是值得用铜像来塑造，值得用大理石来雕刻，值得用绘画来描绘的丰功伟绩。哦，聪明的魔法大师，无论你是谁，但是编写我的非凡历史的任务将要落到你的肩上！我请求你千万不要忘记我的良马驽骍难得，我跋山涉水周游天下的永恒伙伴。’然后，仿佛他真是在与那姑娘相爱，说道：‘哦，杜尔西内

① Trebizond，中世纪时为小亚细亚一王国，现为土耳其东北部黑海港口城市。1204年属拜占庭帝国，1461年并入奥斯曼帝国。

娅公主，我这被俘虏的心的爱人！你让我承受了多么大的委屈，因了你的责备，我被送出了门，踏上了路途，还要用严峻的目光命我不许来到你美丽的身影的面前。哦，我的爱人，请你千万想着你的爱人，因为他为了爱你，经受着多么大的痛苦。'

"他就这样一边继续前进，一边联想起都是那些书教给他的种种荒诞念头，并且竭尽他自己之所能，模仿那些书的作者们使用的语言来表达。他骑着马缓慢地走着，可是太阳很快地升起来了，而且是那样地炎热，即使他曾经有过聪明才智，太阳的炎热也早已经将这聪明才智融化了。"他心里知道，他的骑士的称号还没有被正式授予，于是他决定，他要请求在这途中遇上的第一个人的帮助。他到了一家路边客栈，但是他误认为这是一座城堡，还将客栈的老板当成了城堡的总管。

第三章

这是一顿很糟糕的晚餐，他却认为是美味佳肴，而就在用完晚餐之后，他扑通一声在睁大眼睛非常惊讶的客栈老板的面前跪了下来。"我可以非常冒昧地告诉你，我向你提出请求而你也已经非常慷慨地答应愿意给予我的恩泽，就是到明天早晨你将授予我骑士的称号。在那个时刻到来之前，在你的城堡小教堂里，我要为我的盔甲正式地祈祷守夜，而到了明天早晨，我已经说过了，我梦寐以求的愿望就要实现，于是，我就可以合法地周游天下，寻求冒险的经历，解救贫困的人们，因为这是像我这样非常渴望从事极为冒险的举动的游侠骑士应该完成的豪侠职责。"堂吉诃德的梦想之所以会实现，只不过是因为那客栈的老板是一个无赖，是一个有冷酷幽默感的精明人。塞万提斯的骑士精神文学的诙谐模仿在继续，但用的是一种新的手法。这时，是这个无赖客栈老板在讨好做梦的人堂吉诃德，并且仿佛是提醒他，别忘了那些要注意的细节：骑士，无论他有多么地豪侠——而且实际上这个做法也是对他们的豪侠精神的协助——应该携带“装得满满的钱包，以防备紧急情况下的需要；而且他们还带着衬衣，还有一小盒药膏，他们擦伤之后可以涂在伤口上帮助愈合”。盔甲的正式祈祷守夜仪式如期举行，不过因为几个赶骡的人搬动了堂吉诃德放在水槽上的盔甲，他与他们打起来，守夜仪式也被打乱了。终于，客栈老板在一个假仪式上授予堂吉诃德骑士的称号，于是，堂吉诃德对客栈老板授予他骑士的光荣称号，说了一通表示感谢的话之后，出发去寻找他的冒险经历。“客栈的老板心里非常高兴，总算把他打发走了，但是，他也致答词，他的话尽管短一点，却也一样说得很漂亮，而且他甚至连住店的费用也没有要，因为见他走了高兴还来不及呢。”

第四章

一个打短工的乡下男孩遭到了一个狠心的农民的鞭打，堂吉诃德见这情形叫那农民放了小孩，自以为放了小孩就等于洗雪了冤屈，心中很是得意，但是堂吉诃德要回自己的村子去找一个扈从，他骑着马刚一走，那农民反而变本加厉地毒打小孩。堂吉诃德在路上遇见带着仆人的六个旅行者。他心中急于要找一点冒险经历，于是就挡住了他们的去路，也做出趾高气扬的样子，“‘大家都听好了，’他说道，‘站在原地不许动，只要你们都承认，美貌绝伦的杜尔西内娅，拉曼查女王，是普天下最美丽的姑娘，再也找不出第二个这么美丽的人了。’”其中一个商人见他们面前站着的是一个疯子，便要求说先见一见这个姑娘，然后才愿意做出承诺。“‘假如我带她到这里来让你们见一见，’堂吉诃德回答说，‘那要你们承认这样一个明明白白的事实还有什么意思呢？至关重要的问题是，你们在没有见到她的情况下，要相信，要承认，要申明，要维护这个事实。否则的话，别看你们样子多么可怕，态度多么傲慢，你们必须与我战上一个回合。’”那个商人说话含含糊糊的，还想敷衍了事，怒气冲冲的堂吉诃德拔剑就要向那商人刺去，可是，很不巧，跑到半路，驽骍难得就绊了一下，把骑士甩在地上，而在这时一个赶骡的过来狠狠地将堂吉诃德打了一顿，打得他躺在地上一动也不能动。

第五章

一个邻居农民见到他这个情形，把他扶回家去。"'你们都等一等，'堂吉诃德说道，'我的宝马绊了一下害得我伤得很重。把我扶到沙发上，假如办得到的话，替我把乌尔干达[①]叫来，看一看我的伤，叫她帮我治一治。'

"'行了！'管家大声说道。'都说什么呢！我家主人哪条腿崴了，我这心里头还不知道吗？老爷，你就立刻到床上去躺着，用不着找你的什么乌尔干达，我们会把你伺候好的。我说呀，都是那些该死的骑士书把老爷你害的，那些杀千刀的骑士书。'

"于是，他们就把他抬到床上，可是，他们在他身上找伤口的时候，什么伤口都没有找到。这时，他告诉他们说，他是从他的宝贝马驽骍难得的背上重重地摔下来才摔伤的，当时正跟十个巨人对打，那是世界上最强大、最蛮横的巨人，从来没有听人说过。"

第六章

堂吉诃德的朋友，堂区神甫和理发师，来到他的藏书室查看。他的管家和他的外甥女提出的办法比堂区神甫的说法还要偏激，因为神甫觉得有一些书可以放过，不要扔到院子里已经点燃的火堆上焚烧，至于理发师，他的态度更加宽容一些。(这一段情节非常精彩可

① 骑士小说《高拉的阿玛迪斯》中的女魔法师。

读。）在决定是扔到火堆上焚烧，还是放在一边保存起来之前，这两个人都要非常仔细地翻阅那些书，其中还有塞万提斯自己的《伽拉忒亚》[①]。堂区神甫的爱憎好恶，态度并不非常明白；但是有一点很清楚，即，他主张无论散文还是诗歌都应该写得干净。在第六章的这些对话里非常奇怪有莎士比亚的韵味。那些文学典故在当时毫无疑义比我们现在读的时候更加有趣、更加深奥。

"'这一本，'理发师又拿起一册说道，'书名叫《骑士的镜子》。'

"'啊，老爷，我认识你，'堂区神甫说道。'书中写的是蒙塔尔本的里纳尔多骑士以及他的许多朋友们，一个个都是比卡库斯还要大的大盗，还有十二个法国贵族和讲实话的历史学家图尔潘[②]。跟你说一句老实话，我倒主张就把他们处以永久性流放为好，因为他们的故事毕竟有一点马特欧·博亚尔多的创造性，而且正因为有了这创造性，基督教诗人路德维科·阿里奥斯托才编织了他的丰富多彩的生活画卷[③] ——可是话又说回来，要是他说的不是他自己的语言而是别的一种，我对他不会怀有任何敬意，而要是我看到他是说的他自己的语言，那我就要将他放到我的头顶上［敬意的表示］。'

"'没错，'理发师说道，'我家就有他的意大利文的书，可是我不懂意大利文。'

"'你懂不懂意大利文也无关紧要，'堂区神甫说道。'就因为这个缘故，我们也会原谅船长，假如他没有把这本书带到西班牙，并且把它翻译成西班牙文，因为一翻译成西班牙文，原文的活力大都就从此丧失了，凡是要把诗歌翻译成另外一种语言的人都有这种情况；因为无论这些译者态度多么小心谨慎，或无论他们的翻译手法如何

---

① *Galatea*，塞万提斯发表于1584年2月的第一部小说，描写牧羊人与牧羊女的田园牧歌式的爱情故事，当中也穿插一些匪徒抢劫之类的惊险情节，出版后并没有多大影响。书中借神甫之口指出他的书"意图明确，但没有结果"。所以还是等他的第二部书出版，看他写些什么，现在暂且放在一边，不要焚烧。

② 讽刺法国兰斯大主教图尔潘，因为他写了一部充满幻想的查理帝国史。

③ 参看第134页注。有了博亚尔多的《热恋的奥兰多》，才有阿里奥斯托的《疯狂的奥兰多》。

地巧妙，他们绝对无法与原著相比。总而言之，我觉得，这本书以及所有关于法国题材的书，都应该扔到一个旱井里去，或者说存放到那里去，等到我们想清楚了该怎么处理之后再拿出来也不迟。……’”总的来说，这些都是关于翻译的非常动人的言论。

第七章

在这一章里，尽管堂区神甫是一个脾气随和、态度宽容的人，但是，由于那管家是愚昧无知、极平常的天资、老妇人的愚蠢三者加在一起的活生生的象征，因此她把家里的书全部都扔到火堆上焚烧了。在管家焚书的时候，人们更加清楚地感到，对于骑士传奇故事的讽刺在作者对于他的“奇怪的疯子”的关注中被冲淡了，被淹没了。故事发展到这个时候，在第六章和第七章，注意书中调子的转变，是很重要的。还有一点：把原来藏书的房间的门封死，堂区神甫和理发师操办起来当然是一件代价很大，也很烦难的事，但是他们的这一做法也非常的荒诞，非常的愚蠢，就像堂吉诃德身边实施的那些魔法一样。问题是，尽管有人会辩解说，他的朋友们只不过是在迁就他的疯癫，但是，你们自己也一定有一点疯癫才会想出这样的点子来；这同一个道理也适用于第二部里让人骇怕的公爵和公爵夫人对堂吉诃德和他的扈从桑丘实施的各种魔法。当堂吉诃德问，他的书房，他的书，都跑到哪里去的时候，他的管家“已经有人仔细关照好了要怎样跟他说。‘老爷你是在说什么书房啊？’她这样说道。‘这家里哪来的书房，也没有什么书；统统都被魔鬼摄走了。’

“‘不对，’外甥女说道，‘不是魔鬼摄走的，是老爷你离家后的第二天的一个晚上，驾了一片云来的魔法师弄走的；他来的时候骑着一条大蛇，他跳下云来，走进你的书房，我不知道他在里面干了些什么，不过过了一会儿他从屋顶上飞走了，在屋子里留下一片烟雾；后来我们上去看看到底出了什么事，只见什么书房什么书都没有了。

不过有一件事情我和管家都记得清清楚楚：那个糟老头临走的时候大声嚷嚷，说这都是因为他跟这些书的主人、这书房的主人暗地里结下的私仇的缘故，这就是为什么他要在这间屋子里捣乱的缘由，还说我们进去就会知道了。他还说他的名字叫做魔法师穆尼阿顿。'

"'叫作弗雷斯顿，他应该这么说的，'堂吉诃德说道。①

"'我也说不清，'管家说道，'到底他的名字叫弗雷斯顿还是弗里顿；我只知道他的名字末尾是顿。'

"'那就对了，'堂吉诃德接话道。'他是个很聪明的魔法师，也是我的大敌，他之所以对我怀恨在心，是因为凭他的诡计，凭他的学问，他知道最终我跟他喜欢的一个骑士单独会有一战，而且这一战胜者必定是我，他是没有法子阻挡的。就因为这个缘故，他想尽办法给我制造种种麻烦，但是我要警告他，他要反对，或者要逃避上帝判定的命运是万万不能的。'"

"叫作弗雷斯顿，他应该这么说的"这句话的语调所体现的镇静与艺术性，就像一个桃子，值得把玩和细细品味。

书中出现的第三个农民是桑丘·潘沙，堂吉诃德一再劝说他做自己的扈从。桑丘·潘沙不妨说是堂吉诃德粗俗那一面性格的翻版。注意，他丢下妻子儿女是为了实现一个梦想：当一座大陆岛的总督，而由于堂吉诃德毫无疑问把这件事说得天花乱坠，终于，这个可怜的蠢货被打动了。桑丘·潘沙出场的时候是一个很笨的人。他会改变的。其实在这一章的结尾，他说起话来已经不能说是一个傻瓜了。

第八章

接着是著名的战风车这一章。堂吉诃德在重新作了一系列的准备工作（新的马笼头、扈从、扈从的坐骑—— 一头灰驴）之后，又出

① 堂吉诃德读的骑士书中有一本叫《希腊的堂贝里阿尼斯》，书中的魔法师名叫弗雷斯顿。

发去探寻新的冒险。注意，塞万提斯描述的风车是多么地生动逼真。就在堂吉诃德朝风车进攻的时候，“一阵微风吹来，风车巨大的翼板开始转动起来”——早不转，迟不转，偏偏就在这个时候翼板转动起来。堂吉诃德被一个翼板撞击之后感到的震惊使他冷静下来，心想他想象中隐约看到的手舞足蹈的巨人，现在已经把他们自己变成了桑丘一直都在说的东西——风车。他们是从乡巴佬扈从那里得到了启发。魔法师弗雷斯顿又在作祟了。

非常奇怪，书中写道，堂吉诃德听了桑丘·潘沙的一句话之后竟哈哈大笑起来。桑丘说道：“‘上帝知道，假如什么东西把老爷你弄伤了，你就哇哇的叫喊起来，我听了倒好受一点。我可以向你保证，我会哇哇地叫，哪怕是一点点的痛——也就是说，除非受伤了也不叫痛这个规则［像游侠骑士一样］也适用于骑士的扈从。’

“听了桑丘的蠢话堂吉诃德没完没了笑个不停，并对他说，他想怎样叫就可以怎样叫，不管在什么地方，不管在什么时候，也不管有正当的理由，还是没有正当的理由；因为，他从来没有在骑士惯例中看到过相反的规定。”

注意接着的一个壮举开头的可爱的描述——高大似单峰骆驼的骡子，避风沙的眼镜，还说什么西印度群岛，从艺术性的角度来说一切都是一流的：“在他们面前的大路上，来了两个天主教本笃会的修士，骑着单峰骆驼——因为他们骑的母骡子体型一点都不比单峰骆驼小。那两个修士都戴着旅行者用的眼镜，撑着遮阳的大伞，在他们的身后是一辆马车，由五个骑马的人陪着，另外还有两个赶骡的人步行。马车里坐着的后来才知道是一个比斯开贵妇人，她是乘车到塞维利亚去给她的丈夫送行，因为她的丈夫有了新的任命，要到西印度群岛去担任要职。那两个修士倒不是那个贵妇人一行人中的，尽管他们走在同一条路上。

“堂吉诃德一见到他们就转身对他的扈从说：‘要么是我错了，要么这一回将是一个从来没有遇上过的最著名的冒险了；因为你看到的这两个穿黑衣的人一定是，而且毫无疑问可以肯定，确实是两个魔法师，后面的马车里坐着他们劫持的公主，因此我要尽一切努力帮助她打抱不平。'"

作者的意图是要用传奇色彩的场面来抵消风车这个场面的残酷性。注意，堂吉诃德整夜想入非非，心中只有他想象中的情人。接着就是一个自然的结局。赶骡的人又参与到冲突中来了，不过这一回他们是扑向桑丘·潘沙，而堂吉诃德则将那两个善良的修士打得一败涂地。的确，整个冲突自始至终是一大胜利，即使贵妇人的一个随从，即一个比斯开人，向他进攻的时候，他也没有被打败。堂吉诃德在遭了重重的一击之后，他毅然决然地向比斯开人冲去，手中高高地举起那把剑，准备给予狠狠的打击，而在这时，马车里的贵妇人和她的女仆们则在向上帝祈祷拯救他们每一个人。"在这千钧一发之际，这部历史的作者戛然而止，于是这场战斗就这样悬着，而作者自己找了一个借口说，除了前面已经说过的内容之外，他找不到有关堂吉诃德的丰功伟绩的任何书面资料。另一方面，这部著作的第二作者［塞万提斯本人］也确实无法相信，如此非同寻常的一部历史真会被人遗忘，他也不相信，拉曼查的有学问的人竟然会没有一点求知欲望，在档案材料中或者户籍登记处找不到一点与我们有名的骑士有关的材料。抱着这样的信念，他仍然觉得有希望见到这个引人入胜的故事的结局，而且终于老天不负有心人，他真找到了……"

第九章

在托莱多，塞万提斯发现一部阿拉伯历史学家锡德·哈米特·贝尼盖利的阿拉伯文手稿。他请人把这部手稿翻译成西班牙文，而且这部手稿还有一幅堂吉诃德与比斯开人打斗的插图，只见图中堂吉诃德那把剑高高举起，而且堂吉诃德、桑丘、驽骍难得，描绘得栩栩如生，历历在目。然后，塞万提斯悄悄地采用了另外一个手法（中断的历史只不过是骑士传奇故事的陈旧手法)："只要是真实的，没有一个故事是不好的，"他这样写道，然后他继续写道，"即使对于目前讨论的这部著作的真实性有任何异议，也不过是作者是阿拉伯人这一点"，同时他指出，在贝尼盖利本应该赞美堂吉诃德的地方，他"却似乎竭尽所能悄悄地敷衍过去"，这一点，塞万提斯认为，是一个本来应该"严谨、诚实、不带偏见"的历史学家的"败笔"。不管怎么说，在这幅插图之后，贝尼盖利的叙述结束了这场冲突，以堂吉诃德大获全胜告终，而且堂吉诃德还饶恕了比斯开人，不过也是由于贵妇人和她的女仆求情，并且保证她的随从会去求见杜尔西内娅·黛尔·托博索，任凭她如何处置。"贵妇人和她的女仆们战战兢兢，满脸的愁容，也没有停下来议论议论堂吉诃德的要求，而是连问都没有问一声杜尔西内娅是什么人，就向他保证那随从一定会按照要求去办的。"于是，我们将会看到，堂吉诃德在虚构的阿拉伯故事的虚构的翻译中的形象，并不像这个故事的虚构的发现者所说的那样糟。

第十章

堂吉诃德在这一场叫人得意洋洋的冲突（即使在这场打斗中他被劈去半只耳朵）之后，他重又策马前进，"健步如飞"。骑士对桑丘夸夸其谈，说什么，他刚才完成了一项丰功伟绩，没有一部历史记载过比他的丰功伟绩更加了不起的战斗。"'明摆着的问题是，'桑丘说道，'什么样的历史我都没有读过，因为我既不会写也不会读，不识字；不过我可以打赌的是，我这一辈子可从来没有伺候过一个比老爷你更加英勇的主人；我只是希望你的勇敢的代价不是把你送到我跟你说过的地方去［进班房］。我想要劝你的一句话是老爷你就让我把你的耳朵看一看，你看耳朵在不停地流血，我这鞍囊里有纱布和白药膏。'"这可不是一个傻子在说话，而是听一个具有善解人意和精明能干性格的人在说话。堂吉诃德确实是勇敢的，但是在这个时候，药膏和纱布才是他真正需要的。

诙谐地模仿骑士冒险故事时的一个新特点是，堂吉诃德说到了一种魔药水："那是一种油精，如何配制这种油精我知道得一清二楚；有了这种油精，人们就根本不必害怕死亡，也不必考虑会死于创伤。我要配制一点交给你；有了这种魔药之后，一旦在战斗中我的身体被剑劈成两半——这种情形是经常会发生的——这时候你要做的事就是，在鲜血还没有凝固之前，把倒在地上的我的一半身体，轻轻地，小心地，接到还留在马鞍上的我身体的另外一半，当心一定要拼接得整整齐齐，平平整整。然后，给我吞咽一两滴我跟你说过的药水，不要多久你就会发现，我的身体就变得比苹果还要光滑平整了。"

接着，塞万提斯继续援引骑士传奇故事里的手法讲述堂吉诃德的故事。注意堂吉诃德只能将就着吃的午餐："'我这里只有一个洋葱，一点儿奶酪，还有几片面包皮，'桑丘说道，'可是，这些东西可不是像老爷你这样的一个英勇的骑士吃得的东西。'

"'你真是太不懂了！'堂吉诃德回答道。'我就告诉你吧，桑丘，一个游侠骑士可以连续一个月不吃东西，这是关系到骑士的名誉的问题，而且，即使他们真吃东西，那也是身边有什么就吃什么。你要是读过我读的历史故事，那你自然就懂了。'"这真是一顿可怜的午餐。一顿维他命大餐。注意这一章的漂亮结局：

"于是，他们两人爬上他们的坐骑，急急匆匆地赶路，以便在夜幕降临之前赶到宿夜的地方；可是，太阳落下去了，希望找到一个宿夜的地方的愿望也随之落空了。白天将尽的时候，他们走到了一处牧羊人搭建的小屋边，于是他们决定就在这里过夜。桑丘非常地失望，没有走到一个村庄宿夜，而他的主人见自己可以头顶夜空，露宿旷野却沾沾自喜起来；因为堂吉诃德总觉得，每遇上这样的情形，只不过是又一回给他提供了一个机会，让他觉得自己堂堂正正拥有游侠骑士这个称号。"

第十一章

牧羊人摆出了一顿丰盛的晚餐，而且还有奶酪和橡果。晚餐上堂吉诃德感动极了，于是就没完没了地开始歌颂黄金时代的美妙和田园牧歌生活的优点。我们的骑士发表的这慷慨激昂的长篇演说——这样的演说本来是不会发表的——都是由于他们给他吃的橡果的缘故，因为吃着橡果，他记起了黄金时代的大好日子；于是，他一时冲动，面对着他的牧羊人听众，发表了这毫无反响的慷慨激昂的演说。那些牧羊人张大嘴巴，惊讶地听着，一句话也不说，而桑丘则静静地坐着，不停地大嚼橡果，并且趁机一回回起身光顾第二个酒囊，因为这个酒囊他们挂在一棵橡树枝丫上晾着。

“堂吉诃德仿佛只顾着慷慨激昂地演说，并没有心思吃他的晚餐；而等到他演说完毕，其中一个牧羊人对他说话。

“‘为了让老爷你可以更加真诚地说一句我们都很客气、很友好地招待了你，我们想叫我们的一个同伴来给你唱歌，让你感到快乐，让你满心的欢喜。他马上就会来的。他是一个非常聪明的小伙子，深深地爱着一个姑娘，而且更要紧的是，听他弹一曲他的三弦诗琴，那可是最最大的享受，什么都比不上的。’”那小伙子叫安东尼，他来了，还唱了一支情歌。堂吉诃德还是在叫着耳朵痛，但这一回敷的不是魔药，而是其中一个牧羊人拿来的药膏，是迷迭香、唾液和盐调的，敷上去就不痛了。堂吉诃德是悄悄地醉了：读完这一章，作者不明说我们也感觉到了。

第十二章

又来了一个小伙子。他讲了格利索斯托莫对于马赛拉的爱情和最后为爱情而死的故事，这个故事正巧与堂吉诃德心里想的牧羊女相吻合，而且也有一棵大橡树，格利索斯托莫的墓地与一处泉水相邻，泉水的名字就叫橡树泉。这个乡下小伙子，佩德罗，起初说话粗俗，但是，塞万提斯最终让佩德罗嘴里说出的话，也像堂吉诃德说的话那样文雅，用词也像堂吉诃德那样深奥，尽管塞万提斯为人物性格生动起见，让佩德罗一开口就说错话。第十一和第十二两章是小说中梦幻般的喘息时刻。顺便提一笔，以下是小伙子抒情诗一般的故事中最优美的部分，那是三百年后年轻的浪漫主义作家同样情景的描绘未能超越的：

“离此地不远的一个地方，生长着二十来棵高大的山毛榉树，而在这二十来棵树的光滑的树干上，无一不刻着马赛拉的名字；而且，在有几棵树上刻的名字上方，你可以发现一顶皇冠，仿佛她的恋人刻上皇冠的意思是要表明，世界上所有的女人中只有她才配戴上这美的花冠。这边是一个牧羊人在悲叹，那边又有一个人在哀悼。一忽儿听到的是情歌，一忽儿听到的又是绝望的歌谣。有人会整夜整夜坐在一棵橡树脚下，或一块岩石底下，一刻也不会合上噙着泪水的双眼，而早晨的太阳升起来的时候，只见他仍旧昏昏沉沉地坐在那里，陷入了沉思。有人从来没有停止过或中断过悲叹呼喊，他会在最令人精疲力竭的夏日午后的炎热中，伸展四肢倒在炙热的沙地里，向仁慈的上帝诉说他的痛苦。”

第十三、十四章

到了这两章，一群兴致浓郁的结伴的旅行者与堂吉诃德相遇，他们交谈了几句就觉得堂吉诃德是一个古怪的疯子。堂吉诃德在与这些人的谈话中大谈特谈他的职业的时候，人们觉得诙谐的模仿——即使曾有过诙谐的模仿——现在最终已经完全消失，已被哀怜所取代。堂吉诃德现在已经赢得了读者的同情；凡是具有同情心的人，凡是具有审美能力的人——两者构成了艺术鉴赏力——现在都站在堂吉诃德这一边。注意骑士把他的职业与神职人员的职业，具体地说是修道士的职业，放在一起作比较的那一节："修道士们在平安清静的环境中，祈求上帝赐福人世间，而我们军人与骑士则将祈望付诸实施，靠的是我们使用的武器的力量，还要牺牲我们的性命，从而捍卫他们所祈求的事情；而我们完成这些任务并非躲在屋檐下，而是身处天空底下，是在难以忍受的炎夏的太阳光里，是在严冬的刺骨寒风中。这样我们就成了天底下执行上帝旨意的人，而我们的武器便是上帝执行圣旨的手段。正如战争以及一切与战争有关的东西，倘若没有辛劳，没有汗水，没有焦虑，就无法实现，同样道理，凡是以这一职业为己任的人，毫无疑问一定会比他们辛苦得多，因为那些人是在平安清静的环境中，是舒舒服服地祈求上帝赐福那些自身无能为力的人们。

"我的意思并非是想说——我不可能要想说［在那个虔诚的年代，人们必须当心他们说的话］——游侠骑士的身份像隐居的修道士那样的神圣；我的意思只不过是想说明，从我所经受的辛劳来看，我们这个职业毫无疑问是更加艰巨的职业，更加会受到饥渴的困扰，更让人觉得模样悲惨，衣衫褴褛，满身生虱。旧时的游侠骑士在他们的一生中经历过许许多多的苦难，那是毋庸置疑的；倘若他们有的人凭着他们的力量与勇气，做上了皇帝，你可以相信我的话，那也是以血汗付出了高昂的代价，而倘若那些登上这样的宝座的人没有魔法师和魔术师来辅佐他们，那么他们原先的愿望一定受到了欺骗，他们最初的希冀和期望一定遭到了蒙骗。"

这一章以及下面第十四章仿佛是一个幕间剧。那个少年牧羊人和牧羊女的故事，一个真实的事件，似乎远比堂吉诃德的幻觉荒诞。整个格利索斯托莫故事听起来似乎有点田园牧歌式的，矫揉造作的，多愁善感的；但是，强调堂吉诃德的热情与胆量，强调他想象的丰富，在某种程度上也是有必要的。小说又一个章节随着这一章即第十四章故事的结束而平静地结束了。牧羊女马赛拉出现在向她求婚却失望了的人的墓前，非常合乎情理地讲述了这件事情她所经历的那一面。堂吉诃德在格利索斯托莫–马赛拉事件中扮演的角色出现在最后，那时"[他]心里觉得这是通过拯救一个落难女子，表现他的骑士品质的好机会。于是，他伸手握住了剑柄，清晰响亮地喊道：'谁都别想再盯着美丽的马赛拉，不管他是什么身份，什么地位，否则我就不客气了。她已经明明白白，非常充分地说明了原委，格利索斯托莫的死是不能怪她的，一点都不能怪她的；她也说得很清楚了，她根本就谈不上服从过任何一个求婚者的意愿，因此，公正的做法是不应该去盯着她，纠缠她，她应该受到这世上所有善良的人们的尊重和敬佩，因为她是这个世界上唯一一个如此谦虚谨慎、心怀一片好意地生活的女子。'"直至格利索斯托莫安葬完毕，谁都没有移动一步。

第十五章

塞万提斯正想方设法寻找讲述一个新冒险的新办法的时候，他想起了他的主人公的那匹驽马，于是让驽骍难得在几个赶大车的人（卡斯蒂里亚北方来的加里西亚人）的手里被狠狠地揍了一顿，然后这匹老马"倒在地上不能动弹"。于是，堂吉诃德朝那些人冲过去，结果遭到他们货囊支架的痛打，也像他的坐骑一样倒在地上。倘若是一匹平常的马，这情状是会致命的；但是，在某种意义上说，驽骍难得是一匹魔马，就像马的主人有一个施了魔法的躯体一样，因此他们遭了毒打也能幸免于难。可是，正如堂吉诃德所说，高拉的阿玛迪斯有一回曾被人用马缰绳抽了两百下，而还有一名骑士遭受过沙子和雪水灌肠的痛苦。附带说一点，我们注意到桑丘·潘沙不能说绝对是一个胆小鬼，因为他也参与了一场他知道是赢不了的打斗："'我们还要对他们报什么仇呀，'桑丘问道，'没看见他们有二十几个人，可是我们才两个人，恐怕还只能算一个半人吗？'"注意在这一章里堂吉诃德并没有受到幻觉的诱导，错把那些手拿短棍的赶大车的人当作是挥动长剑的骑士。相反，他当时头脑是清醒的，事后还埋怨过自己，不该面对那些人伸手拔出剑来，因为他们这些人并没有授予骑士的称号，因此不是与他同等的人。

第十六章

小说中也有几个心地善良、富有同情心的人：小说一开头把堂吉诃德扶回村子的那个邻居就是一个，现在，我们又遇上了三个善良的人—— 一个客栈老板娘，她的女儿，还有她的女仆，三个人都是慈善的人。“这个性格温柔的人”就是用来描述长得非常丑陋的女仆玛丽托娜斯，即驼背玛丽的用语。不过注意她将在后面的第六十三章[①]里把骑士钉上十字架，折磨他达两个小时之久。到这里为止，塞万提斯的故事一直都是语言干净，但是在这一章里，却有一段淫荡情节，写的是玛丽托娜斯穿着睡衣，摸索着要到赶骡人的床上来，但是，由于他与堂吉诃德和桑丘同住一个房间，玛丽托娜斯被堂吉诃德抓住，因为他的错觉告诉他，她是被吸引到他床上来的公主。赶骡人最后把玛丽托娜斯救走，并且揍了堂吉诃德，而玛丽托娜斯则扑到桑丘身上，拼命地揍桑丘，桑丘也拼命地揍玛丽托娜斯。与这个女孩打架的一幕是与作者那个时代的文学的哗众取宠手法相一致的。但是也请大家注意，即使不考虑在创作一章又一章的故事的时候需要尽力发挥想象，也还需要考虑敏锐地、机灵地，有时候还要显得有点不顾一切地采取各种不同手段抓住读者的兴趣的问题。而且还要注意塞万提斯为虚构小说中增添更加绘声绘色、更加细致入微的具体细节找的有趣的借口。这里显现的又是一个真正浪漫主义者的先驱，而不是一个展现纯道德风貌、枯燥无味、概念化的十八世纪小

① 应该是第一部的第四十三章。

说的先驱：

“锡德·哈米特·贝尼盖利［虚构的历史编写者］是一个一丝不苟的历史学家，他孜孜不倦地查明真相，严谨地叙述一切细节，这从他认为那些细节不加任何说明就敷衍过去是非常不妥这一态度就可以看得分明，如前面已经提及的那些细节［骑士、他的扈从以及赶骡人下榻的‘星光闪烁的马厩’里的床的摆放］，不管这些细节会显得多么微不足道、无关紧要。

“所有这一切也可以给那些严肃的编写者树立一个楷模，也就是说，他们只给我们留下简单扼要、三言两语的记载，我们几乎无法细细品味，因为故事的核心内容都已经遗留在墨水池里了，或出于粗枝大叶，或出于恶意，或出于无知。我们要把良好的祝愿送给《利卡蒙特的塔博朗特》［一五三一］一书的（匿名）作者和讲述托密里亚公爵［一四九八］事迹的另一部书的那位作者［实际上是多个作者］——他们将每一个事件叙述得多么地严谨！”

附带要提及的是，人们对于这些骑士题材传奇故事的态度已经有了相当大的改进。正如对莫里哀来说，有“好的”Precieuses和“坏的”（即“可笑的”）Precieuses[①]之分，显而易见，对塞万提斯来说，像虚构的历史编写者贝尼盖利一样——像小说前几个章节中的堂区神甫一样——也有“好的”骑士小说和“坏的”骑士小说之分。由于堂吉诃德，在他处于“奇怪的疯癫”状态的时候，受到的是所有骑士小说的影响，无论是好的骑士小说，还是坏的骑士小说——不过，只是略微偏向于好的骑士小说，因为，他是一个有生活经历的读者，是有艺术头脑的读者，是有眼光的读者——因此，这一文学体裁的诙谐模仿现在情况并不好；换句话说，至少体现在六个不同方面的诙谐模仿主线已经即将消失，或者正呈现新的特点。

① 法语，意即矫揉造作的女人（模仿贵妇人或冒充女才子），此处指莫里哀的喜剧《可笑的女才子》（*Les Precieuses ridicules*），1659年在巴黎上演。

第十七章

在堂吉诃德与神圣兄弟会（公路警察）的骑警争吵起来的时候，他的脑袋被一个铁制的灯敲了几下。为了医治他脑袋上的挫伤，他凭着记忆调制了叫做"歹徒"的魔药，里面有迷迭香（一种薄荷）、油、食盐，以及葡萄酒。喝了这个药就会好的。两个完全不同体质的人，堂吉诃德和桑丘，各喝了半夸脱之后产生药效的描述，即一个喝了药之后先是呕吐，接着就睡了一觉，醒来之后就轻松多了，而另一个喝了药之后胃疼得厉害，接着也是呕吐，并且伴有抽搐和惊厥，一点都不想睡——这一药效的描述是非常精彩的临床观察。这药里面的油自然是罪魁祸首。

整个章节，因为描写了桑丘被用毯子抛向空中，以及丑陋而淫荡的女仆最后非常漂亮的善意表示，[①] 非常的精彩。

第十八章

堂吉诃德错把羊群和羊群踩踏生成的尘埃当作是来了两支部队，这时候他的"奇怪的疯癫"又一次发作了。可是桑丘不理睬，说道：

"'先生，'他说道，'要是老爷你说的这些部队里我可以看到有一个人，有一个巨人，或者有一个骑士，就让我去见鬼吧。谁知道？也许又着魔了，像昨天夜里一样。'

"'你怎么能这样说？'堂吉诃德回答道。'你难道没有听见马的

① 桑丘由于挨了打，而更重要的是由于魔药产生的药效之故，"开始要喝酒；但是喝了第一口只觉都是水，他便没有再喝，他要玛丽托娜斯去拿些葡萄酒来。她即刻情愿地听从了，还是拿自己的钱买的；因为，虽然人们说她社会地位低下，但是她身上有一种隐约之间像一个具有基督精神的女人的品质。桑丘把酒都喝完之后，他把两脚在灰驴身上使劲一夹，只见客栈的大门此时已经为他打开，于是他就骑着驴走了，心中得意洋洋，因为他什么钱都不必付，即使花的代价很大，他的两个奴才即两个肩膀被痛打了一顿。"——原编者注

嘶叫声，没有听见喇叭声，没有听见隆隆的鼓声吗？'

"'我什么也没有听见，' 桑丘说，'只听见羊的叫声。'"

有一个手法，用来结束关于堂吉诃德战斗的描述也很方便，这就是让那些赶骡的人，或者赶大车的人，或者牧羊人，即刻离开现场，就像这一章写的一样，因为他们发现他们用石头把疯子打倒在地上了，还打落了他几颗牙齿，也许已经把他打死了。这一章另外一个吸引人的地方是现实及其转变的主题。堂吉诃德甚至还提出了一个可以作为施行魔法过程的确证的一个科学实验。

"'难道我没有跟你说过，堂吉诃德老爷，' 桑丘说道，'你应该回来，这些都不是你攻击的部队，而是羊群吗？'

"'这都是，' 堂吉诃德说道，'我的敌人，那个偷偷摸摸的魔法师搞的鬼，他仿造一些东西，让他们消失了。你应该知道，桑丘，他们要我们变成他们所希望的什么模样，就可以很容易地变出什么模样来；因此，就是那个恶毒的人在迫害我，他见我即将要在这场战斗中赢得的荣誉就心怀妒忌，于是就把敌军部队变成了羊群。即使你不相信我说的话，我也真心诚意地恳求你为我做一件事，这样你就会醒悟过来，自己会明白我说的话是正确的。骑上你的灰驴，悄悄地跟在他们的后面，你只要从这里走出没有多远，就会看到他们都重新变回到原来的模样了；他们不会再是羊群，而完完全全是我一开头就讲述给你听的那些人了。'" 但是接着他又匆匆地改口，说道："'现在不要走，我要你帮我一个忙；你到这边来，替我瞧一瞧，告诉我掉了几颗牙齿，我总觉得好像这里一颗牙齿也没有了。'"

在堂吉诃德再次喝下魔药的时候紧接着发生的呕吐，真是有点过火了，尤其是前面一章已经闹过了。骑士与扈从两人的情绪非常的低落。

第十九章

堂吉诃德打垮了出殡队伍中的送葬人，因为他受到错觉的支配，认为他们是要把死去的骑士的尸体或者受伤的骑士抢走。

“所有这些穿白色制服的人都是很胆小的人，身上又没有带着武器，于是他们很自然地迅速逃离冲突的现场，开始从野地里四处奔跑，然而，他们手里仍旧举着火把，这情景看上去仿佛宗教节日或者别的庆祝会上戴了面具化了装的人在晚上东奔西跑。而另一方面，由于那些穿了孝服的人，全身上下都包裹在裙子和袍子里，无法奔跑，对堂吉诃德构不成威胁，因此，他向他们发动袭击，把他们一个个都赶走，逼着他们离开。……”

所有这些都是很出色的描述性散文。我们也只好依赖小说的译者：很可惜我们不能欣赏西班牙文的描述，从原文更加紧密地贴近纯正的卡斯蒂里亚风格。

“桑丘躲在一旁观看这一切，非常地钦佩他主人的闯劲。‘一点不假，’他心里想，‘他说他自己是英勇强大的，果真厉害。’”

第二十章

塞万提斯一个接一个地讲述他的主人公的冒险经历所采用的巧妙手法，真让人赞叹不已。为了达到艺术上的协调的效果，极有必要在第十九章中让骑士赢得一次漂亮而轻而易举的胜利。出殡的队伍真没有理由穿得像三K党一样，还举着火把，也真是活该。堂吉诃德与跌断了腿的年轻神甫讲的话，归结起来就是这个意思。读者对于穿白色制服的送葬人的困境非常的冷漠，但是读者不但为堂吉诃德的大获全胜感到很高兴，而且还高兴地得知，桑丘偷了化装戴面具的牧师携带的丰盛食品。

第二十章开首写的是桑丘·潘沙发表了非常精彩的科学的言论：“‘我说这绿油油的草地，先生，’桑丘说道，‘说明这儿附近必定有一条滋润青草的小溪或小河；所以说，假如我们再往前走一点路，那就解决问题了，因为，我觉得我们一定可以找到一个有水的地方，痛快地喝几口，要不然我们现在都要渴死了，你还别说，渴比起饿来，更加地难熬。'”与我们最初遇见的时候比较起来，不管是扈从还是骑士，两个人的智力都有很大的进步。在这一章里，我们还可以找到一个说明桑丘讲故事的本领的例子；关于将羊群摆渡过河这个片段的精彩是因为故事的智慧。

一个牧羊人赶着羊群要到眼睛再也看不到那个对他不忠诚的姑娘的地方去。他来到了河水猛涨的瓜地亚那河[①]的岸边，被截住了去路。"'就在他朝四下里张望的时候，他看到一个渔夫，旁边还有一只小船。小船太小，一次只能载一个人和一头羊，但是牧羊人还是上前跟渔夫说了。渔夫答应把牧羊人和他的三百头羊摆渡到河的对岸。他说愿意爬到船上，把一头羊送到对岸，然后再回来运第二头，装上一头羊摇过去再回来，装上一头羊摇过去再回来，他就这样一头接一头地运送——老爷你可要把渔夫摆渡过河的羊的数目记清楚了，因为，假如你心里面少数了一头羊，这个故事就结束了，再要说就一句话也说不下去了。'

"'那好，我就说下去。还有，我要告诉你，河对面上岸的地方满地都是泥浆，滑得很，所以那个渔夫每送一头羊过去都要花好多功夫；不过，路尽管难走，他还是一次次地来回摆渡，一头羊，再一头羊，再一头羊——'

"'你就说他把全部的羊都摆渡过去了，'堂吉诃德说道，'你何必要这样来来去去的，否则，你要花上一年的时间才能把这些羊摆渡到对岸。'

"'到现在为止一共过去多少羊了？'桑丘问道。

"'这个我怎么会知道？'堂吉诃德回答道。

"'好了，我是怎么跟你说的？你应该记得牢一点才是。现在可好，我的上帝，故事结束了，没办法再说下去了。'

---

① 欧洲西南部一条河流，发源于西班牙中部，向南流经葡萄牙东南部，然后注入加的斯湾。

“‘怎么会是这样呢？’骑士说道。‘记住到底过去几头羊就这么重要吗？假如我有一头羊没有记清楚，下面的故事你就没法说了吗？’

“‘是的，先生，一点都没有办法说下去了，’桑丘回答道：‘因为我要老爷你告诉我一共过去了多少头羊，你回答我说你不知道，可就在这个时候，我本来要说的话一下子全都忘记得一干二净了；就相信我说的话吧，是一个有趣的故事，你会喜欢的。’

“‘这么说，’堂吉诃德说道，‘故事结束了，完了么？’”

是讲完了。不过，桑丘说的那个故事是一个古老的笑话，可能是一个东方的笑话。接着又出现了一个根据当时粗俗的传统写的情节，是说桑丘肚子憋不住，然后是关于缩绒机的六个大锤子（用来在熟铁上冲压槽痕或把铁敲平）[①]的冒险，确切地说这是非冒险，而且显得颇为拙劣。

第二十一章

他们在公路上的远处看到一个人骑着马，在雨中，在太阳下走，头上有东西在金光闪烁。堂吉诃德急忙问道：“‘告诉我，难道你就没有看见那个骑士，骑一匹花斑灰马，头上戴一个金头盔，正朝我们走来吗？’

“‘我看得清清楚楚，’桑丘说道，‘是一个骑着毛驴的人，像我的一样的灰驴，头上顶着一件闪亮的什么东西。’

“‘啊，’堂吉诃德说道，‘那是马姆勃里诺的金头盔。你待一边

① “用来在熟铁上冲压槽痕或把铁敲平”与“缩绒机的六个大锤子”并不相干，并比较第134页原编者注。“在熟铁上冲压槽痕或把铁敲平”的工具英文是fuller，即“半圆形的铁锤”，19世纪初开始用作动词，当然是指用有凹槽的工具冲压，如制作马蹄铁。fuller还有一个意思是“缩绒工”，后来采用英语构词法中的逆构法，产生了一个动词即full，“缩绒机”便是fulling mill，但是这两个意义的英文词并不同源，实际上是两个不同的词，不应相提并论。《堂吉诃德》第三个英译本，即彼得·莫特译本（出版于1700年至1712年间），在“缩绒机的六个大锤子”之后添加了“交替捶打几块布”一个词组（参看英国华兹华斯经典版本有限公司2000年注释本），英译者用意显而易见。

去，让我一个人来会会他；你就等着看吧，我不必费多少口舌就可以结束这一次的冒险，而且冒险一旦结束，我梦寐以求的这个金头盔就要归我所有了。’”

堂吉诃德打败了理发师即理发师二号之后从那人手里夺过来的头盔，原来是理发师用的洗脸铜盆，顶在头上挡雨用。本章一大半篇幅是堂吉诃德对一名游侠骑士在一座城堡内接受的待遇所做的冗长的解说，而塞万提斯则在堂吉诃德的解说中，把一部典型的反映骑士品质的传奇故事作了很好的概括，而且也没有过分的讽刺。“发生的每一件事情，”普特南援引《堂吉诃德》的一位十九世纪的译者约翰·奥姆斯贝写道，“都可以在传奇故事中找到充分的依据。”这是非常抒情，非常哀婉动人的一章，应该仔细阅读。

第二十二章

堂吉诃德看见“在他们走着的那条大路上，迎面来了约摸十来个徒步的人，一条铁链套在他们每一个人的脖子上，像串珠子一样将他们拴在一起，而且每一个人都戴着手铐。他们由两个骑马的人和两个徒步的人押着，两个骑马的人手中握着转轮点火的火枪，而另两个徒步的人则带着剑和长枪”。这是一串划桨的囚犯——要走到他们被强迫划桨的战船上去的人：（一）一个因为偷一篮子内衣裤被抓住的年轻人（一个内衣裤爱好者）；（二）一个愁眉苦脸的人，他“歌唱”——用刑后承认——他是一个偷牛贼（一个戴着枷锁的歌手）；（三）欠人五个达克特（大约十二美金）被抓进去的人；（四）一个非常令人敬重的人，“贩肉的”（拉皮条的），他曾经穿着长袍，骑在马上游过街；（五）一个开过太多玩笑的学生（一个拉丁语学者）；（六）一个诡秘的小偷，班房里的天才吉内斯·德·帕萨蒙特，他在狱中写下了他的人生故事，但是，他后来偷走桑丘·潘沙的灰驴，给堂吉诃德的胜利增添痛苦。

堂吉诃德把他们都称呼为“我亲爱的兄弟们”。他来了是要“援助那些遭受有权有势者压迫的人”。然而，他袭击押解犯人的卫兵而取得的胜利，在那些被他解救的人手里转化为失败。被解救的犯人拿起石头来砸他，这就与他们被解放一样，都是他的疯癫（他要求他们人人都到杜尔西内娅那儿去求见）带来的必然结果。

第二十三章

堂吉诃德在西埃拉莫雷纳山脉遇见了面容憔悴的破衣人，卡迪尼奥。（桑丘的坐骑被偷是塞万提斯自己篡改的，但是桑丘后来仍旧骑着他的那头灰驴，而这些地方塞万提斯却没有加以纠正。）接着便开始了那个笔记本的冒险经历，而这个笔记本是求婚遭到拒绝的恋人卡迪尼奥的，却被他们发现了。那是手稿里面藏的手稿，因为我们别忘了，从某一个地方开始（确切地说是从第九章开始），整个故事的叙述被认为是出自一个阿拉伯编写者的笔下。

“整个小本子几乎每一页都翻遍之后，［堂吉诃德］看到了别的诗文与信件，其中有一些他可以看懂，而也有一些他看不懂，不知写的是什么。但是这些诗文与信件写的都是怨恨，悲痛，疑虑，表达的有欢乐也有悲伤，说的是给予的爱换来了求婚的拒绝。有的文字是喜滋滋的口吻，有的则是忧伤的语调。就在堂吉诃德一页页地翻阅笔记本的时候，桑丘也在旅行包里翻个不停；旅行包，或者叫作马鞍的鞍褥，每一个角落他都没有忽略了搜检，没有忘了检查，没有忘了查看，每一个缝口他都拆开来，每一个线头他都拉出来，因为他发现的总共一百多达克特钱币，已经唤醒了他心头的强烈的贪欲，他下定决心不让一件东西因他的粗心大意，因他的懈怠而逃过他的注意。而且，尽管他再没有找到新的东西，然而他仍然觉得，他被人拿毯子将他抛向空中，他喝下的药水，他身上挨的毒打，赶骡人打在他身上的拳头，他的鞍囊的丢失，他的大衣的被偷的种种磨难，以及他跟着他的善良的主人所经受的饥饿，经受的干渴，经受的疲劳，都已经因发现了这些财宝而有了充分的补偿。”

重要的观察结论：我们知道堂吉诃德随时都会把现实，“无论如何令人心灰意懒”，变成色彩鲜明、装扮华丽的幻想。然而，现在现实也已经染上了他涂上的传奇故事的色彩。这一章里讲的一个经受失恋痛苦的恋人的故事，就已经有了这些传奇故事的种种浮华。在这个山口上，堂吉诃德已经到达了现实与幻想相融合的悬崖之上。在这个时候，已经谈不上什么游侠骑士的诙谐模仿了。

“那个年轻人 [卡迪尼奥] 走过来的时候，他声音沙哑、刺耳地向他们招呼，但是语气非常谦恭有礼。堂吉诃德也非常有礼貌地回应，并且跳下驽骍难得，慢慢地、彬彬有礼地走上前去，拥抱年轻人，紧紧地将他抱着，许久不放松，仿佛他是认识很久的人。那个面容憔悴的破衣人，我们就不妨这样称呼他——正如堂吉诃德是愁容骑士一样——在让堂吉诃德这样拥抱了一阵之后，他倒退了几步，将双手按在堂吉诃德的肩膀上，仿佛是要端详一下他到底是不是自己认识的人，因为很可能他在看到骑士的面容，骑士的外表模样，骑士身上那一套盔甲之后，他的惊讶并不亚于堂吉诃德。还是长话短说吧，第一个开口说话的是破衣人，但是他说出了什么话，这要在下面几页里解说了。”

第二十四章

这一章讲的是面容憔悴的破衣人的故事，而堂吉诃德则怀着内行人的极大兴趣，仔细聆听。年轻人别号“高山骑士”，也叫“森林骑士”。这两个人现在是脚踏实地，牢固地在现实中生根了，因为这现实已经完全与他们的骑士行为融为一体了。

“‘我自己的愿望，’堂吉诃德说道，‘是要为你做一点事。……先生，凭着今生你所热爱或曾经热爱过的一切，我恳请你告诉我，你是谁，到底是什么缘故你会来到这里，在这荒山野岭之间，过着非人的生活，因为你的外表，你的举止，都说明你在这里过的生活对于你来说是非常陌生的。我虽不相称，又是一个罪人，但我毕竟已经接受了骑士的品位，因此，我还要凭着我的骑士品位，凭着我游侠骑士的职业起誓，倘若你同意我的请求，我一定按照我所承担的这些义务为你提供服务，或是为你提供帮助倘若你真需要帮助，或是陪伴着你与你一起流泪如我已经答应的那样。'"注意堂吉诃德神志十分清醒：在卡迪尼奥请他不要打断他讲述悲伤的故事的时候，"这句话让堂吉诃德记起了他的扈从讲给他听的故事，当时骑士已经记不得到底有多少头羊摆渡过河，结果故事说到一半再也没有继续下去。"

卡迪尼奥对于他的爱情是赞不绝口："哦，我的上帝呀，我给她写了多少封信啊！我收到过多少回可爱而又得体的回音哪！我写过多少首情诗呀！字里行间透露了我的心声，传达了内心的情感，诗句诉说了我心底里燃烧着的愿望，倾吐美好的回忆，重新讲述内心的激情"，等等，等等。"'然后有一天，露辛达问我借一本骑士书看，有一本她非常喜欢，是《高拉的阿玛迪斯》——'

"堂吉诃德一听见说有一本骑士书，他立刻禁不住就大声说话了。'假如大人你在你讲的故事的一开始，'他说道，'就告诉我说露辛达夫人喜欢读这一类书籍，那你就根本没有必要再多说什么，以便让我了解她的思想品德的高尚了。'"然后他颇为详细地说着他愿意特别推荐的书目。

"在堂吉诃德说这一番话的时候，卡迪尼奥的脑袋垂到了他的胸口，看他的样子，他是陷入了沉思。[实际上，他又回复到他的疯癫状态。]尽管骑士曾两次要求他继续讲他的故事，但是他既没有抬起头来，也没有说一句话来回答。但是，过了很久他终于抬起头来说话了。

"'我怎么也摆脱不了这样的想法，'他说道，'世界上也没有一个人能帮助我摆脱这样的想法，或者能让我相信世上还有别的什么事情发生——实际上，相信还有完全不一样的事情的人，一定是一个大傻瓜——不可能，我坚信不疑，那个十恶不赦的恶棍埃里萨巴特[①]就是在与女王玛达西马通奸——'

"'事情，'堂吉诃德回答道，'不是这样的，我发誓不是这么一回事！'他非常气愤地看着他，碰到这种情况他历来都是这样气愤地看着人。'这纯粹是恶意中伤，说得婉转一点，这是非常恶劣的言论。玛达西马女王是一个声名卓著的人，人们不可以信口雌黄，说一个出身高贵的女王会与一个江湖郎中通奸。凡是这么说的人，他自己就是一个造谣中伤的恶棍，我要叫他明白他就是这么一个人，无论他是骑马的还是两条腿走路的，无论他是携带武器的还是赤手空拳的，无论是白天还是黑夜，随他的便吧——'

"卡迪尼奥这个时候两眼一动不动注视着骑士，因为他的疯癫又回来了，绝对不可能再继续讲他的故事，而堂吉诃德也绝对不可能听他讲故事，因为他听了刚才恶意中伤玛达西马女王的言论，心中感到非常愤慨。真是咄咄怪事！他只觉得责无旁贷，要捍卫她，仿佛她就是他自己的恋人，因为他读的那些邪恶的书对他已经产生了太大的影响。卡迪尼奥，我说过已经疯了，这时候他听见人家说他是一个造谣的骗子，是恶棍，以及这一类的其他种种恶名，而且他也不觉得这是打趣的话，于是，他捡起身边的一块大石头，朝堂吉诃德的胸口狠狠地砸去，把他仰面打倒在地上。"

这是小说作者的神来之笔！作者先是把骑士故事的幻想与荒芜崎岖的山岭、衣衫褴褛的痛苦生活构成的现实紧密融合，然后转换到疯癫状态，而这疯癫并非骑士故事中的人物（这时候无论是堂吉诃德还是卡迪尼奥都是这样的人物）的感情所造成的疯癫，而是阅读这些故事这件事情的本身所造成的疯癫。卡迪尼奥心中的露辛达，那个温情的空想中的人物，已经被一个更抽象的空想中的人物，即古

① 《高拉的阿玛迪斯》故事里的医生，而且医术高明。

老传奇故事里的玛达西马女王所取代。堂吉诃德整个冒险经历的故事又回到了它的前提：庸俗黄色的文学使大脑感到轻松。在这一章的结尾，桑丘奋不顾身地去保护他的主人，但是他被卡迪尼奥一拳打倒在地上，而那牧羊人想要救一救桑丘，也遭受同样的命运。卡迪尼奥逃脱之后，桑丘和牧羊人却打起来了。

第二十五章

在骑士与他的扈从在山区越登越高的时候，玛达西马和埃里萨巴特一案有了深入的讨论。阿玛迪斯被描绘成堂吉诃德的最受爱戴的骑士，"最完美的游侠骑士之一。……他是他那个时代世界上唯一的，仅有的，第一位骑士，是一切骑士之王"。关于荷马的尤利西斯，维吉尔的埃涅阿斯，"诗人所描绘的，呈现在我们面前的并非实际的人物，而是诗人理想中的人物，以便让他们可以成为体现这些品质的千秋万代效仿的榜样。同样，阿玛迪斯就是那北斗星，就是那启明星，就是所有英勇的、披着盔甲的骑士心中的太阳，因此，我们所有在爱与骑士品质旗帜下奋战的人，都应该学习他"。

堂吉诃德要学习阿玛迪斯，还在于他扮演的是一个胆大妄为、满嘴谵语的狂人的角色。

"'我总觉得，'桑丘说道，'做出这一切举动的那些骑士，都有他们的缘由，都有做这种苦修傻事的某个理由，可是，老爷你有什么理由要变疯，哪个姑娘拒绝过你的求婚，还是你听到什么风声让你觉得杜尔西内娅·黛尔·托博索小姐跟哪个摩尔人，还是什么基督教徒，做出了什么傻事？'

"'这就是，'堂吉诃德说道，'问题的所在；问题妙就妙在这里。一个游侠骑士因有充足的理由而变疯，这有什么可以大惊小怪的？关键的问题是我头脑发疯，但是没有任何理由来说明，这样一来，我就让我的恋人明白，假如木头干的时候我为她做了什么，那么木头湿的时候我又会为她做什么。'"[①]

堂吉诃德与经受失恋痛苦的骑士的相遇，促使他要写一封信给杜尔西内娅。桑丘·潘沙已经弄清实际上她是怎么样的人，以下就是关于她的情况：

"'啊哈！'桑丘说道，'原来杜尔西内亚·黛尔·托博索小姐是洛伦佐·科楚埃拉的女儿，名叫阿尔朵莎·洛伦佐是吗？'

"'就是她，'堂吉诃德说道，'要说主宰全世界，那真是非她莫属。'

"'她我是非常熟悉的，'桑丘接着说道，'我可以告诉你，她可以跟全村力气最大的小伙子抡铁棒比高下。我要高呼万岁，上帝创造了这样的一个人，她真是一个健壮的姑娘，身体非常的棒，不管发生什么事，她都能顶着，要是哪一个游侠骑士要动她的脑筋，她都能对付，还以颜色！妈的，她力气多么大，说话的声音多么洪亮！他们告诉我说，有一天她爬到了村子的钟楼上，呼叫在她爸爸的地里干活的几个小伙子，尽管那些在地里干活的人远在一两英里以外的地方，但是他们都听到了她的喊声，好像他们都待在钟楼的脚下似的。最让人佩服的是，她从不假装正经；她跟谁都相处得很好，总是有说有笑的。……不为别的，就是再去看她一看，我很想去走一遭，因为，上一次见到她到现在已经有这么久了，何况一个整日在地里干活的女人，从早到晚风吹日晒，她的面色会有很大的变化。'"

对于桑丘说的这些话，这就是堂吉诃德的令人惊叹、妙不可言、合乎情理的回答："因为，你应该知道，桑丘，假如你原来并不知道，与其他事情比较起来，更能激发爱情的两样东西是美貌与美名，而这两样东西在杜尔西内娅的身上是完美的；因为，说到美貌，没有人可以与她相比，至于说到有一个美名，很少有人能够得上她。但是把这些

① 堂吉诃德颠倒了《新约·路加福音》第二十三章第三十一节耶稣钉十字架前说的话的意思："因为木头湿的时候他们都能做这样的事，那么木头干的时候会发生什么呢？"意即他们开了这样的一个头，又将如何收场呢？但是，堂吉诃德的意思是：既然没有理由我也能做出这么大的事，我的恋人会猜到，给我一个理由我会做出什么事来。

归结起来说，我觉得我所说的句句是真，而且她的得体与端庄，与我所想象的她的情况和我希望她会体现的模样比较起来，一点不多，也一点不少。无论是海伦，还是卢克里西娅，还是过去时代的任何女子，无论是古希腊女子，还是古罗马女子，还是异邦女子，没有一个可以与她媲美。谁喜欢说什么就让他去说吧；即使因为这个缘故我遭到愚昧无知的人斥责，我也不会因此而受到具有洞察力的人的怪罪。”

堂吉诃德在卡迪尼奥的笔记本上写了这封信，于是，桑丘出发了，但是，他骑的是他主人的马，驽骍难得（他自己那头灰驴被吉内斯·德·帕萨蒙特偷走了）。

第二十六章

小说的情节逐渐地收起了它的曲折缠绕，于是，它不再只给人短暂的兴趣，而是有了深入的意义。我们迫切地想跟着桑丘找到埃尔托博索那个村子。在路上他遇见了村子里的堂区神甫和理发师，并对他们说：“我的主人现在就在那高山里面，在那里苦修，他自己还感到得意洋洋的。”事情也确实就是这样。“然后，他没有等人询问就一口气对他们说了堂吉诃德的情况，发生在他身上的冒险经历，而桑丘他自己现在是带了一封信，要去交给一个名叫杜尔西内娅·黛尔·托博索的女人。……可是，桑丘伸手在胸口摸索寻找那个笔记本的时候，他却怎么也找不到，而且，他即使一直寻找到现在，他也是不会找到的，因为道理很简单，这个本子还在堂吉诃德那里，是桑丘忘了问他的主人要了。”桑丘忘了问堂吉诃德要那封信是绝妙的天才手笔。他口述了他编造的这封信的一些内容，大谈特谈他送交这封信之后等待着他桑丘·潘沙的财富。“他说了这么多话，态度非常地严肃，但是又没有一点的判断力，只是时不时地擦一擦鼻子，这让他的朋友们又一次感到惊讶，越想越觉得堂吉诃德的疯病一定是多么地具有传染性，竟然把这个可怜的人的头脑也弄成这样了。”

为了要劝说堂吉诃德下山来，堂区神甫提出一个方案，即由他自己来装扮一个女人，而理发师则装扮成这个女人的随从，然后请求堂吉诃德下山，陪他们向一个伤天害理的骑士讨回公道，洗雪她所遭受的冤屈。

第二十七章

小说的情节现在分两个方向发展：我们非常迫切地希望看到桑丘·潘沙与杜尔西内娅在一起见上面，同时我们也很有兴趣看到神甫与理发师两人的乔装打扮，把堂吉诃德劝下山，回到家里来。然而，桑丘·潘沙也掉转头来，骑着马与他们一起走。

那神甫真是个好心人，他所操心的并不是堂吉诃德现在的苦修是非基督教传统的，很是荒诞的，他操心的是堂吉诃德疯了，应该给予帮助，帮助他把病治好。正如前面在封堵堂吉诃德的书房的门的时候我们所看到的那样，神甫的做法（乔装打扮成女人，等等）表明，这个好心的人的身上也有一点滑稽的疯癫样子。

堂吉诃德没有听说过卡迪尼奥的故事的结局，但是这两个朋友在上山寻找堂吉诃德的途中却遇见了卡迪尼奥，并且从他那里得知，他已经失去了露辛达，因为露辛达离开了他，投入了他的朋友堂费尔南多的怀抱。一系列真正富有传奇色彩和戏剧性的事态的发展，仿佛是在堂吉诃德常看的骑士书的背后进行着，故事的这样的展开方式是非常奇怪的。恶棍堂费尔南多倒是我们的主人非常合适的对手，但是，他目前还在考虑别的事情。注意在卡迪尼奥描述婚礼上的露辛达的时候，插入的关于色彩与光线之协调的描绘是多么地恰到好处："她的化妆和打扮，既与这样的喜庆日子和庄严的场合非常地吻合，又与她的身份地位和美丽的容貌非常地相称。当时我既没有时间，也没有这么好的心情去注意她的服饰的细微处，而只注意到她的衣着穿戴的颜色，是绯红与洁白，只注意到她的头饰上以及她的锦袍上下点缀的钻石和珠宝的闪烁，然而，这样的色彩又无法与她金发的夺目的光彩争艳，因为，与她的金发的夺目光彩相比，宝石的闪烁和在大厅里照得通明的四个火炬式灯的光焰，早已黯然失色。”

第二十八章

作者心中明白，他的小说的情节就像一个不停地绕着的艳丽的线团——在这一章的一开头他就说到过他作品的“线要栉梳［乱砍，梳理？］[①]，要摇，要绕”。

这一章又找到了另一个因爱情而发狂的狂人，即换上男人的装束的多洛蒂亚。算上堂吉诃德，这样一来，在西埃拉莫雷纳山脉[②]深处，就有了三个说着满嘴胡话的人。多洛蒂亚提供给我们的是一个矫揉造作和喋喋不休的范例——把这个姑娘的开场白归纳起来就是简简单单的五句话。同时再注意传奇故事的特点之一即出人意外的巧合，那个引诱多洛蒂亚的人就是我们的朋友卡迪尼奥的敌人费尔南多。注意卡迪尼奥听见人家说起露辛达这个名字的时候的反应：他“只是耸了耸肩，紧紧咬着嘴唇，眉毛紧锁，而就在这个时候，两行热泪禁不住唰唰地流下来”。

多洛蒂亚随着听起来异乎寻常地像“美妙的田纳西华尔兹”[③]的旋律，继续讲她的故事。当多洛蒂亚描述露辛达的婚礼的时候，卡迪尼奥有了一个意外的惊喜：“事情似乎是这样的，在婚礼仪式完毕之后，而且露辛达也答应他［费尔南多］愿意做他的新娘，这时候她

① 栉梳，英文原文是hackle，有两个不同源的意义，一是“乱砍”，一是“梳理”。

② 关于西埃拉莫雷纳山脉，纳博科夫加注道：“西班牙西南部一山脉；山脉最高峰为八千英尺，其纬度在费城与旧金山之间，假如对于从来没有学过地理学而且也没有一点世界的形状概念的人，这样解说能有所启发的话。假如沿着里约热内卢的经线一直往北，你会到达什么地方？格陵兰的顶端；你完全不会经过北美这片大陆。”——原编者注

③ 出自《田纳西华尔兹》，1951年美国十大畅销歌曲之一，由皮·维·金（Pee Wee King）作曲，雷德·斯图阿特（Redd Stewart）作词，帕蒂·沛奇（Patti Page）演唱。歌词中有两句是：“对，他们跳着美妙的田纳西华尔兹舞，就在那一夜我失去了我心爱的人。”

突然之间昏厥，不省人事了。他解开她的胸衣让她呼吸顺畅一点，就在这时，他发现她身上有一封她亲笔写的信，信中她郑重宣布，她不可能做他的新娘，因为她是属于卡迪尼奥的——那个人告诉我说，这是同一个城市的一位显赫人物的姓氏——并且还说她之所以答应愿意嫁给他，那是为了避免发生不得不违背父母意愿的事。”注意卡迪尼奥与露辛达的奇遇记非常巧妙地跨越了六十页的篇幅（到现在为止），但是当中也曾有中断，于是，读者首先感到迷惑，费尔南多到底对卡迪尼奥采取了什么手段，其次又感到迷惑，费尔南多在新娘身上发现的信到底是什么内容。这些琐细的插曲唯一具有艺术与结构上的重要性的问题是，这些插入事件对堂吉诃德以及小说整个发展过程所产生的影响。我已经谈到了这些事件与堂吉诃德所阅读的书籍之间的联系。实际上，多洛蒂亚与那个你们非常熟悉的女孩子，即那个穿着破烂的运动短裤，淌着大滴的眼泪，领口开得很低的女孩子，黛西·梅①，两人之间相差不远，并没有多大区别。不过，多洛蒂亚一类的女孩子在四百年前第一次出现在欧洲文学的孩提时代，然而，我们今天不得不违背我们的意愿，要通过大开本的专为盈利而编造、内容与形式陈腐的故事来衡量她们，这未免让人觉得惋惜。

第二十九章

本章继续讲述卡迪尼奥—露辛达—费尔南多—多洛蒂亚之间的故事。卡迪尼奥对多洛蒂亚说：“我以一个绅士和一个基督教徒的诚意向你起誓，我决不会抛弃你，除非我亲眼看到你拥有了费尔南多我才会离开。假如话语不能劝说他认识他对于你应该承担的义务，那么，我就要运用我绅士地位给予我的特权，向他发起正义的挑战，要求他明白解释他对你的伤害，但是，我决不会计较我本人在他手里

① Daisy Mae，美国20世纪30年代至70年代著名幽默连环画中人物，热恋小人亚伯纳达43年，详见第55页注③。

遭受的屈辱，因为这样的屈辱我将交由上帝来处置，而我自己则要在这人世间，洗雪你的冤屈。”这完全是堂吉诃德嘴里会说出来的话。关于一个豪侠的传奇故事的诙谐模仿，在这里遭遇了一个真正的豪侠的传奇故事，尽管这个豪侠的传奇故事是那样荒谬，于是那诙谐的模仿便消失得无影无踪了。生活迎合了堂吉诃德，迎合了堂吉诃德阅读的书籍，然而，一方面，小说里的风车和路边客栈的老板在我们看来似乎都相当的真实，即，都是符合一般的读者心目中的风车和客栈老板的概念的，而另一方面，我们这里的因失恋而痛苦的男女在我们眼里却仿佛就是使堂吉诃德走火入魔，变成一个疯子的东西——感伤文学——的产物。我要求你们领会这一点。

现在我们要解决堂吉诃德的问题。多洛蒂亚简洁明了地指出，“她来扮演落难女子角色，要比理发师像得多；而且更要紧的是，她随身带的衣服穿了之后就会给这个角色赋予非常逼真的外表。他们别的都不需要做，就把这件事全部交给她，执行这个计划有关的一切事情，她都会妥当处理的，因为，她读过许多的关于骑士的书籍，非常熟悉落难女子在请求游侠骑士赐予恩泽的时候所采用的说话方式”。

我们并没有领会她真正的困难处境与骑士书中被苦恼所折磨的少女的处境之间的细微差别。在我们看来，两者完全是一回事。因此，堂吉诃德成了一个真正的游侠骑士，一个真正的乐于助人者和替人报仇雪恨的人，因为多洛蒂亚确实是一个落难女子。而对于作者那个时代即十七世纪初叶的读者来说，两者之间的差别可能显得更加地突出，因为客观事实中相比较而言非常明显的主要一点是，对于他们来说，在当时那个时代的小说里，（一）西班牙的乡村并没有身披铁甲的游侠骑士，但是（二）确实有费尔南多与多洛蒂亚，以及他们的恋爱事件。注意神甫在不知不觉之间，完成了从多洛蒂亚自己的遭遇，到堂吉诃德与桑丘这一对人儿可能爱听的故事的转移。她，他对桑丘这样说道，“是米科米科王国直系男性后代中的唯一女继承人，而她到这里来是要寻找你的主人，请求他的帮助，那就是要求他替她洗雪一个邪恶的巨人加害于她的冤屈。由于你的主人在这个世界上作为一个优秀的游侠骑士所享有的盛名，因此，这位公主千里迢迢，从几内亚一路跋涉，来到这里找他”。

注意桑丘·潘沙也参与了要把堂吉诃德骗下山并带回家去这个秘密计划的策划，因为他对神甫编造的一切都信以为真。追杀巨人的想象取代了费尔南多事件，而费尔南多事件的受害者，临时变成了巨人作恶的受害者，而这一变换从小说结构的角度来看是非常有趣的。堂吉诃德，我们认为，也一定会很乐意地在她所讲述的真实的困境中，向她伸出援手。她所说的被侵占的王国，毕竟就是表示她被偷走了贞洁的婉转可信的说法。用来哄骗堂吉诃德的骑士书主线，照我们现在的观察，只不过是在测量荒诞程度的刻度上升高了一度而已。然而，由于堂吉诃德的创作者拥有艺术与道德教益上的天赋才能，因此，堂吉诃德对于任何一个时代的读者来说，都是一个艺术现实，而基于这一认识，我们可以说，堂吉诃德对这些荒诞事情的反应，如同他的一切姿态一样，既是人的，又是神的，而且绝对可以说既是愉悦的，又是可悲的，从而也就弥补了这些插入事件的影响。“‘不管她是什么人，’堂吉诃德说道，‘我要按照我所忠心的职业的要求，仍旧要尽我的责任，遵循我的良心去办事。’然后，他转身对少女说道，‘起来，年轻美貌的姑娘；我答应给予你所请求的恩泽。’”在骑士与多洛蒂亚会面的时候，“那理发师仍旧跪在地上，屏住气不让自己笑出声来，并且还要想尽办法不能让［假］胡子掉落，因为假如笑出声来或者胡子掉落，那么他们的巧妙计策就不可能实现了”。但是，这个计策并不巧妙，而这件事情也没有什么可笑的。我们突然之间看到的是：一个真正落难的女子和一个真正的骑士。

桑丘·潘沙关于黑人，即关于他想象中的仆人们的胡思乱想，也没有那样的异想天开。桑丘还在为丢失他的灰驴难过，一边想着，一边两条腿吃力地跟在后面下山去，“虽然由于坚信他的主人离当上皇帝时日已经不很遥远了，因此他乐呵呵地承受着这一切；因为他觉得不用怀疑，他的主人一定会与这位公主结婚，不管怎么说都要做米科米科国的国王。现在唯一让桑丘烦恼的是，现在说的这个王国是在黑人的土地上，因此，他将来的仆人们也都是黑人。不过，关于这个问题他立即想出了一个补救的好办法。

"'就算他们都是黑人，这对我又有什么关系呢？'他心里这么想。'我什么也不必操心，只要将一船的黑人运到西班牙，把他们卖了，就有了现金，然后我拿了这个钱去买一个官，或者买一个职位什么的，我这后半辈子不就可以舒舒服服过日子了吗？换句话说，我呀，我不会闭起眼睛睡大觉，而且凭我的聪明，凭我的眼光，我不会放过一个机会，这样一眨眼就可以卖掉三万个、一万个仆人！上帝呀，我要教会他们一个个都机灵一点，大的小的都一样，我总要想尽一切办法的；我要把这些黑人统统变成白人，变成黄种人！得了，我这样不是自己作弄自己了吗！'

"他一边想着这些事情，一边毫无怨言地走着，把要用两条腿赶路的苦恼忘得一干二净。"

过去，在荷兰城[①]，在南方诸州，以及在别的一些地方，那些头脑很实际的人，就是用了桑丘的诀窍发了大财。桑丘·潘沙实在是所有实业界巨头的老祖宗。

第三十章

从结构上来说，故事返回前面一个事件——堂吉诃德释放了到战船上去划桨的囚犯——发生在前一章的结尾与这一章的开头，于是，事件的一致性问题就这样最终解决了。释放的囚犯据神甫（不真实地）说，抢走了他的东西。堂吉诃德听了神甫的话起初感到脸红，然而，接着他说了一段理由充足、内容高尚的话："这与游侠骑士不相

① 美国密歇根州西部一城市。

干，所以他没有必要停下来，去查明他们在路上遇见用铁链拴在一起走的遭受痛苦折磨、遭受压迫的那些人，是否由于他们所犯的罪行，或者由于他们遭受的不幸带来的后果，现在都处于这样的危难之中。而唯一与他们真正有关的事情是，像对待身处困境的人一样，去援助这些人，要看到他们遭受的痛苦，而不是纠缠他们过去曾犯下的恶行。”

又一新手法：小多洛蒂亚竟然也参与这场玩笑，凭空编造她自己的身世故事，而这时她自己还处于极大的情感困境之中。乍一看这似乎很难令人信服。然而，她所编造的故事与她的真实故事比较起来倒反而显得不怎么荒诞。

“‘命运对我比较客气，我找到了堂吉诃德老爷。这样一来，我已经可以将自己看作是女王，看作是我全部领地的领主，因为他出于礼节，也因为他的慷慨大方，已经答应给予我恩泽，答应我无论带他到哪里，他都将与我同行，而这个地方不是别处，就是他要与脸有愠色的潘达菲兰多对峙的地方，以便将他刺死，从而把巨人非正义地侵占的那些领地归还给我。所有这一切必定会实现，因为我亲爱的父亲，智者提纳克里奥，早就有过这样的预言；而且他还说过，并且还用文字写下来，用的是迦勒底文，或希腊文，我都看不懂，但意思是说，如果这位骑士将巨人斩首之后，愿与我结婚，我不可以有丝毫的犹豫，必须立即答应做他的合法新娘，不但如此，我必须答应让他在拥有我这个人之外，还要拥有我的王国。’

“‘你觉得怎么样，桑丘，朋友？’这个时候堂吉诃德说道。‘她说什么你都听见了吗？还记得我跟你说什么了？你听好了，朕已经有了一个王国要统治，还要与女王结婚。’”

现在有两件事让作者操心：（一）桑丘·潘沙的坐骑没有了（我们首先要说，把他的灰驴偷走毫无必要），以及（二）由于多洛蒂亚事件非常复杂而且她也参与了神甫的将堂吉诃德骗回家的秘密计划，因此，作者找不到机会让堂吉诃德与桑丘·潘沙谈一谈杜尔西内娅的问题——在堂吉诃德一片混乱的头脑里，合乎情理地要首先考虑的一个问题（虽然我们可以这样来辩解：他更加感兴趣的是要找到在骑士品质这面镜子里以美丽的形象出现的杜尔西内娅，而不是要找到可以给她捎一封信去的真人杜尔西内娅）。到了这一章的结尾那头灰驴回来了（因为有一段类似的插曲），于是，堂吉诃德提起了杜尔西内娅以及桑丘·潘沙去送信的事。

第三十一章

“‘你到那里的时候，我的美丽的王后在忙着做什么呢？我可以很肯定地说，你见到她的时候她一定是在穿珠子，或者是在用金线给心已经被她俘虏的骑士绣制小饰品。’

“‘不对，’桑丘回答道［他开始编故事］，‘她不在绣。我看到她在屋后马房的院子里簸小麦，有两个法内格［约等于三个蒲式耳］① 那么多。’

“‘假如是这样的话，’堂吉诃德说道，‘那么你心中可以肯定，她手指头触摸过的那些麦粒，就变成了这么多的珍珠了。你有没有注意，我的朋友，那小麦是细白面粉的小麦，还是另外一种普通的春播小麦呢？’

“‘都不是，’桑丘告诉他说，‘是有一点红的那一种。’

“‘那我跟你说，’骑士语气肯定地说，‘毫无疑问，经过她的双手的一簸，那小麦就可以磨成做精白面包的面粉了。你再说下去。你把我写的信给她的时候，她有没有拿起信来吻？她有没有把信放到头上，有没有做出收到信的时候应该有的礼节性动作？假如她什么动作也没有，那她有什么反应？’

“‘我上前把信交给她的时候，’桑丘说道，‘她正好忙着筛小麦，两手拿着沉甸甸的筛子，左右晃动。“就把信放在那麻袋上，”她对我

① 一个蒲式耳等于36.368升。

说道，“我现在没有功夫看信，我要把这里的小麦全部都筛完了，才可以坐下来看信。”'

“‘真是个一丝不苟的人！’堂吉诃德说道。‘那都是为了要从从容容地读信，让自己陶醉在读信的乐趣中。’”

关于结构的一个重要问题：塞万提斯为了使小说的结构紧凑起见（小说到这里似乎有变得松散的可能），他或者是让书中人物回忆过去发生的事，或者是让前面的章节里的人物重新出现。于是，在桑丘替堂吉诃德送信到杜尔西内娅那里去的途中，他走过在那里曾经被人家拿了毯子将他抛向空中的那个村子。于是，神甫提起了到战船上去划桨的囚犯；于是，偷了桑丘的灰驴的强盗穿着吉卜赛人的服装又出现了；于是，堂吉诃德要从狠心的农民手下救出来的少年又抱住了堂吉诃德的双腿。这些片断的延续是与故事的主流一起进行的（故事的主流毕竟是从诙谐模仿的水泡泡发端的，然后以讲述一个令人哀怜而又高尚的人的疯癫幻想的形式继续向前流淌）——这些与主流一起延续与展开的片断，确实使得故事具有全面的统一性，而这个统一性在我们看来是与小说的形式联系在一起的。

第三十二章

这几个男男女女来到路边客栈住宿，于是，在客栈里就有了一场精彩的关于骑士书的大讨论——这是塞万提斯非常娴熟地加以强调，从而促进并保持了全书结构的统一性的又一话题。女仆玛丽托娜斯，是一个一点也不快乐、一点也不漂亮的姑娘，但是她关于这个话题要说的意见是很值得我们在这里加以引述的：

“‘你们可以相信，我也喜欢听这样的故事，因为这些都是非常美丽的故事，特别是讲某个女子在橘树林里，与她的骑士拥抱在一起的故事，他们在橘树下抱在一起，而旁边却有一个陪伴姑娘的年长妇女在看着他们，而她自已既妒忌，又害怕。我觉得这一切真比蜜还要

甜。’［注意橘树林和心生妒忌的年长妇女。］

“‘姑娘，你有什么想法？’神甫转身问客栈老板的女儿道。

“‘我也没法跟你说清楚，先生，’她回答道。‘虽然我听不懂这些故事，但是，听这些故事我又觉得很有乐趣。只不过有一件事情，我不喜欢我爸爸讲的故事里的拔出拳头打架；我倒喜欢那些骑士在见不到自己心爱的恋人的时候发出的悲叹，他们的悲叹有时候也让我因心生怜悯而哭泣。’

“‘哦，姑娘，’多洛蒂亚说道，‘假如他们是为了你才哭泣的话，你会去安慰他们吗？’

“‘我不知道我该怎么办，’姑娘回答道。‘我只知道那些女人有的也太冷酷了，她们居然把她们的骑士叫作老虎叫作狮子，[①] 以及给他们加上许许多多别的类似的恶名。我的上帝！我不知道她们会是些什么样的人，可能没有灵魂，也可能没有良心，假如她们对于一个明明是正经的人却连看都不去看一眼，任凭他死去，任凭他变疯。我不明白她们怎么会是这样的忸怩作态的女人。假如她们心里面想的是她们的名誉，那就让她们结婚吧，因为这可是所有可怜的骑士日思夜想的。’”

他们的交谈从头至尾都非常有趣。在神甫要把客栈老板收藏存放在客栈里的骑士书作些挑选，把有些书拿出去烧毁的时候，先前的焚书片断又在这里提到。神甫对于那些带有一点现实，或者有一点传记色彩的书籍，似乎有偏好。

第三十三章至第三十五章

一个穿插的故事。那是客栈老板的量虽然不大却挑选精到的藏书里的一个故事手稿。神甫提议读一读这个故事，假如上床去睡觉会觉得时间花得太无聊的话，而就在这个关键时刻，塞万提斯记

① 彼得·莫特英译本（1700）作“我是决不会让人叫我雌老虎，叫我母狮的”。J. M.科恩（J. M.Cohen）英译本（1950年企鹅版）作“她们的骑士把她们叫作老虎叫作狮子”。

起来，多洛蒂亚也许在这个时候根本就睡不着觉：“‘我要趁这个机会，’多洛蒂亚说道，‘好好休息一下，听听故事消磨时间；我的心里乱糟糟的，还没有完全安静下来，在该睡觉的时候却没法睡着。’”于是在多洛蒂亚的话的怂恿下，在第三十三章，神甫开始读《太好奇则反害己》的故事（往往就叫作“过分好奇的人”）。安萨姆洛和洛塔里奥这两个朋友与安萨姆洛的妻子卡米拉，形成了一个三角关系，而安萨姆洛是想要考验一下妻子，但是结果却非常倒霉。这个三角关系是符合文艺复兴运动的传统的。这些充满了吸引力的故事都是同时代的读者贪婪地阅读的。我要你们注意关于矿床的持续暗喻：“那么，假如她的声誉，她的美貌，她的端庄，以及她的矜持形成的矿床，给你带来这个矿床所蕴藏的并且是你可能缺乏的全部资源，而你却不必花一丁点的力气就能得到这些资源，你为什么还要想深深地挖到地底下，去探寻埋着新的、从来没有听说过的宝藏的新矿脉，而且还要冒着把一切都挖得倒塌的危险，因为这个宝藏毕竟只是用她脆弱的天性做成的孱弱的构架支撑着的？要牢牢地记在心里，一个人在追求不可能得到的东西的时候，他可以得到的东西也不能给他，那也是合乎情理的事。”①我们把这个比喻称为勘探者明喻。

具有吸引力的故事情节走着一条艰难的崎岖小道。复杂的情节完全是不可信的一派胡言，而构成故事通常骨架的则是欺骗与窃听。

第三十六章

四个戴着面具的男人陪伴着一个哭泣的女子来到路边客栈。在一个接着一个面对面摘下面具、相互辨认的过程中，那个叫露辛达的女子与卡迪尼奥团圆了，而堂费尔南多也重新找到了多洛蒂亚。所有这一切发生的时候，堂吉诃德却在楼上呼呼大睡。

---

① 这一段话引自《堂吉诃德》第一部第三十三章。

第三十七章

在第三十五章的开头，神甫朗读故事的时候，他被堂吉诃德梦中的喊叫声打断了，因为堂吉诃德在梦中与折磨多洛蒂亚的巨人厮杀；而实际上，他不过是朝挂在墙上的酒囊乱砍一通。现在大家作出决定，堂吉诃德还要再继续骗下去，而且，在有人问了多洛蒂亚到底有没有着了魔，变成了一个普普通通的少女之后，她又一次成了米科米科娜女王。路边客栈来了一个陌生人，他是被摩尔人俘获的，现在陪着一个戴了面纱的摩尔人少女。堂吉诃德开始滔滔不绝地就游侠骑士的问题大发议论。

第三十八章

堂吉诃德继续他的演讲。然而，一位关于西班牙文本的评论家指出，"关于军人和文人的话题的讨论——谁的苦难多，是身无分文的读书人，还是斗士，如此等等——根源在中世纪的古代文学，但它是十六世纪作家的老生常谈"。关于我们目前的这个例子，其重要性是结构上的：它在恰当的时机，在恰当的场合，加强了堂吉诃德的个性特点，并促使它进一步发展。注意堂吉诃德攻击火炮的使用时的激烈言辞，因为火炮的出现，使得堂吉诃德捍卫的那种骑士精神和战斗形式遭废除：

"那些没有邪恶的火炮的幸运年代，是幸福的年代，但是，我可以肯定地说，这些火炮的发明者，由于发明了残忍的武器因此被打入地狱，受到惩罚——有了这种火炮，一只无耻而胆怯的手，就可以夺走一个英勇的骑士的生命，而他自己还不知道这攻击是怎么回事，这攻击来自哪个方向，就在勇气和热情之火在勇敢的人的胸中燃烧的时候，突然飞来一颗流弹，这颗流弹也可能是看到自己可恶的枪械的火光就仓皇逃窜的人射来的，这个人于是霎时间就终止和结束了本来完全可以再活上几十年的人的人生规划和性命。

“因此，从这一点出发，我几乎可以说，在像我们现在所生活的年代一样可憎的年代里，要从事游侠骑士的职业，我内心深处感到非常地悲痛。因为，尽管什么危险都不会在我心头造成恐怖，但是，我倒的确害怕火药与铅弹会剥夺我在这个世界上凭借我的臂力，凭借我宝剑的利刃，让自己声名远扬的机会。但是让上帝的旨意实行吧。倘若我的计划成功实施，我将因此而更加光荣，因为我将要面对过去的游侠骑士从来未曾经历过的更大的风险。”

第三十九章至第四十一章

堂吉诃德的演说结束之后，俘虏的故事开始。历史的背景是盟国（弗兰德斯、威尼斯与西班牙）抗击土耳其人（土耳其人、摩尔人以及阿拉伯人），时间是十六世纪的六十年代和七十年代。关于西班牙文本的评论家又指出，父亲让三个儿子踏进社会选择他们各自的人生道路这个故事，是欧洲民间文学里的平常故事。这里有三个选择，“神职，航海，或者王室”，说得通俗一点，那就是做学问，从事贸易，从军。俘虏（他选择了从军）被抓获的经过非常的有意思，因为他的经历很像小说作者塞万提斯的人生故事。在勒班陀，“我跳上敌军的战船，然而敌船转换方向躲避进攻的船只，致使我的手下士兵没能跟我上船。于是我在敌船上孤立无援，而且敌我人数相差太大，我寡不敌众，要想抵抗，根本就办不到；事情的关键是，我身受重伤之后，被他们俘获”。这个穿插的故事与我们已经接触到的穿插故事性质完全不同。但是，这一“现实主义的”风格会持续下去吗？

作者倒确实亲自上场，那是一个名叫萨维德拉[①]的西班牙士兵：

① 塞万提斯全名米盖尔·德·塞万提斯·萨维德拉（Miguel de Cervantes Savvedra）。以下引文见《堂吉诃德》第四十章。

"因为，虽然这个人做出过许多今后多少年里都会留在人们记忆里的事情，而且他这一切的行动都是为了要获得自由，但是摩尔人却从来没有打过他，也没有下命令惩罚过他；实际上那摩尔人连骂都没有骂过他一句。而凭着萨维德拉所做的事情，哪怕再小的事，我们都害怕他会被捅死，而且他自己也不止一次担心自己会被捅死的。只可惜时间并不允许，假如时间许可，我现在在这里就可以给你们讲讲这个士兵的英雄事迹，因为他的故事会让你觉得比我本人的故事要有趣得多，生动得多。"①

在第四十章里，俘虏讲述的故事非常不切实际地越来越糟，实际上，他的故事变得非常糟糕了。到了第四十一章，漂亮的佐莱达帮助这个年轻的西班牙人越狱，并且与他一起逃跑，但是她的故事显得拖沓。[注意：她父亲的名字叫哈吉·墨拉托。]不过，老摩尔人严厉咒骂他逃跑的女儿的时候，这个故事又颇有点恢复了生机："哦，恬不知耻、办事草率的丫头！你这么盲目地，傻乎乎地，跟着我们的天敌，跟着这些家伙逃跑，你知道你这是往哪里逃吗？真不该当初把你生下来，真不该把你抚养长大，过着舒适的日子！"不过，总的来说，这个时候，故事只是比先前的穿插故事里的意大利式的复杂情节略微高出一点。但是，也有令人心旷神怡的场景，例如关于豪侠的法国海盗的描述："大约是在晌午时分，他们把我们带上船去，给我们两小桶水，还有一些饼干。在可爱的佐莱达上船的时候，那船长也许是突然之间生出了同情心来，竟给了她多达二十枚的金币，而且不允许他手下的人拿走她现在穿在身上的衣服。"他们到了西班牙上岸的时候，故事叙述者看到第一个同胞时候的描述非常动人："我猜想，就在我们走了还不到一英里的路的时候，耳畔传来了小铃铛的响声，这

① 在这一段引文之后，纳博科夫还有一小段话："下面讲述的故事的内容，非常清晰地让我们想起许多纳粹分子因他们犯下的罪行而被提起诉讼的时候，为自己的案子辩护所采用的手法。"这句话似乎是指俘虏讲述的故事里某些基督教徒变节分子采用的手法，因为他们从他们看管的俘虏那里获取证据来保护自己，以防万一这些俘虏回到他们的祖国。这里的一个变节分子帮助了俘虏，并且与他一起逃跑了。——原编者注

响声清楚明白地说明，我们一定已经走近了一个羊群或者牛群，而就在我们朝四下里仔细眺望，看看能否找到牛羊的时候，我们看到一棵橡树下坐着一个年轻的牧羊人，他一脸从容不迫、无忧无虑的神情，手中拿一把小刀在削一根枝条。”

第四十二章

士兵讲完他的故事之后不一会儿，客栈里又发生了许多事情。一辆马车停在了客栈的门口，“就在这个时候，从马车上走下一个人来，他的穿着清楚表明了他的身份与官职；因为他穿的是袖口有褶边的长袍，所以像他的仆人所说他是法官。他的一只手牵着一个少女，那少女看上去年龄在十六岁左右。她是一身旅行的装束，长得非常漂亮，举止态度显得很有教养，外表非常文雅秀气，人人见了都惊叹不已。实际上，假如他们没有见过多洛蒂亚，没有见过露辛达，也没有见过佐莱达，假如他们没有见到过现在就下榻这家客栈的这三位姑娘，他们是会把这个姑娘的清秀可爱看作是世间难寻的。”

真想不到，真正想不到！这两个人一个是这个士兵的兄弟，一个是他的侄女。真没有想到，那法官是要到墨西哥去。塞万提斯非常粗枝大叶地累积着一件件的事情，在大家都坐下来用晚餐的时候，他忘记了其实客栈里的人都已经吃过了。他们三兄弟中的第三个现在是在秘鲁居住，而且非常富有。注意前几章走过了多少地方——比利时，法国，意大利，小亚细亚，非洲，中美洲和南美洲。在这两个兄弟拥抱在一起的时候，“[他们] 交流的话语，他们表现出的感情，我认为，那是简直无法想象的话语和感情，更不用说用语言来描述他们说的话语和表现出来的感情了”。作者的语言表现力几乎已经枯竭了。不过，他尝试着达到了堂吉诃德的水平：“堂吉诃德这个时候一直站在那里，全神贯注地观察眼前这一幕幕情景，然而他什么话也没有说，因为，他将这一幕幕情景与涉及游侠骑士品质的荒谬的幻想联系起来了。”后来，在他们都要就寝的时候，“堂吉诃德自告奋勇为城堡警卫，以免他们遭到某个巨人或者心怀鬼胎的流窜恶棍的袭击，因为，这些坏人可能会对在客栈留宿的这么多的美人儿垂涎欲滴”。

就在堂吉诃德站在沉睡中的客栈外站岗放哨的时候，这一章以黑暗中的一首歌非常美妙动人地结束。“一会儿这歌声似乎是从院子里传来，一会儿这歌声仿佛是从马厩那一边传来；正当[姑娘们]竖起耳朵，不明白这是从哪里送来的歌声的时候，卡迪尼奥来到她们的房门口。

“‘你们还没有睡着的人，’他说道，‘应该听一听，这样你们就可以听到一个赶骡人的歌声，他的歌唱得非常动听。’

“‘先生，我们已经听见了，’多洛蒂亚回答道。听见她这么一说，卡迪尼奥离开了。”

第四十三章

路边客栈现在挤满了人。我们还将会注意到，塞万提斯已经想到了一个简易的“孤岛”手法。这一手法指的是把人物都集中到一个与外界隔绝的窄小地方—— 一个孤岛，一家旅馆，一艘船，一架飞机，一所乡间别墅，一节火车车厢。而实际上，这个手法也是陀思妥耶夫斯基采用的手法，那是在他的完全不用承担责任、有点过时的小说里，十几个人挤在一节火车车厢的包间里，大吵大闹——在一节停着不动的火车车厢里。我们可以再说得远一点，把人们挤进一个狭小地方的同样手法当然还用在现代推理小说里，即几个可能的嫌疑人被隔离在一家被大雪封堵的旅馆里，或者是在一所四周没有人家的孤立乡村别墅里，如此等等，目的是要在偏狭的读者的脑海里把人物的关系都理清楚，只剩下少数几个可能的线索。

露辛达、多洛蒂亚、佐莱达的故事都已经向读者交代清楚了，但是还有一个人即法官的女儿克拉拉的身世没有交代。可以肯定地说，在室外唱歌的赶骡人就是她的恋人。[①]哦，他不是一个赶骡人，而是一个乡绅人家的儿子。克拉拉把她的恋爱故事悄悄地说给多洛蒂亚听。

女仆玛丽托娜斯和客栈老板的女儿想出法子捉弄了堂吉诃德。从艺术的角度来看，这是一个非常精彩的场景，但是，这个玩笑的残酷性则是骇人的。堂吉诃德从驽骍难得的马鞍上站立起来，以便能伸手够到窗台，因为根据他的想象，一个伤心的少女就站在里面。"'小姐，'他这样说道，'你拉住我这只手。……从来没有一个别的女人的手曾碰过这只手，就连占据我整个身心的人的手都不曾碰过。我现在向你伸出这只手，并不是要让你亲吻，而是让你可以仔细端详这只手上的筋腱的纹路，肌肉的分布，以及血管脉络的宽度，于是，你就能够推断，连接这只手的手臂的力量一定多么地强有力。'

"'你说的话我们一会儿就能够看得明白，'玛丽托娜斯说道。然后，她用缰绳［她是从桑丘的灰驴身上解下来的］打了一个活络结，套在堂吉诃德的手腕上；然后她从窗口跳下去，把缰绳的另外一头系在阁楼门的门闩上。"这时候来了几个骑着马的人，驽骍难得迈开了脚，结果堂吉诃德就被悬挂在窗下，那样子我们从十字架投下的影子就可以想见。

第四十四章

克拉拉与路易斯的奇遇继续进行，而且现在年轻人的故事伴随着另外一件新发生的事情同时进行：店主被两个住店的客人殴打。这一场争吵最后堂吉诃德插手，好言相劝，总算解决了。路易斯向克拉拉的父亲坦白了他对克拉拉的爱情，而克拉拉的父亲先是大惑不

① 普特南指出，第二首诗，即那首歌谣，"据说在《堂吉诃德》问世前十四年，即在1591年，就由堂萨尔瓦托雷·路易斯谱了曲"。——纳博科夫注

解，最后还是同意了路易斯的求婚。在回忆过去的时候，先前在路上遇见的理发师出现了，并且指责堂吉诃德偷了他的洗脸铜盆，指责桑丘偷了他的驮鞍。

第四十五章

堂吉诃德的理发师朋友，神甫，还有别的人都与堂吉诃德凑在一起，目的就是要开一个小小的玩笑，当着大家的面宣告，另外一个理发师的洗脸盆不是洗脸盆，而是一个头盔。这个场景写得非常精彩。"'要是哪一个人说不是头盔，' 堂吉诃德说道，'我就要叫他明白他撒了谎，假如是一名骑士，假如他是一个扈从，我就要他明白他撒了一千个谎。'

"由于我们的理发师亲眼看到了这一切，而且他非常了解堂吉诃德的幻觉，因此，他现在决定要与他们凑在一起，要把这个玩笑再开得大一点，也好让大家都哈哈大笑一阵。

"'剃头的大师父，' 他招呼另外一个理发师说道，'也不用管你是谁，我可以这样告诉你，我也是干你那一行当的，我领了执照理发也有二十来年了，理发师使用的家伙一件件我都是了如指掌的。我年轻的时候也当过几年兵，所以我也知道什么叫做头盔，什么叫做高顶头盔，什么叫做封闭头盔，还有别的跟当兵生活有关的东西我都一清二楚。我还可以告诉你——我随时准备请见识更广的人给我指点指点——我们现在眼前所见的这一件东西，也就是说这位尊敬的先生手里拿的这一件东西，根本就不是什么理发师的洗脸盆，那是黑白分明的事情，这就像真的假不了，假的真不了一样；而且，我还要明明白白地说这是一个头盔，虽然这个头盔并不完好。'"

在场的每一个人都赞同第一个理发师的说法，这一件东西真的是一个头盔。

"'上帝助我！' 他们都在拿他寻开心的理发师大声道。'怎么会这么多尊敬的人都说这一件东西不是洗脸盆，而是一个头盔呢？怎么会呢？让人知道了，真会叫一所大学的人都目瞪口呆的，无论他们是学问多么深的人。行了；假如这个洗脸盆真是一个头盔，那么，像这位先生刚才说的，这个鞍囊就一定也叫作马饰了。'

"'在我看来它就像一个鞍囊，'堂吉诃德承认道，'不过，就像我刚才已经说过的，这与我毫不相干。'"在场的人都要费尔南多秘密地表示他是赞成还是反对。"对于那些了解堂吉诃德的疯狂念头的人来说，这一切真的都非常的好玩，而对于其余的人来说，这些都是完完全全的胡说八道。这对于堂路易斯的四个仆人来说尤其是如此，而就这一点而言，对于他们的主人来说也是如此；除了他们之外，另外还有三个旅行者，他们是刚刚来到这家客栈，看他们的模样，似乎他们是神圣兄弟会的巡逻兵，而实际上，他们就是巡逻兵。然而，这么多人当中，最最感到无比惊讶的人就是理发师了，因为在他眼前的这个洗脸盆，现在已经变成了马姆勃里诺的头盔，而且他的驮鞍，他一点都不怀疑，转眼之间也就要变成一匹战马的精致华丽的马饰了。"

堂费尔南多宣布了他的决定，这个驮鞍真的是一匹马的马饰，可是堂路易斯的仆人中有一个人反对，而且这个时候骑警也来了，有一个还非常生气地说："'驮鞍就是驮鞍，这就跟我的老子就是我的老子一样，有什么好争的。说驮鞍不是驮鞍，那这个人一定是喝醉了酒在说胡话。'

"'你就像一个乡下无赖一样在撒谎！'堂吉诃德接话道。他举起从不脱手的那柄长枪，对准那个骑警的脑袋用力刺去，假如这名骑警躲闪不及时的话，这一枪早就将他掀翻在地，动弹不得了。"于是，一场混战爆发了，但是这场混战骤然被堂吉诃德镇压了，因为他承认，没有一个人知道这场混战是为了什么。宣布混战结束之后，骑士差一点被神圣兄弟会的一名狂热分子拘捕起来，因为他被当作放走到战船上去划桨的囚犯的拦路抢劫强盗。堂吉诃德对于这一指责采取了蔑视的态度："我再问一句，这个蠢货是谁，他居然不知道游侠骑士在被授予骑士称号并且从此致力于严格的岗位职责那一天，获得的特权以及豁免权，居然不懂这种特权和豁免权是贵族特许状都无法给予的，这个人到底是一个什么人？什么时候这样的骑士缴过什么人头税，缴过消费税，缴过特权税，缴过法规税，缴过通行税，缴过摆渡税？哪个成衣匠替他做了衣服向他收过款？哪一个城堡总管在城堡内招待了他还要他付账的？哪一个国王不愿意请他一起用餐的？哪一个少女不爱他，并且随时全身心地服从他的意志，取悦于他？最后，哪一个过去时代的游侠骑士，哪一个未来时代的游侠骑士，没有勇气单枪匹马，面对敢于阻挡他前进道路的不管有多少个神圣兄弟会的骑警，毫不含糊地一个个给予打击？"

第四十六章

神甫对骑警作了解释，他们才明白堂吉诃德是一个疯子，同时，神甫还给理发师一些钱，算是损坏了洗脸铜盆的一点赔偿。堂吉诃德仍旧还有没完成的任务，他要从"巨人"那里解救多洛蒂亚，而且，他朝着桑丘大发雷霆，因为，桑丘看见堂费尔南多偷偷地吻了多洛蒂亚之后对堂吉诃德说她根本就不是王后。堂费尔南多扮演了调解人的角色，[①] 有根有据地说，桑丘是中邪了，于是堂吉诃德一听就相信了这个说法，也与桑丘和好如初。他提出的要为米科米科娜女王效力的请求也被彬彬有礼地接受了，但是，最后大家决定，神甫和理发师将把堂吉诃德送回他的家乡，不再给堂费尔南多和他的新娘增添麻烦。几个人伪装了一下之后，"蹑手蹑脚地进了［堂吉诃德］的卧室，他由于吵了几架，因此这时在房间里睡觉，让自己平静平静，全然没有疑心会有什么事情发生。他们进了房间就上前紧紧抓住他，捆了

① 先是多洛蒂亚安慰堂吉诃德，让他消了气。

他的手与脚，结果在惊醒的时候，他已经动弹不得，无可奈何地望着围着自己的这么多陌生面孔，只觉得非常地惊讶。在这种情况之下，他的不正常的脑子立即开始异想天开，认为这些影子是从着魔的城堡里来的鬼影，而他自己，毫无疑问，是处在魔法的作用之下，因为他既不能动弹，又无法自卫。所有这一切完全是根据这个计策的发起人即神甫的安排进行的”。他们把堂吉诃德塞进预先做好的笼子里去的时候，理发师用低沉忧郁的嗓音发布了一个预言，他说采取囚禁的办法最终只会促进拉曼查雄狮和托博索白鸽的成功配对。“堂吉诃德从这样的预言得到了极大的安慰，因为他马上就领会了他们的意图，那就是他将要与他心爱的杜尔西内娅·黛尔·托博索，结成神圣合法的美满姻缘，而且她还会下崽，给他生儿子，从而给拉曼查带来永恒的荣耀。”

第四十七章

终于，而且只是到了这个时候，作者设法摆脱了他在第二十三章牵动起来的傀儡。“他们都一个一个地拥抱，并且答应书信来往，保持联系。……”这个时候没有一个人顾得上堂吉诃德，一点都不关心他。笼子里关着着魔的骑士，在公路上往前拉着，这时候神甫遇见了一位律修会修士，于是就有了冗长的谈话，讲述骑士书是堂吉诃德疯癫的根源，并且两人在这个问题上都一致认为审美的问题是不可以与谬误和胡话相伴的。在焚书那一章里，我们已经听到了神甫的这一番议论，虽然没有现在这样详尽。

第四十八章

律修会修士继续阐述关于骑士浪漫故事的缺点，然后，他们的谈话又转移到了当时的无聊的喜剧上。“所有这些喜剧，或者不管怎么说是大多数这些东西，无论是纯粹虚构性质的，还是历史性的，显而易见都是很无聊的，是没有头没有脚的东西，但是公众们非常高兴亲眼去观看，把这些喜剧看作是值得一看的东西，尽管它们远远谈不上是上品。而创作这些剧本的作家们以及表演这些喜剧的演员们告诉我们说，这些喜剧非得是这样一种戏剧不可，因为公众想要的就是这样一种东西，而不是别的什么，而另一方面，那些有情节的，并且以艺术的形式展开故事的剧本，只有一小部分看得懂的聪明人才喜欢，而所有其他的人却不能领会这些剧本所包含的艺术。”神甫加入进来，与律修会修士一起辱骂，他谴责剧本中违背时间与地点的一致性的罪过：“我看过一个喜剧，它的第一幕发生在欧洲，第二幕发生在亚洲，第三幕发生在非洲——而假如这个喜剧有第四幕的话，剧中的场景就会在美洲，这么一来剧本的场景就囊括了全球的四大洲。”他主张文学上的真实性（如托尔斯泰一样）。神甫对洛佩·德·维加作出了评价：“关于这一点［即剧本必须符合这个模式，否则就没有人买］，要证明它，可以看一看戏剧这个领域里思想最富有的人之一，他写下了无数的喜剧，这些剧本洋溢着才华，富有魅力，有如此完美韵律的文字，如此精彩的对白，如此深刻的智慧，总之，语言是如此的流畅，风格是如此的高贵，以致他声望远扬，享誉全世界；然而，由于迫不得已，他也需要迎合演员的趣味，因此，并非所有他的作品都达到理想中的完美程度。”最后，他提议建立一个审查制度，这就是现代警察国家的典型做法，源自柏拉图。

第四十九章

桑丘试图向堂吉诃德证明他并没有着魔，因为他必须满足本性的低级的和令人厌烦的需求。堂吉诃德则反驳道，也许，着魔或没有着魔，它的形式都有了变化。

“‘我倒想问问老爷你［桑丘说道］，我是对你非常尊重地说这个话的，假如万一碰到的话，你被关在笼子里直到现在，照你自己的说法是被施了魔法，你有没有感到，照俗话说的，你有没有感觉到想要大，或者小什么的。'

"'你说"想要大，或者小什么的"，我不明白你这么说到底是什么意思，桑丘。你要我直截了当地给你一个回答，那你就说得再明白一点。'

"'老爷你会不知道要大，要小，这怎么可能呢？嗬，小学生都知道不可以随地大，随地小的。我的意思是说，你憋不住的时候有没有想过要干什么？'

"'哦，我明白你的意思了，桑丘！对了，好多回了，要说这事，我现在就想。把我放出去吧，要不然，这笼子里就会臭烘烘的，脏兮兮的了！'

"'哈！'桑丘大声道［在第四十九章的一开头］，'你上当了！我这一辈子一心想要知道的就是这个！一个人心情不好的时候，有一句土话说："我不知道某某人是怎么一回事；他不吃不喝的，也不睡觉，你问他话的时候他也没有一句好话给你；他一定是中邪了。"哎，先生，这话你不能说不对吧？根据这个话，我们可以这么说，假如连这种事情也没有的人，或者说我刚才提到的出于人的本性应该做的事情都不做的人，他们是中邪了，那么，另一方面，像老爷你这样的一些人，这种事情也想做，放到面前的东西要吃也要喝，问他什么都会答应，那么，他们都没有着魔。'

"'你说的是实话，桑丘，'堂吉诃德回答道，'可是，就像前面已经跟你说过的那样，着魔的方式有多种多样，事情可能是这样的，随着时光的流逝，着魔的方式也已经变了，所以，今天的落到困难境地的人，凡是我做的事情他们也都做，尽管过去的情形并不是这样。所以说，关于习惯的问题，争也没用，像你那样的推论，也毫无意义。我非常肯定地知道，我是魔法师的牺牲品，而要做到让自己问心无愧，我要知道的就是这一点，因为，假如我觉得，在没有被施魔法的情况下，我懒洋洋地，像一个胆小鬼似的允许人家把自己拖进一个笼子关起来，结果欺骗了因得不到我的援助和保护而现在有可能还处于苦难之中的不幸的人们和贫苦的人们，那样的话我会非常地痛苦的。’”

堂吉诃德与律修会修士辩论关于骑士书中游侠骑士及其冒险经历的真实性的问题，而“律修会修士，听着堂吉诃德的讲话，感到非常吃惊，因为堂吉诃德是如此荒唐地将真实与虚假混为一谈的，也因为在他所喜爱的游侠骑士的那些英勇事迹方面，他的知识是如此地渊博，一切都了如指掌”。

第五十章

堂吉诃德继续为他所酷爱的骑士书辩护。“你的意思是要对我说，尽管这些书籍的出版是国王恩准的，是图书出版审查官们同意的，而且这些书得到人们的普遍喜爱，受到人们的普遍赞扬，无论是年长的还是年轻的，无论是富人还是穷人，无论是学者还是知识浅薄的人，无论是贵族出身的还是平民百姓——总而言之，各种出身和各行各业的形形色色的人们——你的意思是要对我说，尽管如此，这些书上写的不过是谎言？难道这些书就没有一点儿真实的样子吗？难道这些书没有告诉我们谁是这些骑士的爸爸，谁是妈妈，谁是他们的亲戚吗？难道书中没有提到他们出生地的地名，他们的年龄，他们表现的英勇事迹，一条又一条，一天又一天，难道没有说明所有这些事件是发生在什么地方吗？大人你最好还是闭上你那张嘴，不要吐出这种亵渎的言辞。……”接着他非常痛快淋漓地描述了湖上骑士受到的接待，而我们在本讲稿的第三部分已经引述了他的话，[①]最后他说道：“至于说到我本人，我可以这么说，自从我成了一名游侠骑士以来，我就英勇顽强、待人礼貌、心胸开阔、富有教养、慷慨大方、谦恭

① 参看本书第66页。

有礼、敢作敢为、温文尔雅、耐心细致，而遇上要忍受艰难困苦的煎熬、身陷囹圄以及遭受魔法之苦的时候，我也是长期耐心地忍受；尽管我不多久之前才被当作疯子关进了一个笼子，但是凭借我的勇武，凭借上帝的恩赐，而命运又不与我作对，我仍然期待着在几天之内当上某一个王国的一国之君，到那个时候我就可以表示我心中的感恩之情与慷慨大方之意。……我愿命运为我迅速提供一个机会，让我当上皇帝，这样我就可以把我心中的美德昭示天下，给我的朋友们做点好事，尤其是为我的扈从桑丘这个可怜的人做点好事，因为他是世界上心地最善良的小个子；我要嘉奖他，赐予他伯爵领地，因为这是我很久以前就答应过他的。只是我有些担心，不知道他有没有这个能力治理这个领地。'

"这最后一句话刚说出口，桑丘就打断了他的主人的话。'喂，喂，你可得说到做到，给我一个伯爵领地，堂吉诃德老爷，'他说道，'那是你答应过我的，也是我这么久一直在等着要的，我跟你说吧，我会管得好好的；假如我管不好，我也听他们说过，世上就有那样一些人，他们从他们的老爷那里租下这样的庄园，一年给多少租金，而他们自己就接过庄园的管理大权，在这种情况之下，做老爷的只要伸开两腿，什么事情都不用操心就可以躺在那里享用那笔收入了。我要做的就是这件事。我是不会这儿一分，那儿一厘，去跟人计较的。我会把所有的烦恼都丢掉，凭着源源不断的收入，要活得像一个公爵一样。'"

第五十一章

就在大家都坐在草地上用餐的时候，一个牧羊人又讲了一个故事，说的又是因失恋而痛苦的牧羊人和被人说三道四的姑娘。与别的牧羊人比较起来，他不同，他已经变成一个厌恶女人的人。而别的牧羊人整日都在为三心二意的莱安德拉悲叹，因为她与一个士兵私奔，受骗上当之后又回来，结果被她的父亲牢牢地锁在一个女修道院里了。

第五十二章

假如一个本领更大的魔法师能将他从魔法束缚中解放出来，堂吉诃德祈求道，他愿为牧羊人欧仁尼奥效劳，把莱安德拉从女修道院里解救出来。

"牧羊人两眼盯着堂吉诃德，非常惊讶地注视骑士并不特别吸引人的外貌。

"'先生，'他转过身去对坐在他旁边的理发师说道，'这个人怪模怪样的，说话口气那么大，他是谁？'

"'还能是谁，'理发师回答道，'他要不是那个专门替人匡时济俗、报仇雪恨、保护少女、巨人的克星、战无不胜的英雄、远近闻名、来自拉曼查的堂吉诃德，那还有谁？'

"'照你这么说，我觉得他听起来就好像我们在骑士书里看到的那种人，大人你刚才说到这个人的事迹，书里那些人他们就是做这些事情的。可是，要我说呀，要么大人你是在寻我的开心，要么这位尊敬的先生一定是脑子里进水了。'

"'我从来没有见过像你这样的臭流氓！'堂吉诃德一听那人的话就大声说道。'你的脑子空空的才灌满了水；我的脑子比起把你生下来的狗娘们要正常得多了。'他一边说着，一边抓起身旁的一大块面包，就对准牧羊人的脸砸过去，他这一下非常地用力，结果差一点把那个人的鼻子都砸扁了。"

接着，两个人就扭打在一起，而就在这个时候来了一队人，打断了他们的搏斗。来的一队人抬着圣母的雕像，而堂吉诃德一见这情景立即就把他们看作是一群匪徒绑架了一个出身名门的贵妇人。堂吉诃德举着他的宝剑朝人群冲击的时候，其中一个苦修会修士模样的祈雨的人拿起一根棍子对准堂吉诃德当头一棒，结果把他打倒在地上不省人事。

“听到桑丘的一阵阵呼喊和呻吟声，堂吉诃德苏醒过来，而他醒过来后说的第一句话就是，‘美丽的杜尔西内娅，与你天各一方的人，他要遭受比我现在忍受的痛苦更大的苦难。桑丘老友啊，帮我扶到那着魔的牛车上去，因为我现在这个样子，是没法再骑到驽骍难得的马鞍上去了，我的肩膀现在看起来是已经散了架。’

“‘我很愿意把你扶到车上去的，老爷，’桑丘回答道，‘我们就回我的家乡去，跟这些先生们一起，他们会照顾你的安康的，到了家里，我们再作打算，再安排一次出行，下一次出行但愿将会比这一次给我们带来更大的好处，带来更大的名望。’

“‘说得太好了，桑丘，’堂吉诃德说道，‘因为，我们要等到目前的倒霉运气的恶劣影响消除之后再考虑又一次出行，这是一个遇事三思而行的好主意。’”

这就是塞万提斯小说第一部的结尾，也是堂吉诃德第二次出行的结束。他将待在家中，至少休息和空想一个月。请注意，在这五十二章（四百多页）里，我们还没有遇见杜尔西内娅。在用来作为小说第一部的结束语的三段墓志铭以及大概是歌颂堂吉诃德、桑丘、驽骍难得和杜尔西内娅的几首翻译拙劣的十四行诗之后，塞万提斯几乎已经答应还有第三次出行。

故事与解说
第二部（一六一五年）

小说第二部序言中流露的荒诞的“赞许”态度，是与现代的法西斯独裁政权或其他专政政府的倾向相一致的，而且也是柏拉图会赞许的，因为作为艺术家、哲学家，柏拉图是优秀的，但是作为社会学家，他是有缺陷的。

作为一个有教养的人，塞万提斯找到了残酷性的“滑稽”的表现形式，但是，在本国，或者在英国，种种这些表现形式今天是绝对不存在的，当然也是现代所有文明的人所谴责的。人们怀疑，也许间或会出现这样的情况，即作者本人也不十分明白，与堂吉诃德比较起来，那些神甫、理发师、路边客栈的老板，等等人物，是残酷得多么令人愤慨。

第一章

理发师和神甫来看望堂吉诃德的时候，“他们见他们的主人坐在床上，身上穿一件绿色的呢背心，头上戴一顶红色的托莱多帽，形容枯槁，身体干瘪消瘦，仿佛埃及的木乃伊。他非常客气地接待了来拜访他的客人，并且在他们问及他的健康状况的时候，他还非常合乎情理地与他们一起谈论他的健康问题，以及关于他本人的其他事情，而且话说得也得体，并不过分”。甚至在他们谈到国家治理的大事的时候，“不管讨论的是什么样的问题，堂吉诃德从头至尾都表现出如此明智的见识，从而使得两个主考官感到，毫无疑问，他已经完全地康复，思维已经正常了”。但是，为了把这次的考核进行得全面一点，神甫告诉他说，土耳其人即将袭击基督教世界。

“‘哦，妈的！’骑士大声道，‘当务之急是，国王陛下应该发布命令，召集目前流落在西班牙全国各地的所有的游侠骑士，规定一个日子，大家到首都集合，难道还有比这更重要的吗？即使来的只不过是五六个人，但是这五六个人中完全可能出现一个孤身一人就能消灭土耳其人的强大军队的人物。阁下，请你们注意，仔细聆听我即将要说的话。一个游侠骑士，孤身一人打败二十万人的一支部队，仿佛他们人虽多但是只有一个喉咙可以吐气，仿佛他们都是用软糖捏的，这种事情也许从来没有听说过，对吗？那你们告诉我，讲述这一类令人惊叹不已的奇迹的故事我们又有多少呢？啊，我多么地希望（别的我都不愿启齿提及），我真希望堂贝里安尼斯今天仍活在人世间，或者高拉的阿玛迪斯无数其他后代还有一个活在人世间，假如真是这样，那该有多好啊！……’

“‘哦，天哪，’堂吉诃德的外甥女听了这话悲叹道，‘我家老爷一定还想再回去当骑士，要是不信就杀了我的头！’

“‘我活着是一名骑士，死了还是一名骑士的鬼，’堂吉诃德说道，‘土耳其人要来就来，要走就走吧，随他的便，也不管他能纠集多少兵力。我再跟你说一遍，上帝是理解的。’”

理发师又讲起故事来，这一回是讲一个塞维利亚疯子牧师的故事。他的病似乎已经治好，并且就要离开疯人院，可是就在这个时候另外一个疯子，由于嫉妒他的出院，因此把自己叫作朱庇特[①]，还威胁说决不允许在塞维利亚土地上降雨。

“站在一旁看热闹的人都专心地听着这疯子的胡言乱语和大喊大叫。这个时候我们的疯子牧师转过身来抓住教士的双手。‘不要

① Jupiter，罗马神话里统治众神、主宰一切的主神，也就是希腊神话里的宙斯（Zeus）。

担心，大人，’他恳求道，‘不要把这个人说的话放在心上。假如就是朱庇特，又不肯降雨，那么，我就是尼普顿，作为海之祖和海之神，什么时候想降雨就什么时候降雨，什么时候需要降雨就在什么时候降雨。’

“‘话虽如此，尼普顿先生，’教士回答道，‘还是别去惹朱庇特先生的好。待在这里，大人，再待一天，这样，等我们有更多时间，等我们更加方便一点，我们再回来找你。’”

堂吉诃德明白理发师说这个故事的意思，但是他觉得这样做并不可取。“理发师大师傅，我可不是海神尼普顿，要是我不是一个聪明的人，我也不希望人家把我当作一个聪明人来看。我的唯一要努力去做的事是，要叫世人认识到，他们在游侠骑士们实地奋战的时候，没有完成振兴最幸福的时代的大业是一个极大的错误。在过去时代，到处流浪的勇士们担当起保卫王国的重任，他们保护少女，拯救孤儿，惩处狂妄的人，奖赏谦卑的人，因此，那个时代感受到了由此带来的恩惠，但是我们这个堕落的时代不配享受如同过去时代所感受到的那样巨大的恩惠。

“当今的骑士，来到你面前的时候，大多数都伴随着花缎锦袍以及他们穿在身上的其他华丽服饰发出的窸窣声，而听不到披挂在身上的铠甲的哗啦声。现在再也不会有人露宿荒野，饱受风吹雨打、烈日与严寒之苦，而且是从头到脚全副武装。再也不会有人，脚不离马镫，就像他们所说的，支着长矛打一个盹。再也不会有人刚冲出树林，又登上那边的高山，然后下山来到几乎永远是恶浪滔天、整日咆哮的大海边，在脚下怪石嶙峋、四顾不见人影的海岸上跋涉；再也不会有人看到海滩上有一条小船，但是船上不见有桨，不见有帆，不见有桅杆，也不见有任何索具的情况下，就无所畏惧地跳上船去，冲向恶浪滔天的大海，而汹涌的波涛一会儿将他抛向空中，一会儿又将他投入无底的深渊。这样的一个人，在他顶着不可抗拒的暴风雨前进的途中，也许会到达离他登上小船的海岸三千多英里之外的地方；

假如出现这样的情况，在他跳上岸去，踏上一片遥远、陌生国度的土地之后，他会遇上值得铭记的冒险经历，不只是书写在羊皮纸上，而是应该镂刻在铜像上的冒险经历。”

这是写得非常精彩的一章。

第二章

尽管管家和堂吉诃德的外甥女哇啦哇啦嚷着不许桑丘进到屋里去，但是桑丘·潘沙还是闯进屋里，到了堂吉诃德的房间。他们两人讨论着先前的冒险经历，然后堂吉诃德问道："桑丘，我的朋友，告诉我，这村子里的人是怎么议论我的？人们对我有些什么样的看法，那些绅士们，那些hidalgo们和caballero们[①]，对我又是怎么看的？对于我的勇气，我的丰功伟绩，我的礼貌举止，他们有些什么样的看法？关于我的着手在世上恢复已经被人们遗忘的骑士勋位，他们又有些什么样的议论？"

在堂吉诃德这样一再催促之下，桑丘如实说了。"哦，首先，那些老百姓把大人你看成是一个货真价实的疯子，把我看成是一个地地道道的大傻瓜。那些hidalgo们说你已经是一个乡绅了还不满足，还要在姓氏前面加上一个'堂'，摇身一变，一下子就成了一个caballero，也不过是有四个葡萄架，几公顷的土地，不过是屋前一小块，屋后一小片而已。"

堂吉诃德的回答是富有尊严的："'那，'骑士说道，'也与我毫不相干，因为我一向都是穿戴整齐，从来没有补丁衲补丁的。破衣我是有的，但是那也是因为穿盔甲磨破的，并不是多年只穿一件衣服穿破的。'"（普特南版译本关于这个西班牙谚语有一个注释"一个体面的绅士的衣服虽破却无补丁"。）

① hidalgo，西班牙贵族；caballero，西班牙绅士，也指西班牙骑士。

桑丘还给堂吉诃德带来一个消息，说萨拉曼卡的一个大学生刚获得学士学位，即那个巴托罗梅·卡拉斯科的儿子，他刚回家来，据他说，堂吉诃德和桑丘·潘沙已经被写进书里了。在骑士的要求之下，桑丘寻找那个年轻人。

第三章

那个学士“名叫参孙，也叫参森，就他的身体骨架而言，也不是很魁梧的人，但是开起玩笑来他却是一个高人，而且他脸色灰黄，智力敏捷。论年龄他差不多二十四岁了，他长着一张圆脸，一个短而平的翘鼻子，大嘴巴。这个模样说明他有一个爱好恶作剧的脾气，喜欢开玩笑，爱说俏皮话”。他确认，这样的一本书实际上已经出版了。关于这一点普特南版译本有一个注释：“堂吉诃德四处游历回家之后据认为仅仅过去了一个月，然而，关于他的冒险故事的书已经写成并且出版，而且，正如我们不久就将得知的那样，该书的发行量已经高达约一万两千册。然而，塞万提斯对于这种矛盾之处是从来不放在心上的，而在目前这一情况下，他是采用魔法师的手法来解释这件事。”他仍旧是主要的魔法师，是一个叫贝尼盖利的人和他的阿拉伯故事的创作者。

“‘学士先生，告诉我，这本书里写的关于我的冒险经历，哪些给人的印象最深？’

“‘关于这个问题嘛，’学士回答道，‘那也是众说纷纭，因为这完全是个人爱好的问题。有些人非常喜欢写风车的那一段冒险经历——就是在老爷你的眼里看来像是许许多多的布里阿柔斯[①]和许许多多的巨人一样的那些风车。有些人则喜欢缩绒机那一段。有的人爱看外表看起来像羊群的两支军队的故事，而有的人却喜欢读

① 希腊神话中的三个百手巨人之一。

到塞戈维亚送葬的故事。有人说解救划桨囚犯这个故事是写得最好的，也有人说这些都不如本笃会巨人的故事以及与比斯开人的一场冲突来得有趣。’”

卡拉斯科还说，有人对穿插的中篇小说以及作者把桑丘的灰驴被偷这样的事都会忘记提出了批评。

第四章

桑丘试图澄清事实，但是他说了半天也没有说清楚，最后他只得承认，“我也不知道该怎么解释才算说清楚了……我只能说写这个故事的人一定是搞错了，要不然就一定是印刷厂的排字工人出了差错造成的结果”。

“堂吉诃德问道：‘书的作者是不是答应要写第二部呢？’

“‘是的，他是说了，’参孙说道，‘但是他又说第二部他还没有找到，也不知道是谁拿走了，因此，第二部到底会不会出版仍然还有疑问。而实际上，第二部书是否应该出版也还有一些问题。有人就说过，“续书没有一部是写得好的”，而另外一些人则说，“堂吉诃德的冒险经历已经说了好多，就不要再写了”。但是一些性格比较开朗、个性不是很抑郁的人会对你说：“这些堂吉诃德式的冒险经历可以再来一点；假如让堂吉诃德出场，让桑丘去饶舌，我们就满意了，不管发生的是什么故事。”’

“‘那么作者的想法呢？’

“‘假如他找到了他煞费苦心地在寻找的这个故事，’参孙说道，‘他会即刻送到印刷厂去的，因为他与其说对书的出版会赢得人们对他的赞誉感兴趣，倒不如说对书的出版带来的利润更感兴趣。’”

“桑丘立即插话道：‘那个摩尔人先生，也不管他是什么人，只要他留心听着，像冒险经历以及发生过的其他事情这一类材料，我和我的主人随时都可以提供，不仅够他写一个第二部，而且够他写一百个

第二部的材料都有。毫无疑义，这个善良的人以为我们是躺在干草堆里睡大觉，不过，假如让他把我们的脚蹄抓住钉上马蹄铁，他就会发现我们哪一个脚蹄是跛脚。我要说的就一句话，假如我的主人肯听我的劝，我们现在马上就可以上路，替人报仇，为人雪冤，就像善良的游侠骑士历来所做的那样。'

"桑丘的话音刚落，他们就听见了驽骍难得的一阵嘶叫声，而堂吉诃德听了则觉得，这是一个好兆头；于是，他当场就作出决定，他们会在今后的三四天里动身再次远行。"

第五章

这一章整章写的是，桑丘的妻子特莱莎得知她丈夫要再陪堂吉诃德外出寻求冒险经历的时候，她与桑丘之间进行的谈话。在一段读起来似乎是后来才加上去的话里，塞万提斯是这样开始这一章的："在他着手写下关于我们的经历的第五章的时候，译者希望申明一点，他认为这一章是伪造的，因为在这一章里桑丘·潘沙说话的方式与他的有限的智慧似乎并不协调，而且他还很喜欢做非常细致的观察，让人觉得极难想象他会说出他说的那些话来。然而，本书译者并不想半途而废；因此，叙述仍然继续进行。"

桑丘的妻子，作为开场白，对他说道："你听我说，桑丘。……自从你跟了一个游侠骑士之后，你说起话来总爱兜圈子，弄得人家不知道你说的是什么意思。"

桑丘自己打算，在他做了总督之后，他就要把自己的女儿嫁给一个伯爵。"'既然好运找上门来了，我们可不想拒之于门外。让我们趁着风势扯起我们的风帆吧。'（就是因为这样的说话方式，以及桑丘在下文中紧接着要说的话，使得这部记录经历的书的译者评论说，他认为这一章是杜撰的。）"随后，"'假如我没有记错的话，[神甫]还说过，比起过去所发生的事情来，我们眼睛所见的目前的一切事物，给我们的印象更深，在我们记忆里留下的印象更牢固。’（桑丘说的这些话是又一个理由，为什么译者会有关于这一章的伪造性质的话，这是因为这些话已经超越了这个扈从的智力。）‘……而且——这是神甫的原话——假如靠运气从默默无闻的深渊，上升到了飞黄腾达的高峰的那个人，有教养，慷慨大方，对所有的人都客客气气的，而且也不与出身豪门贵族的人争高低，那么，我可以肯定地说，特莱莎，就不会有人只记着他过去是个什么样的人，而只会因他现在是个什么样的人而敬重他，除非是心生嫉妒，因为有嫉妒之心的人好运就难保了。’”

不过特别的话题则是桑丘对于前途的展望。“‘我们此去又不是要参加人家的婚礼；我们是要去漫游世界，要去与巨人、邪恶的人以及其他的怪物打交道。我们耳朵听到的将会是咝咝声、咆哮声、嗥叫声、吼叫声。但是，假如我们不必担心会遇上卡斯蒂里亚北方的加里西亚人和着魔的摩尔人，那么，所有这些就像薰衣草那样可爱了。’

“‘我心里明白，老公，’特莱莎说道，‘游侠骑士的扈从也要挣吃的，所以说我会不断地向上帝祈祷，让你们摆脱这一切厄运。’

“‘我可以告诉你一件事情，老婆，’桑丘说道，‘要是我不想在短时间里做上一座小岛的总督，我现在，在这里，就会死。’

“‘别，别这样，老公，’特莱莎郑重其事地说道。‘让母鸡活着吧，别管它生不生病，同样你也应该继续活下去，什么总督不总督的，都让它去见鬼吧。不当总督，你照样从你妈肚子里生下来；不当总督，你照样活到现在；不当总督，你照样要走进坟墓，或者他们会把你抬进坟墓，假如上帝要这样的话。天下有许许多多的人不当总督也都照样把日子过得好好的，也没有听说过他们因为没当上总督就自暴自弃，还照样跟大家一样还活在世上。这世上要吃得香最好的法子是叫肚子饿，因为饿肚子是穷人从来不缺的，所以他们的胃口总归是好得很。不过，我说桑丘，要是你真当上总督了，千万可别忘了我和孩子们。别忘记小桑丘已经过了十五岁，所以是该让他去上学念书了，要是你家当修道院院长的大伯父想要培养他当牧师的话。还要记住，要是你的女儿玛丽·桑查，我们要把她嫁出去，可不能让她嫁了人反倒受苦死了；因为我总觉得她急着想要嫁一个男人，就像你急着想要当总督一样。总之，说一千道一万，把女儿嫁一个穷姑爷，也比养在家里不嫁人要强。'"

可是桑丘要让女儿做伯爵夫人，嫁一个贵族的打算并不合特莱莎的意，于是她开始哭泣了。"桑丘用话语安慰她，叫她放心，虽然他想要让女儿做伯爵夫人，但是他会尽量推迟这个做法。两个人的谈话就这样结束，于是桑丘回去看堂吉诃德，商量他们出发的事宜。"

第六章

堂吉诃德与他的外甥女也进行了一次类似的谈话。外甥女说道："老爷你千万别忘了，你说的关于游侠骑士的这些话都是假的、骗人的。至于那些传奇故事书嘛，即使不能都拿来烧掉，也都应该穿上sambenito[①]，或者做上别的记号说明它们是无耻堕落的，是腐蚀礼仪的。"老爷的反应是可以料想得到的：

"'哎呀呀！'堂吉诃德大声叫起来，'要是你不是我的亲外甥女，我亲妹妹的女儿，凭着你说的这些亵渎神圣的话，我就要惩罚你，让全天下的人都知道。一个姑娘家的，连钩花边的钩针都还不会用，居然倒摇唇鼓舌，还想批评那些侠义高尚的传奇，这到底是怎么回事？要是我的先师阿玛迪斯听说这样的事，他会怎么说？毫无疑问，他是会原谅你的，因为他是他那个时代最谦虚、最有礼貌的人，除此之外，他还是年轻女子的真正的保护者。'"

他还指出，世界上所有的人都可以分成四种：（一）一种人原先

① 纳博科夫援引普特南的注释道："sambenito是受到宗教法庭的审判后忏悔的人穿的悔罪衣。这是一种亚麻布黄衫，上面画着魔鬼与火焰，是判刑之后送往火刑柱的人穿的衣服。"——原编者注

是卑微的，后来才变得高贵；（二）一种人原先就高贵，现在仍然高贵；（三）一种人原先是高贵的，现在变得越来越微不足道；（四）还有一种人原先就平平常常，现在还是平平常常。然后他对他的外甥女和管家说："给拥有财富的人带来幸福的，并不是因为他拥有财富，而是在于他使用财富，而我的意思是说，这财富要使用得好，并不是仅仅满足他自己的心血来潮。然而，一个贫穷的绅士，要想证明自己是一个绅士，没有其他的办法，只有走道德高尚之路，只有靠表现得谦恭有礼，富有教养，彬彬有礼，而且乐于助人；他不会自高自大、盛气凌人，也不会背后恶意中伤，而尤其重要的是他有慈善之心。……孩子们，男人要想获得财富并且赢得人们的敬重，有两条路可走。一条是从文，一条是从戎。就我而言，我更喜欢选择后面这条路。实际上，我的意愿是如此的强烈，似乎我出生的时候是受到了火星[①]的影响。因此，实际上我是被迫走这条路的，但是尽管如此我要坚持走这条路。"

第七章

堂吉诃德与桑丘商量酬劳的问题。"'她［特莱莎］说了，什么事我都应该跟老爷你交代得清清楚楚、明明白白，这样一来就可以凭写下来的白纸黑字说话，用不着多费口舌，因为签了约的人是不会争争吵吵的，一句"捏在手里"抵得上两句"我会给你"。我还可以告诉你，女人的话不值什么，但是她们的话连听也不想听的人也是个傻瓜。'

"'我的意见也是这样，'堂吉诃德说道。'说下去，我的朋友桑丘，你今天的精神状态难得地好。'

"'实际的情况是，正像老爷你心里是明明白白的，'桑丘接着说

① Mars，也就是罗马神话中的战神马耳斯。

道，‘我们大家都难免要死，我们今天还在这里，明天都走了，肥羊都宰了，小羊羔说宰也就宰了，所以说，上帝要你活多久，你就只能活多久，你想在这个世界上多活几个钟头也办不到，因为死亡是个聋子，当死亡来敲我们的生命之门的时候，它总是来得匆匆忙忙的，什么祈祷呵，武力呵，主教呵，君王呵，都拖不回来的，这些都是平平常常的道理，平平常常的知识，我们从布道坛那里一直都可以听到。’”

听桑丘没完没了地说着谚语俗话，让人觉得有点乏味。但是，当堂吉诃德有意地回敬他一连串的谚语俗话，那趣味倒仍然颇为新鲜。“所以啊，桑丘老兄，你回家去，把我的意思告诉你的特莱莎，假如她和你愿意信赖我的特别照顾，bene quidem[①]，假如你们不愿意，那么我们还是一如既往，做个好朋友；因为只要鸽舍里不断粮，就不愁没有鸽子。千万记住，小子，抱着大的希望比只抓到一点儿好，大发牢骚比拿到一丁点儿工钱强。假如我说起话来是这个味道，桑丘，那是要让你看看，我也会哗啦啦地倒出一连串的谚语俗话。”要启用卡拉斯科来当扈从的威胁，使桑丘变得俯首帖耳。于是桑丘和堂吉诃德拥抱在一起，并且在卡拉斯科的鼓励下，三天之后他们就动身前往埃尔托博索。

第八章

“‘感谢伟大的真主！’［锡德·］哈米特·贝尼盖利在他的第八章的一开头就这样欢呼道；而且他将‘感谢伟大的真主！’一连欢呼了三遍。他接着告诉我们祈求真主赐福的理由是他看到堂吉诃德与桑丘又一次走到一起因而感到欣慰，同时他也愿阅读这部令人愉快的历史的读者感觉到，骑士与他的扈从的丰功伟绩和离奇可笑的故事真正开始是在这里。他说，让读者们忘掉这位足智多谋的绅士

① 拉丁文，意即：那好啊。

过去所做的豪侠事迹，而把目光集中在将要发生的故事上面，他们应该即刻在通向埃尔托博索的公路上出发，正如以前的故事是从蒙地艾尔平原开始的一样。”

塞万提斯不会冒险：他不想让读者回头看，注意那些不一致与重复的地方。此外，在这部书的第二部里，塞万提斯似乎比第一部里更谨慎地关注基督教徒。这一点可以说明为什么他们在公路上骑着驴马前往寻找杜尔西内娅的途中，堂吉诃德会说这样的话：

“我们基督教徒，天主教徒，游侠骑士……更关心的是在未来时代，在缥缈的天国将变得永恒的荣耀，而不是关心在这个当今的和有限的时代赢得的名望所给予的虚荣；因为，不管这样的名誉可以持续多久，它不得不随着今世的结束而结束，而今世的结束也是早就注定了的。

“因此，桑丘，我们的所作所为不可超越我们宣称信仰的基督教规定的限度。在与巨人的对抗中，我们刺杀的是傲慢之罪，正如我们以慷慨大度的心与嫉妒作斗争；用沉着和镇静的态度与愤怒作斗争；正如与好吃和贪睡作斗争，那就是要吃也要吃得少，并且要守长夜；与好色和淫欲作斗争，那就是对于我们钟情的女人要表现出忠诚；以及与怠惰作斗争，那就是走遍天下寻找可以并且确实能使我们成为更加虔诚的基督徒和出名的骑士的机会。这样，桑丘，你就会看到人们可以藉此获得正当名誉带来的最高赞扬的途径。’”……

“那天晚上，以及第二天白天，他们都在进行这样的谈话，没有遇上任何值得一提的事情，这倒让堂吉诃德心中非常地不安起来。到了第三天的日落时分，他们看见了埃尔托博索城。骑士情绪非常好，但是桑丘却是垂头丧气的，因为他并不知道杜尔西内娅住在哪里，而且也与他的主人一样，从来就没有见过她一眼。[①]结果，他们两个人

① 读者应该记得桑丘在西埃拉莫雷纳山中，堂吉诃德有一封给杜尔西内娅的信要桑丘去送，但是桑丘把这封信忘记了，结果他只好编造了送信和受到接待的故事。很自然，骑士希望桑丘引导他进入她的豪华宅第。——原编者注

心里都很不平静，因为一个是急于要见到她，而另一个则在担心，因为他并没有见到过她。桑丘没法想象要是他的主人要派他进城去他该怎么办；不过堂吉诃德最后拿定主意，他们要等到天黑再进城，而在这个时间里他们就在附近的一片栎树林里待着。”

第九章

他们两个人在半夜里进了城之后，找到了一条偏僻的后街，在黑暗中跌跌撞撞地寻找一座豪华宅第。桑丘最后在绝望中建议堂吉诃德藏身在一个树林里，而让他，桑丘，去寻找杜尔西内娅。

第十章

堂吉诃德写了一封信叫桑丘送去给杜尔西内娅，而这封信桑丘又没有送出。他决定利用一下骑士的妄想：“既然他是一个疯子，没有一点疑问他的确是一个疯子——已经疯得黑白不分，把黑的说成是白的，白的说成是黑的，比如有一回他硬说风车就是巨人，修道士的阿拉伯骆驼是骡子，把羊群当成敌人的部队，还有这一类的别的许多事情——既然事情这样，那就不难让他相信，我在附近第一个碰上的农家姑娘就是杜尔西内娅了。假如他不相信我的话，我就说肯定就是这样。……或者也许他会认为，但是我觉得非常可能是这样的情况，他会认为，那些照他说法是有意跟他过不去的恶毒的魔法师，把杜尔西内娅变了形，就是要跟他作对，要伤害他。”

三个农家姑娘骑着公驴过来，桑丘说其中有一个就是正值妙龄的美丽的杜尔西内娅，但是在堂吉诃德的眼里看来，是满嘴大蒜味的塌鼻子村姑。堂吉诃德听说杜尔西内娅中了魔法也相信了，于是他们非常伤心地重新上路前往萨拉戈萨，而桑丘则心中暗中沾沾自喜，这样轻轻松松地就把他的主人骗过去了。从此以后，在整个第二部书中，堂吉诃德一直操心如何去解除杜尔西内娅中的魔法；如何把他见到的丑陋的农家姑娘再变回到美丽的公主。

第十一章

他们前往萨拉戈萨，在途中堂吉诃德心中烦恼，想着心事，也不去催促驽骍难得，一任它吃着路边茂盛的青草。桑丘催促快走。他比第一部书中表现得神气、狡猾、恶毒。[①]他们遇上"一辆大车横穿公路，上面坐满了各种各样形象极其怪诞的人和化装的人物。那个赶骡的与兼作赶大车的人是一个面目丑陋的魔鬼，而且大车朝天敞开，既没有帆布遮盖，也没有盖帆布用的树枝搭的框架。堂吉诃德看到的第一个人物就是死神，只是面相像人。第二个人物是个天使，两个彩色的大翅膀。一侧是皇帝，似乎头上戴的是金色的皇冠，而在死神的脚边是爱神丘比特，眼睛没有蒙住，但是他带着弓箭，佩着箭囊，还有箭。还有一个骑士，他是全副武装，不过他没有戴头盔，不管是高顶的还是别的，而他戴的是一顶帽子，帽子上装饰了五颜六色的羽毛。"

他们都是流浪各地辗转演出的演员，但是很奇怪，本来是要向这一伙人发起挑战的堂吉诃德，居然相信了他们的解释。然而，驽骍难得遭了打击吓了一跳——而到了这个时候堂吉诃德才准备与"魔鬼演员"战上一回，但是桑丘的明智的规劝阻止了他的举动，让开路放走了"幽灵"。与先前的冒险经历相比，这是一次奇怪的历险。但是，作者这时提醒读者，千万别作这样的比较。

① 纳博科夫引述普特南注释道："桑丘说的这些话或许明显地与他的性格不相称，但是作者对于这一点不可能一点都没有觉察。塞万提斯在第一部书中对于这件事从不很在乎，但是在第二部里他无疑要在堂吉诃德与桑丘的性格上有所发展。……可以想见，不管有时候桑丘的头脑有多么简单，但是他并不笨，也可能会从他主人那里学到许多骑士行话以及堂吉诃德的辞藻华丽的语言。"——原编者注

第十二章

堂吉诃德把人生比作一场喜剧，到了这场喜剧的终结，皇帝也好，商人也好，骑士也好，蠢人也好，脱下将他们加以区分的衣衫，进坟墓的时候他们都是平等的。桑丘・潘沙把人生比作一盘棋，到了棋局的终了，王也好，卒也好，就都装回到袋子里去。这一比可以在爱德华・菲茨杰拉尔德根据十二世纪波斯诗人欧玛尔・海亚姆诗创作的《鲁拜集》[①]里找到：

无可奈何一棋子，
夜以继日方格子；
来来去去杀又刺，
局终一一回柜子。

终于堂吉诃德遇上了一个活生生的"游侠骑士"，身穿铠甲，而且当然为爱情而憔悴！我们听到他吟诵一首爱情十四行诗，普特南版为此引述奥姆斯贝道："第二部书里出现的诗歌或多或少是诙谐模仿之作，有的时候，如此处及第十八章，是当时矫揉造作诗歌的模仿。第一部书里的诗歌（当然除赞美诗和最后一章结尾处的诗歌之外）是严肃的创作，因此塞万提斯对这些诗作显然是颇为得意的。两者的区别是很大的。"

森林骑士（后来称为镜子骑士）和堂吉诃德进行了一场严肃认

① 欧玛尔・海亚姆（Omar Khayyam, 1048—1122），波斯著名学者和诗人。他创作的鲁拜诗即四行诗是伊朗的传统诗体，一、二、四协尾韵（但此处引的一首四行都押韵），颇有点像中国唐诗中的绝句。1859年英国人爱德华・菲茨杰拉尔德（Edward Fitzgerald, 1809—1883）翻译出版了海亚姆的鲁拜诗集，从此出名，海亚姆的四行诗也闻名欧美。他的四行诗最早的抄本（1208年）有252首诗，菲茨杰拉尔德最初翻译出版时仅75首，后来再版时有些地方改动很大，甚至面目全非，已非翻译。——译注

真的谈话。

第十三章

在此同时，两位骑士的扈从也在谈论他们自己的话题。他们两人都把他们的主人叫作疯子，为他们的命运感到悲叹，尽管都期待着允诺的财富。森林骑士的扈从的饮食待遇比桑丘要优越得多。

"'说实在的，兄弟，'另一个扈从说道，'我的肚子可不是专门吃蓟草、吃野梨、吃林子里长的野菜的。要叫我们的主人遵守那些骑士规矩和传统，吃什么都要照规矩办事；不管他们喜欢不喜欢，我的马鞍的前鞍桥上挂着食品篮和长颈瓶。说到那个长颈瓶，我有多喜欢！从早到晚我没有一刻不抱起这个长颈瓶来一回又一回地亲几下。'

"他一边说一边把酒囊递到桑丘的手上，那桑丘双手接过酒囊就往嘴里送，并且抬起头来，坐在那里遥望星空，有一刻钟之久。他喝完酒之后，脑袋朝一边歪斜着，长长地舒了一口气。"

这一章出色地描述了一个古老的但又地方色彩浓郁的待客姿态。

第十四章

森林骑士谈及他的心中的女人卡西尔蒂娅·德·班达丽娅命令他做的事情，谈及为了她的利益而战胜的骑士，最后他说道："但是我感到非常自豪，我在一次一对一的格斗中战胜的人是那个有名的绅士，即来自拉曼查的堂吉诃德；因为我迫使他承认我的卡西尔蒂娅比他的杜尔西内娅更美丽。……"

堂吉诃德满腹狐疑地听着，而最后他认为森林骑士战胜的是一个与他为敌的魔法师豢养、冒用堂吉诃德的名字的假骑士。他向森林骑士发出挑战，而森林骑士则心平气和地劝他等到天亮再说。天亮时他们出发，但是由于一个不幸事故，镜子骑士（现已改名）被堂吉诃德抓了个措手不及，因为他那匹不中用的坐骑，死也不肯挪动一步，还把他掀翻在地上。堂吉诃德上前解开那骑士的头盔，他惊讶地见到学士参孙·卡拉斯科的面孔。而骑士的扈从原来是桑丘的一个老朋友乔装的。堂吉诃德认为这一切都是魔法捣的鬼，两个陌生人到了最后一刻都变成了堂吉诃德和桑丘·潘沙的老朋友。这是符合堂吉诃德的侠义的想象的，但是与狡猾的桑丘·潘沙，一个原就是擅长玩弄手法的人是不协调的。在这部书中寻找结构上的一致性是徒劳的。

第十五章

“堂吉诃德重又上路，心中高兴，洋洋得意，好不自负，因为他战胜了像他心目中的镜子骑士那样英勇的一名骑士。”对他来说这是不常有的事——如此叫人得意的胜利（虽然不能说是完全的胜利，这一回甚至也不是，因为那“魔力”最后还是让他觉得有一点扫兴）。然后我们听到解释说，理发师、堂区神甫和卡拉斯科曾经商量，卡拉斯科要装扮成一个骑士，去战胜堂吉诃德，然后要求他回到他的村子去，因为到了村里他们希望他的病可以治好。不过我们还将陪伴堂吉诃德经历十二次冲突，然后才能看到卡拉斯科重创之后身体恢复，再度挑战堂吉诃德来一场打斗。

第十六章

途中他们遇上一个身穿绿衣的骑马的人。“堂吉诃德的印象是这是一个很有见解的人，年龄五十岁左右，头发有一点花白，长一个鹰钩鼻，而他的面容既有趣又严肃。总之，他的相貌和衣着都说明他是一个有一定身份的人。

“至于这个绿衣人对来自拉曼查的堂吉诃德的印象，他在想他从来没有见过哪一个人有像这一个人那么怪的。他不禁惊叹骑士的长颈，他高高的骨架，他一张瘦削和土黄色的脸，惊叹他的盔甲和他的庄重的举止，整个人见了叫人觉得这是这一带多少日子以来从来没有过的奇观。”

他的名字叫作堂狄戈·德·米兰达，一个有教养的乡绅。他是故事里少数几个（对堂吉诃德确实友好的）好人之一。堂吉诃德说他的职业叫作游侠骑士，可是那个乡绅感到非常吃惊：“当今的世界上还有游侠骑士，他们的事迹还真的印刷出版，怎么会有这样的事情？我觉得很难叫自己相信，现在世上还有人在援助寡妇，保护弱女，维护妇女的声誉，拯救孤儿，所以，假如我没有亲眼见到大人您，我是怎么也不会相信的。感谢上帝现在有了那本您告诉我已经出版的书，书中记述了您真实和令人赞叹的侠义事迹，因为这本书一经出版，所有那些现在世上泛滥、极大破坏良好的道德风尚，并且歧视和诋毁合法历史记载的数不胜数的假游侠骑士故事，就应该被唾弃，被人们所遗忘。”

那个绿衣乡绅诉说他的儿子不听从劝告，去从事法律和神学的研究，而是固执己见，写作诗歌，而堂吉诃德听了之后却滔滔不绝为之辩解：“归结起来，亲爱的先生，我给你的忠告是，让你的儿子听从命运的指点，走他自己的路；因为他一定是一个优秀的学生，既然是一个优秀的学生，而且已经成功登上了学问之梯的第一级，即语言的学习，那么，他将继续自觉地到达人文学科的顶峰，这是与一个有教养的人的身份完全相称的造诣，有了这一造诣，他就有了生气，有了荣誉，有了名气，正如大主教有了主教冠，或者博学的法学家穿上了他的长袍。……当国王与君主看到他们的王国里，行为谨慎、道德高尚、思想严肃的臣民创作的令人惊叹的诗歌艺术，他们就给予荣誉，给予尊重，给予奖励，给这些臣民戴上用不受雷电打击的树叶做成的花冠——仿佛是要表示，戴着这样的花冠的人是所向无敌的。”

堂吉诃德发表了这一篇语意高洁的演说（在塞万提斯的提示之下）之后，这个可怜的骑士就要遭遇可怕而令人困惑的磨难。

第十七章

桑丘递给堂吉诃德的头盔里装了酥酪这一闹剧发生之后，我们遇上了狮子这一节冒险经历。那是奥兰总督送给西班牙国王的礼物，即大车上装的一头雄狮和一头母狮。[①]堂吉诃德拦下了运狮子的车子，要他们把狮子从笼子里放出来，让他面对面看看。“那运狮人见堂吉诃德气势汹汹地站在他面前，而且看样子除非他想惹得英勇的骑士发火，否则他只能把雄狮放出来，此时他打开第一个笼子，于是，人们立刻就发现，这头野兽大得出奇，凶得可怕。原先躺着的野兽这时掉过身来，伸出一个脚爪，放松了全身。然后雄狮张开大嘴，很慢很慢地打了一个哈欠，接着伸出差不多有两个手掌那么长的舌头，舔了眼屎，洗了脸。那雄狮完成了这一切之后，把脑袋伸出笼子外面，朝四周张望了一遍。雄狮的眼睛此时就像两团烧红了的煤，而它的模样和举止让再鲁莽的人见了都要发抖。然而堂吉诃德只是张大眼睛盯着雄狮，等着这头野兽从运狮车上下来，这样人狮就可以来一场搏斗，因为骑士早已下定决心要把野兽砍它个粉碎，他的疯狂已经到了登峰造极的程度了。”

堂吉诃德表现出了真正的勇气。

“然而，狮子却表现得彬彬有礼，没有一点傲慢的样子，一点都不想做出幼稚的虚张声势的举动来。像前面已经说过的那样，狮子先朝这边看看，又朝那边看看，并且转过身去，拿屁股对着堂吉诃德，然后非常镇静温和地躺下来，并且又一次在笼子里伸了一下懒腰。见了这情景，堂吉诃德命令看狮子的人拿棍子去惹它，把它惹恼，赶它

① 纳博科夫引述普特南版注释道：“从奥兰运来的狮子应在卡塔赫纳［译者按：在西班牙东南部］上岸，因此不可能被前往萨拉戈萨途中的堂吉诃德一行人遇上。”——原编者注

出来。”但是看狮子的人劝他说“大人您的勇气已经是有目共睹了；因为照我看来，没有一个英勇的战士非得不但挑战他的敌人，还要等着他来迎战的，假如他的敌手不来迎战，那么丢面子的是他的敌手，而在一边等待他的敌手来迎战的人就是赢得胜利桂冠的人。”

在吓得躲得远远的其他的人都被叫回来的时候，堂吉诃德洋洋得意了，“桑丘，这事你觉得怎么样？……魔法能奈何得了真正的英勇行为吗？魔法师可以剥夺我的好运，但是若想剥夺我的力量与勇气那是万万办不到的。”

他们骑着马重新上路的时候，堂吉诃德又对堂狄戈赞美游侠骑士的德行：“让他［游侠骑士］来找遍世界的每一个角落；让他走进最错综复杂的迷宫；让他每一步都尝试办不到的事情；让他在荒芜的高地上忍受盛夏炽热的日光以及隆冬恶劣天气带来的刺骨寒风和霜冻；让他不再害怕狮子，不再畏惧鬼怪，不再被魔鬼所吓倒，因为寻找妖魔鬼怪，寻找毒蛇猛兽，战而胜之，就是他的主要的和正当的职责。因此，我的命运决定我就是游侠骑士中的一员，在我看来凡是属于我职责范围之内的事情，不管是什么，我都会努力完成，就像一会儿前我向那些狮子挑战一样，即使我也知道这是一件非常鲁莽的举动，因为这是一件与我本人的职责直接相关的事情。”

他现在希望大家称呼他为狮子骑士，不要再叫他愁容骑士了。

第十八章

他们到了堂狄戈家中，堂狄戈把堂吉诃德介绍给他的妻子，这时候，他又是第一个站出来非常认真地对骑士表示敬意：“来自拉曼查的堂吉诃德现在就站在你们面前，他是全世界最英勇、最聪明的游侠骑士”——尽管堂吉诃德到底是否神志清醒他还是心存疑虑。堂吉诃德向堂狄戈的儿子堂洛伦佐解说为何游侠骑士精神是一门学问——实际上，就是一棵学问之树。堂吉诃德受到主人四天的盛情款待之后，出发前往萨拉戈萨去参加在那里举办的赛事。等到桑丘·潘沙把鞍囊装满之后，他们离去，而堂狄戈和堂洛伦佐父子二人则感到非常惊讶，“堂吉诃德话语之间既有荒唐言，又有智慧语，两者混杂在一起，而同时他对于经历的不幸的冒险又表现出坚韧不拔的精神”。

第十九章

途中他们遇上两个学生和两个农民，还被邀请去参加美人吉苔丽娅和富人卡玛丘的婚礼。其中一个学生还解释说，她深受邻家青年巴西里奥的钟爱。“‘随着这一对人的成长，吉苔丽娅的父亲作出决定，禁止巴西里奥自由出入他们家，而在过去小伙子是可以随便进出的。为了摆脱担忧和疑虑，吉苔丽娅的父亲把女儿嫁给了富有的卡玛丘，因为巴西里奥的财富远远不及他的天赋才能，把女儿嫁给他是不妥的；他确实有天赋的才能，因为说一句不带偏见的老实话，他是我们所见过的最聪明的人，擅长舞弄棍棒，是最强有力的摔跤手，是出色的网球手；他跑得像一头鹿那样快，比山羊还会跳，玩九柱戏就像有魔法；他唱歌像云雀，他弹的吉他会说话，尤其了得的是他的剑术堪称一流。’

“‘单凭他的这些武艺，’堂吉诃德说道，‘不但配娶吉苔丽娅为妻，而且就连娶格温娜维尔王后都可以，假如她今天还在世，那是的确的，尽管朗斯洛特骑士以及所有可能千方百计要反对的人会加以阻挠。’

“‘把这个故事讲给我老婆听，’一直在一旁默默地听着的桑丘·潘沙这时说道，‘因为她硬说人人都应该娶出身与自己相当的人为妻，就像老话说的，“什么样的母羊找什么样的公羊配”。我倒喜欢看到好人巴西里奥——因为我已经喜欢上他了——娶这个女子吉苔丽娅，把永世的福泽——不对，我是说福泽的反面——降临所有那些把真正相爱的人拆散的恶人。’”

那个学生接着说道：“我把该说的都说了，只不过自从得知美人吉苔丽娅要与富人卡玛丘成亲那一刻起，人们就再也没有看见巴西里奥的脸上露出过笑容，再也没有听见他说过一句神智健全的话，总是见他心情悲伤、闷闷不乐，经常自言自语，这就很清楚，他已经精神失常。他几乎是不吃，也几乎不睡。要吃也只是吃一点水果，至于睡眠，即使真躺下来睡，也是睡在屋外，像一头野兽一样，躺在硬地上。他常常仰望天空，他也会两眼盯着地面，看他那样子他已经想得出了神，他仿佛只是一尊穿上衣衫的塑像，只有微风过处，他身上的衣衫才吹动。总而言之，事情已经十分明白，他已经伤透了心，熟悉他的人都担心，明天吉苔丽娅说出‘愿意’二字那一瞬间，就是宣布他的死刑之时。”

第二十章

婚礼筵席上摆放的牛羊猪等肉食烧烤应有尽有，可以比作果戈理《死魂灵》里贪吃人的天堂。（“一头小公牛叉在一棵大榆树上烧烤”；“小公牛的大肚子里塞进了十二只小乳猪，使得烤全牛既香又嫩”；“一口口大锅吞下并掩藏了全羊，仿佛里面藏的是一只只鸽子”；“六十几只酒囊，每一只盛了两厄罗伯［六加仑］，……都是上等的佳酿”。）桑丘也的确是一个会吃的人。“三只母鸡，两只鹅”（这只不过是正式筵宴开始之前的“开胃小吃而已”）就是一个厨子从一个巨大的坛子里捞出来给他的。吃了鸡和鹅，桑丘完全站到卡玛丘那一边去了，而就在桑丘津津有味地吃着的时候，那边的假面舞会开始了。桑丘满嘴都是谚语俗话，堂吉诃德听了只觉得厌烦，读者听了也觉得无聊。

第二十一章

巴西里奥用了一个计谋赢得了他心爱的人。他在地面上竖起了一杆双刃长剑，然后“他迅速地，冷静地，毅然决然地朝长剑扑上去，于是在不一会儿之后，人们便看到殷红的长剑的尖端和一半的剑刃，从他身体的后背穿出，他倒在那里，自己的长剑已经将他刺穿，他的身体倒在血泊里”。他在堂吉诃德的帮助下，劝说神甫主持他死前与吉苔丽娅的婚礼仪式，然后等他死了，她就可以与卡玛丘结婚。神甫感动得直流泪，于是就答应为这一对人祝福，“而神甫刚祝福完毕，巴西里奥便敏捷地跳起来，以从来没有听到过的刺耳声音，把双刃长剑从仿佛是剑鞘一样的身体内抽出。站在一旁观看的人都惊呆了，人群中几个头脑简单、遇事不大会问一个究竟的人开始高声大叫起来：‘这真是奇迹！真是奇迹！’

“‘不对，’巴西里奥说道，‘而是一个妙计。’

“那神甫无比惊讶，无比困惑，急忙跑过去伸出双手去查验剑伤，结果他发现，剑刃并没有从巴西里奥的肋骨之间穿过，而是从一个注满了鲜血的空铁管里穿过，后来才知道，鲜血是经过特殊的处理的，它不会凝结。”

堂吉诃德又赢得了一个道义上的胜利，将紧接着发生的双方支持者之间的打斗阻止了。他用轰隆隆的雷声似的大嗓门喊道：“‘上帝牵线结成的良缘，谁也不要去拆散；谁敢冒天下之大不韪，就请他先来尝尝我这把剑的厉害。’

“他一边说，一边非常有力、非常娴熟地挥动他手中的武器，吓倒了所有不认识他的人。”就这样卡玛丘妥协了，宣布接着的筵席将为吉苔丽娅和巴西里奥举行。

第二十二章

在堂狄戈家，堂吉诃德已经宣布在前往萨拉戈萨的途中，要去探访蒙特西诺斯地洞。在一对新人盛情款待了他三天之后，他找到了一名向导，于是出发了。向导提醒他要准备好绳子，以供深入洞底时的需要；于是他们买了将近一百八十米的绳子，第二天下午两点钟他们到达了地洞，只见洞口宽大，但是洞口堵塞的尽是枸杞树，野生无花果树，灌木丛，刺藤，密密匝匝缠满了一片下层灌木丛，完全盖住了洞口，外面无法看见。于是三个人都下了马，然后桑丘和向导拿绳子将堂吉诃德结结实实捆住。

"'老爷，你可要小心仔细，'桑丘说道，一边用绳子捆堂吉诃德的腰。'可别将自己活活埋在洞里，也不要在半路上挂住，像一个放进水井里冷却的瓶子一样悬在半空。要是你问我的意见，我倒要说，爬下地洞去探究可不关老爷你什么事，这个地洞比地牢还要凶险得多呢。'

"'你捆你的绳子，别多嘴，'堂吉诃德告诉他道。'这件事，桑丘，就是专留给我去完成的。'"

堂吉诃德站在洞口，祈求杜尔西内娅的祝愿："'我向你祈求的不是别的，正是你的支持和保护，这是我此刻非常需要的。我现在即将深入洞下，把我整个身子都投入深渊，就在我面前洞口的底下，就为了一个目的，让全世界的人都知道，事情不管有多么不可能，但是没有我不会接受、不能完成的事，只要我有你的支持。'"

堂吉诃德的绳子已经放下了一百四十多米，但是半个小时之后他被拉出了洞外，他已经全然昏睡了。

第二十三章

堂吉诃德讲述他在洞下面的冒险经历。绳子还没有放下多长，他就遇上了洞壁上的一个凹处，然后便昏睡过去了。待他从昏睡中醒来的时候，他已经来到一片美丽的草坪的中央。然后他看到一座用晶莹清澈的水晶砌成的华丽城堡，看到蒙特西诺斯从城堡里出来迎接他。"'我们等了多少年了，'他说道，'呵，英勇的骑士，来自拉曼查的堂吉诃德，在这着魔的荒僻之地我等待着见到你，同时，在你回去之后，你可以告诉天底下的人，你已经进入的这个地洞，所谓的蒙特西诺斯地洞的深处紧锁着、掩埋着的东西，这是只留给你战无不胜的心和巨大的勇气去完成的丰功伟绩。来吧，跟我来，杰出的人士，我是这座城堡的总管，是它的终身的保护人，我要让你看看这座清澈透明的城堡里藏着的奇观；因为我就是蒙特西诺斯，这个地洞就是以我的名字命名的。’”

蒙特西诺斯给堂吉诃德讲述他剜出战死在朗塞斯瓦莱斯的杜兰达尔特的心，交给他心爱的女人，并且将他移送到一名骑士的坟墓，那里躺着那骑士，他的右手放在胸口。“‘这就是，’他说道，‘我的朋友杜兰达尔特，他是他那个时代勇敢而受人爱戴的骑士的精英和典范。默林，法国魔法师，他们说，他就是魔鬼的亲生儿子，用魔咒将他囚禁在这里，就像他囚禁我以及许多其他骑士和贵妇人一样。他是怎么囚禁我们的，他为什么要这样对待我们，谁也不知道；但是时间将告诉我们一切，而且我坚信这个时候不远了。’”虽然凭着默林的魔咒，他们都已经被囚禁了五百多年了，但是没有一个人死去。见到的奇观还有很多，包括杜兰达尔特的心爱的人贝莱尔玛一队人，她手里就捧着他的那颗心。悲伤让她的美貌不再。“‘要不是因为悲伤之故 [蒙特西诺斯接着说道]，就连来自埃尔托博索的杜尔西内娅，虽然在这一带，在世界各地，都很出名，但是就美貌、风度、魄力而言，也都无法与贝莱尔玛媲美。’

“‘你住嘴，蒙特西诺斯先生！’这时候我 [堂吉诃德] 说道。‘大人你讲故事可要注意一点方式，因为，你知道，一切比较都是让人讨厌的。拿人去跟人比是毫无道理的。美貌绝伦的来自埃尔托博索的杜尔西内娅就是美丽的她，她一直都是美丽的，事实就是如此，不必多加评论。’”蒙特西诺斯道了歉。

虽然堂吉诃德下到地洞只有半个钟头，但是他在蒙特西诺斯统治的魔境里却度过了三天三夜，没有吃过也没有睡过。在草地上他看到了那三个农家姑娘，即桑丘指给他看的杜尔西内娅和她的随从。“我问蒙特西诺斯他知不知道这三个人，而他回答说他不认识，但是他觉得她们一定是中了魔法的高贵女子。他还说，她们是前几天才到的，我觉得这并不奇怪，因为当今时代以及过去时代的许多其他女子，在那里都可以遇到，而且都是各种各样奇怪而着魔的样子，他说他们中间就有格温娜维尔王后以及陪伴她的昆塔妮奥娜，给'从不列颠远道而来的'朗斯洛特斟酒的就是她。"

堂吉诃德讲述三个农家姑娘中有一个朝他走来，替她的小姐杜尔西内娅向他借钱，于是他把他所有的都给了她，并且说："'我打算不停下脚步，而是要游遍世界各地，比葡萄牙王子佩德罗[①]还要真心诚意，直至我把杜尔西内娅身上的魔咒解除为止'。

"'这些，而且还不止这些，都是你欠我家小姐的钱，'那农家姑娘回答道；一边伸手接过四个雷阿尔，一边蹦跳起来，而不是行屈膝礼，蹦得足有两码多高。"

第二十四章

其他的荒诞故事总是逼真地由一个欺骗堂吉诃德的人来讲述的，或者由他自己重述印象，说到后来就自己欺骗自己了。但是，故事说到这里，时间因素和空间因素便很难排除；而且，毕竟，即使堂吉诃德也应该知道他是否真在做梦。这一章的开头是译者在试图说明情况。

"从作者锡德·哈米特·贝尼盖利留下来的原文手稿翻译这部伟大历史的译者写道，在他读到描述蒙特西诺斯历险记的时候，他在手稿页边空白处读到了是哈米特自己笔迹的这些话：

"'我没法叫自己相信，前一章里说的一件件一桩桩都确实是发生在英勇的堂吉诃德身上的事。那理由是，至今发生的所有这些冒险经历，都是可能的、可信的，但是说到地洞这个冒险经历，我绝对无法相信这是真实的，因为他远远超出了情理之外。另一方面，我也绝

① 葡萄牙王子佩德罗在他那个时代是一个大旅行家，所以无知的人说他"游遍了世界各地"。

对不可能相信是堂吉诃德在撒谎，因为他是他那个年代最真诚可靠的绅士，最高尚的骑士，即使他要被乱箭穿胸，他也不会说一句谎话的；而且除此之外，我还必须考虑他叙述这个故事是详详细细的，在那样短暂的时间内，他也不可能编造出一大堆胡言乱语的。因此，我要申明，假若这个故事表面上看起来是杜撰的，那么，错也不在我身上，所以，我既不说这是假的，也不说它是真的，只是将它写下来便是。聪明的读者，你可以自己拿主意；因为去超越职责，我无法做到，也没有义务。然而，人们说得非常肯定，他在临终的时候，收回了他说过的话，承认他编造了这件事，因为这个故事与他故事书里读到的那些冒险经历是非常吻合的。’”①

在这一章的结尾，他们来到一家客栈，“桑丘喜不自胜，因为他发现他的主人这一回把这家客栈看作是真的客栈，并没有像往常那样把客栈当城堡”。

第二十五章

演木偶戏的师傅佩德罗来到这家客栈，一只眼睛和半边面孔遮着一块绿颜色的塔夫绸布。他还牵着一只会占卜过去的猴子。

“‘先生，’他说道，‘这只猴子说不出关于即将发生的事情，但是他知道关于过去的事情，也多少知道一点眼下发生的事情。’

“‘呸！’桑丘大声道，‘我可不愿意花钱让人家来说我的过去，因为我的过去还有谁比我知道得更清楚的？花了钱让你来说我的过去，那太傻了。不过，既然他也知道眼下的事，那也好，这里有两个雷阿尔，就让这只猴精来说说我的太太特莱莎·潘沙现在在做什么，她日子过得可好。’

“但是佩德罗师傅不肯拿他的钱，‘我是不预收人家的钱的，’他

① 堂吉诃德临终时不再相信的骑士书没有提到蒙特西诺斯地洞。——原编者注

说道，‘事成之后你再付我钱不迟。’话音刚落，他在自己的左肩上拍打了几下，只见那只猴子纵身一跃，就跳到他的肩上，嘴巴凑近主人的耳朵，牙齿格格地飞快地响了几下。那猴子在他的肩上只待了一会儿工夫，就又是俯身一跳，回到了地上。那佩德罗匆匆跑过来，在堂吉诃德面前扑通一声跪下来，把骑士的腿抱得紧紧的。

“‘我抱住这两条腿就像抱着赫拉克勒斯神柱一样，呵，现在已经被人们遗忘的游侠骑士的职业有了杰出的复兴者，呵，来自拉曼查的堂吉诃德，你的丰功伟绩无论怎样赞扬也不会过分，你给软弱的人带来勇气，你给即将倒下的人带来了依靠，你给已经倒下的人带来了一双有力的胳臂，你是一切不幸的人们的支柱和顾问！’

“听了这一番话，堂吉诃德惊愕了，桑丘惊呆了，客栈的老板愣住了，而所有在场的人也都目瞪口呆了。

“‘而你，呵，老实巴交的桑丘·潘沙，’木偶师傅继续说道，‘世界上最优秀的扈从，别懊丧，因为你贤惠的太太特莱莎好好的，现在正在栉梳一磅的亚麻。还有，她左手边放着一个断了壶嘴的酒壶，壶里装了可以抿上几口的好酒，干起活来她好提一提精神。’”

正当佩德罗着手准备上演木偶戏的时候，堂吉诃德推测，他与魔鬼有契约。

第二十六章

一个小男孩解说木偶表演的故事。

“‘诸位阁下，’他说道，‘你们即将观看的真实故事，完完全全是从法国历史记载中抄下来的，从西班牙歌谣里抄下来的，那都是各地人们口头传诵的，甚至外边玩耍的孩子们都知道的故事。故事说的是堂盖菲洛斯怎样解救他的妻子梅丽桑德拉，因为她被西班牙的摩尔人关押在桑斯威尼亚城，这是那个城过去的名字，现在就叫作萨拉戈萨。’

“‘有的人什么事都要打听，什么都逃不过这种闲人的眼睛；于是，见到梅丽桑德拉从阳台上逃生，骑上了她丈夫的马，这些人就去通报国王马西里奥。接到通报以后，国王立即下令敲响拿起武器的钟声。请注意，他们的行动多么地迅速。这时候全城是一片钟声，从所有的清真寺的塔楼上传来。’

“听到这里堂吉诃德打断了小男孩的解说。‘不对，’他说道，‘那可不行。关于钟声的问题，佩德罗师傅是大错特错了，因为钟在摩尔人那里是不用的；他们使用的是铜鼓，还有一种笛子，有点像我们这里的六孔竖笛。所以，你可以看到，在桑斯威尼亚敲响了钟声这件事毫无疑问是一件荒唐的事情。’

“听到堂吉诃德这一席话，佩德罗师傅停止了打钟。‘你别揪住无关紧要的事情不放，堂吉诃德先生，’他说道，‘也别指望什么事情都十全十美。差不多每天都要上演一千个喜剧，不都是错误百出，荒唐可笑的吗？可是这些错误的喜剧不是照样一个个上演，不光一片掌声，而且人人钦佩，赞不绝口，不是吗？接着说，孩子，让他胡说去吧；只要我的钱包装满了，别管我的表演有多少错误，多得像阳光里飞舞的尘土一样，也无所谓。’”

小男孩继续解说，而这时候堂吉诃德突然发起疯来，他跳到木偶戏台的旁边，挥舞他的剑，朝木偶摩尔人砍去，直到他把整个戏台推倒在地上为止。佩德罗眼见损失惨重，伤心极了，但是桑丘向堂吉诃德提出，应该赔偿佩德罗的损失。“‘我现在真的相信了，’堂吉诃德说道，‘我的想法是正确的，过去是正确的，历来都是正确的，那些迫害我的魔法师们就是把这样的一些人像放到我的眼前，然后随心所欲地将他们变形，变过来变过去。先生们，我可以非常认真地告诉你们，这里所发生的一切，在我看来都是千真万确的，梅丽桑德拉、堂盖菲洛斯、马西里奥以及查理大帝是他们各自实实在在的自身。这就是我为什么生这么大气的缘故。为了履行我身为游侠骑士的职责，我希望援助并且支持那些逃亡者，所以我心里铭记这个道理，完成了你们看到我完成的功绩。假如有什么过错，这不是我的责任，要追究也要去追究迫害我的人；不过，我愿意宣布我会赔偿我的过错所造成的损失，即使我有这个过错也并非出于恶意。算一算，佩德罗师傅，我砸坏了你的这些木偶要赔多少钱，我会用真的卡斯蒂里亚货币来赔付。'”堂吉诃德将砸坏的木偶一一作了赔偿，然后他们坐在一起用了晚餐。佩德罗师傅第二天早早起床，没有等他们重新上路就已经离开了客栈。

第二十七章

事也有巧，用绿色塔夫绸遮去半个脸的佩德罗师傅真名叫吉内斯·德·帕萨蒙特，是小说第一部第二十二章堂吉诃德解救的划桨囚犯中的一个。能够占卜的猴子当然也是骗人的，因为猴子的主人到一个地方之前会预先摸些情况，然后假装这些情况是猴子通报给他的。他踏进客栈的时候当然早就认出堂吉诃德和桑丘了，所以才能说出让他们两个人都感到惊讶的话来。在途中，堂吉诃德做了一回和事佬，发表长篇演说，调解两个城中的居民因学驴叫比赛而相互嘲弄造成的纠纷。然而调解还是失败了，因为桑丘要显示自己的学驴叫的本领，结果被打了一顿，堂吉诃德也只好被迫狼狈逃离。

第二十八章

桑丘·潘沙被痛打了一顿，于是他想回老家去。他与堂吉诃德开始计算应该付给他的工钱，可是桑丘却悔恨不已。“‘主人，’他说道，是微弱、悲伤的话音，‘我向你坦白，我缺的就是一根尾巴，我真想做一头驴；要是老爷你要给我装一根尾巴，我会觉得你装得再好不过，我这后半辈子愿意天天帮你驮东西。原谅我吧，老爷，原谅我的蠢笨。别忘记我懂得很少，要是你觉得我话太多，那是因为我人没用，倒不是我心眼坏。可是，犯了错误又肯改过的人，上帝都喜欢。’”

第二十九章

在他们来到埃布罗河岸的时候，堂吉诃德觉得一条空无一人的小船是要邀他去解救一名遭难的骑士。“这样想着，他跳上船去，后面跟着桑丘，他还把拴船的绳子扯断。于是小船开始慢慢地漂离河岸，而当桑丘发现船已经漂离河岸大约两码远的时候，他开始浑身发抖，生怕船载着他漂走了。最让他痛苦的是他的灰驴叫起来，还看见驽骍难得要挣脱缰绳。”①

他们看到坐落在河中央的几个大水磨，“堂吉诃德一看到这些水磨，就立即大声对桑丘说：‘你看见那边了吗，朋友？那就是一座城，一个城堡，或者是一个要塞，他们一定是把一个骑士关押在里面，或者是一个受尽屈辱的王后，亲王之妻，即一位公主，把我召唤到这里来就是要解救他们。’

“‘什么城呀，要塞呀，城堡呀，老爷你到底在说些什么呀？’桑丘说道。‘老爷，你难道不明白，这些只不过是河里安装的水磨，是磨面的地方吗？’

“‘别作声，桑丘，’堂吉诃德告诫他说，‘别看这些东西样子像水磨，其实不是的。我已经对你说明了，那些魔法师是如何把东西从自然形态加以改变和转化的。我并不是说他们把东西真的从一种形态转化为另一种形态，而是装出转化的样子来，我们已经有过这样的经验，那就是我的希望的唯一寄托杜尔西内娅的形态转化。’

① 纳博科夫插进了堂吉诃德对惊慌失措的桑丘说的话，“‘你或许是在赤足翻越崎岖的里斐恩山脉吧……？’奇怪的是，大约五十年（？）之后，一个真正的流放者，不幸的遭迫害的神甫阿瓦库姆，即俄国第一位散文大作家，真的翻越里斐恩山脉，即乌拉尔山脉。”——原编者注

“这时候，小船已经漂到了河的中流，已经不再像到现在为止那样是缓慢地漂流。水磨工们发现小船顺流而下，眼见得小船就要被水磨的大轮子吸进去，就急急忙忙跑出来，要截住小船。他们许多人举着篙棒，而且，由于他们脸上、衣服上都沾满了面粉，因此他们人人都是一脸的凶相。”

堂吉诃德还朝他们嚷嚷，语气带着威胁，并且还朝他们挥舞着他的剑，不过水磨工将骑士和桑丘救起，但是两人还是免不了跌落水中。小船的主人要求赔钱，堂吉诃德最终摸出钞票赔了。然后他提高嗓门，“一边望着水磨，一边继续说着。‘朋友们，’他说道，‘不管你们是谁，一个个都被锁在监狱的大墙之内，请原谅我。我没法解救你们，使你们摆脱可怕的危难。这个冒险行动毫无疑问只能留给别的骑士去完成了。’”

很奇怪，在这个水磨片段里，无论是堂吉诃德还是他的扈从都没有记起小说第一部里的风车情节。

第三十章

堂吉诃德遇上一位公爵和他的夫人外出狩猎。他们认得他，并邀请他到他们的城堡作客，到了城堡之后，他们为了自己取乐，将以符合游侠骑士身份的惯常礼节接待他。

第三十一章

堂吉诃德提醒桑丘要把他自己的嘴管住。但是公爵夫人出面干预。“‘凭公爵的性命起誓，’公爵夫人大声道，‘我是一刻也不会让桑丘离开我身边的。我非常喜欢他，因为我确信他是一个言语谨慎的人。’”与公爵一起就座的一名讲究实际的教士责备堂吉诃德。“这名神职人员听了关于巨人、无赖以及魔法师那一大段话就明白，他们的这位客人不是别人，一定就是来自拉曼查的堂吉诃德，因为公爵一直在阅读堂吉诃德的故事——他已经批评他许多回了，对他说把时间浪费在这样的胡说八道的故事上实在荒唐——而现在，由于更加相信自己的怀疑是正确的，于是就转身非常生气地对公爵说道。

"'阁下，我的老爷，'他说道，'这个可怜人的所作所为，您可得说说清楚。这个什么堂吉诃德，什么堂呆子，也不管他叫什么名字，肯定不会傻得像阁下您所想的那样，您还鼓励他去做那些愚蠢的勾当。'然后他又转身接着对堂吉诃德说，'至于你嘛，呆子，是谁灌输给你的，说什么你是征服巨人、专抓坏人的游侠骑士？我明白告诉你：要是你滚蛋，上帝就会保佑你；回你老家去，要是你有子女，那就好好把他们抚养成人，把家产照管好，别再像个呆头呆脑的傻子到处游荡，在众人面前尽出洋相，让人笑话，不管他们认识你也好，不认识你也好。你到底在哪里遇见过活着的还是早就死了的游侠骑士？在西班牙哪里有巨人？在拉曼查哪里有匪徒？哪里有着魔的杜尔西内娅？哪里有他们说的关系到你的什么荒唐事？'"

第三十二章

堂吉诃德很有说服力地回敬教士。"也许，这真是无聊的事情，要不然便是浪费时间，这样到处流浪，却不去追求今世的享受，而是要经受道德高尚的人或许能借此登上不朽宝座的艰难困苦，是吗？"他与公爵和公爵夫人谈到了杜尔西内娅。他说道："上帝才知道，这世上是否真有个杜尔西内娅，还是这个人原就是凭空编造的。这种情况原就是无法做出一个定论的。我心中的恋人并非是我的编造，也不是我制造出来的，尽管我照例常常把她放在心上，因为她是具备了能让她名扬天下的那些优秀品质的姑娘，比如，她有无瑕的美貌；她自尊而不傲慢；她温柔而绝不轻薄；她因礼貌而生亲切之情，而这亲切则来自良好的教养；最后，她有高贵的出身，因为美貌体现在出身高贵的人身上则更显得华丽，更近乎完美，这是出身贫寒的人所无法相比的。”

这时公爵夫人插话，说出了她对于杜尔西内娅的看法：“可是，话虽这么说，我心中仍然还有一些疑问，而且我对桑丘·潘沙还有些不满；因为我刚才提到的经过情形是这样说的，在桑丘把先生你的信交给杜尔西内娅的时候，他见她在扬一袋小麦，而且是红小麦，这一情况使我不由得对她的显赫出身产生疑问。”

堂吉诃德回应道：“我心里想的是，在我的扈从把我的信交给她的时候，就是那几个魔法师把她变成了一个村姑，让她去干簸小麦那样的慢工细活。但是我已经说了，这里所说的小麦并不是红的，也不是什么小麦，而是东方珍珠；而且，为了证明这一点我可以禀告阁下二位，我不久前到埃尔托博索时，我还找到了杜尔西内娅的豪华宅第；而就在第二天，我的扈从桑丘看到了她的本来模样，那是天底下最美丽的模样，而在我的眼里，她又是一个粗俗丑陋的农家姑娘，说起话来土里土气的，虽然她就是举止得体之化身。鉴于我没有着魔，而且当然我也不会着魔，她必定就是遭受这种伤害的人，而且已经改变模样，成了这样的一个人。这就是说，我的敌人通过她来对我进行报复，而就是为了她，我在泪水永无休止地流淌中度日，直至再一次见到她本来的模样我才能平静下来。”

桑丘尽遭仆人们的挖苦嘲笑，但深得公爵夫人的欢心，因为她看到他这个样子高兴极了。公爵答应让他做一座孤岛的总督。

第三十三章

非常乏味的一章，记述的是桑丘与公爵夫人的谈话。关于送信是怎么回事，以及在路上遇见三个农村姑娘的时候，他要了个手法，说其中一个就是杜尔西内娅，他把如何欺骗堂吉诃德的这些秘密都告诉了公爵夫人。

第三十四、三十五章

那一晚在树林里，公爵和公爵夫人开了一个精心策划的玩笑。他们的一个仆人装扮成魔鬼来通报堂吉诃德，说杜尔西内娅将由六支魔法师军队陪同，她会告诉他可用什么办法解除她身上的魔咒。

"'假如照你所说你是一个魔鬼，而且你的模样也说明你是一个魔鬼［堂吉诃德毫不畏惧地回答道］，你就一定已经认出了来自拉曼查的堂吉诃德，因为他就站在你的面前。'

"'哎呀呀上帝呀，凭良心说，'魔鬼说道，'我并没有好好地瞧过他。我脑子里想的事情太多，我把到这儿来的正经事忘掉了。'

"'这话一点儿也不假，'桑丘说道，'恶魔一定是一个好人，一个虔诚的基督徒，因为如果他不是的话，他就不会对上帝起誓，不会凭良心说话。我自己嘛，我现在真相信，就连地狱里也有好人。'

"那魔鬼也没有下马，只是把眼睛紧盯着堂吉诃德。'呵狮子骑士，'他说道，'因为现在我看得清清楚楚，你被狮子用脚爪牢牢地抓住了，我正是受倒霉却很英勇的骑士蒙特西诺斯的派遣，来告诉你，你到了一个地方就在那里等着，因为他要把杜尔西内娅·黛尔·托博索带来，这样他就可以告诉你，你怎样才能把她的魔咒解除。既然我就是为这件事来的，我也不必再耽搁了。愿像我一样的魔鬼们与你同在，愿善良的天使们与这些好人们同在。'

"说罢这一番话，他便吹起他那巨大的号角，转身就走了，也没有等待任何人的答复。

"他们从来没有过像现在这样地惊讶，尤其是桑丘和堂吉诃德：桑丘感到惊讶，尽管事情真是如此，但是他们多么希望杜尔西内娅真着魔了；而堂吉诃德则仍然把握不定，在蒙特西诺斯地洞他所经历的事情到底是真还是假。正当他沉浸在这样的思索中的时候，公爵问他话道。

“‘大人您是想等她吗，堂吉诃德先生？’

“‘为什么不等她呢？’他答道。‘我就在这里等她，我强大而无畏，即使整个地狱的恶势力都来向我进攻。’”

一阵暴风雨般的响声爆发了，接着三个魔法师坐着马车经过，通报了他们的姓名。然后，“随着悦耳的音乐，他们看见过来一辆马车，即人们叫作凯旋战车的那一种马车，由六头披挂着白色亚麻布装饰的灰骡拉着，每一头骡子上坐着一个身穿白衣的苦修会修士，手中拿着点亮的蜡烛。这辆马车即战车有前面经过的那几辆马车两辆甚至三辆那样大，马车顶上，以及马车的两侧站着十二名苦修会修士，穿着雪白的衣衫，手中都拿着蜡烛。这是一个令人惊讶的场面，同时也是一个令人敬畏的场面。在一个高高的宝座上，坐着一位仙女［杜尔西内娅］，盖着无数银白的面纱，无数刺绣的金色饰片金光闪烁，把她的容貌衬托得即使不说奢华富丽，也是光彩夺目。她的面部遮着精巧透明的森德尔薄绸，透过薄绸的皱褶，美丽少女的面容也能看得分明。在无数点亮的蜡烛的映照下，她的秀美清晰可见，她的年龄也显而易见；看起来她的年龄不会超过二十岁，也不会小于十七岁。

“少女的身旁是一尊像，穿一件长袍，名曰华服，长袍拂地，盖住人像的双脚，头上遮着黑色面纱。马车行进到堂吉诃德与公爵、公爵夫人对面的时候，六孔竖笛吹奏的乐声停止，然后车上的笛声和琴声接着停止；这时候，那尊人像站起身来，敞开长袍，从脸上拉下面纱，于是众人见到了死神的丑陋骷髅形象，把堂吉诃德吓了一大跳，而桑丘则浑身打战，就连公爵和公爵夫人也有点害怕了。这个活生生的死神站起来之后，便用颇有点昏昏欲睡的语气和尚未从睡梦中醒来的语音，开始朗诵以下诗句：

我的名字叫默林，白纸黑字写分明，
魔鬼是我的祖先（说什么
星移斗转变强大，纯属一派胡言。）

……

在冥王的昏暗深渊里
我沉浸在冥思苦想中，思索
神秘的几何图形，就在这时
我听到一个人的说话声，无比悲切的
声音，那是美貌绝伦的杜尔西内娅在召唤。
这时我才明白，她已中了可恶的魔咒
才知道她已被可恶地变了形
从高贵的女子沦落为一个村姑。
我动了恻隐之心，于是翻遍了
讲述恶魔魔术的书籍，
于是我把灵魂藏进了
这可怖骷髅的躯壳里，在这里
躲藏着，告示要采取的手法
解救如此的悲伤，如此的冤屈。”

结果是，桑丘必须答应脱掉裤子，在光屁股上抽三千鞭子。否则，“杜尔西内娅得回到蒙特西诺斯地洞去，回到原先的村姑模样，否则她将被送往极乐世界，在那里等待规定的三千鞭子抽打完毕”。桑丘大声叫苦不迭，而听到叫喊声之后，杜尔西内娅摘下面纱，“以男子的镇定自若和不完全是女子腔调的语声”，把桑丘骂了一通，但仍然不起作用，直至公爵威胁要收回让他担任孤岛总督的允诺，桑丘才勉强同意脱了裤子打上三千鞭子。这整场戏是公爵的男管家和找来的一个小听差表演的，男管家扮演默林，小听差则扮演杜尔西内娅的角色。

第三十六章

桑丘写信回家对他的妻子说，她现在已经是一个总督的夫人了，还说他要寄给她一件绿色的猎装，那是公爵夫人送给他的，好让他们替他们的女儿做一条骑马装的裙子和紧身马甲。“所以说，现在总算你也要成为一个富婆了，成为一个幸运的女人了。……一六一四年于本城堡。

你的丈夫，总督
桑丘·潘沙”

男管家还上演了另一场滑稽可笑的戏。一个面容憔悴的老头，即白胡子特里法尔丁（仿博亚尔多的《热恋的奥兰多》和阿里奥斯托的《疯狂的奥兰多》中的特鲁法尔丁），恳求堂吉诃德帮助他的夫人，即特里法尔蒂伯爵夫人，又名愁容女总管。

第三十七章

这是篇幅短而且多余的一章，讨论关于年长的侍女的问题，桑丘的观点认为这些人都是好管闲事的人，讨人嫌的人。

第三十八章

伯爵夫人特里法尔蒂在十几个侍女的陪同下入场。作为年轻美丽的公主、坎大亚王国的女继承人安托诺马西娅的女总管，她被不担任官职的年轻人堂克拉维约的魅力所诱惑，允许他作为公主安托诺马西娅的合法丈夫进入她的闺房。这个阴谋持续了很长一段时间，直至公主的肚子日渐大起来，眼看事情就要败露。于是他们作出决定，堂克拉维约须出现在堂区教堂主持举行的仪式上，向公主求婚，因为他们写了一个书面的婚约，而且公主安托诺马西娅被保护性拘禁。

第三十九章

他们举行了婚礼，然而王后，即年轻姑娘的母亲，由于过分的悲伤，于三天后去世，并下葬。然后，“在王后的坟墓上方出现了骑着一匹木马的马古恩西娅［王后］的第一个堂兄马拉姆布鲁诺。他不但是一个残忍的人，而且还是一个魔法师。为了惩罚克拉维约的鲁莽，为了替堂妹的死报仇，同时也是表示对安托诺马西娅的固执的不满，马拉姆布鲁诺于是凭借着他的法术，在他们两个人的身上施展他的魔法，使他们都趴在坟墓上，公主变成了一只母猴，而她的恋人则变成了一条用不知名的金属做的鳄鱼，他们俩的中间竖着一根柱子，柱子也是用金属做的，上面刻着古代叙利亚文字，先翻译成坎大亚文字，现在又翻译成卡斯蒂里亚文，意思如下：

“‘只有等到来自拉曼查的勇敢的骑士一对一地与我交锋，这一对鲁莽的恋人才可以恢复原来的人身，因为，正是考虑到骑士的英勇气概，命运才为他保留了这段前所未闻的冒险。’”

此外，为了惩处玩忽职守的侍女们，他对她们实施了持久的处罚：“于是，愁容女总管和所有其他的侍女们撩起面纱，露出了长满胡子的脸，有红胡子，有黑胡子，有白胡子，有灰白胡子，一见这情景公爵和公爵夫人以及所有其他在场的人都目瞪口呆了。”

第四十章

这一章以塞万提斯的赞歌开始：“的的确确，所有欣赏像本篇一样的传记故事的人，都应该对传记的原作者锡德·哈米特表示感激之情，感谢他竭尽全力详尽记述，包罗万象，无论情节多么琐细，却无一遗漏，然而一切又都叙述得非常清晰明白。他描述思想，透露幻想，解答未经提出的问题，澄清疑问，排除争议。总而言之，他在细枝末节上处处都满足了最好奇的读者的好奇心。呵声名出众的作者！呵幸运的堂吉诃德！呵天下闻名的杜尔西内娅！呵滑稽可笑的桑丘·潘沙！为你们的同胞兄弟、同胞姐妹的快乐和普遍的消遣，愿你们人人、你们个个都长命几百岁！”

愁容女总管然后向众人宣布，马拉姆布鲁诺要送一匹木马，克拉维雷诺，把堂吉诃德和桑丘驮在马屁股上，升上天空，飞到三万里以外的坎大亚，而堂吉诃德于是就接受了这个要求。

第四十一章

四个粗汉搬来了木马。在他们骑上这匹神马之前，堂吉诃德“把扈从拉过一边，来到花园的树林子里，并且拉住他的双手，说出下面的话来。

“‘我们面前等着的是遥远的路途，桑丘兄弟，这你是知道的。上帝知道我们什么时候才能回来，上帝知道这漫长的路途会有多少闲暇；所以我的意思是你躲到你的房间里去，装作是在寻找你路上要用的东西，然后你在房间里匆匆地抽上几下，都记在你该挨的三千三百下鞭子里面，即使目前最多只不过抽自己五百下。这么一来就可以减去这么多，开了一个好头就等于成功一半了。’

“‘上帝呀，’桑丘大声道，‘老爷你一定是头脑发昏了！古话说得好，你既要人家肚子大起来，又要人家是个处女。嘿，他们要我坐在光木板上，而你倒好，上路之前还要我扒下裤子打烂自己的屁股！不行，不行，老爷你完全错了。我们还是现在就去看那些侍女剃胡子吧，等我们回来的时候，我可以向你保证，我会非常爽快地完成我的义务，老爷你会非常非常满意的。我要说的就是这些。’

“‘行啊，桑丘，’堂吉诃德回答道，‘我会用你这句话来安慰自己的；我相信你也是会做到说话算话的，因为你虽然脑子笨一点，但是倒真是一个信得过的人。’

“‘我可不是锈得厉害的人，’桑丘说道，‘只不过整日太阳晒黑得厉害；可是即使我有点儿锈也有点儿黑，我还是说话算话的。’”

两个人都蒙上了双眼，然后骑上了木马，绞紧马脖子上的木栓，在公爵和公爵夫人的种种手段帮助之下，例如用风箱鼓风，点燃短麻屑生火，他们以为木马驮着他们在天上飞，直至木马终于炸开了花，他们也被摔倒在地上，烧黑了一身。

“到了这个时候，全体长了胡子的女人，无论是特里法尔蒂还是所有其他的人，都从花园里消失了，留下的人一个个都伸展四肢，躺倒在地上，仿佛都已晕过去。骑士与扈从都从地上爬起来，鼻青眼肿，浑身疼痛，他们朝四下里张望，发现自己又回到了刚才出发的同一个花园，只见人们一个个都倒在地上，两个人无比惊讶。同时，他们在花园的一旁，见到一柄长剑插在地上，剑上用两根丝绳挂起一张光滑雪白的羊皮纸，这时候他们的惊讶更是难以形容。羊皮纸上用很大的金色字母，写着如下几行字：

> 举世闻名的骑士，来自拉曼查的堂吉诃德，一举完成了特里法尔蒂伯爵夫人，又称愁容女总管的冒险经历。马拉姆布鲁诺深感满意，侍女们的脸颊重又光滑、洁净如初，克拉维约国王和安托诺马西娅王后已经恢复到原先的地位，因此，一俟扈从鞭打完成，白鸽就将摆脱可恶的矛隼的迫害，从而回到她亲爱的伴侣的身边。因为这是智者默林，天下第一魔法大师的巧妙安排。

第四十二、第四十三章

为了要把玩笑再继续开下去，公爵吩咐他的下人们在桑丘就任总督职务的时候该如何行事，并且通知桑丘再过两天他就要动身前往他任总督的孤岛。堂吉诃德洋洋洒洒谆谆告诫桑丘，大抵是些古训，而桑丘则是脱口而出的谚语俗话。

第四十四章

桑丘走了以后，堂吉诃德感到孤单冷清了，这倒并非他是在想念着他的扈从，而是因为他在孤独中心里充满了对杜尔西内娅的忧郁的幻梦。那一天夜间，在他的卧室的窗下，公爵夫人的丫鬟阿尔蒂西朵拉按照夫人的关照，唱了一支情歌。“然后传来一种乐器的声音，乐声悠扬，深深打动了堂吉诃德的心；因为就在那一刻，他在他那些味同嚼蜡的骑士故事里读到的所有那些数不尽的类似的冒险行为，在窗下，在格栅旁，在花园里，伴随着美妙的小夜曲，嬉戏，昏厥，都历历在眼前涌现。他立即想象公爵夫人的哪一个使唤丫头一定是深深地爱上了他，但是又因羞怯而将感情隐藏。他生怕自己会经不住诱惑，但是他下定决心，决不允许自己为情所惑；由于他一心一意只想着他的爱人，来自埃尔托博索的杜尔西内娅，于是他决定他会静听花园里的音乐，并且假装打一个喷嚏，表示他人在房间里，这样会让女仆们非常高兴，因为她们唯一的愿望就是要他听她们的歌声。”听完一支歌之后他就责备起自己来，并重申他对杜尔西内娅的爱是一心一意的。“这样想时，他哗啦一声把窗关上，心中闷闷不乐，仿佛他碰上了倒霉的事情，于是就上床睡去了。”

第四十五章

桑丘走马上任。那是一个大约有一千居民的村子，是公爵领地里最好的村子之一，村子四周有一围墙环绕。凭着自己的好记性，桑丘表现出他在看问题方面是一个非常有智慧的人。他办了三件案子，而我们则欣赏到了各种各样的原始乐趣，以及体现粗浅常识的古老事例。

第四十六章

第二天，在堂吉诃德回房歇息的时候，他见房内有一把六弦琴。“他先是拿起琴来弹拨了几下，然后他打开窗子，发现花园里有人，他重又调了调琴弦，尽量把琴的声音调得和谐。琴调好之后，他吐了一口唾沫，清了清喉咙，用虽有一点沙哑但又颇入调的嗓音，唱起了以下歌谣，那是当天他谱写的歌”，是为杜尔西内娅而作。公爵与公爵夫人又来捣乱，将他折磨。他的歌声也被打断，因为公爵和公爵夫人派人从楼上回廊上吊下许多只尾巴上拴了铃铛的猫咪，而堂吉诃德举剑与猫咪打斗的时候，场面一片混乱，一只猫的尖牙还嵌进他的脸，结果倒是公爵来把猫拉走的。

第四十七章

再回过头来说说桑丘·潘沙。塞万提斯讽刺了在西班牙确实存在的一个习俗：王公贵族的餐桌上须有一名医生在座，就人们该吃什么这个问题提出忠告，并且监督王室成员节制食欲。按照这个玩笑的事先安排，桑丘的医生把桑丘爱吃的每一份菜肴全都端走，让他想吃也吃不饱。我们还读到书中讲述的一个农民的一段蠢事，因为他请求桑丘给他六百达克特，来置办儿子的婚事，结果被桑丘——浑身冒着农民的粗浅常识——轰走。

第四十八章

我们已经面对过两种模式的魔法——有来自公爵和公爵夫人的魔法和来自公爵仆人的魔法。现在在这一章，我们遇到一个名叫堂娜·罗德里格斯的侍女，而她确实是相信堂吉诃德的，而且还一本正经地向他诉说心里的冤屈。“门打开了，而他立即在床上站起来，用一条缎子被从头到脚把自己裹得严严实实，头上戴一顶睡帽，脸和胡须都用绷带包扎起来——脸是因为被猫抓伤，胡须是为了防止其变形和下垂——这一层层的绷带使他的模样变得难以想象地古里古怪。他非常警觉，两眼直盯着房门，等着阿尔蒂西朵拉闯进门来，泪水涟涟，朝他撒起娇来；然而，他看见的人并不是她，而是一个举止端庄的侍女，披着镶有白边的长长的面纱，面纱长得像披风一样，可以包裹她的全身，一直拖到脚跟。她左手举着一支燃去一半的蜡烛，右手挡着烛光，以免照着她的眼睛，而眼睛上还戴着一副眼镜。她一步一步，小心翼翼地，慢慢走进来。”

她对他诉说，一个富有的农民的儿子，以婚姻诺言为由，诱奸了她的女儿，而现在却又不肯遵守诺言。而且，公爵也不肯出面干预，因为这个富有的农民常在他急需用钱的时候借钱给他。“我想请求你，尊敬的先生，担当责任，为我们洗雪冤屈，无论是向他恳求还是动用武力，都行；因为大家都说，他来到这个世界就是为民雪冤的；是为民申冤报仇，保护受难的人的。”

很不幸，她还透露了一件怪事，说美丽的公爵夫人双腿都长满了疖子；而就在这时，在黑暗中门突然打开，一群恶棍冲进来，把这个女人痛打了一顿。接着，黑暗中没有说一句话的打手冲向骑士。“他忍无可忍，挥起拳头还击；这一场殴斗就在没有一声叫喊中发生，说起来实在叫人惊诧。

“这场殴斗大约持续了半个钟头，然后这几个来去像鬼影似的人走了。堂娜·罗德里格斯整了整衣裙，只说自己命苦，又遇上倒霉事。堂娜·罗德里格斯出了门，没有对堂吉诃德再说一句话。现在[塞万提斯说道]我们就让他一个人去孤苦伶仃吧，让他浑身作痛，心中茫然，情绪低落吧，因为他想不通到底是哪一个魔法师在与他作对，使他落入这样一个难堪境地。”

第四十九章

桑丘说道："我的打算是要把这个岛上所有的垃圾都清除干净，把所有没有用处的二流子地痞流氓都清除干净；因为我要你们明白，我的朋友，一个国家的游手好闲的懒汉，就像一个蜂房里的雄蜂，它们只会吃工蜂酿造的蜂蜜。我提议援助农民，维护绅士的特权，奖励道德高尚的人，尤其是要尊重宗教，尊敬担任圣职的人。"

桑丘·潘沙这时说的话表达的是塞万提斯本人关于社会与政府的观点。他的观点所包含的智慧让设置和参与这场骗局的人大吃一惊。在涉及欠款问题的时候，桑丘替那些贫困的囚犯支付了一部分。摆在他面前的那一对男女的事情（兄妹二人互换衣服，乔装打扮）的出台则与其他事件有所不同。那女的是一个富人家的女儿，因为那富人将她整日关在家里，不让她与外界来往，所以她总是闷闷不乐，总想看看她周围的世界。"我的倒霉是在于我求我哥哥拿了他的衣服把我穿得像一个男人，然后在晚上，待我父亲睡着之后，带我到外面去看看城中的生活。由于我的纠缠不休，他最后同意依我一回，于是我就穿上了他的衣服，而他则穿我的衣裳——因为他脸上没长胡子，相貌像一个漂亮的姑娘——今天晚上，大约一个钟头之前，我们就从家里出来，由于年少和愚蠢的冲动，在城中到处闲逛。"发现有人巡夜，他们转身便跑，可是她被逮住了，于是被带上了法庭。"他丢下妹妹逃跑之后，又被一名警察追上，现在抓住她哥哥的警察到来，证实了她所说的话是真实的。他身上只穿一条华丽的料子做的裙子和一个蓝色锦缎的披风；他头上也没有戴帽子，也没有别的装饰，只见一头金黄的鬈发，看上去就像佩了一头金色的小环。"桑丘下令把两个人送回到他们的父亲家中，但不去惊动他，而暗中他却在打算让这个年轻人与他的女儿结婚，但是这个计划因政府被推翻而受阻。

第五十章

由于她们很想知道那个侍女到底要找堂吉诃德干什么，因此公爵夫人和她的女仆“蹑手蹑脚地、小心翼翼地走到骑士的房门口，然后在旁边可以听见房内谈话的地方站定。当公爵夫人听见堂娜·罗德里格斯把女主人的病痛透露出去的时候，她再也忍受不住了，而阿尔蒂西朵拉对此也有同感［据说她本来就有点气短］，于是，由于气愤，又想报复，她们闯进了房间，把侍女揍了一顿，并且惩罚了堂吉诃德。”

我们又面对着那熟悉的氛围，一个恶作剧结束，又一个恶作剧正在酝酿。现在，公爵和公爵夫人派遣（扮演杜尔西内娅的）听差，带着礼品，带着公爵夫人的一封热情洋溢的信，以及桑丘·潘沙给特莱莎·潘沙的一封家信，她听到这消息之后，高兴得忘乎所以。

“‘神甫先生，劳驾您替我打听一下有没有人要到马德里去或者要到托莱多去的，请他替我买一条圈环裙，货色要最好的，式样要最时新的；因为我当然想尽量替我的丈夫在政府里争个面子，确实是这样，要是弄得我火了，我就要到宫里去，乘上马车去，就像所有别的夫人们一样，因为做总督妻子的人，那是一定要一辆马车的。’

“‘为什么不可以有，妈妈，’桑契卡说道。‘上帝保佑，最好就是今天，不要等到明天，即使他们看见我跟妈妈坐在马车里，会说：“你们瞧瞧那个小姑娘，过去什么也不是，只是个吃大蒜的人的女儿，现在倒像模像样地坐起马车来了，活像个女教皇！”可是就让他们在泥浆里一脚高一脚低地踩去吧，我就跷起两只脚坐我的马车。让世上爱嚼烂舌头的人去倒霉吧。我只要我自己舒服就行，让他们去笑话吧！我说得对吗，妈妈？’

“‘就是这个话，我的女儿，’特莱莎回答道。‘我家的桑丘早就说过要交好运的，还不止这些呢，你会亲眼看到的，我的孩子，好事不断会来，我还要做伯爵夫人呢。一旦交了好运，那就一路都是好运；我就听你爸爸说起过好多回了——他还是谚语俗话的老前辈呢——给你一头牛，你就快拿牲口套去套，给你政府里的权，那就接过来；给你一个伯爵的爵位，就快快收下，要是他们拿着礼品"嘟，嘟"地招呼你，要抓住不放。事情就会像煞是你呼呼地蒙头大睡，也不搭理，而就在这时，财富和好运就在那里敲你家的门呢。'

"'我才不在乎呢，'桑契卡说道，'随便他们说去吧，要是他们见我走起路来翘着脑袋，像个高贵的淑女，说"狗穿了大麻织的马裤"，我在乎他干什么？'"

第五十一章

桑丘收到一封满纸都是堂吉诃德的忠言的信，同时他又要一本正经地坐着审案，面前是那些老一套的要求说真话的案子。"法律规定如下：'要过河的人都必须首先宣誓，他要到哪里去，去干什么。假如他说的都是真话，就允许他过河；而假如他说的是假话，那么他就要被拉到设在那里的绞架上处死，毫无赦免的希望。'……于是，有一天发生了一件事，当他们要某一个人立誓的时候，他宣誓，肯定地说，他的目的是要到他们设立的绞架上去赴死，除此之外他眼前没有别的目的。

"法官们坐下来商讨。'假如，'他们说道，'我们让这个人顺顺当当地通过，那么他是发了假誓的，而按照法律规定，他应该被处死；可是他宣誓，他是要到绞架上来寻死的，而假如我们将他绞死了，那就是事情的真相，这样一来，按照同一条法律的规定，他应该被释放。'现在嘛，总督大人，我们想听听您的高见，法官们应该如何来处置这个人，因为到目前为止，他们一个个都把握不定，困惑不解，而他们早就听说大人您的深刻见解和渊博的学识，所以就派我来请大人您给予指点，您对于解决这个复杂难解的问题有何妙招。"

在经过一番讨论之后桑丘自己发表意见："'我说呀，先生，'桑丘说道，'不是我蠢，就是你说的这个人既该死，也该活着跨过桥去；因为假如他说真话保了他一条命，他说了假话同样要被绞死。既然情况是这样，实际上也就是这么一回事，我的意思是你回去告诉派你来找我的那些先生们，放了他有理，惩罚他也一样有理，那他们就应该放了他，因为救人一命总归比害人性命要好。我就给你这样一个结论吧，然后签上我的大名，要是我知道名字怎样签的话；因为我说这个话的时候可不是我自个儿说的话，而是记起了在我来这里上任当总督的前一天晚上，我家老爷给我的许多忠告里抽出了一条。在公道把握不定的时候，他说，我就靠向慈悲这一边；我感谢上帝，刚才我正好记起了这一条，正好用得上，好像是专门为这个案子定的。'"这个结论人人称赞，都说是莱克格斯[①]断的案。

桑丘把整个下午都用来拟定一系列管理好小岛的法令。"他颁发命令，在他的辖区内不允许有叫卖食品的摊贩，酒类可以从任何地区进口，只要酒的产地公开标明，以便正确按其产品的质量名望以及人们心中的声誉来定价，而任何人，凡是在酒中掺水，或者假冒名酒的，即以生命为代价抵罪。他削减了所有类别的鞋袜的售价，尤其是鞋子的价格，因为他觉得鞋子的价格太昂贵。他向仆人征收所得税，因为他们的工资与所提供的服务不相称。他规定，唱淫荡、猥亵歌曲的人要给予重罚，不管是晚上唱，还是白天唱，概莫能外，而且他还规定，盲人都不可唱诵与奇迹有关的诗篇，除非他出示可靠证据，说明奇迹确实发生过；因为根据他的看法，构成他们的诗篇副歌的大多数事件都是捏造的，损害了真正发生过的奇迹的影响。

"他为穷人设立法警制度，并任命人员，目的不是要骚扰穷人，而是要调查他们的真实状况，因为许多小偷或者身体健全的酒鬼到处招摇撞骗，冒充瘸子，或者露出身体上假装的创伤。简而言之，他将

① Lycurgus，公元前9世纪斯巴达制定法典的人。

事情规范得如此英明，时至今日，他颁布的法令在当地仍旧保留着，名曰《总督大人桑丘·潘沙法规》。”

第五十二章

堂娜·罗德里格斯和她的女儿恳请堂吉诃德，要替她们洗雪冤屈，而他则主张揪出那个年轻人，向他发出挑战。但是，公爵却替那个年轻人接受了挑战，并答应六天后举行格斗。特莱莎·潘沙写来了给公爵夫人和给桑丘的信，而给桑丘的信中说了村子里的新闻，还说“堂区神甫，理发师，学士，甚至教堂司事，都不相信你当了总督，他们还说，这些都是什么鬼把戏，或者是施了魔法，都像牵涉到你的主人堂吉诃德的一切事情一样；参孙说他们要来找你，因为他们准备要打消你当总督的念头，要赶走堂吉诃德脑袋里的疯劲，不过我听了只是笑，照样盯着我的一串珠子，还是思量拿出你那套衣服，给我们的女儿改制裙子。我给公爵夫人带去一些橡果，真希望这些橡果都是用金子做的。假如那个岛上有什么珍珠的话，就替我寄几串回来。……今年家乡买不到橄榄，跑遍全村也买不到一滴醋。来了一帮兵痞，带走了村子里的几个姑娘；我真不想告诉你这几个姑娘是谁，因为很可能她们会回来，她们尽管犯了错，也不至于找不到那些愿意娶她们做老婆的人，不管是好是坏。桑契卡在编鲸鱼骨网眼花边……不过既然你当上了总督，那就给她置办嫁妆吧，省得她自己动手做。村子里广场上的喷泉干涸了，闪电劈中了颈手枷（要是闪电老劈中那个地方我才开心呢）。”

第五十三章

捉弄桑丘的最大玩笑是谎报小岛遭到敌人的入侵。混乱中桑丘被严重踩伤。他强忍着浑身的伤痛，朝马厩走去，给灰驴备好鞍，然后对陪同的人说："好了，各位，愿上帝保佑你们。请转告公爵大人，我是光着身子来到这个世界的，我现在还是光着身子，所以我既没有赚到什么，也没有输掉什么。我这个话的意思是说，我身边没有带一分钱到这里来当总督，我现在走了，也没有带走一分钱，这与通常发生在其他岛上的总督身上的情况正好相反。"经过一番讨论，"他们都一致同意［接受他的辞职］，并允许桑丘离开小岛，先是提出派几个人送他，给他提供路上所必需的任何东西，不管是路上享用的，还是路上提供方便用的。他回答说，他要的东西没有别的，就是给他的灰驴一些大麦，给他自已吃的半块奶酪，半块面包，因为他要走的路很近，所以他也不必带更多或者更可口的东西了。于是他们都与他拥抱，而他一边抽泣一边与他们一一拥抱，然后骑上驴走了。他们送走了桑丘，心里都佩服他说的每一句话，敬佩他作出的决定的坚决与富有智慧。"

第五十四章

从这一章开始，每一章里的故事就在堂吉诃德与桑丘之间来回讲述，而不是一章章交替进行。"公爵与公爵夫人决定着手准备对付堂吉诃德向公爵家臣发出的挑战，理由已如前述；年轻人现在在佛兰德斯，是因不想认堂娜·罗德里格斯为岳母大人而逃走的，既然如此，他们就决定由一个名叫托西洛斯的加斯科涅仆人来顶替，而且他们把要做的事都预先对他仔仔细细吩咐了。"

桑丘在回到他的主人身边的途中，遇上他家乡小店伙计摩尔人里科特，而他现在已经沦为叫化子，却扮成一个荷兰人模样（是一六〇九年至一六一三年间奉圣旨将摩尔人赶到非洲去的）。这些乞丐其实都是些年轻英俊的人，他们的鞍囊都装得满满的。"他们伸展四肢躺在地上，把草地当餐桌，在地上摆放了面包、盐、刀、核桃、一片片的奶酪，吃得干干净净的火腿骨头即使不能再啃了，也还可以咂一咂味。还有一样黑乎乎的东西，叫鱼子酱的，顾名思义，那是用鱼子制成的，是引起你的渴望的好东西。橄榄则有无数，尽管都是干的，也没有腌过，但是却非常可口。”

老摩尔人里科特是乔装打扮起来回家乡来挖掘埋在地下的一些财宝的，事成之后，他要到阿尔及尔去带走家眷，然后到德国去落脚，他已经在那里找到了自由。他本人的故事是无关紧要的。

第五十五章

由于桑丘听里科特的唠叨耽搁了时间，因此他还没有到达目的地天就暗下来了，而且他的灰驴一脚踩进了一个深坑。第二天清晨，他的呼救声被堂吉诃德听见，因为堂吉诃德早晨起来练剑，为就要举行的格斗做准备。

“堂吉诃德听见那呼救声很像是桑丘·潘沙的声音，便大吃了一惊。‘下面是谁在叫喊？’他扯开喉咙大声叫喊。‘叫得这么惨是谁呀？’

“‘还会是谁呀，’坑下答应道，‘还会有谁这么惨，假如不是可怜的桑丘·潘沙的话，我是罪有应得受到惩罚，倒霉透了，当什么巴拉塔里亚岛的总督，我原先是给来自拉曼查的有名骑士堂吉诃德当扈从的。’

“听了这句话，堂吉诃德则是越发地惊讶了，而心想桑丘·潘沙一定是归天了，现在坑底下的是他遭难的灵魂，堂吉诃德便越来越感到吃惊。这一念头让他控制不住自己的情绪，于是又叫起来：‘我凭这一切，以全基督教教徒的身份祈求你，我完全可以祈求你，请告诉我你是谁，你是不是一个遭难的灵魂。也请告诉我，你要我为你做什么；因为我的职业就是要援助和解救天下所有遭难的人，也要拯救阴间里无法自救的人。’”

桑丘的灰驴的嘶叫声帮了忙，两个人相互都认出来了，于是堂吉诃德回到城堡里，找到公爵的家臣，用绳子和钩子把桑丘和他的灰驴救出了深坑。桑丘事先并没有禀告公爵就辞去了总督职务，但是他还是获得了公爵和公爵夫人的宽恕。"'就这样，老爷和夫人，公爵和公爵夫人，你们的总督桑丘·潘沙就站在你们的面前，我正好做了十天的总督，现在已经明白了，我决不愿再做一丁点儿的牺牲去掌什么权，不光一个小岛不愿管，就连整个世界都交给我，我也不干。既然我把话说得这么明白了，我就吻阁下的脚；[①]就像小孩子做游戏的时候喊的一样，"你跳我就跳"，我也跳一跳，跳出总督的位子，回去伺候我的主人堂吉诃德；因为跟着他，即使心惊胆战、浑身哆嗦着吃我的面包，但是至少我可以吃得饱饱的，而且说到吃得饱，对我来说不管是吃胡萝卜还是吃山鸡，是吃素还是吃荤，吃饱了都一样。'"

第五十六章

堂吉诃德来到格斗的现场，然后"在一会儿之后，在一阵阵的喇叭声中，在广场的一角公爵的家臣彪形大汉托西洛斯进场。他骑着一匹高头骏马，那马蹄踩得整个广场都震动。他身上穿一套结实、闪烁的铠甲。……这名英勇的斗士受过他的主人即公爵的精心训练，知道如何对待来自拉曼查的堂吉诃德，而且还接受特别的提醒，无论在什么情况之下，绝不可将骑士刺死；更确切地说，他应该想方设法回避在第一回合中发生冲突，以免逼他死于剑下，因为如果两人在冲突中全力以赴，骑士会被斩于剑下那是完全可能的。他现在骑着马慢慢地穿过广场，朝侍女们站的地方走过来，并且在那里停留了一会儿，一边注视着要求他接受她做他新娘的那个人……。这时候公爵和公爵夫人已经在廊下就座，注视场内。场内现已挤得水泄不通，大家都等着观看这场非同一般的对抗。按照已经确定的条件，假如

① 过去有一种说法认为人们可以吻教皇的脚，因为他右脚的鞋子上绣着十字架，这个举动是尊敬的表示，并非卑躬屈膝。可以作为参考。

堂吉诃德取胜的话，他的对手就必须与堂娜·罗德里格斯的女儿成亲；而假如他被打败，另一方就不必受要他保证的诺言的约束，也不必作出任何另外的补偿。”

就在那家臣等待决战开始的信号的时候，在他两眼注视着堂娜·罗德里格斯的女儿的时候，“他觉得她是他一生中所见的最美丽的女人”，爱神丘比特用至少两码长的箭穿透了他的心。“于是，在开战的喇叭声吹响之后，我们的家臣仍旧陶醉在极其亢奋的情绪里。他心里只想着这个他已经把她看作是主宰他自由的女人的美丽容貌，因此，他根本就没有听见开战的喇叭声，而堂吉诃德一听见开战的信号，就策马向前，以驽骍难得的最高速度，向他的敌人扑去。”托西洛斯原地站定，没有挪动一步，而是向主持格斗的人高声叫喊道：“我要提请你注意，我良心有愧，因此，假如我要把这场格斗进行到底，一块大石头就会压在我的心中。因此我认输了，放弃格斗，并愿意立即与这位小姐成亲。”他解下头盔，露出了家臣的真面目。

“‘骗子！骗子！’堂娜·罗德里格斯和她的女儿尖声大叫道。‘他们调包了，拿公爵大人的家臣托西洛斯调了真正的姑爷！上帝来主持公道，国王来主持公道，惩处这样的卑鄙勾当，这是无赖做法！’

“‘别折磨自己了，女士们，’堂吉诃德说道。‘这既不是卑鄙，也不能说是无赖，即使是，也不能责怪公爵，要怪也要怪那些迫害我的可恶的魔法师们。他们心生嫉妒，生怕我会赢了这场战斗，这才把你们家姑爷的脸变形，转化为照你们的说法是公爵家臣的脸。听我的忠告，蔑视我的敌人的恶毒，就跟这个人成亲吧，因为毋庸置疑，他就是你一直想要嫁的人。’”

公爵对于托西洛斯的背叛，先是感到气愤，现在已转化为大笑。“‘发生在堂吉诃德先生身上的事情，’他说道，‘太离奇了，我很愿意认为他不是我的家臣。’”然后，他提议把家臣禁闭几个星期，看看他是否会变回到他原来的模样，“‘因为魔法师们对堂吉诃德的积怨不可能维持这么长久，尤其是因为他们的欺骗手法和变形手段不会给他们带来什么好处。'”堂娜·罗德里格斯的女儿宣布她愿意嫁给他，无论他变形也好，没有变形也好，于是，这场历险便以笑声收场，各方都满心欢喜。

第五十七章

堂吉诃德告别公爵和公爵夫人，以便一路赶往萨拉戈萨。阿尔蒂西朵拉在最后一个玩笑中说，他偷了她的吊袜带，并唱了一支厚颜无耻的歌与他告别。

第五十八章

在前往萨拉戈萨的途中，两人遇见一群工人坐在草地上吃着干粮，他们的身旁放着用白布遮盖着的东西。这些都是浮雕雕像，他们现在是要把这些雕像运往他们的村子里去。堂吉诃德对每一位武圣徒的身份都做出正确的鉴别，并且讲述了他们的事迹。他感到非常遗憾，由于杜尔西内娅着了魔的缘故，因此他没有能遇上更好的运气以及比现在他的状况更加健全的头脑，这是他对自己的疯癫的一种意识，而这一意识对最后一章他所处的精神状态作了铺垫。然而，堂吉诃德在途中与这些雕像相遇，对他来说是一个吉祥之兆，而且桑丘·潘沙觉得遇上这样的高兴事也洋洋自得。

他们继续赶路，“并且走进了路边的一个树林，就在这时，突然之间，堂吉诃德还没有料到是怎么一回事，他就被用绿色的绳索编织的网绊住［注意绿色二字，这是塞万提斯最喜欢的颜色］，绿绳网就张在大树之间”。由于堂吉诃德把林子里的这张网看成是又一个魔法，而实施这个魔法也许是要报复他对阿尔蒂西朵拉所采取的严厉态度，“因此，就在他要继续向前，冲破这张网的时候，在他毫无觉察的情况之下，在他们面前的树林中，出现了两个非常漂亮的牧羊女——

或者至少是穿着打扮像牧羊女那样，只不过她们的外套和农家裙子是用艳丽的锦缎做的。……”牧羊人主题现在又回来了。“我们的意图是［她们说］要在这里建立一个新的田园牧歌式的世外桃源，姑娘们穿的都是牧羊女的装束，小伙子们穿的是牧羊人的衣装。我们在研究两支牧歌……但是到现在为止我们还没有上演过。”布下绿绳网是为了要捉鸟。

姑娘们和她们的兄弟都读过堂吉诃德与桑丘·潘沙的故事，而且他们都非常尊重他们两个人。作为对他们的尊重的回报，堂吉诃德站在大路的中央，宣告：“啊诸位旅行者，诸位骑士和扈从，无论是徒步的还是骑马的，凡是今后两天里要从这条路走的人，都知道，来自拉曼查的游侠骑士堂吉诃德，在这里郑重宣布，居住在这些丛林中、草地内的仙女们，不管是她们的美貌还是礼貌，都胜过除了我心中的女子、杜尔西内娅·黛尔·托博索之外天下所有其他的人。因此，我愿接受任何持有相反意见的人的挑战，因为我会在此地等着他。”

这时一大群人手持长矛，前呼后拥，飞驰而来，为首的一个人朝着堂吉诃德大喝一声：“给我滚开，妈的，要不然这些公牛会把你们踩得粉碎！”堂吉诃德不肯滚开，结果那一群公牛和领头的阉牛把骑士和桑丘撞倒在地，连同驽骍难得和那头灰驴，而且都遭受了重创。(这里的描述又倒回第一部的第十八章，即堂吉诃德战羊群，他错把群羊当作两支部队。) 鼻青眼肿，遍体鳞伤，“主仆二人于是重又上马、骑着驴，而且也没有向模拟的世外桃源告别，就继续上路，他们脸上的表情绝非喜不自胜，而是羞愧难当”。

第五十九章

他们在一泓清澈闪烁的泉水边坐下来。“‘吃一点，桑丘我的朋友，’堂吉诃德说道，‘要维持生命，因为生命于你更重要，不像我关系并不大。让我因忧郁而死，遭灾祸而死；因为你知道，桑丘，我生下来是要死的，而你是吃死的。要知道这个道理是多么正确，你就看看我吧。我的名字现在已经载入史册，一个有名的武将，行为彬彬有礼，受王公们的敬重，还有姑娘们的追求，而就在我翘首以待，期望棕榈叶、期待胜利、期待花冠的时候，今天早晨，我竟然在这巅峰时期，被打翻在地，被踩在脚下，身受重创，还遭受一群污秽畜生的践踏。我一想到这里，我的牙齿就钝了，嘴巴麻木了，我的双手瘫痪了，我的食欲荡然无存，我竟然想到干脆饿死了之，因为这是世上最最残酷的死法。'"然而，杜尔西内娅尚在魔法作用之下，于是他又非常清醒地要求桑丘脱掉裤子，在光屁股上抽它三四百下，从还没有抽的三千多下鞭子中扣除。桑丘还跟通常一样，答应以后再说。

不一会儿之后他们到了一家客栈。堂吉诃德听见隔壁房间有人在说他的名字。"'堂杰罗尼莫先生，要我说呀，'一个人说道，'我们这一会儿在等我们的晚餐，那还不如再读一章《来自拉曼查的堂吉诃德第二卷》吧。'[①]

"堂吉诃德一听到人家说到他的名字就站起来，开始竖起耳朵倾听人家关于他的议论。

"'唐璜先生，大人您为什么要我们读这种无聊东西，'那人这样回答道，'因为读过来自拉曼查的堂吉诃德经历第一部的人，不可能在第二部找到什么乐趣的，这话对吗？'

"'话虽这么说，'唐璜说道，'读一读也是有益的，因为没有一本书会糟糕到你在书中找不到一点优点的。不过，最让我感到气愤的倒是书中写堂吉诃德已经不再爱杜尔西内娅·黛尔·托博索了。'"[②]

---

① 纳博科夫引述普特南版注释云："此处暗指费尔南德斯·德·阿维兰尼达所作第一部的伪续书。罗德里格斯·马林：'就在塞万提斯构思这一章的写作的时候，他手头拿到了《聪明的绅士，来自拉曼查的堂吉诃德，第二卷》，据认为是阿朗索·费尔南德斯·德·阿维兰尼达所著，1614年出版于塔拉戈纳。'参看本书第二部序。"——原编者注

② 纳博科夫引述普特南版注中奥姆斯贝话道："阿维兰尼达在续书第二章让阿尔朵莎·洛伦佐写信给堂吉诃德，威胁说要是再叫她公主和杜尔西内娅，就要把他痛打一顿，于是堂吉诃德对于她的忘恩负义深受刺激，决定另找一个心中的女人。"——原编者注

堂吉诃德怒气冲冲，万分愤慨，于是他以他自己的名义向他们发起挑战。两个绅士走进房间，“其中一个张开双臂紧紧抱住了堂吉诃德的脖子。

“‘您的外貌掩盖不了您的声名，而您的声名也不可能不让人想起您的外貌。先生，您毋庸置疑是真正的来自拉曼查的堂吉诃德，是游侠骑士们的北极星和启明星，尽管有那么一个人，他千方百计要盗用您的大名，抹杀您的丰功伟绩，如同我现在递给您的这本书的作者之所为。’”

堂吉诃德拿过书来翻了一番，然后，很快就把书递回去，说他已经明白了。序言里的一些语句是不可能用的，他用的是阿拉贡话，不是卡斯蒂里亚语，而且作者认为桑丘的太太名字叫玛丽·古蒂艾雷斯，而实际上她的名字应该是特莱莎·潘沙。[①]“真叫人非常地担心，在如此重大的事情上会犯错误的人，在整部人物历史的所有其他细节上也一定会出差错。”

当桑丘问及关于他的描写如何时，回答是，“‘呃，说实话，’那位绅士说道，‘这一位作者没有用你的人品所体现的端庄来描写你。他把你写成一个贪吃的人，一个蠢货，一点都不滑稽——总而言之，与你的老爷个人历史的第一部书里的桑丘完全不同。’”[②]

与书中的正面人物通常持有的态度一样，这两位绅士对于堂吉诃德讲话中所表现的智慧与疯癫的结合感到无比惊讶（正如其他的人对桑丘·潘沙身上所表现的关于人情事理的了解与性格的笨拙两

① 纳博科夫援引普特南版注释道：“不是别人正是塞万提斯，在小说第一部第七章里称桑丘的太太为玛丽·古蒂艾雷斯；在同一章的前面相隔几行字的地方，他曾把她的名字叫作胡安娜·古蒂艾雷斯，而在第一部第五十二章：她名叫胡安娜·潘沙。”——原编者注

② 纳博科夫援引普特南版注释道：“在这一章里作者清楚流露了他本人关于桑丘这个人物性格的观点，而且我们可以看出他对于一般的扈从和农民类型的尊敬。这是奥伯莱·F. G. 贝尔［纳博科夫按：他似乎把桑丘理想化了］在他的《塞万提斯》一书中从头至尾所强调的一点。桑丘既不是一个贪吃的人，也不是一个酒鬼，不是一个小丑；他‘gracioso’——‘滑稽’，这意味是完全不同的。这是莫特［译者按：即彼得·莫特，英国1700—1712年间出版的第三个英译本的译者］和另外一些英译本译者的主要失误之一，他们把桑丘看作是伦敦东区小丑。”——原编者注

者的结合也感到惊讶一样）。

堂吉诃德改变了原来的打算，决定不参加在萨拉戈萨举行的赛事，而他的决定是出于以下令人吃惊的理由："唐璜告诉他说，关于他个人历史的这部新书中写道，堂吉诃德，不管他是个什么人，在那同一次赛事中参加了赛场马上持枪比武，但是关于这场比武的描写显得拙劣而缺乏新意，尤其是在骑士的格言和他们的装束方面，因为在这一方面书中的描述极为贫乏，虽然蠢态可掬。

"'就因为这个缘故，'堂吉诃德说道，'我不到萨拉戈萨去了，而是要让全世界的人都知道，这个新的历史编写者是如何骗人的，那就是，我要让人们知道我并不是他所说的那个堂吉诃德。'"

第六十章

"那天清晨，堂吉诃德从客栈出发的时候，天气凉爽，而且看样子白天也会是同样凉爽的天气，而他在出发之前也已经询问过，不经过萨拉戈萨要到巴塞罗那去哪一条路最近；他之所以要绕开萨拉戈萨，理由是，由于按照他们的说法，那个新的编写个人历史的人，在他身上强加了大量的诬蔑不实之词，因此，他已经下定决心要揭穿这个人的谎言。"他们在路上跋涉了六天，并没有发生什么可说的事情，然后那天夜色降临的时候，他们为了要尽量睡一个好觉，安顿在一片茂密的栓皮槠或者橡树林里（"关于这一点锡德·哈米特就没有通常那样确切了"）。在桑丘呼呼大睡的时候，"堂吉诃德却睡不着，他是在想着心事，倒不是因为肚子饿，而由于他浮想联翩，思绪万千，脑海里走遍了成百上千个不同地方，这使他始终合不上眼。似乎此刻他是在蒙特西诺斯地洞里，注视着杜尔西内娅，而她已经变成了一个农家姑娘，到处蹦跳，骑上她那头母驴；她又听见智者默林的话语在他耳边回响，提出他必须遵循的条件和应该做到的事情，以便实现解除杜尔西内娅的魔咒的目标。他一想到他的扈从桑丘的不严肃的态度和缺乏慈善之心，情绪就会陷入绝望。就他的主人所知，桑丘总共才打了自己五下屁股，这与还剩的要抽的无数下鞭子比较起来，是一个很小的数目。”于是骑士想自己动手抽他几下，但是桑丘死活不肯，而且动起手来，把堂吉诃德绊倒在地，将他按在地上，直到堂吉诃德发誓，他再也不会举起自己的手来鞭打桑丘的屁股了。

他们被一个绿林好汉罗宾汉式的匪徒抓获，堂吉诃德毫无防备，手上没有剑，他无法抵抗。这人名叫罗克·吉纳特。他听说过堂吉诃德，但是他无法相信堂吉诃德的冒险经历真有其事，然而他喜欢上了堂吉诃德。一个身穿绿衣、女扮男装的姑娘骑着马飞奔而来，又是老套的故事：男的原来答应要娶她，现在又要娶别人。她一箭射中他，然而真相大白，传说的他娶了别人并不真实，在他断气之前她晕过去，倒在他的身上。愚蠢极了。

匪徒抓获两名西班牙步兵上尉和几个前往罗马途中的朝觐者。还有几个女人。不是什么新鲜东西。

第六十一章

罗克派人前去报信，然后又陪着堂吉诃德和桑丘到了巴塞罗那，在那里他们分手，而堂吉诃德和桑丘则在海滩上等候黎明的到来。他们第一次看到大海惊叹不已。“然而，就在这个时候，一群身穿号衣的人骑着马，一路欢呼、高声呼叫，发出像摩尔人那样的战斗呐喊声，朝着堂吉诃德等候的地方飞奔而来。堂吉诃德惊恐不已。

“然后，他们中间有一个人——即洛克派人去给他报信的那个人——提高嗓门大声朝骑士喊叫：‘欢迎到我们的城市来，啊镜子骑士，你是全体游侠骑士的灯塔和北极星，名副其实的灯塔和北极星。我再说一遍，我们非常欢迎你，啊来自拉曼查的英勇的堂吉诃德——不是那个假的，不是那个编造的，不是我们近来看到的书中捏造的那个可疑的人，而是那个真实、合法的人，传记作家的精英锡德·哈米特·贝尼盖利向我们描绘的真实的堂吉诃德。'"骑马人陪同堂吉诃德来到堂安东尼奥·莫雷诺宅第,前去作客。

第六十二章

堂安东尼奥喜欢自己寻找乐趣,尽管他的所谓娱乐是采取天真、无恶意的方式来进行的。他把堂吉诃德带到他的阳台上叫众人来看,他领着堂吉诃德骑马出去兜风,同时在堂吉诃德不知道的情况下,在他背上别一张羊皮纸,上写"来自拉曼查的堂吉诃德"几个大字,所以堂吉诃德非常奇怪,为什么许多人都叫得出他的名字。堂安东尼奥给堂吉诃德看一个会变魔法的人头铜像,那是一个有名的魔法师雕刻的。不管问它什么问题头像都能答得上。(后来秘密揭开了,原来是一个机灵的年轻人,藏在桌子底下,他说话的声音通过一根管子传上来,听起来似乎是从人头铜像发出来的。)堂安东尼奥的几个朋友一个个提问,人头铜像是有问必答。

"堂吉诃德此时走上前来。'告诉我,'他说道,'关于我在蒙特西诺斯地洞的经历你来回答我,那些事情是真发生过,还是我在做梦?我的扈从桑丘还没有抽的鞭子是否一定要抽?杜尔西内娅最终能否解除魔法?'

"'关于地洞的问题,'人头铜像答道,'说来话长,但是两者是兼而有之;桑丘的三千鞭子很快要抽的;解除杜尔西内娅的魔法,那是最终要做到的。'

"'那就行了,'堂吉诃德说道。'只要看到杜尔西内娅摆脱了魔法的束缚,对我来说,我希望能拥有的一切好运,就都已经同时到来了。'"

在透露说话声是如何用巧妙的办法传送出来的秘密之后,"锡德·哈米特还告诉我们,这个巧妙的发明使用了十来天,可是堂安东尼奥家里有一尊人头铜像,随便人提什么问题它都能解答的消息传遍了全城，于是，他，生怕这个消息会传到那些教士们，即我们信念的哨兵们的机警的耳朵里，就向宗教法庭的法官作了解释，结果那些法官们就命令他把这个会说话的铜头像砸烂，也不要再把这个玩笑开下去了，以免激起那些愚昧无知的暴民们的愤慨。”①

堂吉诃德参观一家印刷厂，当时看到正在校对清样，于是他就问是什么书，得到的回答说是《聪明的绅士，来自拉曼查的堂吉诃德，第二卷》，是一个托德西里亚人创作的。“‘我听说过这部书，’他说道，‘的确，而且我凭着良心说，我觉得这部书应该烧毁，让它化作灰烬，因为它满纸都是荒唐言；但是，每一头猪都有圣马丁节那一天，②这本书的那一天也会来的。虚构故事越是真实，或者越是接近真实，就越好越可读，而说到真实故事，最好的真实故事就是那些最真实的故事。’

“说完这一番话，他便昂首阔步走出了印刷厂，看得出是满腔的怒气。”

第六十三章

堂吉诃德被带去视察一艘战船，并受到战船司令官的隆重欢迎。就在他们做好准备要驶向大海的时候，“水手长一声尖利的口哨声，指挥起锚，然后他跳上甲板，站在中央，并且随着划桨人慢慢地把船划向大海，他举起鞭子开始朝划桨人的脊背抽打”。堂吉诃德见桑丘在一旁睁大两眼看着这情景，就说：“啊，桑丘我的朋友，……假如你也剥光衣服，坐到这些先生们的中间，你就可以早早地解除杜尔西内娅的魔咒了！因为身处这么多人的痛苦煎熬之中，你就感觉不到自己有多大的痛苦了；也许智者默林会数着这使劲抽打的一下下鞭

---

① 纳博科夫加注道：“注意这一点：今天在俄国对于政治警察是不可能说这样的话的。”——原编者注

② 意思是：人人都有死的一天。每年11月11日是天主教圣马丁（Martinmas）节，要杀猪制作冬日香肠，大摆筵席。

子，以一当十，抵消你自己早晚要在屁股上抽的数目。”[1]

他们抓获一条土耳其双桅混式帆船，而我们还会遇见一个乔装打扮的人（数一下有几个！）。被抓获的水手指出了他们的船长，那是一个年轻英俊的人，而司令官提出要把他吊死在桅杆上。

“总督上下打量了一下俘虏，见他长得非常英俊，举止非常豪侠、端庄，而且年轻人的清秀面目即是一封举荐信，在这种情况之下，他立即感觉到有一个要免他一死的愿望。

“‘告诉我，船长，’他问道，‘你是土耳其籍人，是摩尔人，还是一个叛教者？’

“听了这个话那年轻人也用西班牙语回答道：‘我既不是土耳其人，也不是摩尔人，也不是叛教者。’

“‘那你是什么人？’

“‘一个女基督教徒。’

“‘一个女人，一个基督教徒，身穿这样的衣服，落到这样的困境？啊，太叫人感到惊讶了——简直难以相信。’

“‘假如各位先生，’年轻人回答道，‘暂时不把我处死，让我讲述我的人生遭遇，那么，你们再来报复也不必等很久。’

姑娘是摩尔人里科特信仰基督教的女儿，为她的邻居堂葛里高利奥所深深地爱慕，但是她在幼年时全家就被赶走，她也到了阿尔及尔，还有堂葛里高利奥的陪伴。在他男扮女装居住在阿尔及尔期间，她获得允许在有人监督的情况下回到西班牙，为阿尔及尔国王找回她的家族的金银财宝。里科特装扮成一个朝觐的老头也上了同一条船，他认出自己的女儿，父女俩相对唏嘘，终于团圆。这个故事并不值得一读，但是我们不妨说，解救堂葛里高利奥的计划已经拟订，结局将是一个皆大欢喜。

---

① 纳博科夫在这一段话的页边空白处用铅笔注道：“此时，替人洗雪冤屈的堂吉诃德，向想象中的心爱女人的捍卫者堂吉诃德投降——他忘记了是他解放了这些囚犯，而且自私地一心只想着他渐渐淡薄的梦。”——原编者注

第六十四、六十五章

“然后，一天清晨，堂吉诃德骑着马到海滩边溜达，但是他依旧是一身戎装——因为，如他喜欢说的那样，戎装是他唯一的最好装束，而他唯一的休息就是战斗，因此，他的一身铠甲是不可须臾或缺的——这时候，他看见一个骑马的人朝他走来，从头到脚也是与他一样的装束，一轮明月照得他的盾牌闪烁着银光。

“他们一步步靠近，在相互听得见对方说话的时候，陌生人高声叫喊，对堂吉诃德说：‘啊举世闻名的骑士，永远赞美不够的来自拉曼查的堂吉诃德，我是银白月亮骑士，我的无可比拟的功绩你也许还记得起来吧。我是来和你搏斗的，来试一试我的臂力，目的是要迫使你承认，我心爱的女人，不管她是谁，是美貌绝伦的，远比你的杜尔西内娅·黛尔·托博索美丽。’”

实际上曾经与堂吉诃德搏斗的是卡拉斯科。书中描绘了这场瞬间就结束的冲突。一个写得非常拙劣的场面。作者写得疲倦了。照我看来，他本来是可以利用这个场面努力写出有趣得多的故事来的。这场搏斗本应该是小说的高潮，整部作品最激烈、最复杂的一场搏斗！但是我们看到的是“然后，没有吹起喇叭，也没用战场上用的别的手段向他们发出可以进攻的信号，两个人都调转马头，又回过头来准备出击。由于银白月亮骑士骑的是一匹速度更快的好马，他跑了三分之二的路与堂吉诃德相遇，而且由于他的冲击力如此巨大，他的长矛还没有碰到他的对手（他似乎有意高高举起他的长矛），他就把驽骍难得和骑在马背上的人都重重地掀翻在地。胜利者立即跳下马来，举起长矛顶着堂吉诃德头盔的面罩。

“你被打败了，啊骑士！不，不止是被打败，你死定了，除非你按照我们这场对战规定的条件忏悔。”

堂吉诃德屈从了，并且答应回老家去，一年不出门，或者一直待到免除他的诺言的束缚为止，然而他不愿承认世上还有可以与杜尔西内娅媲美的人。卡拉斯科，银白月亮骑士，相信了他的保证，同意杜尔西内娅的美貌是无人可及的。堂吉诃德在堂安东尼奥家得到精心照料，恢复了健康，而且他还听到了堂葛里高利奥解救的消息，并且得知信仰基督教的姑娘的故事有了美好的结局。堂吉诃德再也不是游侠骑士，他动身踏上回乡之路。

第六十六章

桑丘解决了两伙农民之间的争端。他遇见带着公爵给巴塞罗那总督的信件的男仆托西洛斯。托西洛斯讲述在堂吉诃德走了以后，由于他不听从吩咐，没有与堂吉诃德搏斗，因此他挨了公爵的一百下棍棒的痛打，说堂娜·罗德里格斯已经回卡斯蒂里亚去了，还说她的女儿已经进了修道院。

第六十七章

堂吉诃德和桑丘慢慢跑着，来到他们曾经被公牛踩踏的地方。堂吉诃德立即就认出来。

"'这里，' 他说道，'就是我们遇见那些性格豪爽、衣着艳丽的牧羊人和牧羊女的草地，他们都在尽力模仿和恢复旧时的田园牧歌式的世外桃源，那真是一个新奇想法，受神灵启示的想法；假如你同意，桑丘，我有一个建议，至少是在我退隐的这段日子里，我们也做起牧羊人来。我就去买几头羊，还有过放牧日子所必需的一切其他东西，还要给自己起个雅号叫"牧羊人吉诃蒂士"，你的名字就叫"牧羊人潘契诺"。我们两人一起，在山上，在林间，在草地上，一起游荡，可以唱歌，可以写怀旧诗，渴了可以畅饮晶莹的泉水，或者清澈山涧的淙淙流水，或者大河的奔腾的水。橡树将为我们提供丰富的美味果子，栓皮槠树硬树干可以让我们坐下来歇息，拂地的柳树为我们支起遮阳的树荫，玫瑰为我们送来香气，广袤的草地在我们脚下铺开花团锦簇的地毯；我们将呼吸清洁纯净的空气，虽然四周是黑暗的夜，但是我们有朗月和繁星为我们照明；歌唱为我们带来欢乐，即使是在悲痛中我们也高兴，因为阿波罗为我们的诗篇注入灵感，爱将赋予我们幻想，于是我们将永久名扬天下——不但是在当代，而且在未来的世世代代。'"

桑丘满怀热情同意这个主意，并且希望还可以劝说理发师、堂区神甫，甚至参森·卡拉斯科来参与。

第六十八章

堂吉诃德又一次建议桑丘自己打自己的屁股，而他又一次被敷衍过去。他们遭到一群猪的踩踏，然后被几个伪装起来的骑马的人俘虏，并且被带到一个地方，他们认出那是公爵的城堡。

第六十九章

他们被护送着进了院子，院子里停着灵柩架，上面躺着美丽的女仆阿尔蒂西朵拉，她仿佛已经断了气。灵柩架四周点着小蜡烛，上方是两个国王，弥诺斯和拉达曼堤斯，坐在那里担任判官。一连串的繁文缛节过后，里边传出话来说，她是能够苏醒过来的，只要桑丘肯让人家在他脸上掴二十四记耳光，在他身上拧十二下，再在他皮肉上用针刺六个孔。他死活不依。"就在这个时候，只见多达六个侍女，一字儿排开，穿过院子，招摇入内。其中四个侍女都戴着眼镜，而六个人全都举着右手，手腕以下露出四英寸手臂，以期手臂看起来显得比通常长一点，与当今的时尚相似。桑丘一见她们，就像一头公牛那样竭力咆哮起来。

"'我可以允许别的任何一个人对我撒野，'他说道，'可是一想到这些侍女们要对我动手动脚——没门！像我的主人在这儿被猫爪子抓破脸一样，她们也要来抓我的脸，要用磨得锋利的尖刀来捅我的身子，要用烧红的钳子来拧我的手臂——要是那些男人们来动手，那我就耐一耐性子让他们开心吧；可是我要是让这些侍女们抓住我，那我就倒大霉了！”

“现在该轮到堂吉诃德来打破僵局了。‘你先别急，小子，’他说道。‘你就服从这些先生们的意思吧，感谢上帝你身上有这样的美德，让你的皮肉吃一点苦，你就可以解除死者身上的魔咒，这样死者就可以起死回生。’

那些侍女们朝桑丘一步步逼近的时候，他安静下来，变得顺从了，于是，他在椅子上静静地坐着，并且抬起头，把那张脸和那一把胡子对着走过来的第一个侍女。侍女给了他一记响亮的耳光，然后深深地鞠了一躬。……

“咱们长话短说，六个侍女都来打过他的耳光了，而且这个家族的许多其他成员都在他身上拧过了，可是，让他不能忍受的是她们要拿针在他身上刺出窟窿来。到了最后要用针刺的时候，他满腔愤怒地从坐着的椅子上站起来，一边伸手抓过插在旁边的点燃的火炬，朝着身边站着的侍女，并且在所有其他折磨他的人中间挥舞起来，一边大声说道：‘给我滚开，你们这些地狱里来的人！我的身子不是铜铸铁打的，这样的折磨谁受得了！’”

阿尔蒂西朵拉苏醒了，人们朝她高声欢呼。

“堂吉诃德见阿尔蒂西朵拉开始翻身，就在桑丘的面前扑通一声跪下来。

“‘啊我的儿呀，’他说道，‘因为我不会再叫你扈从了，现在你该是扒下裤子打自己屁股的时候了，那是你答应解除杜尔西内娅的魔咒欠下的。现在，我再说一遍，现在是你身上的美德成熟的时候了，因此也是可以非常灵验地去做我们希望你来完成的好事的时候了，事不宜迟。’

“‘在我看来，’桑丘说道，‘这些都是一个个鬼把戏，可不是煎饼上涂的蜂蜜。拧也拧了，耳光也打了，针也刺了，现在又要来打屁股，真正好极了！……都给我滚，要不然，我的上帝，我会在这里闹它个天翻地覆，不管有什么后果。’”

第七十章

那天晚上，阿尔蒂西朵拉来到堂吉诃德和桑丘两人的卧室，前来责怪他为什么对她如此狠心。她讲述了事情的经过，她说，就在她魔法缠身，心想自己一只脚已经踏进地狱的时候，她看见十二个魔鬼拿书本当网球打。“他们从装订很好的崭新的书中拿出一本，举起球拍猛力抽去，结果书的封皮破裂，书一页页四处飘落。‘拿来看看这是一本什么书，’一个魔鬼对他的同伴说，于是，另一个魔鬼回答说：‘这是《来自拉曼查的堂吉诃德传记故事第二部》，不是原作者锡德·哈米特写的，而是一个阿拉贡人写的，而照他自己的说法，他出身于托德西里亚斯。’

“‘把这本书扔掉，’另一个说道。‘把它扔到深不见底的洞里去，好让我永远看不见。’

“‘这本书有这么糟吗？’

“‘这本书糟透了，’第一个魔鬼说道，‘要是我蓄意要动手写一本比它还要糟糕的书，我还真做不到呢。’

“然后他们接着打网球，并且拿起别的书来抽打，然而，我一听到堂吉诃德的大名，因为我非常爱他，所以就当即下定决心，要把我看见的那一幕，牢牢记在心里。”

第七十一章

出了城堡在回乡的途中，“被征服因而心中无比痛苦的堂吉诃德日夜兼程，这时候，他的内心一方面是过度的悲伤，另一方面是非常地喜悦。他感到悲伤，那是因自己被人打翻在地之故，而他感到喜悦，那是因为他想到了他的扈从在让阿尔蒂西朵拉起死回生的时候表明他具备的美德，尽管毋庸讳言，他终难相信，那个深受爱情折磨的女仆果真死过一回。”

他允许桑丘每抽一鞭都可以掏堂的腰包来支付，然后，桑丘答应当天晚上就动手。桑丘开始自己鞭打自己，而堂吉诃德则站在一旁数数，在抽了大约六鞭到八鞭之后，桑丘走进林子里，站在那里朝树干用力抽打，一边不停地呻吟，仿佛非常地痛苦，直至堂吉诃德因为同情也跟到树林子里来，伸手抢过桑丘手中灰驴的缰绳（先前施行魔法的时候曾两次派过用场），吩咐他当晚就不必再抽了。他们重又上路，到了一个村子，然后“在一处客栈下马，这时骑士认出这就是一家客栈，并没有以为这是一座城堡，还有深深的护城河、塔楼、吊门以及吊桥什么的，因为自从他在搏斗中败下来之后，谈及一切话题都显得理智得多了……”

第七十二章

堂吉诃德在见过阿维兰尼达伪续书《堂吉诃德第二卷》之中的一个人物之后，他找了一名文书起草了一个文件，说明真正的堂吉诃德与桑丘·潘沙并非阿维兰尼达书中的那两个人。那一晚，林子里的树遭了罪，而不是桑丘的两个肩膀或两个屁股，因为他已经鞭打完毕，而堂吉诃德现在随时都期待着见到被解除了魔法的杜尔西内娅。

第七十三章

尽管堂吉诃德在走进村子的时候看见了他所认为的不祥之兆，但是他还是对堂区神甫和卡拉斯科说出了他自己的誓言，他要在家待上一年，不再外出，并且还邀请他的朋友们，与他一起过他承诺的田园牧歌式的世外桃源生活。“听他说话那两个人，一听他的疯癫所表现出的新形式，都心灰意懒了。然而，为了使他不再离开村子到外面去长途跋涉（因为他们希望，在这一年时间里，他的病能够治愈），他们也就决定依从他的新打算，都说这是一个明智之举，而且甚至还答应与他一起去从事他提出要做的事。……这样决定之后，他们便与他作别，并一再叮嘱他，自己要照顾好自己的身体，同时还要多吃有营养的东西。”

然而，堂吉诃德感到身体不适，他躺倒了。

第七十四章

堂吉诃德临终的时候，他神志清醒了。就在他的朋友们来看他的时候，“‘我有好消息要对你们说，朋友们，’堂吉诃德一看见他们来就这样说道。‘我的名字不再叫来自拉曼查的堂吉诃德了，我的名字叫阿朗索·吉贾诺，我过去的生活方式为我赢得了“善良的人”的美名。我是高拉的阿玛迪斯及其子子孙孙的敌人；因为这些讲述亵渎神灵的游侠骑士的故事让我感到厌恶，同时我明白了我过去是多么地愚蠢，以及我阅读这些书招致的危险；但是我现在头脑清醒了，这些东西让我觉得厌恶。’

“听堂吉诃德说了这么多，他们三个人都认为，又有新的疯癫花样袭击他的心窍了。

“‘喂，堂吉诃德先生，’参森大声道。‘我们刚听到消息说，你心爱的人杜尔西内娅已经解除了魔法，你又说这些话，你是怎么啦？而且我们就要做牧羊人了，我们都可以欢度余生，像许许多多的王子一样歌唱，在这个时候老爷你为什么又要去当隐士了呢？别再说了，上帝呀，明智一点，把那些无聊故事都忘记吧。’

“‘那种故事，’堂吉诃德说道，‘在过去，我一直觉得是真实的，并且还把我坑害了，但是，有上帝的保佑，在我临死的时候，我要利用这些故事，将坏事变好事。因为，我自己觉得，先生们，死离我已经很近了；因此，把一切玩笑都放在一边，替我找一个听我忏悔的神甫，再找一个文书拟订我的遗嘱。在这样的艰难时刻，人是不可随便对待自己的灵魂的。因此，正好堂区神甫先生在听我的忏悔，去叫一个文书来吧。'……在堂吉诃德忏悔完毕，堂区神甫走到外面。

"'千真万确，'他说道，'善良的人阿朗索·吉贾诺不行了，同样千真万确的是，他是一个神志清醒的人。趁他立遗嘱，我们现在还是进去吧。'……

"堂吉诃德在临死的时候庄严宣誓，并且再一次，以许多有力的论据，表达了他对骑士书的厌恶情绪，而就在这以后，堂吉诃德的死终于降临了。当时在场的文书说，在那些骑士书里，他从来没有读到过有一本书写过任何骑士如此安详地死在他自己家的床上的，并且在如此富有基督教色彩的氛围中去世的。于是，在当时在场的人们悲痛欲绝、伤心流涕的时候，堂吉诃德归天去了；明白地说，他死了。堂区神甫见他们的朋友已经辞世，要求文书出面作证，过去一般称作堂吉诃德的善良的人阿朗索·吉贾诺确实已经去世，因为这样做是必要的，以免锡德·哈米特·贝尼盖利以外的哪一位作者趁机编造故事，让堂吉诃德起死回生，并且就他的功绩写出无休止的传记来。

"拉曼查的聪明绅士的一生就这样结束了，至于他的诞生地，锡德·哈米特也不肯明说，以免拉曼查地方的村子都来争抢，都说他们村子才是堂吉诃德的出生地，堂吉诃德是他们的人，这就如同荷马的情形，希腊有七个城市争抢。[①]……"

锡德·哈米特（或曰塞万提斯）最后写道："堂吉诃德是为我一人而生，而我则为他而生；他是登台表演的，我是撰写故事的，而我

① Homer，古希腊诗人，史诗《伊利亚特》和《奥德赛》的作者，其出生地古代有七个说法，其中有雅典、开俄斯岛、士麦那。

们两个人实则同一人，不管托德西里亚斯的那个冒充者曾经，而且完全可能，厚颜无耻地摇动他的粗糙而不加修剪的鸵鸟羽毛笔，涂写我的英勇的骑士的事迹。……他的两次出行凡是听说过的人，无不异口同声，拍手称快，不管是在我们国内还是在国外，这些旅行记录足以让往昔的游侠骑士的远行变成笑料。……我的目的只有一个，即激起人们对他们在骑士书籍里所见的虚假荒唐故事的憎恶，而值得庆幸的是，由于有真正的堂吉诃德的这部故事，这些虚假荒唐故事已经摇摇欲坠，毫无疑义是必将倒塌。Vale[①]。”

① 拉丁文，意即再见，别了。

附 录

以下反映骑士精神的传奇故事选文是弗拉基米尔·纳博科夫油印后分发给学生，作为了解背景的阅读材料。

选自《亚瑟王之死》，托马斯·马洛礼爵士著，见《亚瑟王与圆桌骑士故事集》，一四六九年至一四七〇年。

选自第一卷第四篇第二十二章：

于是就在五月的那个时候，艾塔德夫人［即佩里亚斯骑士的夫人］和戈文骑士出了城堡，在大帐篷里用晚餐，然后不多久，佩里亚斯发觉他们抱在一起睡着了，于是佩里亚斯将出鞘的剑横在两人的脖子上，然后令人惊讶地伤心。……[①]

选自第一卷第五篇第二十三章：

佩里亚斯骑士不再爱艾塔德夫人，就是因了湖畔少女之故，而且此后他一直爱着她。

佩里亚斯骑士，湖畔少女说道，牵着你的马，带我离开这乡间，你应该爱一个爱着你的女人。我一定会深深地爱的，佩里亚斯说道，因为这个艾塔德夫人极大地侮辱了我，让我羞愧难当，然后，他把事情的原委详细地对她说明，并且告诉她，他从此决定不再挺起胸来，直至他死去。——然而，现在上帝给予我如此恩典，因此，过去我深深地爱她，现在我刻骨地恨她，感谢我主耶稣！感谢我，湖畔少女说道。不久以后，佩里亚斯将自己武装起来，骑上马，命令手下的人把他的尖顶帐篷和吃的东西带来，送到湖畔少女指定的地方去。于是，艾塔德夫人因忧郁而死去，而湖畔少女让佩里亚斯心花怒放，他们心心相印，共度一生。

选自第一卷第五篇第四章：

国王坐在船舱里，不觉呼呼大睡，并做了一个奇异的梦：他仿佛觉得一个凶狠的怪物淹死了他许多的人，觉得它是从西边飞来的，它的脑袋呈青色，两肩闪着金光，肚皮是色彩奇特的鳞片，尾部杂色，脚黑色，爪子金色；怪物嘴里喷出骇人的火焰，仿佛大地与河水都在熊熊燃烧。

选自第一卷第五篇第五章（巨人的描绘）：

……见他坐在那里用餐，啃一个人的胳臂，而腿在火上烘烤，他没有穿外裤，而三个漂亮的少女在翻动三把炙叉，炙叉上插着十二个刚出生的婴儿，仿佛叉的是小鸟。……

选自第一卷第五篇第五章：

就这样他们一路翻滚，从山上滚到山下，直至滚到水边，而在他们朝山下滚的时候，亚瑟拔出匕首朝他用力刺去。

[然后，他气喘吁吁，说道：]

我从来没有碰到过这么凶狠的巨人，过去只在阿拉伯山上遇见过一个，被我制服了，但是这一个更厉害，更凶狠。

选自第一卷第六篇第三章：

于是就在她们骑着马行走在路上的时候，她们听见旁边一匹高

① 纳博科夫据马洛礼原文编写。——原编者注

头大马的凄厉嘶叫声，这时她们才发现一个睡着的骑士，他一身铠甲，躺在一棵苹果树下；这些女人立刻望着他的脸，她们认出他就是朗斯洛特骑士。……

选自第一卷第六篇第十章：

现在我们再说朗斯洛特骑士，当时他与少女一起骑着马走在大路上。先生，少女说道，就在这条路上一个骑士常出没，骚扰所有的贵妇人和淑女，至少是抢劫，身体朝她们贴近。什么，朗斯洛特骑士说道，他是强盗，是骑士，还是蹂躏女人的畜生？他玷污了骑士的名誉，违背了他立下的誓言；他白活了这一生。不过，美丽的姑娘，你一个人单独走在前面，我躲在一旁，假如他找你的麻烦，或者骚扰你，我会来解救的，然后我要教训他，要他守骑士的规矩。

选自第一卷第八篇第六章：

长话短说，在特里斯丹来到这岛内的时候，他极目远望，看见远处在靠近陆地的地方，停泊着六条船；在大船投在岸上的阴影里，可以瞥见爱尔兰高贵的马豪斯骑士的身影。于是，特里斯丹骑士吩咐他的仆人古弗内尔把他的马牵到岸上来，并把他的马具按照应有的礼节整理一新。然后，在一切吩咐完毕之后，他翻身上马；而在他在马鞍上坐稳，肩上扛着盾牌的时候，特里斯丹问古弗内尔道，我要与之打交道的骑士，他在哪里？老爷，古弗内尔说道，你没有看见他吗？我心想你已经看到他了；你看那边，在大船的阴影里骑在马背上的就是他，他手上举着长矛，肩上扛着盾牌。确实如此，高贵的骑士特里斯丹说道，现在我看得清清楚楚了。

选自第一卷第八篇第七章：

然后他们开始把长矛插进座套里，而且他们两个人如此凶猛地扭打在一起，结果连人带马都倒在地上。然而，马豪斯骑士用他的长矛在特里斯丹骑士的身体一侧刺出一个大伤口。接着他们两人弃了马，拔出宝剑，举着盾牌。然后他们都向对方猛扑，就像所有凶狠英勇的人一样。他们在搏斗了许久之后，都伸手用力按住对方的面罩和面罩上的出气孔；而当他们觉得谁也无法制服谁之后，他们就像公羊那样朝对方冲击，要把人顶翻在地。就这样他们又格斗了半天多，两个人都受了伤，都非常地痛苦，身上鲜血直淌，地面成了血泊。到了这个时候特里斯丹越斗越勇，精力胜过马豪斯骑士，他勇猛过人，气势压倒了对方；他举起宝剑，朝马豪斯的头盔刺去，由于他力大无比，他的剑刺穿了马豪斯的头盔，刺穿了头盔的铁衬里，刺穿了头盖骨，而由于宝剑死死地嵌在头盔里，嵌在头盖骨里，特里斯丹骑士握住宝剑连拔三下，要把宝剑拔出来；这时候，马豪斯跪倒在地上，而特里斯丹的宝剑的刀口还在马豪斯的头盖骨里。然后，马豪斯骑士突然间跌跌撞撞站起来，扔下宝剑和盾牌，就这样朝着他的船只，夺路而逃，而特里斯丹骑士则拿起他的盾牌和宝剑。

选自《高拉的阿玛迪斯》，十四世纪后半叶葡萄牙人瓦斯科·洛贝拉著，原文为法文或葡萄牙文。英国诗人罗伯特·骚塞从加西奥多内斯·德·蒙塔尔沃的西班牙文译本译成英文。伦敦：约翰·拉萨尔·史密斯，一八七二年版。

选自第一卷第二十七章：

阿玛迪斯解救了少女，使她摆脱虐待她的那个骑士，而后来趁他睡着的时候，另一个骑士又将她抢走。

阿玛迪斯火速追赶，在把知道他的去向的那个骑士打倒之后，终于追上了虐待少女的那个骑士，并大喝一声道，骑士大人，你犯下了大错：我请你不要再如此行事了。——什么错？——你袭击少女，犯下了最最可耻的错。——你追上我是来指责我的吗？——并非如此：是来规劝你，也是为你好。你怎么来的，还是怎么回去吧，骑士说道。——一听这个话，阿玛迪斯被激怒了：于是他冲上前去，对那骑士的扈从说道，放了少女，否则我要你的命！那扈从害怕，于是放下少女。骑士大人，你将为此付出沉重代价，他的主人说道。阿玛迪斯回答道，走着瞧吧！然后他策马飞驰，将那人从马上打翻在地，正要从他身上踏去，那人高声喊叫饶他一命！——那就发誓从此不再欺侮贵妇人和少女。然而，就在阿玛迪斯上前听他发誓的时候，那不讲信义的人用匕首刺向阿玛迪斯的马。阿玛迪斯跌下马来，但很快站稳，并且给了那背信的人一剑。

于是少女请求他善事做到底，送她到她要去的一座城堡。他牵过被刺死的人的马，然后他们一起上路，而在途中他从她口中听说了安特邦的故事。大约半夜的时候，他们来到河边，由于少女很困，于是他们停下了脚步。阿玛迪斯拿出甘达林的斗篷铺在地上让她躺下，而他头枕着他的头盔，于是他们都睡着了。他们呼呼熟睡的时候，一个骑士朝他们走来，而且那骑士看见少女的时候，就伸过长矛的一头将她推醒。她见是一个一身铠甲的骑士，以为是阿玛迪斯，就说，我们现在就走吗？他回答道，该走了！天哪，好吧，她说道；同时，由于仍旧是睡眼惺忪，她不知不觉地让这个陌生人抱上马去，坐在他的前面；然而她突然惊醒，怎么回事？她大声道：一定是那个扈从把我抢走了。她转身一见是一个陌生人，便尖叫起来，高声叫喊阿玛迪斯，别让陌生人把我抢走！然而那骑士猛夹踢马刺，[抱着她]飞驰而去。

选自第一卷第四十四章：

堂加洛尔和弗洛雷斯坦在前往索布拉迪斯塔的途中在榆树泉遇上三个少女。

四天里他们骑马跋涉没有遇上冒险经历；到了第五天黄昏他们迤逦来到一座高塔前。一名骑士站在院子门口，殷勤邀请他们下马投宿；进了院子他们受到了隆重招待。他们的骑士主人很有教养，人很聪明，身材高大；但是又常常见他陷入沉思，是非常伤心的样子，致使弟兄们中间都在问，不知这是怎么一回事，于是堂加洛尔终于张口询问，说道，先生，你似乎闷闷不乐，高兴不起来！倘若引起你伤心的缘由是我们能出力解除的，你就告诉我们，我们帮你解决。多谢了，高塔主人说道：我知道你们都是善良的骑士，会出面帮助的，可是我的悲愁是因为爱的支配，而现在我也不能与你们多说，因为说出来我会感到非常惭愧。就寝的时刻终于到了；主人回自己的住处，弟兄们则在一间装饰富丽的房间歇息，房内摆着两张床。清晨，他骑马过来与他们做伴，但是他没有披甲带剑；为了真正了解他们是否如他们的外表所表明的那样英武，他没有领着他们走大路，而是选择了羊肠小道，来到一处称作榆树泉的地方，因为泉水边有三棵参天大榆树。泉水边有三个少女，服饰美丽，高高的榆树上有一个小矮人。弗洛雷斯坦第一个上前轻声问候，表现出一个殷勤有礼的男人风度，因为他是一个有良好家教的人。上帝保佑你，骑士大人，那个少女说道，你长得确实英俊，同样也勇敢，那是上帝恩典，天赐造化。姑娘，他回答道，假如我的俊美打动了你，那么我的胆量会更让你动心，只要试一试。说得好，她说道，我们试一试，看看你有多少胆量把我从这里带走。——确实，弗洛雷斯坦说道，小善即可为之；既然你乐意，我就说到做到。——于是他吩咐他的扈从们把她抱上一匹拴在一棵榆树上的驯马：就在这时，坐在榆树上的小矮人大声叫喊起来，快来呀，骑士，快来呀！他们要把你的爱人带走啦！听见叫喊声，一名骑士全副武装，骑着一匹高头大马，从山谷飞奔而来，一面朝弗洛雷斯坦大喊道，嗨，骑士！谁叫你带走那个少女的？我觉得她不可能会成为你的爱人的，弗洛雷斯坦回答道，因为她自愿希望我把她从这里带走的。

选自第二卷第三篇第六章（哑女）：

大蛇骑士们出海动身前往高拉，鬼使神差，他们遭人算计，落入魔法师阿卡劳斯的掌握之中，生命危在旦夕；经人解救，他们又踏上征途，继续他们的路程；事也有巧，堂加洛尔也走这条路寻找冒险经历，然后有了他们遭遇。

数日来，佩利恩国王都待在林间歇息，然后，他见风向顺，于是出海，心想不多久即可到达高拉；然而，不久风变了，大海咆哮，浊浪滔天，以至于暴风雨逼得他们在五天之后又回到大不列颠，泊在一处远方的海岸；在那个地方，仍然是风雨大作的天气，手下的人都去取淡水，趁这个机会，他们骑上马，到乡间了解他们现在是身处何地，身边只带着三名扈从，而把甘达林留下，待在船上等他们回来，因为他是众所周知的。他们骑着马，顺着峡谷前进，来到平原上，还没有走多远，他们便来到一泓清泉，并看见一位少女正在泉边牵马饮水。她身上穿着艳丽的服装，上身还披一个猩红斗篷，斗篷有金色纽扣，纽孔镶着金边。有两个扈从和两个少女陪伴她，还有猎鹰和猎犬供玩耍。她看见他们的纹章就知道他们是大蛇骑士，于是就非常高兴地迎上前去，并且非常礼貌地向他们致敬，打着手势，表示自己是个哑巴，而看到少女如此美丽，她的举止如此谦恭有礼，他们一见这情景，感到非常伤心。她上前朝戴着金头盔的骑士走去，并拥抱他，而且还想吻他的手，然后她打手势，邀请他们晚上做客她家，然而他们不懂她的手势，她见状向她的扈从示意，向客人解释。他们见她一片好意，而且此时天色已晚，于是便满腹的信任，骑上马与她同行，来到一处富丽堂皇的城堡，而她既然是城堡的女主人，他们也就把那少女看作是非常富有的人。待他们进入城堡，他们就见许多的仆人进来服侍，还有年长年少各色人等，她们都把哑女看作她们的女主人。他们的马都被牵走了，而且他们都被领着登上一间高出地面约二十肘尺［约三十英尺］的装饰华丽的房间，然后他们被卸去铠甲，仆人们给他们送来锦绣服装，并且在他们与哑女以及其他的人谈话之后，晚餐就端上来了，他们得到了极为周到的照顾。少女们于是便退下，而不一会儿她们又都回来，拿着蜡烛还有弦乐器，让他们取乐；到了该就寝的时候，她们又都走了。哑女吩咐在那个房间摆下三张富丽大床，而他们的武器就放置在床边，就这样他们躺下来，像旅途劳顿的人一样睡着了。

现在你们都须了解，这个房间的布局非常狡诈，因为地板并没有嵌进墙内，而是像葡萄压榨机一样支在一个铁螺钉上，然后又放在木框架上，这样，只要摇动一根铁杠杆，就可以将地板放低或升高。所以待他们早晨醒来，他们已经被放低二十肘尺了，于是他们看不见亮光，但是能听见头顶有人走动的声响，心中非常奇怪，就从床上爬起来，摸索着找门和窗，但是，找到门窗之后，他们伸出手去，摸到的是城堡的外墙，这时才明白他们是被算计了。在他们身处这样的困境的时候，上面的一个窗口来了一个骑士，这个人身体高大，双手粗壮，愁容满面，头发与胡子一片花白，只有几根黑发和黑须；他身上穿着孝服，他右手戴着一个白布手套，手套一直戴到胳膊肘。你们歇脚的地方多好啊，他说道，你们害得我好苦，照此看来，你们会找到解脱的，这就是残酷和痛苦的死，而鉴于在与假国王里斯瓦特的搏斗中你们之所为，即使把你们处死，也难解我心头恨。知道吗，我就是魔法师阿卡劳斯，假如你们过去没有见过我，那现在就要认识我；凡是伤害过我的人，我都要报复，只有一个人是例外，这个人我还想要囚禁在你们现在待的地方，而且我还要斩断他的双手，以报断我一臂之仇。那少女就在他的身边，同时她指着阿玛迪斯说道，敬爱的叔叔，那个年轻的，他就是金盔骑士。但是他们一听见自己落入阿卡劳斯的手中，知道难逃一死，同时他们听见哑女开口说话，都惊呆了。这个少女就是迪娜达，是阿但·卡尼利奥的女儿，她精于邪恶之事，而她到那里来就是来谋划阿玛迪斯之死的，也是为了这个目的才装哑巴的。